Davids Schleuder

YOSSI DISKIN

DAVIDS SCHLEUDER

Thriller

Bibliografische Information der Deutschen Nationalbibliothek:

Die Deutsche Nationalbibliothek verzeichnet diese Publikation in der Deutschen Nationalbibliografie; detaillierte bibliografische Daten sind im Internet über http://dnb.dnb.de abrufbar.

Satz, Umschlaggestaltung, Herstellung und Verlag:
BoD - Books on Demand, Norderstedt

ISBN: 978-3-7519-4416-8

Dezember

Straßburg –»Te decet hymnus, Deus, in Sion, et tibi redetur votum in Jerusalem.«

Gäbe es einen Nobelpreis für die schönste Stimme, so müsste ihn diese Sopranistin erhalten, schoss es Sabrina Wallis durch den Kopf. Die schöne mandeläugige Europaabgeordnete saß im hinteren linken Seitenschiff des Straßburger Münsters und hatte einen beseelten Ausdruck im Gesicht. Die mächtige Kathedrale erbebte unter den Klängen von Mozarts *Requiem*. In diesem bedeutendsten Werk des Salzburger Komponisten erschien der Tod als der beste Freund des Menschen. Nichts Erschreckendes, nichts Beangstigendes, sondern etwas Beruhigendes und Tröstendes, sogar etwas Glückseligkeit durchzog diesen Hymnus über das Ende des Menschen.

Sabrina Wallis entstammte einem atheistischen Elternhaus. Sie war überzeugte Marxistin. Die Tatsache, dass sie nicht an einen Schöpfergott glaubte, bedeutete nicht, dass sie nicht tiefster Empfindungen fähig gewesen wäre. Sie wusste nichts über die katholische Liturgie, aber eine noch nicht ganz verschüttete Ebene in ihr fühlte, dass dieses *Requiem* die Tür zu einer anderen Welt aufschloss – einer Welt, die für sie vollkommen irrational war und vor der sie sich immer verbarrikadiert hatte.

Ihre Welt war die diesseitige Welt. Eine Welt, die sie immer mehr verstehen wollte. Eine Welt, die ihre ganze Intelligenz forderte. Das Ende dieser Welt war in greifbare Nähe gerückt. Der Untergang einer weiteren US-amerikanischen Investmentbank lag gerade mal drei Monate zurück. Der hinterlassene Schuldenberg belief sich auf 200 Milliarden US-Dollar.

Sabrina verdrängte diesen Gedanken umgehend, obwohl sie sich als wirtschaftspolitische Expertin ihrer Partei geradezu zwanghaft mit diesem Thema auseinandersetzen musste. Aber nicht jetzt! Jetzt wollte sie sich ganz auf diese überirdisch schöne Musik einlassen.

»Exaudi orationem meam …« Sabrina Wallis blinzelte, weil

sich gegen ihren Willen Tränen in ihren Augen gebildet hatten. *»Ad te omnis caro veniet ...«* Sie schloss die Augen und senkte den Kopf. *»Requiem aeternam dona eis Domine ...«*

Und dann begann sie hemmungslos zu schluchzen.

Während die schöne Kathedrale in jenseitiger Musik schwamm, schwammen Sabrinas schöne Augen in Wasser.

***

Düsseldorf – Julian Tagman lag mit geschlossenen Augen auf dem Sofa in seinem Wohnzimmer. Die Arme hatte er hinter dem Kopf verschränkt. Er befand sich in einer Art Halbschlaf. Als er die Augen wieder öffnete, sah er im Licht der Straßenlaternen Bruchstücke eines bewölkten Himmels zwischen den Zweigen.

In Düsseldorf lag Schnee – ein ganz seltenes Ereignis in der Rheinmetropole.

Julian ließ die letzten Stunden noch einmal an sich vorüberziehen. Heute Nachmittag hatte er seine erste öffentliche Lesung gehalten. In der *Mayerschen Buchhandlung*. Direkt an der Kö. Eine gute Bekannte hatte ihm diesen Termin verschafft, denn als nahezu unbekannter Schriftsteller hatte man nicht die geringste Chance, eine Lesung in einer der renommiertesten Buchhandlungen Düsseldorfs abzuhalten. Die *Rheinische Post* hatte diesen Termin vier Tage vorher angekündigt.

Er war unglaublich aufgeregt gewesen. Aber immerhin hatte er fünfundzwanzig Bücher verkauft und signiert. Ein kleiner Sensationserfolg.

Er hatte auch eine neue Bekanntschaft gemacht. Eine bildhübsche schwarzhaarige Literaturwissenschaftlerin, Daria Cohn, hatte sein Buch bereits vor Wochen gelesen und sich sehr für den Autor interessiert. Die beiden hatten ein paar Sätze gewechselt, schnell Sympathie füreinander empfunden und dann zusammen einen Prosecco getrunken. Eine halbe Stunde später hatte sie ihm ihre Nummer gegeben.

Obwohl ihm die Lokalpresse durchaus etwas Anerkennung zuteilwerden ließ, hatte Julian noch keinen echten Bucherfolg vorzuweisen. Wie alle Autoren träumte er vom ganz großen Durchbruch. Der würde auch irgendwann kommen. Dessen war er sich sicher.

Julian war vor zwei Monaten zweiunddreißig geworden. Obwohl er noch sehr jugendlich wirkte und sich auch so fühlte, fand er trotz seines mit Prädikat absolvierten betriebswirtschaftlichen Studiums keine Festanstellung. Seit zwei Jahren lebte er in einer kleinen Dreizimmerwohnung in Düsseldorf-Oberkassel und hielt sich nur mit wagemutiger Börsenzockerei über Wasser. Das Startkapital verdankte er dem frühen Tod seiner Eltern, die ihm ein kleines Vermögen hinterlassen hatten.

Daria ist echt hübsch, keine Frage. Aber sie ist erst dreiundzwanzig. Ausgeschlossen, dass ich mit ihr etwas anfange.

***

Straßburg – Das Requiem war mit einem wahrhaft göttlichen *Lux aeterna* ausgeklungen. Gewaltiger Applaus brandete auf. Der Chor verbeugte sich, der Dirigent senkte seinen Kopf, und Sabrina Wallis verbarg ihre Hände in den Manteltaschen. Als sich immer mehr Menschen erhoben, um ihre Ovationen stehend darzubringen, blieb Sabrina sitzen. Sie zog ihr Mobiltelefon, das auf Vibrationsalarm gestellt war, aus der Manteltasche und blickte auf das Display. Zwei Nachrichten. Eine von ihrer Mutter, die andere vom Parteivorsitzenden. Sie las sie regungslos. Dann ließ sie ihr Mobiltelefon zurück in die Manteltasche gleiten und erhob sich ebenfalls, um Beifall zu klatschen.

Draußen schneite es heftig. Sabrina überlegte, ob sie ein Taxi rufen sollten. Sie entschied sich für einen Spaziergang, da es nicht weit bis zu ihrem Appartement war. Die Sopranstimme hallte noch immer in ihrem Kopf.

Sie kam an einem kleinen Haus mit einem wunderbar verschneiten Vorgarten vorbei. Entgegen ihrer Gewohnheit blieb sie stehen, um diese Schönheit tief in sich aufzunehmen. Ein kleiner Steinbuddha steckte bis zum Hals im Schnee. Auf seinem Kopf hatte sich ein Schneehäubchen gebildet. Obwohl es viel zu dunkel war, um Details zu erkennen, wurde Sabrina von seinem Anblick berührt. Sie hatte das Gefühl, dass der Buddha sie ansah.

Zehn Minuten später zog sie ihre Schneestiefel aus, klopfte sie kurz ab und schloss dann die Tür zu ihrem Appartement auf. Ihr Tag war noch lange nicht zu Ende. Sie schob eine Pizza in die Mikrowelle und hockte sich dann über ihre Dissertation, die einfach nicht fertig werden wollte.

***

Düsseldorf – Julian Tagman saß gerade über seinen letzten Kontoauszügen, die gar nicht so rosig aussahen, wie er das gern gehabt hätte, als sich sein Mobiltelefon meldete. Eine Kurzmitteilung von Daria Cohn: *Ich würde unser Gespräch gern fortsetzen. Hast du Lust? LG, Daria.*

Er musste grinsen. *Klar. Aber nur, wenn du mir etwas von dem Apfelkuchen deiner Mutter mitbringst.*

Gegen Mitternacht ging er zu Bett.

Kurz nach halb eins weckte ihn sein Mobiltelefon: *Du bist wirklich ein sehr interessanter Mann. Ich weiß nicht, was es ist, aber irgendetwas zieht mich zu dir hin.*

***

Tel Aviv – Avi Halon, ein Haudegen mit stahlgrauem Stoppelhaarschnitt, betrat sein kleines beheiztes Büro im Hadar-Dafna-Gebäude, dem Hauptquartier des israelischen Auslandsgeheimdienstes Mossad an der Glilot-Autobahnkreuzung. Als ehemaliger *katsa* (Führungsoffizier) hatte er selbstverständlich keinen Anspruch auf ein eigenes Büro, aber der Generaldirektor hatte bei ihm eine Ausnahme gemacht.

Halon zog seine Lederjacke aus, in der ein verräucherter Geruch nach Winter hing. Er warf die Jacke über den nächstbesten Stuhl und krempelte die Ärmel seines Hemdes bis zu den Ellbogen auf. Zwei muskulöse, stark behaarte Unterarme wurden sichtbar. Dann setze er sich an seinen Schreibtisch, fuhr den Rechner hoch und durchforstete die aktuellen Meldungen: Iran, Libanon, Syrien ... *Deutschland*.

Deutschland. Das Land, dessen Sprache er perfekt beherrschte.

Deutschland. Das Land, in dem seine Mutter, eine Überlebende der Schoah, geboren und verfolgt worden war. Eine Mutter, die ihn von Kindesbeinen an gelehrt hatte, die deutsche Sprache zu lieben und sie perfekt zu beherrschen.

Ein Mann in den Mittdreißigern und kahlrasiertem Schädel erschien in der halb offen stehenden Tür und räusperte sich. Yossi Gewirzman, *katsa* in der Pariser Residentur, hielt in beiden Händen einen Pott mit dampfendem Kaffee.

Halon blickte nicht einmal auf.

Offiziell war der Kontakt oder die Verbindung von Ehemaligen mit Aktiven verboten, aber bei Halon machte man eine Ausnahme. Er hatte die Linie zwischen Legende und Mythos längst überschritten. Er war ein Denkmal. Der Mossad war nach wie vor die erste Familie des Staates, und solange die Arbeit, die Halon selbst als Ehemaliger leistete, hervorragend war und den Segen des Generaldirektors hatte, war alles bestens.

Gewirzman betrachtete zwei Sekunden lang das verlebte Gesicht des ehemaligen *katsas*. Die zehn Zentimeter lange Narbe, die von Halons rechtem Wangenknochen bis zu seinem Kinn verlief, war das Andenken an ein Himmelfahrtskommando im Libanon vor zwanzig Jahren. Mit seinem stahlgrauen Stoppelhaarschnitt und seinen kalten blaugrauen Augen sah er kein Jahr jünger aus als er war.

»Danke für den Kaffee«, sagte Halon.

Gewirzman stellte den Kaffee auf dem Schreibtisch ab. »Wäre ich in der Lage, Mitgefühl zu empfinden, würde mich dein Aussehen geradezu irritieren«, sagte er. »Identitätskrise?«

»Wahrscheinlich«, sagte Halon und lachte rau. In Wirklichkeit war ihm gar nicht zum Lachen zumute. Gewirzman war zwanzig Jahre jünger als er und befand sich auf dem Höhepunkt seiner Karriere.

»Wie alt bist du eigentlich?«, fragte der jüngere *katsa*.

»Pass bloß auf, dass ich dir keine reinhaue«, erwiderte Halon. »Im Juli werde ich vierundfünfzig.«

»Ja und? Du heißt eben nicht Ehud Barak. Nicht jeder *katsa* befehligt mit dreißig eine *Operation Caesarea*, wird anschließend Generalstabschef, Minister und schließlich Ministerpräsident. Auch wenn du nicht mehr im aktiven Dienst bist, ist deine Erfahrung hier sehr gefragt. Warum bist du eigentlich nicht wie alle anderen Ehemaligen in die freie Wirtschaft oder zumindest zu *Black Cube* gegangen?«

Black Cube war ein privater Informationsdienst ehemaliger Mitarbeiter israelischer Geheimdienstbehörden wie Aman, Mossad und Shabak sowie Rechts- und Finanzexperten.

Halon überhörte die Frage.

Sie wussten beide, dass die Blütezeit eines *katsas* zwischen fünfundzwanzig und vierzig lag. Allerhöchstens fünfundvierzig. Halon war die extreme Ausnahme. Er hatte noch im Alter von achtundvierzig Jahren einen Einsatz im Iran befehligt, bevor er aus dem aktiven Dienst ausgeschieden war.

»Findest du deine Arbeit nicht hinreichend gewürdigt?«, fragte Gewirzman.

»Doch.«

»Und warum machst du dann so ein beschissenes Gesicht?«

»Weil dies ein Scheißjahr für mich war, Yossi.« Halon sah zum ersten Mal von seinem Rechner auf. »Ich habe noch nie in meinem Leben so viel Geld an der Börse verloren wie in diesem Jahr.«

»Das ist allerdings ein großes Kunststück, denn die letzten zwölf Monate liefen an der Börse geradezu fantastisch.«

Avi Halon war wie fast alle Mitarbeiter des Mossad rechtskonservativer Gesinnung. Demzufolge hatte er auch noch nie etwas anderes gewählt als das rechte Wahlbündnis *Likud*. Und dem *Likud* konnte man nicht gerade nachsagen, dass er sozialistisches Gedankengut pflegte. Aber die ungezügelte und extrem verantwortungslose Zockerei auf den internationalen Geldbühnen hätte in den vergangenen Wochen fast zum Zusammenbruch einiger Volkswirtschaften geführt. Zum ersten Mal in seinem Leben empfand er gegenüber dem kapitalistischen System so etwas wie Feindschaft.

»Außerdem wird mich meine Scheidung ein Vermögen kosten«, fügte er hinzu.

»Darüber mach dir mal keine Sorgen. Deine Scheidung bezahlt das Büro aus seiner schwarzen Kasse«, sagte Gewirzman.

»Wie kommst du darauf?«

»Ben-Zvi liebt dich wie seinen eigenen Sohn, und der *memuneh* hört auf ihn.«

»Wenn du meinst.«

»Du bist wahrscheinlich der erste *katsa* in der langjährigen Geschichte des Büros, der es nicht zum Millionär gebracht hat.«

»Weil ich mir noch einen Funken Ehrgefühl bewahrt habe, du Arschloch.«

»Ich weiß. Und gerade das schätzt der Boss so an dir. Du hast fast alle Operationen mit Brillanz ausgeführt, sonst hätten sie dir hier kein eigenes Büro eingerichtet.«

»Ich versteh mich halt nicht so gut auf das Erpressen ehrbarer Bürger.«

Gewirzman überhörte diese Anspielung. »Seit wann bist du eigentlich dabei?«, fragte er.

»Meine Ausbildung begann vor ziemlich genau dreißig Jahren.«

»Kaum zu glauben. Und unter wie vielen Generaldirektoren hast du gedient?«

Halon nahm einen Schluck aus seinem Pott. Der heiße Kaffee tat ihm gut. »Unter sechs: Nahum Admoni, Shabtai Shavit, Danny Yatom, Efraim Halevy, Meir Dagan und Tamir Pardo. Als Dagan ging, wollte ich auch gehen, bin dann aber doch noch zwei weitere Jahre geblieben. Kurz darauf fragte mich der *memuneh*, ob er mir hier ein Büro einrichten dürfte.«

Memuneh war der interne Titel des Mossad-Generaldirektors. Aktuell hatte dieses Amt der siebenundfünfzigjährige Ron Dahan inne.

Yossi Gewirzman zog lakonisch die Schultern hoch. Dann reichte er dem Älteren einen Stapel zusammengehefteter

Blätter, die er unter dem Arm geklemmt hatte. »Sag mir, was du davon hältst.«

Halon überflog die Seiten. »Was ist damit?«

»Der Entwurf eines Memos an den *memuneh*.«

»Das seh ich. Seit wann schreiben wir Memos direkt an den *memuneh* und nicht an den Chef der Operationsabteilung? Was soll ich damit?«

»Ben-Zvi ist zweiundsiebzig. Vielleicht hält der *memuneh* gerade Ausschau nach einem geeigneten Nachfolger. Tu mir bitte einen Gefallen und sag mir, was du davon hältst!«

Halon sah ihn jetzt mit demselben Blick an, mit dem er neulich die Jerusalemer Studentin taxiert hatte, die Gewirzman gelegentlich vögelte. Gewirzman hatte sie ihm vorgestellt. Obwohl er verheiratet war, sah er keinen Grund, seine Affäre mit Michal Galil – so hieß das Mädchen – vor Halon geheim zu halten. Innerhalb des Mossad wusste ohnehin jeder, was der andere tat.

»Wenn du mich so kritisch beäugst, siehst du aus wie Zohar Argov, dieser beschissene Schmalzsänger«, nörgelte Gewirzman.

»In meinem Stammbaum gibt‹s keine beschissenen *mizrahim*, merk dir das!«, konterte der ehemalige *katsa* mit einem Anflug von beleidigt sein. »Aber vielleicht ist diese Ähnlichkeit darin begründet, dass wir beide an einem 16. Juli geboren wurden.«

»Es beeindruckt mich immer wieder aufs Neue, wie du dir jedes Geburtsdatum merken kannst. Wie viele Geburtstage hast du eigentlich im Kopf?«

»Tausende.«

»Feierst du deinen hebräischen oder deinen weltlichen Geburtstag?«

»Den weltlichen.«

»Der *memuneh* feiert immer seinen hebräischen.«

»Der stammt ja auch aus einer Rabbinerfamilie. Jetzt komm endlich zum Punkt. Erzähl mir, worum es in deinem Memo geht.«

Gewirzman nahm einen Schluck aus seinem Kaffeepott. Dann wandte er sich von Halons Schreibtisch ab, ging zum

Fenster und sah auf das morgendliche Tel Aviv hinunter. »Es geht um den internationalen Drogenhandel der Hisbollah. Ich weiß sehr genau, wie sie in Frankreich arbeiten, aber Deutschland ist eins ihrer wichtigsten Zentren. Deshalb brauche ich dich«, sagte er schließlich.

Zehn Minuten später war Avi Halon über die Grundzüge einer Operation informiert, die Gewirzman dem Generaldirektor im Laufe des Tages vorschlagen würde.

***

Straßburg – Für Sabrina Wallis war es wieder mal eine der üblichen Pflichtveranstaltungen. Sie musste Präsenz zeigen, war aber mit ihren Gedanken ganz woanders. Sie betrat den Plenarsaal in einem eleganten schwarzen Hosenanzug, und ihr schwarzes Haar war wie immer hochgesteckt. Ihre aparte Erscheinung lenkte wie so oft die Blicke sämtlicher männlichen Parlamentarier auf sich. Das wusste sie natürlich, aber es interessierte sie nicht wirklich, denn rund neunzig Prozent ihrer Gedanken kreisten ausschließlich um ihre Karriere. Aktuell spielte sie mit dem Gedanken, bei nächster Gelegenheit wieder für den Stellvertretenden Parteivorsitz zu kandidieren. Ihr letzter Versuch im Mai dieses Jahres war durch die Intervention zweier mächtiger Herren gescheitert. Aber sie wusste, dass ihre Zeit kommen würde.

Während gerade der Wirtschaftsexperte der Grünen im EU-Parlament ans Rednerpult trat, nahm Sabrina auf ihrem angestammten Sitz im hinteren Teil des Plenarsaales Platz. Vor ihr lagen ein Notizblock, ein Kugelschreiber und ihr auf lautlos gestelltes Mobiltelefon. Während sie noch das Für und Wider einer Kandidatur abwog, ergriff sie den Kugelschreiber und begann zu kritzeln ... Nein, sie kritzelte nicht, sie zeichnete. Sie zeichnete eine wunderschöne Winterlandschaft mit einem Buddha. Das ausgeprägte Talent zum Zeichnen war nur eine der vielen Eigenschaften, die sie von ihrer Mutter geerbt hatte.

***

Tel Aviv – Ron Dahan, der Generaldirektor des Mossad, saß in einem blütenweißen Hemd und wie immer ohne Krawatte hinter seinem beeindruckenden Schreibtisch, einer endlos weiten Rauchglasfläche, die, abgesehen von einem Computer und zwei Telefonen, leer war. Er trug eine Brille mit Spezialgläsern, die keinerlei Licht reflektierten, damit niemand sehen konnte, was er gerade las. Er betrachtete den Mann, der soeben sein Büro betrat, mit dem desillusionierten Blick eines Menschen, der schon viele unschöne Dinge gesehen hatte. An der Wand über seinem Schreibtisch hing das Wappen des Mossad, eine von zwei Olivenzweigen umrahmte Menora. An der Wand rechts neben der Tür hing ein Foto des Ministerpräsidenten.

»Shalom, Avi«, begrüßte er den Besucher.

»Shalom.«

»Setzen Sie sich bitte.«

Halon nahm vor dem Schreibtisch des Generaldirektors Platz.

»Danke, dass Sie sich bereiterklärt haben, den Job zu übernehmen. Andernfalls hätte ich Dani damit betrauen müssen, und das hätte ich nur sehr ungern getan. Ich wollte Sie, weil Sie über mehr Einfallsreichtum verfügen als Dani.«

Dani Gerstein war der *katsa* in ihrer Berliner Residentur.

»Ich bin, ehrlich gesagt, stolz, dass ich diese Operation leiten darf.« In Wirklichkeit kannte Halon natürlich den wahren Grund, weshalb die Wahl auf ihn gefallen war. Falls etwas schiefgehen würde, hatte der Mossad nichts damit zu tun, schließlich war er ein Ehemaliger.

»Freuen Sie sich nicht zu früh.«

»David Ben-Gurion sagte mal: *Das Schwierigste wird sofort erledigt, das Unmögliche dauert etwas länger.* Ich wurde nie in einen Feldeinsatz geschickt, wenn ein Erfolg wahrscheinlich war. Ich kam immer dann zum Einsatz, wenn die Erfolgsaussichten gleich Null waren.«

Der Generaldirektor, der zuvor als Nationaler Sicherheitsberater des Premierministers gedient hatte und diesen höchsten Posten, den der Mossad zu vergeben hatte, erst seit zwei Jahren innehatte, nickte ausdruckslos. »Sie mussten immer die Letzte Ölung geben, kurz bevor der Patient starb.«

»Wie viele Männer stehen mir zur Verfügung?«

»Vier.«

»Alles *kidonim*?«

»Ja. Alles Männer aus der *komemiute*.«

Die *komemiute* war eine topgeheime Organisation innerhalb des Mossad. Ihr operativer Arm – der *kidon* – war für Exekutionen und Entführungen verantwortlich.

»Wie viel Zeit steht mir zur Verfügung?«

»Ich wünsche, dass wir den Fall spätestens Mitte Januar zu den Akten legen können.«

Halon nickte.

»Haben Sie Yossis Memo gelesen?«, fragte der *memuneh*.

»Ja.« Halon unterließ es zu erwähnen, dass er selbst dem Memo seinen Feinschliff verpasst hatte.

»Dann wissen Sie, um wie viele Zielpersonen es sich handelt.«

»Ja, dreiundsiebzig. Eine Operation in diesem Ausmaß haben wir noch nie ausgeführt.«

»Ich weiß, aber der Drogenhandel der Hisbollah hat ein Ausmaß angenommen, dem wir kaum noch gewachsen sind. Ich möchte dieser Brut einen Schlag verpassen, der in die Geschichte eingeht. Keiner darf überleben.« Der Generaldirektor fixierte ihn mit seinem Raubtierblick. »Die Hisbollah verfügt in Deutschland über ein ausgefeiltes Warnsystem. Wenn man eine Ratte liquidiert, werden die übrigen Ratten sofort unsichtbar. Man muss sie deshalb alle gleichzeitig ausschalten.«

»Ich lasse mir etwas einfallen.«

Als Halon das Büro des Mossad-Chefs verließ, war er mit seinen Gedanken bereits bei der bevorstehenden Operation. Ihm war klar, dass diese Operation, so schwierig ihre Ausführung auch werden würde, nur eine winzige Facette in einem viel größeren Kanon von hochkomplexen Operationen war, die sich alle nur um Israels Todfeind Nr. 1, den Iran, drehten.

Er ging zurück in sein Büro, setzte sich an den Schreibtisch und schloss die Augen. Spontanes Handeln war selten effektiv. Bevor er sich mit den *kidonim* – alles hochprofessionelle und passionierte Killer zwischen zwanzig und dreiundzwanzig – treffen würde, musste er selbst erst mal eine Vorstellung davon haben, wie er die neue Aufgabe angehen sollte.

Es ging um die Liquidierung von dreiundsiebzig libanesischen Drogenhändlern in Deutschland. Wenn alles glattging, würde dies einen erheblichen Medienrummel verursachen, aber es durfte nicht der leiseste Verdacht auf den Mossad fallen.

Die schiitische Hisbollah finanzierte ihren Terror gegen Israel und jüdische Einrichtungen nicht nur durch beträchtliche Finanzspritzen des iranischen Mullahregimes, sondern hauptsächlich durch weltweite Drogen- und Waffengeschäfte.

Insbesondere der Iran und seine Verbündeten – Hisbollah und Hamas – nutzten zur Finanzierung ihrer Terroraktivitäten internationale Netzwerke, um verschiedene Institute und Organisationen wie Banken, Wohltätigkeitsfirmen und Hilfsorganisationen für ihre Zwecke zu missbrauchen. Um terroristische Geldnetzwerke aufzuspüren, hatte der ehemalige Generaldirektor Meir Dagan Scheinfirmen gegründet, um besonders Hisbollah- und Hamasfunktionäre zu täuschen, die dort Gelder aus dem Drogenhandel anlegten – bis das Geld plötzlich verschwand. Beim Gaza-Krieg 2014 war diese Strategie besonders erfolgreich. Der Mossad deckte illegale Barzahlungen an die Hamas auf, und das israelische Militär zerstörte daraufhin die Übergabe mit einer gezielten Aktion. Ohne das Geld konnte die Terrororganisation den Kampf nicht aufrechterhalten und bat 48 Stunden später um einen Waffenstillstand.

In Deutschland war die Hisbollah *sehr* stark.

Die amerikanischen Drogenermittler der *Drug Enforcement Administration (DEA)*, die das weltweite Drogengeschäft der Hisbollah frühzeitig hätten ausheben können, scheiterten, weil sie bereits ab dem Jahre 2008 von der Obama-Regierung regelmäßig ausgebremst wurden. Obwohl die DEA-Agenten schon 2011 Nachweise über die Geldwäsche in

Höhe von fünfhundert Millionen US-Dollar gesammelt hatten und darüber hinaus über Beweise gegen die wichtigsten Hintermänner verfügten, wurden sie von der Obama-Regierung gestoppt, angeblich um ein besseres Verhältnis zum Terrorregime von Teheran und zu vermeintlich »moderaten Elementen« der Hisbollah aufzubauen. Als weiterer Grund wurde ab 2015 angegeben, man wolle das Atom-Abkommen mit dem Iran »nicht gefährden«.

Ab dieser Zeit und unter dem Schutz der israelfeindlichen Obama-Regierung entwickelte sich die Hisbollah von einer paramilitärischen Organisation mit regionaler Bedeutung zu einem weltweit operierenden kriminellen Konzern, der Milliarden mit den gefährlichsten Geschäften der Welt umsetzte, darunter Programme zur Herstellung chemischer und nuklearer Waffen.

Der Mossad behielt diese Entwicklung die ganze Zeit über sorgfältig im Auge. Er wusste, dass die libanesische Drogenmafia in Deutschland sehr stark vertreten war und ihre Leute bei der Polizei, der Bundeswehr und sogar in einigen Landeskriminalämtern eingeschleust hatte.

Die Informationen, die die deutschen Dienste lieferten, waren nicht immer zuverlässig. Das war aber nicht weiter schlimm, weil der Mossad längst deren Codes geknackt hatte. Überhaupt waren die Deutschen bei Fällen dieser Art nicht immer kooperativ. Ihr Hauptproblem war, dass sie eine starke Neigung hatten, Terroristen vor ein irdisches Gericht zu zerren, wo sie bereits nach kurzer Zeit wieder auf freien Fuß kamen, anstatt sie gleich dorthin zu befördern, wo sie hingehörten – ins Jenseits.

Die Zeit, als ihn der Fanatismus und Israelhass der Hisbollah noch wütend machte, war für Avi Halon längst Vergangenheit. Gefahr erkennen, Krallen ausfahren, Ziel liquidieren – das war das Motto, nach dem man mit Terroristen, die die Sicherheit jüdischer und israelischer Bürger gefährdeten, zu verfahren hatte und dem hier praktisch jeder nachging.

Die letzten heftigen Auseinandersetzungen mit seiner Frau Sara kehrten plötzlich in seinen Kopf zurück. Er wollte sie verdrängen, aber es gelang ihm nicht. Um sich von ihnen zu befreien, brauchte er eine Operation, die ihn stark forderte. Der bevorstehende Einsatz in Deutschland kam ihm deshalb gerade recht.

***

Düsseldorf – »Wo gehst du hin?«, fragte ihre Mutter.

Frau Cohn betrachtete argwöhnisch ihre Tochter, die sich vor dem großen Spiegel im Foyer noch einmal die Lippen nachzog.

»Ich treffe mich mit dem Schriftsteller.«

»Mit welchem Schriftsteller?«

»Julian Tagman. Ich hab dir doch von ihm erzählt, aber du hörst ja nie zu.«

»Aber der ist doch ein *Goi*!«

»Ja, er ist ein Goi. Aber ein höchst interessanter.«

»Und wie alt ist er, wenn ich fragen darf?«

»Du darfst aber nicht fragen.«

»Ist es ein etwas reiferer Herr?« Sie schüttelte ungläubig den Kopf. »Warum triffst du dich nicht mit den jungen Männern aus unserer Gemeinde?«

»Ach, Muttchen.« Daria steckte ihren Lippenstift zusammen und ließ ihn in ihre Handtasche gleiten. »In zwei Wochen ist Chanukka, da werde ich diese langweiligen Heiratskandidaten, an denen dir so viel liegt, alle auf einmal sehen. Aber bis dahin möchte ich mich noch ein wenig mit einem Mann amüsieren, der mich auch intellektuell fordert.«

»Du hast den gleichen Dickkopf wie dein Vater.«

Daria lachte. Dann nahm sie ihre Mutter in den Arm und drückte sie. »Ciao.«

»Wann kommst du zurück?«

»Nicht allzu spät. Wir gehen nur was essen.«

»Wo denn?«

»Wir gehen in *Die Kurve* – koscher essen.«

»Gut. Dann wünsche ich euch viel Spaß«, rief ihr Frau Cohn, mehr besorgt als erleichtert, hinterher.

Daria steuerte das Parkhaus an, das der Goebenstraße am nächsten lag. Als sie den freien Parkplatz sah, bog sie schnell ein. Glück gehabt! Denn es war nicht einfach, in der Vorweihnachtszeit einen Parkplatz in Düsseldorf zu ergattern.

Sie stieg aus und hörte eine Stimme hinter sich.

»Daria?«

Sie fuhr herum.

Es war Julian.

»Hey! Das nenn ich mal präzises Timing!«, rief sie und strahlte.

»Ja, in der Tat.«

Sie waren praktisch gleichzeitig ins Parkhaus gefahren.

Daria erschien ihm diesmal noch anziehender als am Sonntag. Mit ihrem glatten schwarzen Haar und den schwarzen Augen, ihrem schwarzen Mantel und der schwarzen Tasche wirkte sie wie jemand, der sich bewusst älter und reifer machen wollte.

Sie zog ihren rechten Handschuh aus und gab ihm die Hand.

Zum ersten Mal fiel ihm die schöne Wölbung ihrer Wangenknochen auf.

Sie setzten sich in Bewegung. *Schöne Augen, schöne Beine.*

In dem Restaurant *Die Kurve* wurden sie an einen reservierten Tisch geführt. Julian nahm ihr den Mantel ab und ging damit zur Garderobe. Dann hängte er seinen Mantel neben den ihren.

»Und? Schon das nächste Buch in Planung?«, fragte sie, als er ihr gegenüber Platz nahm.

»In Planung habe ich noch nichts. Aber ich habe gerade meinen zweiten Politthriller beendet, für den ich jetzt erst mal einen Literaturagenten begeistern muss. Das wird vermutlich nicht so einfach.«

»Ja, ich weiß. Ohne einen renommierten Agenten sind die Chancen zur Publikation bei einem renommierten Verlag gleich Null.« Sie lächelte. »Du machst das schon.«

Die Bedienung trat an ihren Tisch und reichte ihnen die Speisekarte.

»Ich brauch jetzt erst mal was zum Aufwärmen«, sagte Daria und schlug die Karte auf.

»Dann sollten wir mit einer heißen Suppe beginnen.«

»Einverstanden. Und dazu grünen Tee?«

»Sehr gern.«

Eine Stunde später waren sie sich deutlich näher gekommen. Zum Hauptgericht hatten sie einen leichten Weißwein vom Golan getrunken. Daria hatte einen Schwips. Sie lächelte ihn oft an. Es war ein warmes, hübsches Lächeln, und er sah, dass ihre Augen gar nicht schwarz waren, sondern dunkelbraun. Sie wusste inzwischen auch, dass er eine besondere Sympathie für Israel hegte. Geahnt hatte sie es bereits aufgrund des Buches, das er veröffentlicht hatte, aber im Laufe des Abends bekam sie darüber Gewissheit.

»Kennst du Chanukka?«, fragte sie.

»Natürlich. Das jüdische Lichterfest.«

»Hast du es schon mal gefeiert?«

»Nein.«

»Möchtest du?«

»Klar, sehr gern.«

»Ich lad dich ein!«

»*Wow!*«

Draußen wehte ein eisiger Wind. Daria vergrub ihre Hände in den Manteltaschen und zog fröstelnd die Schultern hoch. Im Parkhaus sah sie ihn dann mit einem Blick an, der eindeutig auf eine Fortsetzung dieses schönen Abends hoffen ließ. Dann küsste sie ihn zum Abschied flüchtig auf den Mund.

***

Nördlich von Tel Aviv – Der nüchtern eingerichtete Besprechungsraum befand sich im Erdgeschoss eines zweigeschossigen weißen Backsteingebäudes auf einem kleinen Hügel nördlich von Tel Aviv. Offiziell war es die Sommerresidenz des Premierministers, in Wirklichkeit handelte es sich um das Ausbildungszentrum des israelischen Auslandsgeheimdienstes. Insider nannten dieses Gebäude einfach *Ha-Midrasha* – die Akademie. Gemäß seinem Motto *Mit den Mitteln der Täuschung sollst du Krieg führen* weihte der

Mossad hier sowohl die jungen Kadetten als auch die erfahrenen Agenten in die Geheimnisse der subtilen Kriegsführung ein.

Avi Halon war gerade dabei, den vier *kidonim* die Grundzüge der Operation vorzustellen.

»Ihr wisst, dass man diesen Hunden nicht trauen kann. Niemals!« Er hatte sich in Rage geredet.

Während die vier *kidonim* andächtig den Worten ihres hoch dekorierten Führungsoffiziers lauschten, tobte sich Halon regelrecht aus.

»Schlimmer noch als diese Hunde sind die liberalen Scheißer in unserem eigenen Land. Die wollen immer nur verhandeln. Wann werden diese Wichser endlich begreifen, dass man mit diesen Hunden nicht verhandelt!«

David Talbergs Augen blitzten zustimmend auf. Der zweiundzwanzigjährige Scharfschütze fand, dass der Chef genau den richtigen Ton getroffen hatte.

»Wir werden ihnen eine Lektion erteilen, die sie niemals vergessen werden«, fuhr Halon fort. »Wir werden ihre Nester komplett ausheben, damit es ihre Auftraggeber in Beirut ein für alle Mal begreifen. Die werden uns nicht weiter auf der Nase herumtanzen.«

David Talberg hob seine rechte Hand.

»Ja?«

»Normalerweise werden Operationen dieser Art wochenlang in unserem Ausbildungslager in der Negev eingeübt. Straßen und Wohnungen werden so realistisch wie möglich nachgebaut. Warum nicht bei dieser?«

»Weil uns die Zeit fehlt. Weil die Regierung bis Mitte Januar ein Ergebnis sehen will.«

David nickte – aber keineswegs aus Zustimmung. Bei dieser Operation würde alles anders sein. Das wusste er. Und davor hatte er auch etwas Angst. »Wann geht's los?«, fragte er.

»Ich fliege in der nächsten Woche nach Deutschland, um vor Ort weitere Informationen einzuholen. Sobald ich mir sicher bin, dass mein Plan funktioniert, kommt ihr nach und wir legen die Details der Operation fest. Treffpunkt ist unser sicheres Haus in Düsseldorf ... Dieser Einsatz wird all das von euch verlangen, was ihr eintrainiert habt – Geschwindigkeit, Reaktionsvermögen, Mut und gegenseitige Deckung.«

Die *kidonim* nickten zustimmend.

***

Düsseldorf – Die drei Tage, in denen sie ihn nicht gesehen hatte, waren Daria wie eine Ewigkeit vorgekommen. Unter dem Vorwand, bei einer Tasse Kaffee über neue Strömungen in der deutschen Literatur zu diskutieren, wobei sie natürlich beide wussten, dass dies nur ein Vorwand war, klingelte sie kurz nach halb vier an seiner Haustür.

Als er ihr öffnete, wurde er von ihrer Schönheit geradezu überwältigt. Er hatte den Eindruck, dass sie von Mal zu Mal schöner wurde.

Während er ihr den Mantel abnahm, um ihn über einen Bügel in der Garderobe zu hängen, fragte sie:»Kann ich meine Stiefel ausziehen?«

Bevor er etwas erwidern konnte, öffnete sie den Reißverschluss ihrer Stiefel und streifte sie ab.

Sie trug eine eng sitzende schwarze Hose und eine tief ausgeschnittene pinkfarbene Bluse, die ihre kugelrunden Brüste perfekt zur Geltung brachte. Ein verschwenderisch teurer Duft umwehte sie.

»Komm rein«, sagte er. »Zur Begrüßung gibt's ein Glas Champagner, okay?«

»Okay.« Sie strahlte ihn an.

Er führte sie ins Wohnzimmer. Im Hintergrund lief Lounge Musik.

Neugierig und mit schnellen Blicken alles taxierend, sah sie sich um.

Julian entschwand in die Küche, um eisgekühlten Champagner und zwei Gläser zu holen.

»Ah, mein Lieblingschampagner«, sagte sie, als er ihr die Flasche Veuve Cliquot zeigte.

»Ist auch mein Lieblingschampagner.«

»Hübsch hast du's hier«, sagte sie, während er die Gläser

füllte. »Wo schreibst du? Ich möchte wissen, wo du deine Bücher schreibst.«

»Mein Arbeitszimmer ist nebenan.«

»Komm, zeig‹s mir. Du weißt, wir Frauen sind unglaublich neugierig.«

Julian nahm die gefüllten Gläser und ging voran. Daria lief ihm auf Strümpfen hinterher.

Sein Arbeitszimmer war aufgeräumt. Während ihr Blick langsam an den prallgefüllten Bücherregalen, die vom Boden bis zur Decke reichten, entlang schweifte, stellte er die Gläser auf dem Schreibtisch ab und setzte sich auf die Schreibtischkante, um ihr dabei zuzusehen.

Dann drehte sie sich plötzlich zu ihm um. Ihre Augen waren verschleiert wie die einer Katze, die während des Schlafs sanft die Augen öffnet. Sie kam auf ihn zu und blieb direkt vor ihm stehen. Er blieb auf der Schreibtischkante sitzen, berührte sie mit der Hand kurz unterm Kinn und zog sie dann sanft zu sich herunter. Sie schloss die Augen, und er küsste sie. Ihre Lippen waren unglaublich weich.

Sie knöpfte langsam sein Hemd auf. Als sie beim untersten Knopf angelangt war, zog sie sein Hemd aus der Hose und liebkoste seine Brust mit den Händen, indem sie sanft darüber fuhr.

Dann lächelte sie ihn an – so zärtlich, dass er eine Gänsehaut bekam. Wortlos ergriff er die beiden Gläser und reichte ihr eins.

Sie stießen an und tranken ein paar Schlucke. Niemand sprach ein Wort.

Als Daria ihr Glas abstellte, stellte er sein Glas ebenfalls ab. Dann öffnete er die Knöpfe ihrer Bluse und zog sie schließlich ganz aus. Sie griff mit beiden Händen hinter sich und öffnete den Verschluss ihres BHs, so dass er ihr nur noch die Träger abstreifen musste. Ihre Brüste waren zwei perfekt geformte Kugeln mit kleinen dunkelbraunen Brustwarzen, die ganz hart geworden waren.

Sie streichelten und küssten sich noch eine Weile, dann konnten sie sich beide nicht länger zurückhalten. Sie glitten hinunter auf das flauschige Fell und liebten sich.

Daria blieb bis Mitternacht bei ihm, sehr zur Sorge ihrer Mutter. Und am nächsten Morgen erhielt Julian bereits um halb acht eine Kurzmitteilung von ihr: *Können wir uns jetzt bitte noch mal sehen? Ich sehne mich so sehr nach deinen zärtlichen Händen auf meiner Haut.*

***

Berlin – Ein Angehöriger der Israelischen Botschaft hatte Halon gegen elf Uhr vom Flughafen Berlin-Tegel abgeholt. Bevor der Fahrer in die Auguste-Viktoria-Straße im Stadtteil Grunewald einbog, sah Halon bereits aus großer Entfernung die beiden mit lebhaftem Grün patinierten Kupferdächer, die vor dem knallblauen Berliner Winterhimmel regelrecht aufleuchteten. Rechts befand sich die für Empfänge und als Residenz umgebaute Villa, links davon der Botschaftsneubau. Das israelische Außenministerium hatte mit dem Botschaftsgebäude seinerzeit die Komplexität und Symbolik, die eine Repräsentanz des jüdischen Staates im geeinigten Berlin bedeutet, zum Ausdruck bringen wollen. Und die israelische Architektin Orit Willenberg-Giladi hatte die Vorstellungen des Auftraggebers geradezu perfekt umgesetzt.

Sie fuhren gerade an der Front des neuen Kanzleigebäudes vorbei, das durch sechs steinerne Pylone gebildet wurde – jeder Pylon stand für jeweils eine Million jüdischer Opfer des NS-Regimes –, als das Mobiltelefon des Fahrers klingelte: »Wo bleibt ihr denn?«, fragte ein Stimme auf Hebräisch.

»Zwei Minuten noch«, lautete die knappe Antwort des Fahrers. Kurz darauf passierte der Wagen die scharfen Kontrollen und fuhr hinunter in die Tiefgarage. Von dort waren es nur wenige Meter bis zu der unterirdischen Berliner Residentur des Mossad.

Dani Gerstein, ein Hüne von Mann mit scharfen Gesichtszügen, rötlichem Haar und breiten Schultern, war der in Deutschland residierende *katsa*. Er bekleidete den Rang eines Obersten und war dreiunddreißig Jahre alt.

»Shalom, Avi«, begrüßte er seinen Kollegen.

»Shalom, Dani.«

»Ziemlich heikle Operation, wie?«, scherzte er.

»Ja, aber nicht unmöglich.«

Sie kamen an einem Raum vorbei, dessen Tür offen stand. Halon erkannte vier junge Techniker. Er nickte ihnen kurz zu. Dann betraten sie einen kleinen Besprechungsraum mit einem runden Tisch, auf dem eine Kanne mit frischem Kaffee stand.

»Wie lange wirst du bleiben?«, fragte Gerstein, nachdem er ihnen zwei Tassen Kaffee eingeschenkt hatte.

»Hängt davon ab, wie gut ihr gearbeitet habt. Der *memuneh* will den Fall spätestens Mitte Januar zu den Akten legen.«

»Ja, habe ich schon gehört«, sagte Gerstein. »Weil ihm der Ministerpräsident im Nacken sitzt. Wir werden auch alles tun, um seine Wiederwahl im nächsten Jahr zu sichern. Du weißt, was passiert, wenn die linken Scheißer an die Macht kommen. Als erstes gehen sie uns an den Kragen.

»Bis dahin ist noch reichlich Zeit.«

»Ja, aber wir planen weit vor. Du weißt vermutlich, dass diese kleine Scheißnummer mit der Hisbollah nur der Auftakt für etwas viel Größeres ist.«

»Kann ich mir denken.«

»Nachdem wir mit Obama nichts als Ärger hatten, haben wir jetzt einen wahren Freund Israels im Weißen Haus sitzen. Und das nutzen wir natürlich aus. Und wir passen sehr gut auf ihn auf, damit ihm nichts zustößt.« Gerstein grinste breit.

Halon musste ebenfalls grinsen, als er aus Gersteins Mund das Wort »*Freund*« vernahm. Das erste, was ein angehender Führungsoffizier während seiner Ausbildung lernte, war der Satz: »*Wenn du mit deinem Freund zusammensitzt, sitzt er nicht mit seinem Freund zusammen. Alles ist Feind, nichts ist Freund. Merkt euch das ein für alle Mal.*«

***

Düsseldorf – Erev Chanukka – der Vorabend des jüdischen Lichterfestes.

Julian wusste inzwischen, wo seine kleine Freundin wohnte.

Die Villa der Cohns gefiel ihm – zumindest von außen, denn noch hatte er keinen Fuß hineingesetzt. Der Vorgarten war groß und glitzerte im winterlichen Zauber. Darias Eltern verfügten zweifellos über einen erlesenen Geschmack. Heute würde er sie kennenlernen.

Er stand vor dem großen gusseisernen Portal und klingelte. Augenblicke später öffnete sich in der Ferne die Haustür. Dann ein kurzes Surren. Das gusseiserne Portal sprang auf. Daria stand in der Haustür und rief ihm zu: »Komm bitte rein, es ist kalt!«

Julian trat durch das Tor, das sich sofort hinter ihm schloss. Dann ging er über den gepflasterten Weg zu ihr.

»Hi«, sagte sie zur Begrüßung. Sie fiel ihm um den Hals. »Meine Eltern sind schon vorgefahren. Wir haben noch ein paar Minuten Zeit.« Sie fasste ihn an der Hand und zog ihn in den nächstgelegenen Salon.

Dann streifte sie ihre Kleidung ab.

»Was wird das denn?«, fragte er.

»Ich hab gerade Lust. Fick mich bitte. Es ist nicht schlimm, wenn wir etwas später kommen.«

Julian musste grinsen. Er zog sich ebenfalls aus und bekam sofort eine Erektion.

»Nimm bitte keinerlei Rücksichten auf mich. Fick mich einfach nur hart durch, dann komme ich am schnellsten«, sagte sie.

Daria kam rasend schnell, und für Julian war es der schnellste Quickie seines Lebens.

Sie gingen gemeinsam ins Bad, machten sich frisch und saßen kurz darauf in seinem Wagen.

»Bist du jetzt schockiert?«, fragte sie.

»Nein.«

»Ich brauchte es einfach«, sagte sie und zündete sich eine Zigarette an.

»Ist schon okay.«

»Was bist du eigentlich für ein Sternzeichen?«

»Waage. Und du?«

»Zwillinge. Waage und Zwillinge passen hervorragend zusammen.«

Julian lachte.

***

Eintrittskarten gab es natürlich schon seit Wochen nicht mehr. Die Jüdische Gemeinde in Düsseldorf zählte rund siebentausendfünfhundert Mitglieder. Davon hatten rund tausendfünfhundert Personen Interesse an der Teilnahme bekundet. Da es aber nur zweihundertfünfzig Karten gab, musste man entweder ganz fix sein oder die Karten einem anderen abkaufen. Natürlich zu einem gepfefferten Aufpreis. Nichtsdestotrotz war es Darias Vater gelungen, für den Begleiter seiner Tochter eine Karte zu ergattern.

Sie gaben ihre Mäntel an der Garderobe ab und präsentierten dem Türsteher ihre Eintrittskarten.

Der Gemeindesaal war riesig, aber nicht so repräsentativ, wie Julian es dem feierlichen Anlass gemäß erwartet hatte. Die runden Tische waren mit blütenweißen Tischdecken überzogen und groß genug, um acht Personen bequem Platz zu bieten.

»Komm, wir suchen meine Eltern«, sagte Daria.

Sie hatte ihre Mutter schnell gefunden. Sie stand mit drei weiteren Frauen in der Mitte des Saales und erging sich mit ihnen in Smalltalk. Frau Cohn war eine füllige jüdische Mama von vielleicht fünfzig Jahren mit drallen Oberschenkeln und riesigen Brüsten. Ihre Haare waren blondiert, und ihr rosiges Gesicht strahlte echte Lebensfreude aus.

Als Julian ihr vorgestellt wurde, musterte sie ihn kritisch, aber ihr Gesicht hellte sich schnell auf, denn er war ihr auf Anhieb sympathisch.

»Wo ist Papa?«, frage Daria.

Frau Cohn sah sich um. »Er sitzt da drüben. Ich weiß aber nicht, ob du ihn jetzt stören kannst.«

»Keine Sorge, das kann ich ... Komm!«, sagte sie zu Julian.

Efraim Cohn saß mit einem weiteren Mann zusammen. Sie hatten die Köpfe zusammengesteckt, als gelte es etwas auszuhecken. Efraim Cohn hatte diesen Mann zuletzt vor zehn Jahren gesehen. Er kannte ihn nur als einen gewissen Dr. Yoram Katz, Professor für Zeitgeschichte an der Universität von Tel Aviv, aber er konnte sich denken, dass das nicht der wahre Name dieses Mannes war. Yoram Katz war eine Autorität, dessen Identität man einfach nicht hinterfragte.

Efraim Cohn war seit vielen Jahren ein *sayan*, ein unbezahlter freiwilliger jüdischer Helfer des israelischen Auslandsgeheimdienstes. *Sayanim* gab es in fast jedem Land der Erde. Sie unterstützten Mossad-Agenten heimlich mit Geld und Unterkünften, wenn diese gerade einen Einsatz in ihrem Land hatten und der heimlichen Hilfe bedurften. Das Wort »Mossad« hatte Herr Cohn noch nie in den Mund genommen. Wenn überhaupt, dann benutzte er nur das Wort *misrad*, »Büro«.

Zehn Jahre war es jetzt her, dass sich die beiden Männer zum letzten Mal gesehen hatten. Katz hatte damals eine schwierige Operation in Deutschland geleitet. Es war gleichzeitig seine letzte Operation in Deutschland gewesen. Efraim Cohn wunderte sich, dass sich Yoram Katz nach so langer Zeit wieder bei ihm gemeldet hatte.

»Ah, da ist ja meine Tochter!«, rief er plötzlich aus, als Daria in Begleitung eines gut aussehenden Mannes auf ihn zukam.

Cohn und Katz erhoben sich aus ihren Sesseln, und man machte sich miteinander bekannt.

»Geht doch schon mal zu unserem Tisch, wir haben die Nummer Vier«, sagte Cohn schließlich. »Professor Katz und ich haben noch etwas zu besprechen. Wir sitzen ja ohnehin gleich alle zusammen.«

Der Mann, mit dem der sehr distinguiert wirkende Vater von Daria zusammensaß, hatte Julian auf Anhieb Respekt eingeflößt. Er hatte eine sehr militärische Ausstrahlung, vielleicht war er Professor an einer Militärakademie. Die große Narbe in seinem Gesicht sprang ihm sofort ins Auge. Wie war noch mal sein Name? Ach ja, Katz. Katz‹ Deutsch war fehlerfrei, aber er hatte eine raue Stimme und einen starken ausländischen Akzent. »Kennst du den Mann?«, fragte er Daria.

»Nie gesehen«, bekannte diese wahrheitsgemäß und wunderte sich etwas, weshalb sich Julian überhaupt für diesen Mann interessierte. Dann stellte sie ihm zwei ihrer Freundinnen vor. Rachel und Liliana.

Gegen siebzehn Uhr, etwa zwanzig Minuten nach *shkiat hachama*, also kurz nach Sonnenuntergang, wurde es feierlich. Denn jetzt begann nach dem jüdischen Kalender offiziell der 25. Kislev – jener Tag, an dem sich das Tempelwunder ereignet hatte, das die Juden seit mehr als zweitausend Jahren jeweils acht Tage lang im Gedenken an das heilige Öl, das acht Tage lang im Tempel gebrannt hatte, feierten.

Die Gemeindemitglieder hatten inzwischen an den Tischen Platz genommen und blickten bewegt auf den Rabbiner, der sich soeben der *chanukkia*, dem neunarmigen Leuchter, genähert hatte. Der Rabbiner entzündete zunächst den *shamash* – das war die etwas erhöht stehende Kerze in der Mitte. Dann nahm er den *shamash* aus der Halterung, sprach feierlich die drei *brachoth*, also die drei Segenssprüche, die dem Anzünden der ersten Kerze vorangehen mussten, und entzündete das erste Licht.

Applaus brandete auf.

Der Rabbiner hielt eine kurze Ansprache, in der er betonte, dass Chanukka die Gedenkfeier für heroische Taten war, die in der Weltgeschichte kaum ihresgleichen fanden. »Eine kleine Schar, von nationaler Begeisterung durchglüht, wirft einen zehn- und zwanzigfach überlegenen Feind nieder, befreit das Land von der Fremdherrschaft, welche alles jüdische Volkstum und alle jüdische Gotteserkenntnis zu vergewaltigen und auszurotten trachtete. Vom Judentum wird gesagt: ›*Ich habe Dich gemacht zur Völkerverbindung, zum Lichte der Nationen.*‹ Wie viel hat unser Volk nicht zur Verbrüderung und Erleuchtung der Nationen beigetragen und wie hat man es ihm gelohnt! Ein jüdischer Dichter vergleicht unser Volk mit dem *shamash*, jenem kleinen Licht, mit welchem all die übrigen Chanukka-Lichter angezündet werden. Alle haben von ihm ihr Licht empfangen und trotzdem nennt man dieses Licht verächtlich den Knecht und weist ihm seinen Platz in irgendeinem Winkel zu, nicht in der Reihe der übrigen Lichter ...«

Bevor die Speisen serviert wurden, nahm Herr Cohn einen der auf dem Tisch liegenden Dreidel in die Hand und fragte Julian, ob er wisse, was das sei.

»Papa!«, wurde er von seiner Tochter sofort ermahnt. »Julian weiß mehr über die jüdischen Bräuche als die meisten Juden!«

Herr Cohn hob ungläubig die Augenbrauen.

Julian lächelte. »Die griechischen Syrer, die damaligen Besatzer, hatten das Lehren und Lernen der Torah zu einem Verbrechen erklärt, das mit der Todesstrafe oder mit Gefängnis zu bestrafen war. Aber die jüdischen Kinder trotzten diesem Verbot und lernten insgeheim weiter. Sobald syrische Patrouillen auftauchten, taten sie so, als spielten sie ganz unschuldig Dreidel. Jeder der vier Seiten eines Dreidels zeigt einen anderen hebräischen Buchstaben: *Nun*, *Gimmel*, *He* und *Shin*. Sie stehen für den Satz ›*Nes gadol haja sham*‹, das heißt: ›Ein großes Wunder ist dort geschehen‹. Diese Beschriftung des Dreidels findet allerdings nur in der Diaspora Verwendung. In Israel zieren den Dreidel die Buchstaben *Nun*, *Gimmel*, *He* und *Pe*, das heißt: ›*Nes gadol haja po*‹, also ›Ein großes Wunder ist *hier* geschehen‹.«

Herr Cohn spitzte die Lippen.

»Sprechen Sie Iwrit?«

»Nur ein wenig. Für eine Verständigung mit Israelis reicht es leider nicht.«

»Aber Israel kennen Sie.«

»Ich denke schon. Sofern es meine Finanzen erlauben, bin ich dort, wo mein Herz schlägt. Ich war schon mit sechzehn das erste Mal in Israel, und in den letzten fünf Jahren bin ich bestimmt zwei Mal pro Jahr in Israel gewesen. Die ganze Atmosphäre, die dieses wunderschöne Land versprüht, war ideal für mein Buch.«

»Ja-ja-ja-ja«, meldete sich Frau Cohn zu Wort, »Sie schreiben Bücher. Daria erzählte davon. Schreiben Sie direkt über Israel?«

»*Jein* ... Ich schreibe Politthriller. Natürlich geht es da auch um den Nahen Osten. Leider habe ich erst ein Buch veröffentlicht.«

»Was nicht ist, kann noch werden«, sagte Herr Cohn.

»Ich gebe dir sein Buch zu lesen, Papa«, meinte Daria. »Es ist wirklich großartig.«

»Gern.«

»Und sein zweites Buch ist bereits fertig. Julian sucht nur noch einen Verlag.«

Die Kellner trugen die Speisen auf.

Avi Halon, den die hier Anwesenden nur unter dem Namen Professor Dr. Yoram Katz kannten, hatte die ganze Zeit über aufmerksam zugehört. Er hatte den Eindruck, an diesem Abend sehr viel zu lernen. Als sich die Runde zu später Stunde auflöste, behielt er folgendes im Gedächtnis: Julian Tagman war bei all seiner Bescheidenheit ein profunder Israelkenner und ohne jeden Zweifel ein Freund des jüdischen Volkes. Aber vor allem war er ein Experte in der anschaulichen Darstellung von wirtschaftlichen Zusammenhängen.

»Haben Sie eine Visitenkarte für mich?«, fragte er. »Ich würde Sie gern mal nach Israel einladen. Und vor allem brauche ich von Ihnen ein paar gute Aktientipps.«

Julian öffnete seine Brieftasche und reichte ihm seine Karte. Im Gegenzug erhielt er die Karte von Dr. Yoram Katz, Professor für Zeitgeschichte an der Universität von Tel Aviv.

Am nächsten Tag googelte Julian den Namen von Professor Katz. Die Website der Universität von Tel Aviv war in englischer und hebräischer Sprache verfasst. Professor Katz war demnach eine Koryphäe. Aktuell hatte er sein Sabbatical, eine kleine Auszeit.

***

Berlin-Karlshorst – Das Europäische Parlament in Straßburg hatte längst die Weihnachtsferien eingeläutet. Die meisten EU-Abgeordneten entspannten sich bereits im Kreise ihrer Familie oder waren vor einer Woche in wärmere Gefilde geflüchtet.

Für Sabrina Wallis gab es keine Ferien. Ihre Dissertation absorbierte jede freie Minute. So auch heute.

Vor einem Monat war ein neues Buch von ihr erschienen.

Eine brillante ökonomische Analyse über die Ursachen der Finanzkrise und deren wahre Zusammenhänge. Das Buch war brandaktuell, und Sabrina hatte es meisterhaft verstanden, auch die kompliziertesten Sachverhalte anschaulich darzustellen. Wie durch höhere Fügung bewirkt, war es genau zum richtigen Zeitpunkt erschienen.

Die Weltfinanzkrise, von der die Fachleute überzeugt waren, sie würde noch Jahre andauern, hatte offiziell am 15. September 2008 mit dem Zusammenbruch der US-amerikanischen Investmentbank Lehmann Brothers begonnen. Danach kamen viele Jahre einer trügerischen Erholung, während derer sich die Masse in Sicherheit wog. Aber in Fachkreisen überwog längst die Überzeugung, dass der finale Finanzcrash umso schlimmer werden würde, je länger er auf sich warten ließe. Aber der Crash war weder 2016 noch 2017 gekommen. Vielleicht käme er in diesem Jahr, vielleicht aber auch erst in fünf Jahren. Aber wie dem auch war – es war Sabrina Wallis, die in ihrem Buch auch vernünftige Perspektiven aufzeigte.

Um halb sieben klingelte ihr Wecker. Sie war sofort hellwach, sie hatte ohnehin einen leichten Schlaf. Auf dem Weg ins Bad kam sie an ihrem Notebook vorbei, das sie entgegen ihren sonstigen Gepflogenheiten die ganze Nacht über angelassen hatte. Hastig überflog sie die Absender der neu eingegangenen Mails – fast alles Mails von Parteigenossen. Sie würde sie später lesen.

Sie machte Licht im Bad und betrachtete sich kritisch im Spiegel. Sie fand, dass sie in letzter Zeit ein leicht verhärmtes Gesicht bekommen hatte. Es war einfach das Übermaß an Arbeit, das niemand lange durchhalten konnte. An diesem Morgen war es wohl besser, wenn sie niemand zu Gesicht bekam. Einerseits schmeichelten ihr die Medienphrasen von ihrer Schönheit, andererseits waren genau sie der Grund, weshalb sie sich ausgesprochen konservativ kleidete. Denn nichts war der Karriere so abträglich wie der Neid der Genossen.

Morgen war Heiligabend. Wie in all den Jahren zuvor, würde sie auch in diesem Jahr ihre Mutter besuchen. Ihr fiel ein, dass sie noch kein Weihnachtsgeschenk hatte.

Unter der Dusche dachte sie daran, dass Weihnachten ein Fest war, das sie immer gern gefeiert hatte. Sie war zwar nicht religiös geprägt, aber Weihnachten und Ostern waren für sie Feiertage, die immer eine wichtige Rolle gespielt hatten. Es waren Familienfeiern. Man traf sich und saß in fröhlicher Runde zusammen. Weihnachten war ein Fest, auf das man sich – vor allem, als sie noch ein Kind gewesen war – immer freute. Nicht nur der Geschenke wegen, sondern weil es Tradition war und damit zur Kultur gehörte.

Mit Kirche hatte das ihrer Ansicht nach nicht viel zu tun. Und in einer kapitalistischen Gesellschaft, die ausschließlich auf Ellenbogen und Konkurrenz aus war, wurde natürlich auch der Kirche immer weiter Boden entzogen. Die Werte der Kirche waren einfach nicht kompatibel mit den Werten der Gesellschaft. Daher war es wichtig, Gesellschaften zu verändern. Das war Sabrinas eigentliches Lebensziel. Sie wollte und musste etwas bewegen – vielleicht nicht mit dem ganz großen Erfolg, aber doch mit vielen kleinen Erfolgen. Für diese diesseitige Einstellung brauchte sie kein Jenseits. Sie glaubte ohnehin nicht an ein Leben nach dem Tod. Und gerade deswegen, weil es für sie nicht in Frage kam, sah sie das besondere Bedürfnis, die Zeit, die sie hier auf Erden hatte, so sinnvoll, so rechtfertigbar wie möglich zu leben. Also nicht vor sich hinzuleben und die Jahre einfach so wegfließen zu lassen.

***

Düsseldorf – Während Deutschland das Weihnachtsfest feierte, saß Avi Halon im sicheren Haus in Düsseldorf und arbeitete die Details der Operation aus. Zwischendurch erhob er sich immer wieder von seinem Stuhl und betrachtete die riesige Pinwand im Wohnzimmer aus der Nähe. Darauf waren die Porträtfotos von dreiundsiebzig Männern geheftet – Libanesen, die seit längerem in Deutschland lebten. Die Fotos von ihren Frauen und Kinder hatte er nicht ans Flipchart geheftet, denn das Büro hatte ihn ausdrücklich angewiesen, Frauen und Kinder zu verschonen.

Die Männer gehörten drei verschiedenen Sippen an, wobei die Familie Fadlallah dominierte. Die Clans organisierten den Drogenhandel für die Hisbollah. Im Gegensatz zu herkömmlichen Mafiaclans gab es zwischen diesen Familien nur eine abgeschwächte Form von Rivalität, denn sie einte ein gemeinsames Ziel: Der Hass auf Israel. Obwohl diese Sippen nur ihr eigenes Recht akzeptierten und patriarchalische Strukturen und extreme Gewalttätigkeit ihre wesentlichen Kennzeichen waren, wurde dieses Problem von den deutschen Medien weitestgehend umschifft. Während sich die politisch korrekten Politiker und Medien in verantwortungsloser Schönfärberei ergingen, waren Polizei und Geheimdienste regelrecht verzweifelt.

Die Fülle des Materials, das sich der Mossad illegal vom deutschen Verfassungsschutz und vom Bundesnachrichtendienst besorgt hatte, war gewaltig. Abhörprotokolle der letzten drei Monate sämtlicher über Festnetz und Mobiltelefon geführten Telefonate. Auch die Inhalte der Faxspeicher waren regelmäßig angezapft worden. Das Material war bereits in Tel Aviv vollständig ins Hebräische übersetzt worden, bevor es Halon in die Finger bekam.

Als Zeitraum für die Operation kam nur das nächste Ashura-Fest der Schiiten infrage. Nach dem gregorianischen Kalender begann es am Abend des 6. Januar. Ashura war der zehnte Tag des islamischen Monats Muharram. An diesem Tag gedachten die Schiiten des Todes von Imam Husain in Kerbala. Der 10. Muharram war ein strenger Fastentag, aber die meisten Schiiten fasteten auch in den vorausgehenden zehn Tagen. Der erste Fastentag fiel also auf den 29. Dezember, das war bereits in vier Tagen. Das strenge Fasten machte sie überaus gereizt, und ihr ohnehin streitbares Naturell schlug während dieser Zeit meistens in offene Aggression um.

Die Operation würde so aussehen müssen wie ein Krieg zwischen arabischen Mafiabanden, dann war die Wahrscheinlichkeit, dass die deutschen Medien darüber berichten würden, gleich Null. Den genauen Ausführungszeitpunkt ließ er noch offen, weil er die weitere Entwicklung abwarten wollte.

Er ging an den Kühlschrank, den ein *bodel* tags zuvor mit Lebensmitteln aufgefüllt hatte.

Ein *bodel* war so eine Art Laufbursche des Büros. Er musste das sichere Haus sauber halten und dafür sorgen, dass der Kühlschrank immer gut gefüllt war, wenn Agenten vor Ort operierten. Ein *bodel* musste zwingend Jude sein und unterlag verschärften Sicherheitsüberprüfungen. Unter keinen Umständen durfte ein *bodel* seine Freunde in ein sicheres Haus einladen.

Halon entnahm dem Kühlschrank Ölsardinen und Käse und machte sich ein paar Brote. Dann ging er ins Wohnzimmer und setzte sich aufs Sofa. Auf dem niedrigen Tischchen vor ihm lag die Fernbedienung. Er drückte einen Knopf, und aus der Unterhaltungskonsole stieg langsam ein großer Plasmabildschirm auf. Über diesen Bildschirm lief nicht nur die Hauptkommunikation mit dem Büro, sondern er ließ sich auch als Fernseher nutzen. Halon zappte sich durch mehrere Programme.

Weihnachtliche Sendungen gab es kaum, nur der übliche Mist aus Hollywood.

Nach zehn Minuten schaltete er den Fernseher wieder aus und rief über ein Burst System, das sowohl ein Abhören des Gesprächs als auch die Lokalisierung der Standorte unmöglich machte, das Büro in Tel Aviv an. Die vier *kidonim* sollten unverzüglich nach Deutschland kommen.

***

Düsseldorf – In der Mittagssonne ließ es sich aushalten. Sie hatten ihren Wagen auf dem Parkplatz an der Rennbahnstraße abgestellt und stiefelten nun durch die märchenhafte Winterlandschaft des Grafenberger Waldes. Daria trug eine russische Wintermütze, die ihr sehr gut stand und war in aufgekratzter Stimmung.

Julian hatte längst begriffen, dass sie eine kostspielige Frau war und dass er ihr den Lebensstil, den sie gewohnt war, bestimmt nicht lange bieten konnte. Aber ein paar Wochen würde er schon durchhalten, sagte er sich, denn auf den Spaß, den er mit ihr hatte, wollte er so schnell nicht verzichten. Vor Weihnachten hatte er noch schnell zwei Put-Optionen vertickert, die ihm knapp viertausend Euro Gewinn eingebracht hatten. Mit diesem Geld würde er seine kleine Freundin schon eine Weile ausführen können.

Daria war eine unglaublich gute Unterhalterin. In dem überschäumenden Strom ihrer Worte ging es nicht nur um Sex. Sie sprach auch viel über ihre Eltern und über ihre Freundinnen. Und natürlich über ihre Dissertation, die sie irgendwann schreiben würde. Aber der Sex war jener Teil, auf den Julian sich am besten konzentrieren konnte.

Als Daria zu frieren begann, sagte sie: »Komm, lass uns in das Restaurant dort drüben gehen.«

Daria trank ein Glas Rotwein, Julian Kaffee.

Dann bestellten sie sich etwas zu essen.

Julian lernte etwas über die *kashrut*, die jüdischen Speisegesetze, die Daria allerdings ziemlich weit auslegte. Sie erklärte ihm, welche Speisen *parve* waren und welche *treve*. *Treve* Speisen würde sie nie im Leben anrühren.

»Meine Eltern sind von dir begeistert. *›So ein bescheidener und gebildeter Mann‹*, hat meine Mutter gesagt, *›er erinnert mich so an Papa.‹*« Sie ergriff seine Hände, um sich an ihnen aufzuwärmen.

»Und dein Vater? Hat er sich auch geäußert?«

»Er hat gar nichts gesagt – was aber immer ein gutes Zeichen ist. Er sagte bloß, dass sich Professor Katz nach dir erkundigt hätte.«

»Inwiefern?«

»Professor Katz hätte gesagt, er sei froh, endlich mal jemandem begegnet zu sein, der auch etwas von der Börse verstünde.« Sie lachte. »Mein Vater sagte, dass Professor Katz sehr viel Geld an der Börse verloren hätte und dass er ihn von früher her kennen würde. Vor vielen Jahren muss er wohl auch mal bei uns zu Hause gewesen sein, aber daran kann ich mich nicht mehr erinnern.«

»Und wie fanden deine Eltern deine früheren Freunde?«

Mit dieser Frage hatte sie nicht gerechnet.

»Ich habe sie ihnen nie vorgestellt«, sagte sie schließlich.

»Das waren alles keine Männer fürs Leben. Es gab keinen Grund, sie meinen Eltern vorzustellen.«

»Und wie siehst du mich?«

»Du bist viel reifer. Viel intelligenter. Bildung macht mich bei einem Mann unheimlich an. Ich brauche einen Mann, zu dem ich aufschauen kann.«

»Und der Altersunterschied?«

»Der stört mich nicht. Neun Jahre, was ist das schon?«

Als die Bedienung mit der Rechnung kam, zückte Julian automatisch die Brieftasche.

»Lass stecken, ich zahle«, sagte sie. »Ich bin nicht so eine, die sich ständig aushalten lässt.«

***

Düsseldorf – Kurz nach der Landung der El-Al-Maschine in Düsseldorf hatte sich das vierköpfige *kidon*-Team in zwei Paare aufgeteilt. Jeder *kidon* führte perfekt gefälschte Papiere mit sich, und jeder hatte für den Fall einer bösen Überraschung eine Legende parat. Jedes Paar nahm sich einen Mietwagen. Das eine Team bei *Hertz*, das andere bei *Enterprise*. Dann fuhren sie mit fünfzehnminütigem Abstand auf getrennten Wegen in die Stadt.

Als sie beim sicheren Haus eintrafen und Halon ihnen die Tür öffnete, kam es fast zu einem Eklat.

Halon sah Shimon, Ran, Ilan und ... *Shami*.

»Wo ist David?«, polterte er mit seiner rauen Stimme los. Aryeh Ben-Zvi, der Chef der Operationsabteilung, hatte ihn nicht darüber informiert, dass er Shami schicken würde.

Shami war ein Mädchen von zweiundzwanzig Jahren. Halon hielt nichts von weiblichen *kidonim*. Als *bat leveyha* – als Begleiterin eines *katsas*, ja, okay, da waren die Mädchen meistens unschlagbar. Aber nicht als *kidon*!

»David hat sich gestern eine schwere Verletzung an seiner rechten Hand zugezogen«, sagte Shimon, während er sein Gepäck ins Haus schleppte. »Das Büro will kein Risiko eingehen.«

»Warum hat mir das keiner gesagt?«

Shimon zog die Schultern hoch. »Keine Ahnung. Wir sind davon ausgegangen, dass du es wusstest.«

»Okay, los, kommt rein.«

Abgesehen von Shami, die ihren ersten Einsatz in Deutschland haben würde, verfügten die übrigen *kidonim* über eine ausgeprägte Deutschlanderfahrung. Deutschland war ein Land, in dem es regelmäßig etwas zu tun gab. Die jungen Leute sprachen zwar alle fließend Hebräisch, Arabisch und Englisch – Shimon sogar Französisch –, aber niemand von ihnen sprach mehr als nur ein paar Brocken Deutsch. Das war allerdings auch nicht nötig. Man flog am Mittwoch nach Deutschland, führte am Donnerstag seinen Auftrag aus, und saß am Freitag wieder in einer El-Al-Maschine, die einen sicher zurück nach Israel brachte. Die drei Männer sahen alle europäisch aus, nur Shami würde jederzeit als Araberin durchgehen. Sie stammte von jemenitischen Juden ab.

Eine von den Teimanim *hat mir gerade noch gefehlt*, dachte Halon. Aber dann hatte er sich schnell wieder in der Gewalt. Denn das Letzte, was er jetzt brauchte, war ein Riss mitten durchs Team.

Shami hatte welliges dunkles Haar, eine lange gebogene Nase, sehr schöne mandelförmige Augen und schwungvolle Augenbrauen. Aber sie hatte auch brutal schnell den Finger am Abzug und verfügte über eine extrem hohe Treffgenauigkeit. Shami war eine der besten Scharfschützen, über die die *komemiute* verfügte – ein absolut gleichwertiger Ersatz für David Talberg.

»Bringt erst mal euer Gepäck in die Schlafräume«, sagte Halon. »Danach könnt ihr euch frisch machen.«

Das sichere Haus verfügte über insgesamt sechs Schlafzimmer und drei Bäder. Von Wohnzimmer und Küche einmal abgesehen, waren sämtliche Räumlichkeiten relativ klein. Aber die Feldagenten, die das sichere Haus gelegentlich aufsuchten, waren ja auch nicht hier, um Urlaub zu machen. Wichtig war, dass jedes Teammitglied über einen eigenen Schlafraum verfügte. Denn nichts war einem Einsatz so abträglich wie eine gestörte Nachtruhe am Tag zuvor, bloß weil jemand im Nebenbett schnarchte.

Eine halbe Stunde später saß der ehemalige Führungsoffizier mit seinen vier *kidonim* bei Hühnchen und Wein am runden Tisch, um mit ihnen über die anstehende Operation zu diskutieren.

»Wir müssen sie alle gleichzeitig ausschalten, deshalb ist es notwendig, dass wir sie vorher ein wenig kitzeln«, begann er.

»Wie meinst du das?«, fragte Shami.

»Während wir Juden immer fest zusammenstehen, kennen die Araber grundsätzlich keine Einigkeit. Familie, Clan, Stamm – das ist arabische Art. Lügen, Betrügen, Drohen, Erpressen, persönliche Bereicherung und Morden – das ist ihr Stil. Deshalb waren sie uns zu keiner Zeit in der Geschichte überlegen, und deshalb haben wir auch so leichtes Spiel mit ihnen. Bei den drei Clans, mit denen wir es hier zu tun haben, ist das allerdings nicht der Fall. Die drei Familienoberhäupter stehen fest zusammen, und die Sippe folgt ihnen.«

»Verstehe, wir setzen sie also zunächst einmal etwas unter Stress«, meinte Shami.

»Genau. Also hört zu!«

***

Berlin-Karlshorst – Weihnachten war vorbei. Sabrina hatte etwas Ablenkung und Entspannung bei ihrer Mutter und einigen engen Verwandten gesucht, sie aber nicht gefunden.

Vor zwei Stunden hatte sie einen Anruf aus der Parteispitze erhalten. Einer der beiden Parteichefs hatte sie kurz und knapp gebeten, einen Wahlkreis in Düsseldorf zu übernehmen. Nur aus formellen Gründen hatte er ihr vierundzwanzig Stunden Bedenkzeit eingeräumt.

Sabrina kannte die Spielregeln der Partei zur Genüge. Als sie der Anruf erreichte, war die Entscheidung natürlich längst gefallen. Obwohl sie wusste, dass die mächtigen Männer in ihrer Partei vordergründig die Hand über sie hielten, ärgerte sie sich maßlos, weil wieder einmal eine Entscheidung über ihren Kopf hinweg gefällt worden war. Natürlich machte sie sich keinerlei Illusionen über die Motivation dieser etablierten Männer. Vordergründig hofierten sie sie, tatsächlich verfolgten sie knallhart nur ihre eigenen Ziele. Sie benutzten sie nur wegen ihres Charismas. Niemand in der Partei trat so oft in den Talkshows auf wie sie.

Sabrina Wallis war »das schöne Gesicht des kreativen Sozialismus«.

Wenn sie an die Männer im Allgemeinen dachte, verspannten sich ihre Gesichtszüge. Sie, die in vielerlei Hinsicht den richtigen Riecher hatte, versagte grundsätzlich bei der Wahl ihrer Männer. Warum war das so, fragte sie sich. *Warum suche ich mir grundsätzlich die falschen Männer aus?* An den Mann, mit dem sie seit über einem Jahrzehnt verheiratet war, mochte sie gar nicht erst denken. Sie und Richard lebten seit Jahren getrennt. Jeder wusste es, aber das Thema war tabu. Wenn sie trotzdem mal jemand darauf ansprach, konnte sie zur Furie werden.

Wie so oft in letzter Zeit, war sie mit ihren Gedanken träumerisch in der Zukunft. Sie gehörte dem Europaparlament seit viereinhalb Jahren an. Ihre fünf Jahre als Abgeordnete würden also in einem halben Jahr enden. Sie war zusätzlich Mitglied des Vorstands ihrer Partei. Vor einigen Monaten hatte sie kurzzeitig eine Kandidatur für den stellvertretenden Parteivorsitz erwogen, dann hatten sich jedoch einer der beiden Parteivorsitzenden sowie der Fraktionschef gegen sie ausgesprochen, weil sie sich angeblich zu wenig vom Stalinismus distanziert habe.

Dieser Vorwurf war geradezu lächerlich, denn bereits ab 2005 hatte sie sich vom Radikalismus ihrer Jugendjahre gelöst und sich zunehmend mit dem »repressiven politischen System der DDR« auseinandergesetzt. Aber der Makel blieb, und die Medien wärmten ihre Vergangenheit nur allzu gern auf. Ihr war vollkommen klar, dass sie sich in früheren Jahren viel zu naiv und provokativ geäußert hatte und deshalb als *verbrannt* galt. Als Vorzeigepüppchen taugte sie allemal, aber konkrete Macht würde man ihr nicht übertragen.

Sie ertappte sich dabei, wie sie wieder einen Buddha zeichnete – einen Buddha im Schnee.

***

Düsseldorf – Ibrahim Fadlallah hatte den ganzen Vormittag mit unerträglichen Qualen im Bett verbracht. Sein Schlafanzug war schweißgetränkt. Auf seiner Stirn hatte sich ein öliger Film gebildet. Der sechsundfünfzigjährige Clanchef stöhnte und schwitzte wie ein Bulle und delirierte bereits. Der rasch herbeigerufene Arzt stand neben seinem Bett und schaute auf das Fieberthermometer. Kein menschlicher Organismus würde diese hohe Körpertemperatur lange aushalten können. Fadlallah musste auf der Stelle ein fiebersenkendes Zäpfen erhalten.

Der stark übergewichtige Mann lag auf dem Rücken und war bereits viel zu geschwächt, um sich noch umdrehen zu können. Zwei seiner Bodyguards gaben sich alle Mühe, den Fettkloß auf die Seite zu drehen, damit ihm der Arzt das Zäpfchen einführen konnte.

Als sie ihn endlich in eine akzeptable Position verfrachtet hatten, begann Fadlallah zu röcheln. Seine Augen rollten wild hin und her, als wüsste er aufgrund einer plötzlichen Eingebung, dass sein Ende gekommen war.

Zwei Minuten später war Ibrahim Fadlallah tot.

Die weiblichen Mitglieder des Clans eilten aus der Nachbarschaft herbei und strömten in das Sterbezimmer, um umgehend in ein unerträgliches Klagegeheul zu verfallen. Fadlallahs ältester Sohn Khalil, der automatisch zum neuen Familienoberhaupt aufgestiegen war, schloss genervt die Tür hinter sich, um sich mit dem Arzt unter vier Augen unterhalten zu können.

Der Islam schrieb vor, den Toten innerhalb eines Tages zu beerdigen, aber Doktor Alwan meldete Bedenken an. »Das war kein normaler Tod«, sagte er vorsichtig. »Ich empfehle Ihnen dringend eine Obduktion.« Seinen wahren Verdacht, dass es sich bei dem Tod des Clanführers um ein Attentat des israelischen Mossad gehandelt haben könnte, äußerte Doktor Alwan nicht. Zu gefährlich erschien es ihm, dieses Wort auch nur in den Mund zu nehmen. Aber sämtliche Symptome, die der Sterbende gezeigt hatte, ließen eigentlich nur den einen Schluss zu, dass es sich bei der Mordwaffe um ein hochwirksames Nervengift gehandelt hatte.

Khalil Fadlallah senkte langsam den Kopf. Er würde unverzüglich veranlassen, was Doktor Alwan ihm geraten hatte.

Die E-Mails und Telefonate, die in den nächsten Stunden zwischen Düsseldorf und Beirut hin- und her rauschten, wurden im Hauptquartier des Mossad mit großem Interesse verfolgt – Avi hatte also mit seiner Arbeit begonnen.

***

Düsseldorf – Seine Finger glitten wie mühelos über die Tastatur. Darias Liebe inspirierte ihn. Sie gab ihm Kraft und Zuversicht. Einzig die E-Mail, die er soeben von seinem Literaturagenten erhalten hatte, trübte seine gute Stimmung etwas ein. Schon wieder eine Absage. »Lieber Herr Tagman, ja, schreiben können Sie, und das wissen Sie auch. Aber ich befürchte, dass wir auch für Ihr neues Skript wieder keinen Verlag finden werden. Denn nichts fürchtet der Lektor so sehr wie ...«

Bla bla bla ... Leckt mich doch alle am Arsch.

Sollte er sich etwa dem kleinkarierten Schubladendenken der großen Publikumsverlage beugen? Nein, niemals! Er wusste, dass seine Plots gut waren. Wenn man so begabt war wie er, durfte man die ausgetretenen Pfade auch verlassen. Jedenfalls würde er sich niemals kaufen lassen. Irgendwann würde er schon auf die richtige Person treffen, die die Genialität seiner Bücher erfassen würde. Bis es soweit war, würde er mit seiner Börsenzockerei genug Geld verdienen, um seine Bücher selbst herauszubringen.

Er lehnte sich zurück, verschränkte die Arme hinter dem Kopf und starrte auf den Bildschirm. Er würde noch bis Ende Januar warten. Bis dahin würde sich bestimmt auch der zweite Literaturagent, dem er das Manuskript geschickt hatte, gemeldet haben. Sollte der jedoch ebenfalls ablehnen, dann würde er auch seinen neuen Politthriller im Selbstverlag herausgeben.

Es klingelte an der Haustür.

Es war Daria. Sie hatte ihren Besuch angekündigt.

Einerseits freute er sich auf sie, andererseits hätte er jetzt genauso gern weitergeschrieben.

Er öffnete ihr und küsste sie zur Begrüßung.

Als sie die acht brennenden Kerzen auf der *chanukkia* sah, musste sie lachen. »Du wirst mir noch ein richtiger Jude. Aber normalerweise werden die Kerzen erst nach Sonnenuntergang angezündet.«

»Gestern Abend habe ich die achte Kerze angezündet.«

»Weißt du denn auch, wie man den achten Tag von Chanukka nennt?«

»Nein.«

»*Zot chanukka*. Das ist ein Tag ganz besonderer Freude.«

»Soso, ein Tag ganz besonderer Freude«, sagte Julian. »Ich glaube, für mich ist seit zwei Wochen jeden Tag *zot chanukka*.«

Sie lachte. Dann öffnete sie die mitgebrachte Tragetasche und holte zwei in Papier eingewickelte Kuchenteilchen heraus. »Und weißt du, wie man die hier nennt?«

»Ja, das sind Berliner.«

»Nein, das sind *sufganiyot*. Die isst man zu Chanukka.«

»Sag noch mal.«

»*Suf-ga-niyot*.«

»*Sufganiyot*«, wiederholte er.

»Machst du bitte Kaffee? Ich möchte die nicht trocken essen.«

»Der Kaffee ist schon fertig.« Er ging in die Küche, um die Kanne und zwei Tassen zu holen.

Die *sufganiyot* waren ganz frisch und schmeckten köstlich. Nachdem sie sich die klebrigen Finger abgewaschen hatte, öffnete sie wie selbstverständlich die Knöpfe ihrer Bluse. Kurz darauf flog ihr BH im hohen Bogen durch sein Arbeitszimmer.

»Komm, ich kann‹s kaum erwarten«, sagte sie und streckte beide Arme nach ihm aus.

In dieser Phase größter Verliebtheit hatten sie praktisch jeden Tag Sex. Daria fantasierte sich täglich etwas Neues zusammen. Mal wollte sie mit Julian zusammenziehen, mal wollte sie mit ihm ein Buch schreiben. Und heute sagte sie: »Komm, lass uns über Silvester in die Sonne fahren.«

***

Düsseldorf – »Sie alle aufzuspüren gleicht der Suche nach einzelnen Ratten in einem Beiruter Abwasserkanal«, hatte der *katsa* seinen vier *kidonim* vorgestern gesagt. »Deshalb müssen sämtliche Teilschritte der Operation auf ein einziges Ziel zulaufen: Sie müssen sich alle am selben Ort versammeln.«

Seit zwei Stunden saßen sie nun wieder um den Tisch im Wohnzimmer und erörterten die Pläne zur Ermordung eines weiteren Clanchefs: Muhammad Koubeissy.

Nachdem das nächste Angriffsziel also bestimmt war, erhob sich Shami plötzlich und begann aufgeregt hin und her zu laufen.

»Natürlich will der *memuneh* schnelle Resultate«, sagte sie. »Aber euch ist doch wohl klar, dass er nur im Namen des Ministerpräsidenten spricht. Der Ministerpräsident ist es, der diesen enormen Zeitdruck aufbaut. Ich halte das für höchst gefährlich. Eine derartige Operation erfordert äußerst sorgfältige Planung. Ich weiß nicht, wie wir über siebzig Drogendealer exekutieren sollen, ohne dass Unschuldige dabei ihr Leben lassen.«

Das Mädchen sagte die Wahrheit.

»Die Familien von Terroristen werden grundsätzlich nicht exekutiert, das weißt du«, sagte Halon. »Aber wenn sie uns zufällig in den Weg geraten, ist das nicht unser Problem.« Ihm war klar, dass Shamis Kritik indirekt auch auf ihn zielte. Deshalb fügte er hinzu: »Alle Entscheidungen werden hier in diesem Raum und von mir getroffen, und dann wird die getroffene Entscheidung präzise umgesetzt. Ich weiß selbst, dass mein Plan riskant ist – er stützt sich ausschließlich auf das Psychogramm des dritten Clanchefs –, aber eine Alternative haben wir nicht. Wir können die männlichen Clanmitglieder nur dann alle auf einen Schlag exekutieren, wenn sie sich alle gleichzeitig am selben Ort aufhalten. Und auf nichts anderes zielt mein Plan.«

Mit *Psychogramm* meinte er insbesondere das Psychogramm des achtundsechzigjährigen Chefs des dritten Clans, Ahmed Karam. Karam war der einzige, dem er ein Mindestmaß an Besonnenheit zutraute. Für die übrigen galt: Null Prozent Intellekt, hundert Prozent Emotion. Sie würden sofort Rache nehmen und sich bis auf den letzten Mann selber aufreiben. Das war zwar vom Grundsatz her in Ordnung, aber dieses gegenseitige Abmetzeln würde wahrscheinlich erstens nicht schnell genug erfolgen, und zweitens würde damit das falsche Signal in Richtung Beirut gesendet.

Die Auswertung zahlloser Mails und Telefonate hatte ergeben, dass die strenggläubigen Drogendealer inzwischen mit dem Fasten begonnen hatten. Infolgedessen war ihre Stimmung äußerst gereizt. Und diese schlechte Stimmung würde sich jetzt von Tag zu Tag steigern. Der Tod des mächtigen Clanchefs goss zusätzlich Öl ins Feuer.

Während Halon mit seinen Männern im Wohnzimmer saß und sie weiter instruierte, ging Shami in ihr Zimmer, um sich umzuziehen. Sie hatte sich in die Rolle, die sie gleich einnehmen würde, perfekt eingefühlt. In knapp einer halben Stunde würde sie sich in ein heruntergekommenes Stadtviertel begeben, in dem sich vorzugsweise Libanesen herumtrieben. Sie würde dort in akzentfreiem Arabisch mit Beiruter Dialekt ein paar brisante Gerüchte in die Welt setzen. Und wirklich jeder würde sie für eine Muslima aus dem Libanon halten.

***

Speyer – »Da drüben, das gelbe Haus, das ist es«, sagte Jamal. »Du kannst direkt vor der Tür halten.«

Kasib fuhr ungefähr hundert Meter an dem Haus vorbei bis zur nächsten Querstraße. Dort wendete er, fuhr das ganze Stück wieder zurück und hielt direkt vor dem gelben Haus.

Die drei Männer, die zum Fadlallah-Clan gehörten, wussten, dass sich Koubeissy in seinem Haus befand, denn sie hatten ihn vor einer Viertelstunde mit unterdrückter Rufnummer angerufen.

Bevor sie aus ihrem grauen Mercedes ausstiegen, sahen sie sich noch einmal nach allen Seiten um. Die Straße war menschenleer. Dann zogen sie sich ihre schwarzen Wollmützen, die nur die Augenpartie freiließen, übers Gesicht.

Als der kräftige Jamal die Haustür eintrat, klangen ihm wieder die letzten Worte des Chefs im Ohr, die er ihnen vor gut drei Stunden in Düsseldorf mit auf den Weg gegeben hatte: *Wagt es bloß nicht, ohne diesen Hurensohn wiederzukommen.*

Die Gerüchte hatten Khalil Fadlallah bereits gestern Abend erreicht und ihm eine schlaflose Nacht bereitet. Aber nachdem er zusätzlich das Ergebnis der Obduktion erhalten hatte, war er wie elektrisiert. Sein Vater war mit dem Nervengift Rizin ermordet worden. Die Frage, *wie* ihm das Nervengift verabreicht worden war, konnte ihm allerdings niemand beantworten.

Zehn Minuten später hatte sich das dreiköpfige Team des Fadlallah-Clans auf den Weg nach Speyer gemacht. Ihr Ziel war das Haus von Numan Koubeissy, dem ältesten Sohn von Muhammad Koubeissy – einem Clanoberhaupt, das bislang nicht durch besondere Feindseligkeiten gegenüber dem Fadlallah-Clan aufgefallen war.

Nachdem Jamal die Haustür eingetreten hatte, verteilten sich seine Männer mit gezogenen Pistolen im Haus. Sie fanden Numan Koubeissy in seinem luxuriös eingerichteten Schlafzimmer, wo sie ihn offensichtlich gerade beim Vögeln überrascht hatten. Die ganze Aktion verlief dermaßen schnell, dass Numan Koubeissy nicht einmal nach seiner Pistole greifen konnte.

Die kleine Blondine in seinem Bett keifte wie eine Verrückte, als sie die drei Vermummten sah. Jamal verpasste ihr mit dem Griff seiner Pistole einen heftigen Schlag gegen die Schläfe, woraufhin sie ohnmächtig in die Laken sackte.

»Los, anziehen!«, schrie Farid, der dritte Mann im Team.

Numan Koubeissy schlüpfte in seinen bereitliegenden Armani-Anzug. Für Mätzchen blieb keine Zeit – drei Pistolen waren auf ihn gerichtet. Er hatte nicht die leiseste Ahnung, was die Männer von ihm wollten.

»Und zieh dir deinen Wintermantel über!«, setzte Farid hinzu. »Sonst erfrierst du uns unterwegs.«

Minuten später befand sich Numan Koubeissy gefesselt und geknebelt im Kofferraum des grauen Mercedes auf dem Weg nach Düsseldorf.

***

Amsterdam – Der Himmel über Amsterdam war von einem hellen metallischen Blau.

Der aufgemotzte silberfarbene Mercedes S 65 AMG jagte seit Stunden über die Autobahn. Im Auto lief eine CD mit libanesischer Musik.

Muhammad Koubeissy, das sechzigjährige Oberhaupt des Koubeissy-Clans saß allein am Steuer. Geschäfte wie dieses wickelte er am liebsten allein ab. Schließlich lebte man in unsicheren und gefährlichen Zeiten. Der Tod des Clanchefs Ibrahim Fadlallah hatte ihn tief getroffen, denn er hatte Ibrahim wie einen Bruder geliebt.

Die fünfhundert Kilometer von Speyer bis Amsterdam schaffte er regelmäßig in fünfeinhalb Stunden. Er hatte Nijmegen und Utrecht längst passiert. Jetzt bog er rechts auf Weteringlaan ab und hielt sich dann sofort rechts in Richtung Wetplein. Zehn Minuten später befand er sich im Amsterdamer Hafen.

Er ärgerte sich, weil Numan nicht ans Mobiltelefon ging. Sein Sohn hielt es offensichtlich nicht für nötig, ihn zurückzurufen. Er würde ihn sich morgen, wenn er wieder in Speyer war, richtig vorknöpfen.

Er steuerte seinen Wagen auf einen öffentlichen Parkplatz und ging dann die zweihundert Meter bis zum vereinbarten Treffpunkt zu Fuß.

Er klingelte.

Ein kurzes Summen. Die Haustür sprang auf.

Die Wohnung lag im dritten Stock.

Als Koubeissy oben ankam, war er etwas aus der Puste. Keines dieser alten Häuser verfügte über einen Fahrstuhl.

Tim van Bruggen erwartete ihn bereits. Der sechsunddreißigjährige Holländer wohnte im dritten Stock zur Miete.

Van Bruggen war ein unauffälliger Typ. Spindeldürr und absolut farblos. Niemand wäre auf die Idee gekommen, diesen Mann für den wichtigsten Mittelsmann libanesischer Drogenclans zu halten.

Koubeissy prüfte die Qualität des Kokains immer persönlich. So auch heute. Die beiden Männer verständigten sich in schlechtem Englisch.

Während Koubeissy im Flur wartete, ging van Bruggen in sein Schlafzimmer, um den schweren Samsonite-Koffer unterm Bett hervorzuziehen. Als er mit dem Koffer zurückkam, nickte er kurz in Richtung Wohnzimmer. Er ging voran, und Koubeissy folgte ihm. Van Bruggen legte den Koffer auf dem Wohnzimmertisch ab und öffnete den Schnappverschluss. Hunderte Plastiktütchen mit feinstem Kokain lagerten darin.

Koubeissy griff willkürlich hinein und schlitzte ein Tütchen mit seinem Taschenmesser auf. Mit dem befeuchteten Zeigefinger tippte er kurz hinein und überprüfte die Qualität mit seiner Zunge. Ja, das war eindeutig gute Ware. Er hatte aber auch nichts anders erwartet. Auf van Bruggen war immer Verlass.

»Weiß Jasmijn, dass ich heute komme?«, fragte er.

»Natürlich, sie erwartet Sie wie immer im Hotel«, antwortete van Bruggen kühl. Den Namen des Hotels erwähnte er nicht. Er wusste, dass Koubeissy immer im *Grand Hotel Amrath* abstieg.

Jasmijn war eine bildhübsche sechzehnjährige Prostituierte, die zahlungskräftigen Freiern jeden Wunsch von den Augen ablas. Sie war zwar teuer, aber immer ein Genuss.

»Gut«, sagte Koubeissy schließlich. »Ich habe noch zu tun. Ich komme morgen früh um neun wieder. Dann regeln wir den Rest.«

»Gut, Mr. Koubeissy.«

Koubeissy reichte dem jungen Mann zum Abschied seine fette Pranke und lächelte etwas verkrampft. »Dann bis morgen, Mr. van Bruggen.«

»Ja, bis morgen, Mr. Koubeissy.«

Gut gelaunt ging der Clanchef zurück zu seinem Fahrzeug.

Als er den Schlüssel umdrehte, zischte eine grellweiße Stichflamme durch die Fahrerkabine. Den Bruchteil einer Sekunde später detonierte die Bombe unter seinem Sitz. Shimon hatte die Menge des Sprengstoffs genauestens berechnet. Es sollte kein Unschuldiger getötet werden.

Muhammad Koubeissy war auf der Stelle tot.

***

Düsseldorf – Er war an den Händen gefesselt und trug noch immer die Augenbinde, als er, gestützt von zwei Männern, die Stufen hinaufstolperte. Eine schwere Tür aus Metall wurde geöffnet. Er erkannte dies aufgrund der Geräusche, die die Tür von sich gab. Die Männer führten ihn in einen fensterlosen Raum. Die Tür hinter ihnen fiel schwer ins Schloss.

Sie befreiten ihn von den Fesseln und nahmen ihm den Mantel und die Augenbinde ab.

Das grelle Licht schmerzte fürchterlich. Ebenso seine Handgelenke. Ein Scheinwerfer war direkt auf sein Gesicht gerichtet.

Er wurde mit Gewalt in einen Stuhl gedrückt. Direkt vor seinen Augen befand sich ein alter Holztisch mit einer abgenutzten schmierigen Oberfläche.

Seine Arme wurden nach vorn gerissen und fest auf den Tisch gedrückt. Handschellen, die im Tisch befestigt waren, schlossen sich um seine Gelenke.

Er ahnte, dass sich in der Tiefe des Raumes vor ihm Personen befanden, nein, er konnte ihre Gegenwart geradezu körperlich spüren. Aber das grelle Licht der Scheinwerfer machte es unmöglich, um auch nur Umrisse zu erkennen.

Das Licht war gleißend. Unerträglich.

Wie das Tribunal.

Das Tribunal des Fadlallah-Clans.

»Salam, Bruder«, sagte eine Stimme.

Numan Koubeissy erkannte diese Stimme auf Anhieb.

»Salam«, erwiderte er mit zusammengekniffenen Augen den Gruß.

Khalil Fadlallah begann zu fabulieren.

»Mein Vater war noch ein Junge, da musste er schon die Verantwortung für seine Mutter und seine drei Schwestern übernehmen. Zur Schule gehen konnte er nicht, dafür war kein Geld da. Er konnte nur arbeiten. Und er arbeitete viel und hart. Er arbeitete so hart, dass er eines Tages der Chef eines mächtigen Clans mit einflussreichen Freunden in den höchsten politischen Kreisen war ... Bis er gestern einem feigen Mordanschlag erlag.«

»Ja, ich habe es gehört. Das tut mir schrecklich leid.«

»Aus verschiedenen Quellen habe ich nun erfahren, dass dieser feige Mordanschlag auf euer Konto geht.« Khalil sprach bewusst langsam.

Numan Koubeissy reagierte entsetzt. »Mit absoluter Sicherheit nicht, Bruder.«

In derselben Sekunde drang ein markerschütternder Schrei aus seiner Kehle. Ein Hammer war auf das erste Glied seines rechten Zeigefingers gesaust und hatte es regelrecht geplättet.

»Bitte, was hast du gesagt, Bruder?«, frage Khalil mit sanfter Stimme. »Ich habe dich nicht verstanden.«

»Wir haben absolut nichts mit dem Tod deines Vaters zu tun!«, schrie Numan.

Womm! Das zweite Fingerglied war ebenfalls platt.

Numan schrie bestialisch auf. Die Schmerzen waren absolut unerträglich.

»Warum leugnest du so hartnäckig?«, fragte Khalil leise.

Numan bekam vor Schmerz kaum die Zähne auseinander. »Ich würde es dir sofort sagen, wenn es einer von uns gewesen wäre. Ich würde diesen Mann eigenhändig töten.«

»Du lügst«, flüsterte Khalil und nickte dem Scharfrichter zu.

Womm! Das dritte Fingerglied war verschwunden.

***

Wenige Kilometer entfernt saß Avi Halon vor dem großen Plasmabildschirm und knabberte an einem Begele, einem mit Sesamkörnern bestreuten Brotring. Ilan harrte seit einer Stunde in seinem Versteck unweit der Lagerhalle aus, wo das geheime Tribunal des Fadlallah-Clans stattfinden sollte. Vor wenigen Minuten hatte Ilan seinem Führungsoffizier mehrere Bilder auf den Bildschirm geschickt. Obwohl es draußen stockdunkel war, waren die Bilder gestochen scharf. Sie waren mit einer miniaturisierten Hochleistungskamera, speziell für Nachtaufnahmen, aufgenommen worden. Der Mann in dem dunklen Mantel war an den Händen gefesselt und trug eine Augenbinde, aber ein digitaler Abgleich mit den Bildern in der Datenbank identifizierte ihn eindeutig als Numan Koubeissy. Es bedurfte keiner ausgeprägten Fantasie, um sich vorzustellen, welches Schicksal den Mann erwartete.

***

Numan schüttelte sich verzweifelt und heulte. Aber sein Verstand war wie ausgeschaltet. Wie kam er hier nur wieder raus? Diese grausamen Hunde würden ihm sämtliche Fingerglieder plätten, wenn ihm jetzt nichts Passendes einfiel.

»Gut, ich gestehe«, stammelte er schließlich. »Es war einer von unseren Leuten. Ich werde dir diesen Mann ausliefern, Khalil, und dann kannst du mit ihm machen, was du willst.«

Khalil gab dem Mann, der sich hinter dem Angeklagten aufgebaut hatte, ein weiteres Zeichen. Der Mann zückte daraufhin ein langes, äußerst scharfes Messer.

Sekunden später fiel Koubeissys sauber abgetrennter Kopf polternd zu Boden.

***

La Palma – Normalerweise hätte sie den Jahreswechsel im Kreise ihrer zahllosen Freunde, Bekannten und Verwandten gefeiert. Das hatte sie ursprünglich auch vorgehabt. Aber dann war Julian in ihr Leben getreten, und damit hatte sich alles geändert. Julian bedeutete ihr wirklich etwas. Ihre beste Freundin, Rachel, eine rothaarige Schönheit, war ebenfalls mit einem Goi liiert. Er hieß Boris, aber im Gegensatz zu Julian war er sehr vermögend und besaß sogar einen eigenen Learjet. *Aber was nicht ist, kann ja noch werden*, sagte sich Daria und griff damit ein Motto ihres Vaters auf.

Rachel hatte sich von Darias Vorschlag auf der Stelle begeistert gezeigt. Sie liebte Verrücktheiten und Spontaneität. Und es gab einfach nichts Verrückteres als Darias Vorschlag, den Jahreswechsel auf La Palma zu verbringen. Boris hatte sich anfangs quergestellt: »Ihr seid ja vollkommen verrückt. Kommt gar nicht infrage«, hatte er gesagt. Aber zwei Stunden später hatte Rachel ihn weich gekocht. Boris hatte in dieses vollkommen verrückte und spontane Unternehmen nicht nur eingewilligt, sondern den ganzen Spaß auch noch finanziert. Es war schließlich sein Learjet, mit dem sie alle nach La Palma geflogen waren.

Rachel, Boris und Julian saßen jetzt bei köstlichen Drinks und in Badekleidung auf der geräumigen Terrasse und sonnten sich. Auf La Palma sanken die Temperaturen selbst im Januar nie unter zwanzig Grad.

»Wo ist eigentlich Daria?«, fragte Rachel.

»Ich seh mal nach«, sagte Julian und erhob sich.

Er fand sie in der Küche. Sie trug Shorts, Bikinioberteil und Flip Flops. Sie ordnete gerade Artischockenstücke auf vier Tellern an und beträufelte sie mit Olivenöl und Zitrone.

»Ich habe noch nie für dich gekocht«, sagte sie, als sie ihn hereinkommen sah.

Er schlang von hinten seine Arme um sie, während sie mit den Fingern groben Pfeffer über die Teller streute und alles mit spanischem Käse, Tomaten, getrockneten Feigen und Rucola garnierte. »Und wie ich sehe, machst du das meisterhaft.«

»Du kannst schon mal den Wein dekantieren.«

»Wo steht der?«

»Da drüben.« Sie nickte in Richtung der Spüle.

Später beim Essen auf der Terrasse wurde ihm klar, dass Daria nicht nur fantasierte und Zukunftspläne für sie beide schmiedete, sondern auch bereits konkret an deren Umsetzung arbeitete. Der Ausflug nach La Palma diente offensichtlich nicht nur der Abwechslung, derer ein rastloser Mensch wie Daria ständig bedurfte, sondern er verfolgte auch ein konkretes Ziel. Die beiden Männer sollten sich näher kommen, sie sollten Vertrauen zueinander fassen.

Schon nach wenigen Sätzen begriff Julian, dass Boris den Auftrag hatte, ihm ein Jobangebot zu unterbreiten. Wie die meisten Frauen, so brauchte auch Daria einen Partner, der etwas darstellte. Dass Julian seinen Lebensunterhalt finanzieren konnte und ein Buch veröffentlicht hatte, reichte ihr bei weitem nicht. Ihr Partner benötigte jetzt auch einen gewissen gesellschaftlichen Status, eine »Position«, und die bekam man in diesen Zeiten nur durch gute Beziehungen.

Julian hatte die Universität mit einem Prädikatsexamen verlassen, verfügte aber nur über wenig Berufserfahrung. Der einzige Makel, den er mit sich herumschleppte, bestand darin, dass er seit fünf Jahren ohne festen Job war.

»Fünf Jahre ohne festen Job, da gehst du am besten in die Politik«, foppte ihn Boris. »Die sind da alle so.« Aber als Rachel ihm daraufhin einen bösen Blick zuwarf, riss er sich zusammen. »Unsere Unternehmensgruppe besteht aus insgesamt elf operativen Gesellschaften und einer Holding. Wir suchen ständig talentierte Leute. Aber um zu beurteilen, wohin du am besten passt, müsste ich dich erst besser kennen. Daria sagte, du seist zweiunddreißig?«

»Ja. Und du?«

»Achtunddreißig. Du könntest zunächst mit mir zusammen in der strategischen Planung arbeiten. Da lerne ich dich und deine Art zu arbeiten am besten kennen.«

»Wie viele Mitarbeiter habt ihr?«

»Zweitausendzweihundert bei fast sechshundert Millionen Euro Umsatz.«

Julian pfiff durch die Zähne. »Das hört sich gut an.«

»Du stündest also grundsätzlich zur Verfügung?«

»Natürlich.«

»Ich muss zuerst mit meinem Vater sprechen, aber ich kann mir nicht vorstellen, dass er nein sagt.«

Julians Gefühlswelt war jetzt etwas durcheinander geraten. Mit einem festen Job in so einem Laden wäre er seine finanziellen Sorgen auf einen Schlag los – seine Freiheit allerdings auch.

Daria hingegen wirkte erleichtert. Dieses Problem wäre also so gut wie gelöst, dachte sie. Julian war jetzt ein Mann mit Zukunft. Und sein zukünftiger Arbeitsplatz befand sich auch noch ganz nah bei Düsseldorf. Sie fiel in eine verträumte Stimmung.

***

Januar

Speyer – Die Morde an seinem Vater und an seinem ältesten Bruder brachten Arfan Koubeissy, den Zweitältesten, fast um den Verstand. Er hatte seit drei Tagen gefastet, um Allahs Wohlgefallen zu erlangen, und was war Allahs Dank? Seinen geliebten Vater hatten sie in Amsterdam in die Luft gesprengt, und Numan hatten sie den Kopf abgetrennt, um ihn anschließend zusammen mit seinem Körper auf den Müll zu werfen. Sie hatten ihn geschächtet wie ein Tier. Warum? Wut und Verzweiflung tobten in ihm. Aber auf Irrsinn gab es keine Antwort.

Arfan stand draußen allein auf der Terrasse seines Hauses und blickte in den verschneiten Garten hinaus. Er stand da nur in Hose und Hemd. Die Kälte spürte er nicht. Seine Augen schwammen im Wasser.

Drinnen, in den beiden geräumigen Wohnzimmern, saßen, getrennt nach Geschlecht, die männlichen und die weiblichen Angehörigen seines Clans und gaben ihrer Trauer um die beiden Ermordeten lautstarken Ausdruck.

Onkel Abdullah trat hinter ihn und legte ihm väterlich die Hand auf die Schulter. »Ich weiß, wie du dich fühlst, Arfan«, sagte er mit leiser Stimme. »Ich verspreche dir, dass wir die Mörder finden werden.«

In diesem Augenblick klingelte das Mobiltelefon von Onkel Abdullah. Er nahm den Anruf schweigend entgegen, und seine Mine verfinsterte sich noch mehr. Der Familiengeheimdienst hatte soeben gemeldet, dass die beiden Morde an Muhammad und Numan Koubeissy auf das Konto des Fadlallah-Clans gingen.

Arfan und Onkel Abdullah gingen zurück ins Haus und informierten die anderen Männer. Kurz darauf machte sich ein vierköpfiges Exekutionskommando des Koubeissy-Clans auf den Weg nach Düsseldorf.

***

Düsseldorf – Avi Halon war klar, dass es noch einen weiteren Grund gab, weshalb man gerade ihn, den Ehemaligen, und nicht einen jüngeren *katsa* mit der Planung und Umsetzung dieser Operation beauftragt hatte. Die jüngeren Offiziere wurden für wichtigere Aufgaben gebraucht. Der aktuelle Hauptkriegsschauplatz hieß eben nicht Deutschland, sondern Iran. Demzufolge band der Iran auch einen Großteil der Mossad-Aktivitäten. Die nuklearen Ambitionen der iranischen Staatsführung waren für den Staat Israel existentiell, die Drogengeschäfte der Hisbollah waren es nur indirekt.

Dass der Iran genau jene Form des Staatsterrorismus praktizierte, die Teile der westlichen Medien ungerechtfertigterweise immer nur den Israelis vorwarfen, belegten eine Reihe von Anschlagsversuchen, die der Mossad in den letzten Monaten aufgedeckt und verhindert hatte, ohne dass die Welt etwas davon erfahren hatte. Ein äußerst schlimmer Anschlagsversuch mit einer sogenannten schmutzigen Bombe war erst vor viereinhalb Monaten unternommen worden und nur durch einen glücklichen Zufall vereitelt worden.

Am 21. August hatten somalische Piraten vor dem Horn von Afrika einen iranischen Massengutfrachter, die *MV Iran Deyanat*, gekapert. Das Schiff hatte sich gerade im Golf von Aden befunden. Es war auf dem Weg durchs Rote Meer in Richtung Suezkanal.

Der Frachter gehörte der *Islamic Republic of Iran Shipping Lines (IRISL)*, also einer staatseigenen Behörde. Diese Behörde fälschte seit langem Schiffspapiere, um die gegen den Iran verhängten Sanktionen zu umgehen. Die *MV Iran Deyanat* hatte am 28. Juli in Nanjing, China, abgelegt. Ihr Bestimmungshafen war Rotterdam.

Nachdem rund vierzig somalischen Piraten, bewaffnet mit AK-47s und RPGs, den Frachter in ihre Gewalt gebracht hatten, steuerten sie das kleine, im Nordosten Somalias gelegene Fischerdorf Eyl an. Dort übernahmen weitere Piraten die Kontrolle. Fünfzig Piraten befanden sich an Bord, fünfzig weitere patrouillierten am Strand. Die Piraten sahen sich außerstande, die sieben sich an Bord befindlichen Container zu öffnen. Und die Besatzung schwor, keinen Zugangscode für die Schlösser zu besitzen. Der Kapitän wich der Beantwortung von Fragen über den Inhalt der Laderäume trotz der Drohungen der Piraten, das Schiff in die Luft zu sprengen, aus. Als es den Piraten schließlich gelang, einen Container aufzubrechen, entdeckten sie angeblich Pakete, die sie später als »feinen pulverförmigen Sand« beschrieben. Alle Piraten, die Kontakt mit dem Pulver hatten, wiesen innerhalb weniger Tage merkwürdige Symptome auf: Brennende Haut und Haarausfall. Sechzehn von ihnen starben.

CIA und Mossad hatten sich darauf geeinigt, Stillschweigen über den Vorfall zu wahren, aber aus russischen nachrichtendienstlichen Quellen war schließlich durchgesickert, dass das Schiff eine einzige schwimmende schmutzige Bombe gewesen war, die nach dem Passieren des Suez-Kanals am östlichen Rand des Mittelmeers und in der Nähe der Küstenstädte Israels detonieren sollte. Die ganze Fracht hatte aus radioaktivem Sand bestanden. Der Iran hatte die Ladung von China erhalten, das dringend auf die Lieferung von iranischem Öl angewiesen war. Es war geplant, das Schiff in die Luft zu jagen, sobald die Mannschaft auf Booten entkommen war. Der Wind hätte die hochgefährliche radioaktive Wolke schnell an Land getrieben und eine beispiellose Katastrophe ausgelöst.

Halon verdrängte diesen Gedanken schnell wieder und wandte sich seiner aktuellen Aufgabe zu.

Die abgehörten Gespräche der libanesischen Drogenclans legten den Schluss nahe, dass der Gegenschlag des Koubeissy-Clans unmittelbar bevorstand.

***

La Palma – Kein Mensch verfügte im Winter über sonderlich viel Energie. Wären sie im Sommer nach Palma geflogen, hätten sie bestimmt ein anspruchsvolles Programm absolviert. Sie wären mit dem Boot aufs Meer hinausgefahren, hätten mit ihrem Mietwagen die Umgebung erkundet oder Tennis gespielt. Aber jetzt, im Winter, gab es nur eines: Abschalten. Auftanken. Genießen. Sonne, Licht und Wärme regelrecht aufsaugen. Und vor allen Dingen: Viel vögeln.

Boris lag unter einem Sonnenschirm und las Julians Buch – nicht der Story wegen, denn Politthriller interessierten ihn nicht, sondern um herauszufinden, wie Julian tickte. Er wollte wissen, was und wie er dachte, was ihn beschäftigte, was ihn bewegte, wie er die Welt sah, was für ein Mensch er war.

»Hast du dich viel mit Geheimdiensten beschäftigt?«, fragte er, ohne dass in seinem Gesicht sonderlich großes Interesse aufleuchtete.

Julian blickte über seine Sonnenbrille. Er las gerade ein Sachbuch über die Arbeitsmethoden russischer Geheimdienste. »Ich sag's mal so: Ich möchte hinter die Kulissen blicken.«

»Das möchten wir doch alle«, warf Rachel ein und feilte weiter an einem eingerissenen Fingernagel herum.

»Die Frage ist, wer das eigentliche Sagen hat: Die gewählten Volksvertreter oder irgendwelche mächtige Gruppierungen, die nicht vom Volk legitimiert sind«, sagte Julian.

»Wie meinst du das?«, fragte Rachel.

»Wir gehen zur Wahl, weil wir diejenigen Politiker an der Macht sehen wollen, von denen wir hoffen, dass sie unsere politischen Vorstellungen am ehesten umsetzen. Aber nach der Wahl machen wir regelmäßig die Erfahrung, dass nichts passiert. Schlimmstenfalls machen die Politiker dann das genaue Gegenteil von dem, was sie uns vorher versprochen haben.«

»Leben ist wichtiger als Politik«, sagte Daria, die am Tisch saß und gerade eine Kurzmitteilung schrieb, aber sehr genau zugehört hatte. Dann biss sie in das Sandwich, das neben ihr auf einem Teller lag. »Dass uns die Politiker nur verarschen, ist doch überall auf der Welt so.«

»Findest du das richtig?«, fragte Julian.

»Es ist nicht im Sinne einer Demokratie, aber es ist halt so.«

»Die Frage ist doch, wer wirklich an den Fäden zieht.«

»Big Money natürlich, was dachtest du denn?«

»Dann wären die Politiker also alle gekauft?«, fragte Rachel.

»Nicht alle, aber die Wichtigsten. Viele werden erpresst und sind reine Befehlsempfänger«, meinte Daria.

»In deinem Buch«, meldete Boris sich wieder zu Wort, »wird die eigentliche Politik von den Geheimdiensten gemacht. Wie kann das sein, wenn es doch die Politiker sind, die über die Macht und die Zusammensetzung der Geheimdienste entscheiden?«

»Also, zunächst einmal möchte ich sagen, dass Daria Recht hat. Überall auf der Welt dominieren Großkonzerne und Großbanken die Politik. Kein Politiker, nicht mal der amerikanische Präsident, hat so viel Macht, dass er sich erlauben könnte, sich mit ihnen anzulegen. Und da diese Kreise auch einen erheblichen Einfluss auf die Massenmedien haben, würde jeder Politiker, der sich ihnen in den Weg stellt, sofort durch die Medien unter Beschuss genommen. Das wissen die Politiker natürlich. Dafür gibt es auch zahlreiche Beispiele. Was nun den Einfluss der Geheimdienste betrifft: Die verfolgen natürlich auch ihre eigenen Ziele. Wenn eine Regierung wechselt, werden ja nicht automatisch auch alle Agenten ausgetauscht. Es gibt dann zwar häufig einen Wechsel an der Spitze des jeweiligen Dienstes, die sich am Parteibuch orientiert, aber das *daily business* läuft doch weiter. Außerdem gibt es in jedem Geheimdienst immer zwei Fraktionen: Die eine ist *für* die Regierung, die andere ist *gegen* sie. Und Geheimdienstler haben nun mal nicht die Angewohnheit, ihren Politikern alles zu erzählen, was sie wissen. Da wird auch mal die eine oder andere Information weggelassen. Jedenfalls weicht die Realität stark von dem ab, was für eine funktionierende Demokratie theoretisch gefordert wird.«

»Das hat mein Vater schon vor zehn Jahren gesagt«, meinte Daria.

Julian wusste natürlich, dass Boris seinem Vater später ein sehr genaues Bild von dem Kandidaten liefern würde, der später mal bei ihnen arbeiten sollte. Aber warum sollte er sich anders geben, als er war? Es interessierte ihn nicht, ob Boris sein Buch gut oder schlecht fand, oder ob er in der Einschätzung dessen, was er für die Realität hielt, auf gleicher Linie mit ihm lag. Während der ganzen Urlaubstage auf La Palma gab er sich so, wie er war. Locker, souverän, bescheiden und gebildet. Er war auch nicht der Typ, der sich verstellen konnte oder wollte. Und das war auch gut so. Für Weicheier hatte in diesen Zeiten sowieso keiner Verwendung.

Gegen Mittag fuhren Boris und Rachel nach Los Llanos, der nächstgelegenen Stadt, um im Supermarkt ein paar Sachen für die nächsten Tage einzukaufen. Julian und Daria nutzten ihre Abwesenheit für ein schnelles Nümmerchen. Dann legten sie sich wieder in die Sonne, derer sie so sehr bedurften.

***

Wiesbaden – Bis zum Abend des 2. Januar waren insgesamt neun Männer des Fadlallah-Clans und dreizehn Männer des Koubeissy-Clans teilweise bestialisch abgeschlachtet worden. Das erfolgreiche gegenseitige Abmetzeln der beiden verfeindeten Drogenclans ließ nur einen einzigen Schluss zu: Avi Halon und seine Leute kontrollierten ihre komplette Kommunikationsstruktur und lenkten sie, wie es ihnen gerade gefiel.

Nun wurde es Zeit für die zweite Spielhälfte.

Gegen Abend erhielt Ahmed Karam, das achtundsechzigjährige Oberhaupt des Karam-Clans, der sich im Großraum Wiesbaden niedergelassen hatte, einen wichtigen Anruf. Der Anruf kam direkt aus dem wieder aufgebauten Hauptquartier der Hisbollah im Stadtteil Haret Hreik, im Süden Beiruts. Der Anrufer versicherte ihm, dass ihm ein Mittelsmann des iranischen Geheimdienstes eindeutige Beweise vorgelegt habe, wonach das gegenseitige Abschlachten der beiden tief verfeindeten Fadlallah- und Koubeissy-Clans die Folge einer verdeckten Mossad-Operation sei. »Wieder einmal seid ihr auf das teuflische Spiel der Zionisten reingefallen!«, hatte ihm der Anrufer vorgehalten.

Ahmed Karam hatte den Inhalt des Gespräches zunächst gar nicht begriffen, so absurd erschien ihm das Gesagte. Aber dann stand ihm plötzlich die ganze Tragweite des Geschehens vor Augen. Was, wenn es sich tatsächlich so verhielt, wie es ihm der Anrufer begreiflich machen wollte?

»Was sollen wir denn jetzt tun?«, fragte er mit ehrlicher Verzweiflung in der Stimme.

»Das gegenseitige Abschlachten muss unverzüglich aufhören!«, sagte die Stimme am anderen Ende der Leitung. »Eine Versöhnung der beiden verfeindeten Familien muss notfalls erzwungen werden.«

»Gut. Ich werde darüber nachdenken.«

»Nein, Sie werden nicht darüber nachdenken, Sie werden jetzt *handeln*! In vier Tagen beginnt Ashura. Sie werden ein Versöhnungstreffen zwischen den Männern beider Familie anberaumen. Ohne Frauen. Nur die Männer. Die Frauen sollen bei ihren Kindern bleiben. Nur die erwachsenen Männer sollen zusammenkommen. Die Führung will, dass sie sich unter den Augen Allahs wieder versöhnen.«

Nachdem das Gespräch beendet war, stellte Ahmed Karam das Telefon zurück in die Halterung und sank in einen Sessel. Er wusste, dass er soeben einen Befehl erhalten hatte. Was er nicht wusste: Der Anruf kam gar nicht von der Hisbollah.

***

Düsseldorf – Im sicheren Haus war es still und dunkel. Die vier *kidonim* hatten sich vor einer Stunde schlafen gelegt. Sie mussten morgen fit sein, denn die Operation trat jetzt in ihre finale Phase.

Avi Halon konnte nicht schlafen. Zu viel ging ihm durch den Kopf. Er saß mit einem Glas Rotwein im abgedunkelten Wohnzimmer vor dem riesigen Plasmabildschirm und surfte durchs Internet. Die Börsen setzten gerade zur Talfahrt an, und seine Aktien besonders. Er ärgerte sich über sich selbst. Er hatte den Fehler aller Kleinanleger gemacht und seine Papiere viel zu lange gehalten. Sobald die Kurse nämlich deutlich einbrachen, trat bei den meisten Anlegern eine Art Lähmung und Verdrängung ein. Das hatte er wiederholt am eigenen Leib erfahren. Es war also nicht das erste Mal, dass er diesen Fehler begangen hatte. Aber jetzt war es zum Verkaufen zu spät. Es ging ja kaum noch tiefer. Der Wert seines Depots hatte sich innerhalb eines Jahres halbiert.

Im Widerschein des Bildschirms erschien eine Person.

Er wandte sich um. »Was willst du?«

»Ich kann nicht einschlafen«, sagte Shami leise.

Sie kam langsam näher, trat hinter das Sofa und legte ihre Hand auf seine Schulter. Sie streichelte ihn, sah ihn fragend an.

Er kannte diesen Blick.

Sie lächelte.

Er erwiderte ihr Lächeln.

Wortlos nahm sie ihn bei der Hand und zog ihn hinter sich her.

Sie gingen in ihr Zimmer.

Während Shamis Unterleib allmählich in langsame und rhythmische Bewegungen überging, dachte er an ein geflügeltes Wort in Israel: Jemenitische Pussies sind immer heiß.

***

Wiesbaden – Das Ashura-Fest, das Blutfest der Schiiten, begann bei Sonnenuntergang. Es war der letzte Tag einer zehntägigen Trauer- und Bußzeit.

Bei diesem Opferfest sollte jeder Muslim aus religiösen Gründen ein lebendes Tier opfern. In der Regel handelte es sich um Schafe oder Ziegen. Dem Tier musste bei vollem Bewusstsein die Kehle durchtrennt werden. In Deutschland war das Schächten von Tieren, also ihre Schlachtung ohne Betäubung, zwar grundsätzlich verboten, aber wenn man religiöse Gründe vorgab, machten die Behörden eine Ausnahme.

Einundfünfzig Schafe waren bereits an den beiden Vortagen herbeigeschafft worden. Im riesigen Garten der Familie Ahmed Karam sammelten sie sich in einem extra abgezäunten Teil.

In den Nachmittagsstunden näherten sich aus verschiedenen Richtungen die schweren Mercedes-Fahrzeuge mit den erwachsenen Männern der Clans Fadlallah, Koubeissy und Karam. Sie alle wussten, dass ihrem heutigen Treffen ein Befehl aus dem Hauptquartier der Hisbollah vorausgegangen war. Niemand hätte es gewagt, einem solchen Befehl durch Nichterscheinen zu widersprechen.

Clanoberhaupt Ahmed Karam begrüßte jeden einzelnen mit Handschlag. Für ein paar Stunden war er die von jedem akzeptierte Autorität.

Die Männer gaben sich sichtlich Mühe, den Hass der vergangenen Tage zu vergessen. Karam rief sie nochmals zur Besinnung. Allah tat jeden Tag Großes und Gewaltiges. Statt sich durch das Feuer des Vulkanausbruchs ihrer Rache gegenseitig zu dezimieren, sollten sie ihren Zorn lieber auf die heiß ersehnte Vernichtung des zionistischen Gebildes lenken.

Einundfünfzig Männer, bewaffnet mit Ketten und Säbeln, versammelten sich in dem von zahlreichen Fackeln gespenstisch illuminierten Garten und begannen mit ihren religiösen Gesängen.

Das Schächten der Schafe besänftigte den Zorn Allahs.

Zu gern hätten sie ihr höchstes Fest öffentlich begangen und das Schächten in aller Öffentlichkeit vorgenommen, aber unangenehme Erfahrungen in der Vergangenheit hatten sie gelehrt, dass die Ungläubigen für Schauspiele dieser Art noch nicht reif waren.

Kein Ashura-Fest, ohne dass der »Tod für Israel« skandiert wurde. »Wir sind bereit, unsere Seele, unsere Kinder und unsere Liebsten zu opfern«, riefen sie inbrünstig.

Immer wieder skandierten sie: »Oh Husain, wir opfern uns für dich. Tod für Israel.« Dann schlugen sie sich mit der Faust auf die Brust, um ihre Trauer über das Schicksal ihres Imams Husain zu beklagen.

Schon nach einer halben Stunde hatten sie sich ihrer Hemden entledigt. Nun geißelten sie ihre Rücken und fingen an, sich die Kopfhaut aufzuritzen. Ihre Gesichter, ihre Oberkörper, ihre Hosen und Schuhe – alles war in kürzester Zeit blutüberströmt. Aber sie bluteten freiwillig. In ihrer religiösen Ekstase spürten sie weder die Kälte noch den Schmerz, denn sie taten es für Allah. Zur gern wären sie jetzt in einer großen Prozession durch Wiesbaden gezogen, aber die Bevölkerung hätte dies nicht verstanden. So schlugen sie sich umso inbrünstiger rhythmisch auf die Kopfwunden. Das Blut bespritzte sie gegenseitig. Im Garten und auf der Terrasse bildeten sich regelrechte Blutseen.

Aber irgendetwas war heute anders. Etwas Beängstigendes lag wie eine Decke über dem blutig gefärbten Schnee. Die Männer fühlten etwas, was sie noch nie zuvor gefühlt hatten.

Shimon, Ran, Ilan und Shami lagen mir ihren Nachtsichtbrillen in ihren Verstecken und gaben keinen Piepser von sich. In der Luft lag ein scharfer Geruch von Blut und Schafsmist.

Eine Miniaturkamera in Shimons Brille nahm das Geschehen im Garten auf und schickte die Daten in das sichere Haus, wo Avi Halon die gespenstische Zeremonie live auf dem großen Plasmabildschirm verfolgte. Über ein Kopfmikrophon sprach er mit seinem *kidon*.

»Noch maximal fünf Minuten, dann gehen sie wieder ins Haus.«

Shimons Körper rührte sich nicht. Er lag vollkommen reglos auf einer Isotherm-Matte. Sein Atem ging ruhig. Die Waffe, die er mit sich führte, eine *9-mm Beretta 92FS*, würde er nur im äußersten Notfall benutzen. Neben ihm lag Ran, ebenso regungslos. Die andere Hälfte des Teams, Ilan und Shami, lag am anderen Ende des Gartens.

Nachdem sich die Gläubigen draußen noch einmal gegenseitig geschworen hatten, jede Träne einer schiitischen Mutter zu rächen und jeden Tropfen Blut eines Getöteten und Verwundeten, begaben sie sich geschlossen wieder ins Haus.

Als sich niemand mehr im Garten aufhielt, drückte Shimon auf den Knopf.

Die Detonation war so stark, dass im Garten zwei Bäume gefällt wurden. Es war ausgeschlossen, dass es auch nur einen einzigen Überlebenden gab.

Die vier *kidonim* verließen den Tatort im Schutz einer gewaltigen Staubwolke. Auf dem Weg zum Düsseldorfer Flughafen dachte Ilan: *Sobald die Bagger den gewaltigen Schutthaufen, in den sich die schöne Villa verwandelt hat, weggeräumt haben und die kriminologischen Untersuchun-*

gen abgeschlossen sind, wird sich herausstellen, dass Ah-mad Karam im Keller seines Hauses eine illegale Werkstatt für die Herstellung von Sprengsätzen betrieben hatte. Die deutschen Medien würden – wie es nun mal ihre Art war – nicht oder in stark verzerrter Form darüber berichten. Diese Operation hatte, wie so viele vor ihr, niemals stattgefunden.

Noch während die Polizei, mehrere Krankenwagen und die Feuerwehr auf dem Weg zum Unglücksort waren, krabbelte eine einzelne, stark schwankende Figur aus dem Schutthaufen. Unerkannt entschwand sie in der Dunkelheit.

***

Düsseldorf – Halon holte die restlichen Kleidungsstücke aus dem Wandschrank und verstaute sie in seinem Samsonite. Seine Maschine nach Tel Aviv ging in vier Stunden. Die Operation war erfolgreich durchgeführt worden. Dreiundsiebzig libanesische Drogendealer waren jetzt da, wo es sie schon immer hingezogen hatte, im Paradies. Jeder einzelne von ihnen wurde gerade von zweiundsiebzig Jungfrauen verwöhnt. Welch schöne Vorstellung. Warum waren sie gestorben? Sie waren gestorben, weil sie die Hisbollah mit zig Millionen Euro aus illegalem Drogenhandel versorgt hatten. Sie hatten eine fanatische Terrororganisation unterstützt, die sich die Vernichtung Israels auf die Fahne geschrieben hatte. Warum wollte die Hisbollah Israel vernichten? Die Hisbollah wollte Israel vernichten nicht etwa, weil sie prinzipiell Judenhasser waren. Sie wollten Israel vernichten, weil das Territorium, das jetzt der Staat Israel einnahm, einige Jahrhunderte lang islamisches Territorium gewesen war. Weil sie von einer Ideologie besessen waren, die sie zwang, heiligen islamischen Boden zu befreien. Allein darum ging es, allein dafür starben sie, allein dafür jagten sie sich und andere in die Luft, allein dafür wollten sie eingehen zu dem großen, allerbarmenden Gott und zu seinen paradiesischen Gärten.

Halon hatte sich gerade auf sein Bett gesetzt, um den *bodel* anzurufen, der ihn zum Flughafen fahren sollte, als sein Mobiltelefon summte. Er bestätigte mit einer fünfstelligen

Zahlenkombination, dass er der berechtigte Empfänger der Nachricht war.

»Shalom«, sagte die vertraute Stimme des Chefs der Operationsabteilung. »Wo steckst du?«

»Ich bin noch im sicheren Haus, fahre aber jetzt gleich zum Flughafen.«

»Du kannst deinen Koffer wieder auspacken. Ich möchte, dass du noch eine Weile in Deutschland bleibst.«

»Warum?«

»Hör zu ...«

Zehn Minuten später war Halon mit einer neuen Aufgabe betraut – einer Aufgabe, die sehr viel Kreativität, Intelligenz und Erfahrung erforderte.

»Du bekommst sämtliche Informationen, die uns über die Zielperson vorliegen«, sagte Aryeh Ben-Zvi.

»Und der Zeithorizont?«

»Kann ich dir noch nicht sagen.«

»Okay«, seufzte Halon.

Als das Gespräch beendet war, dachte er intensiv über Aryehs Worte nach. Man hatte ihn soeben mit einer Aufgabe betraut, die eindeutig nicht in den Zuständigkeitsbereich des Büros fiel. Aber das interessierte das Büro nicht. Schließlich war er kein aktiver Offizier mehr.

Er nahm seinen Koffer vom Bett und stellte ihn auf den Boden. Dann legte er sich aufs Bett, verschränkte die Arme hinter dem Kopf und sah gegen die Decke. Wieder musste er an den weiter schrumpfenden Wert seines Aktiendepots denken. Es war der reinste Horror ... Aber was die neue Aufgabe betraf: Bevor ihm das Büro keine konkreten Informationen geschickt hatte, konnte er gar nichts tun.

Er dämmerte ein.

Zwei Stunden später wurde er durch Geräusche in der Diele geweckt. Er sprang aus dem Bett und sah nach. Es war der *bodel*. Er wollte die Zimmer reinigen.

»Der Zeitplan hat sich geändert«, sagte er. »Du kannst aber trotzdem reinemachen.«

Der junge Mann erschrak fast zu Tode, als er plötzlich vor ihm stand. Er hatte geglaubt, das Haus sei geräumt.

Halon ging ins Wohnzimmer. Die E-Mail aus dem Hauptquartier des Mossad war bereits eingetroffen. Das Entschlüsselungsprogramm hatte die dreihundertseitige Anlage automatisch dekodiert. Er ging in die Küche und machte sich einen Kaffee.

Der *bodel* befand sich in einem der Schlafzimmer und zog das Bett ab. Halon ging zu ihm und steckte ihm hundert Euro zu. »Der Kühlschrank muss bis heute Abend wieder aufgefüllt werden«, sagte er.

Der *bodel* nickte und lächelte. Er lächelte mit geschlossenem Mund.

Halon zündete sich eine Zigarette an, setzte sich vor den großen Plasmabildschirm und begann zu lesen.

Es ging um die vierzigjährige deutsche Politikerin Sabrina Wallis.

Ultralinkes Lager.

Das Büro hatte auch zahlreiche Videofiles von ihr mitgeschickt. Ein hübsches Gesicht mit nahöstlichem Einschlag.

Lebenslauf. Psychogramm. Soziale Kontakte. Alles da.

Er las sich das Material sorgfältig durch.

Plötzlich musste er lachen. Dem Büro lagen sogar Aussagen ihrer ehemaligen Klassenkameraden vor.

Ihre jetzige Wohnung lag nur sechs Kilometer vom ehemaligen Sitz des Ministeriums für Staatssicherheit in Berlin-Lichtenberg entfernt, einer Gegend, in der noch viele ehemalige SED- und Stasi-Eliten lebten.

Er wurde neugierig. Er musste sie in Aktion sehen, ihre Stimme hören.

Er sah sich zwei Videofiles an. Das erste Video zeigte sie bei einer öffentlichen Veranstaltung. Sie war eine brillante Rednerin. Sie sprach vollkommen frei, klar, bildhaft und verfügte über einen ganz persönlichen und unverwechselbaren Duktus. Auf dem zweiten Video war sie in privater Atmosphäre zu sehen, warmherzig, fast schüchtern.

Halon schloss die Augen. Er hatte noch keinen blassen Schimmer, wie er die Aufgabe angehen sollte.

***

Düsseldorf – Sie waren genau eine Woche auf La Palma gewesen, hatten jede Minute genossen und sich nicht gestritten. Der Rückflug war genau so problemlos verlaufen wie der Hinflug. War das ein gutes Omen? Jedenfalls war es in Deutschland grauenhaft kalt. Als Julian wieder in seiner Wohnung war, musste er erst mal die Heizung auf maximale Leistung stellen. Er hatte sie vor einer Woche auf 17 Grad eingestellt, aber nach einer Woche Sonne und Wärme empfand er diese Temperatur als unerträglich.

Er hatte sich innerlich damit abgefunden, dass er den Job bei Boris‹ Vater annehmen würde. Aber was würde dann aus seinen Buchprojekten? Was würde aus all den tollen Storys, die er noch zu Papier bringen wollte? Schon jetzt befriedigte Daria ein wichtiges körperliches Bedürfnis, und bald wären wahrscheinlich auch all seine materiellen Bedürfnisse befriedigt. Aber was ist ein Mensch, der keine Bedürfnisse mehr hat? Er ist alles Mögliche, aber auf jeden Fall kein Künstler mehr. In einem Zustand ständigen Befriedigtseins kann kein Mensch schaffen. Kreativität verlangt geradezu nach Spannung und einem beständigen Gefühl des Unbefriedigtseins. Er fragte sich, ob er die kreative Leere nicht mehr fürchtete als seine beständigen Geldsorgen.

Er zog sich einen dicken Pullover über, fuhr seinen Rechner hoch und checkte die E-Mails.

Mist! Auch der zweite Literaturagent hatte abgelehnt.

***

Düsseldorf – Avi Halon hatte den gestrigen Abend in einer Bar verbracht und eine halbe Flasche Whiskey in sich reingekippt. Er hatte sich mal wieder richtig amüsiert, um auf andere Gedanken zu kommen. Aber so sehr er sich auch anstrengte, den Namen des Mädchens hatte er beim Aufwachen vergessen. Dafür stand ihm nun die Lösung seiner neuen Aufgabe vor Augen. Guter Whiskey machte halt kreativ.

Nach einer langen und heißen Dusche und einem kräftigen Frühstück, wählte er Harel Nivs Nummer. In seiner Hand hielt er die Visitenkarte des jungen Mannes, den er erst kürzlich während der Chanukka-Feierlichkeiten im Gemeindehaus der Jüdischen Gemeinde kennengelernt hatte.

»Shalom, Harel, wie läuft`s?«

»Gut. Wo steckst du?«

»Ich bin noch in Düsseldorf. Ich habe was ganz Dringendes.«

»Ich höre.«

»Besorg mir bitte alle Informationen über den Mann, dessen Visitenkarte ich dir gerade geschickt habe.«

Julian Tagmans Visitenkarte erschien im selben Moment auf Nivs Bildschirm. »Ist gerade angekommen. Ich melde mich kurzfristig.«

Niv gab Halons Anliegen an seine Abteilung weiter und rief ihn zwei Stunden später zurück.

»Ja, es gibt nur einen einzigen Julian Tagman in Düsseldorf«, sagte Niv. »Wir haben alles überprüft. Der Mann ist sauber.«

»Schick mir trotzdem alles, was ihr über ihn habt. Am besten ein psychologisches Gutachten.«

»Noch ein Wunsch?«

»Das wär‹s erst mal.«

Halon nahm noch einen Schluck Kaffee, putzte sich die Zähne und verließ das sichere Haus.

Als er nach fünfundvierzig Minuten mit Julian Tagmans Politthriller unterm Arm in das sichere Haus zurückkehrte, signalisierte ihm das Kommunikationstool, dass er eine wichtige E-Mail erhalten hatte.

Zehn Minuten später konnte er sich ein relativ gutes Bild von dem jungen Schriftsteller machen. Er war ihm nur einmal begegnet, am Vorabend von Chanukka, aber genauso hatte er ihn auch eingeschätzt.

Meine Intuition funktioniert nach wie vor einwandfrei.

Tagman hatte das richtige Alter. Er war heterosexuell, gebildet, feinfühlig und attraktiv. Er hatte gute Manieren, kam bei Frauen gut an und verstand was von Wirtschaft. All diese Eigenschaften machten ihn praktisch zum Idealkandidaten.

Mit der Maus zog er Tagmans Foto neben das von Sabrina Wallis und betrachtete sie abwechselnd.

Zwei sehr attraktive Menschen. Was für ein Paar!

Dann wählte er die Nummer des Chefs der Operationsabteilung.

»Aryeh hat gerade einen Termin beim *memuneh*«, sagte die junge Frau. »Ich sag ihm Bescheid, dass du angerufen hast.«

Anderthalb Stunden später rief Aryeh Ben-Zvi zurück.

»Was gibt‹s?«

Halon schilderte ihm seinen Plan.

»Etwas exzentrisch, findest du nicht?«, meinte dieser schließlich.

Halon kannte Ben-Zvi sehr genau, schließlich war er vor vielen Jahren einer seiner Ausbilder gewesen. Die Formulierung hieß im Klartext: *Ich bin einverstanden.* Aber genau das hatte Halon auch erwartet. Wenn die Interessen Israels nicht explizit berührt wurden, hörte Aryeh eh nur mit einem Ohr hin.

»Mach es so, wie du es für richtig hältst, Avi. Das einzige Problem, das ich bei deinem Plan sehe, ist die hohe Intelligenz dieser Frau. Die lässt keinen an sich ran, der ihr nicht das Wasser reichen kann.«

»Das weiß ich«, sagte Halon. »Mein Kandidat versteht zwar eine Menge von politischen und wirtschaftlichen Zusammenhängen, aber an das intellektuelle Kaliber von Sabrina Wallis reicht er nicht heran. Deshalb muss ich jetzt jene Seiten an ihm stärken, die ihn für die Frau interessant machen.«

Dann machte er es sich auf dem Bett bequem und begann mit der Lektüre von Tagmans Politthriller.

***

Halon erinnerte sich noch sehr genau, wie Tagman am Vorabend von Chanukka bei Tisch von seinem zweiten Politthriller erzählt hatte ...

Er griff nach seinem zivilen Mobiltelefon und wählte Julians Nummer.

»Julian Tagman.«

»Shalom, mein Freund. Hier spricht Yoram Katz.«

»Ah, shalom, Professor Katz. Wie geht es Ihnen?«

»Wie soll es einem gehen, wenn man fast seine ganzen Ersparnisse an der Börse verloren hat? Schlecht natürlich!«

»Na ja, die Börsen waren im letzten Jahr eigentlich sehr gut, aber wenn man die falschen Papiere anfasst, kann man natürlich auch in einem guten Börsenjahr Verluste einfahren. Für dieses Jahr rechne ich eher mit einer breiten Konsolidierung, aber selbstverständlich kann man auch in solchen Zeiten Geld machen.«

»Das kann ich leider nicht beurteilen. Auf diesem Gebiet bin ich ein absoluter Laie. Vielleicht sollten wir uns mal auf einen Kaffee treffen, ich würde mich gern von Ihnen beraten lassen.«

»Sind Sie denn noch in Deutschland?«

»Ja. Und wie es aussieht, werde ich wohl auch noch eine Zeitlang in Deutschland bleiben.«

»Das heißt, Sie reisen hier herum.«

»Ja, ich habe gerade mein Sabbatical und nutze diese freie Zeit fürs Quellenstudium. Zurzeit bin ich in Düsseldorf.«

»Ich würde mich gern mit Ihnen treffen«, sagte Julian. »Morgen Nachmittag hätte ich zum Beispiel Zeit.«

»Oh, das trifft sich sehr gut. Sagen wir gegen fünfzehn Uhr im *Café Leysieffer*? Ich muss ohnehin noch ein paar Sachen auf der Kö besorgen.«

»Ja, von meiner Seite aus ginge das klar.«

»Sehr gut, ich freu mich. Also dann bis morgen.«

***

Julian hatte schon an Chanukka, als er Yoram Katz zum ersten Mal begegnet war, das Gefühl gehabt, dass dessen markante, fast militärische Gesichtszüge so gar nicht zu dem Bild passten, das man sich gemeinhin von einem Professor für Zeitgeschichte machte. Und jetzt, da er ihm im *Café Leysieffer* gegenübersaß, fiel ihm dieser harte, entschlossene Gesichtsausdruck noch stärker auf.

»Waren Sie auf der Sonnenbank?«, fragte Halon bei der Begrüßung.

Julian lachte. »Nein, nein. Daria und ich haben uns letzte Woche kurzerhand für einen Trip nach La Palma entschieden. Wir sind erst gestern zurückgekommen. Es war sehr schön.«

»Sie sind zu beneiden. Daria ist eine wunderbare Frau.«

»Ja, das ist sie wirklich. Sie ist zum Verlieben.«

»Das sehe ich Ihnen an.«

»Wirklich?«

Halon lachte. »Ja, wirklich. Ich kann Ihnen zu Daria nur gratulieren. Sie kommt aus einem sehr guten Haus und hat die besten Eltern der Welt.«

Julian nickte. »Sie kennen die Familie Cohn schon länger?«

»Ich kenne Efraim und seine Frau seit vielen Jahren. Sie sind wirklich gute Freunde.«

»Ich mag Darias Eltern auch sehr gern.«

Nach einem halbstündigen Geplauder über Politik, Börse und Weltwirtschaft lenkte Halon das Gespräch geschickt auf Julians wahre Ambitionen. »Ich lese übrigens gerade Ihren Politthriller. Das Buch gefällt mir, wobei es ja gleichzeitig auch ein Spionageroman ist. Ich hoffe, es verkauft sich gut.«

»Das Buch gefällt Ihnen wirklich?«

»Ja, wirklich«, log Halon. Der Plot war eigentlich okay, aber die eigentliche Spionagewelt unterschied sich doch stark von den Phantasievorstellungen der meisten Spionageromane. Die Wirklichkeit war sehr viel gefährlicher und unvorhersehbarer als in jedem Roman. »Erzählen Sie mir von Ihrem neuen Buch«, forderte er ihn auf.

»Oje«, winkte Julian ab.

»Warum?«

»Die Literaturagenten bescheinigen mir großes Talent, aber dann winken sie ab.«

»Sie haben wirklich viel Talent.«

»Wirklich?«

»Ich würde es nicht sagen, wenn es nicht so wäre. Aber Sie müssten ein sehr viel größeres Publikum erreichen.«

»Das geht nur mit einem großen Verlag und einem entsprechenden Werbebudget.«

»Ich kenne viele interessante Menschen. Nicht nur in Deutschland. In ganz Europa. Ich kann mich ja mal umhören.«

»Das wäre wirklich sehr nett von Ihnen, Professor. Aber versprechen Sie sich nicht allzu viel davon. Der Verlagsbranche geht‹s nicht allzu gut. Was neue Talente angeht, sind die überaus vorsichtig.«

»Qualität setzt sich immer durch, vertrauen Sie einfach meiner Nase.« Er tippte mit dem Zeigefinger ein paar Mal gegen sein Riechorgan. »Meine Nase hat sich beim Aufspüren großer Talente noch immer bewährt.«

Julian musste lachen. Dieser Professor hatte ebenfalls ein großes Talent: Er versprühte grenzenlosen Optimismus. Er konnte einem wirklich Mut machen.

Bei der Verabschiedung sagte Halon: »Den Professor lassen wir ab jetzt weg. Ich heiße Yoram.«

Julian nickte: »Angenehm. Julian.«

»Ich hoffe sehr, dass wir uns bald wiedersehen, Julian. Wir haben uns bestimmt noch viel zu erzählen.«

»Das glaube ich auch.«

***

Düsseldorf – In den folgenden Tagen fanden mehrere Telefonate zwischen dem Vorsitzenden der Geschäftsleitung der *Verlagsgruppe Random House* und der Präsidentin der Israelitischen Kultusgemeinde München statt. Am Sonntag schließlich trafen sich die Herrschaften verschwörerisch in einem Gourmetrestaurant in der Münchner Innenstadt, und Frau Präsidentin machte zwischen zwei Glas Wein nochmals deutlich, dass es sich um einen »Wunsch von ganz oben« handelte. Man verständigte sich in dieser delikaten Angelegenheit nicht nur auf strengstes Stillschweigen, sondern auch gleich auf einen Verlag. Julians zweiter Politthriller, von dem bislang noch niemand auch nur eine Seite gelesen hatte, sollte so schnell wie möglich in einem der renommiertesten deutschen Verlage erscheinen und von einem der besten Lektoren betreut werden. Der Autor selbst dürfte von diesem Deal allerdings nie etwas erfahren.

***

Als Julian an diesem Montagmorgen einen Anruf des Heyne-Verlages erhielt, fiel er aus allen Wolken.

»Spreche ich mit Herrn Julian Tagman?«, meldete sich eine sonore Männerstimme.

»Ja.«

»Mein Name ist Josef Westermann vom Heyne-Verlag.«

»Hallo.«

»Herr Tagman, ich habe gerade Ihren Politthriller gelesen, den Sie vor zwei Monaten veröffentlicht haben, und ich muss ehrlich gestehen: Das Buch hat mich wirklich umgehauen. Schade, dass Sie mit dem Manuskript damals nicht zu uns gekommen sind, wir hätten es sofort veröffentlicht. Ein echtes Meisterwerk ...«

Julian traute seinen Ohren nicht.

»Ich rufe Sie an, um Ihnen mitzuteilen, dass wir uns sehr für weitere Manuskripte aus Ihrer Feder interessieren.«

»Ich habe vor genau einem Monat einen weiteren Politthriller beendet und bin gerade auf der Suche nach einem Agenten.«

»Das ist ja wirklich ein Zufall. Hätten Sie vielleicht Interesse, Ihr Manuskript von uns prüfen zu lassen? Dann sparen wir uns den Agenten.«

»Aber selbstverständlich.«

»Dann darf ich Ihnen meine E-Mail-Adresse geben?«

»Na klar.«

Mann, habe ich gerade eine Glückssträhne, dachte Julian, während er sich den E-Mail-Account von Josef Westermann notierte. *Erst lerne ich eine supergeile Frau kennen, dann wird mir ein lukratives Jobangebot unterbreitet, und jetzt interessiert sich auch noch der Heyne-Verlag für mich.*

Fünf Minuten später befand sich das Manuskript mit dem Arbeitstitel »Das Rothman-Komplott« im Posteingang von Josef Westermann.

Julians Mobiltelefon klingelte.

Es war Boris.

»Hallo, Boris.«

»Hi. Na, wie geht‹s? Wieder gut eingelebt?«

»Geht so. Ich wäre gern noch etwas länger auf La Palma geblieben.«

»Ja, waren wirklich schöne Tage da unten. Du, Julian, ich habe am Wochenende mit meinem Vater gesprochen. Er ist interessiert und möchte dich kennenlernen.«

»Oh!«

»Ja, pass auf! Er ist jetzt für eine Woche in den USA, er ist gestern Abend geflogen. Es wird also frühestens in der nächsten Woche gehen. Was hältst du vom übernächsten Dienstag? So gegen zehn Uhr.«

»Übernächsten Dienstag?« Er überlegte. »Ja, das geht.«

»Klasse. Ist notiert.«

»Und wie läuft‹s sonst so? Wie geht‹s Rachel?«

»Rachel findet die Kälte hier einfach fürchterlich. Die möchte am liebsten sofort wieder zurück nach La Palma.«

»Das verstehe ich nur zu gut. Wenn ihr Lust habt, können wir uns in dieser Woche sehen.«

»Ich sag Rachel Bescheid. Sie kann sich dann mit Daria kurzschließen.«

Die beiden Männer beendeten ihr Telefonat. Julian rief Daria an.

»Du musst sofort zu mir kommen!«, sagte er.

»Ich bin gerade mit Rachel und Liliana in der Stadt. Hast du etwa Sehnsucht nach mir?«

»Klar!«

»Was machen wir denn dann?« Sie hatte bereits einen lasziven Unterton in der Stimme.

»Na was wohl. Doktorspielchen. Wie immer.«

»Doktorspielchen!« Er hörte sie laut auflachen. »Okay, Schatz, ich bin in einer Stunde bei dir.«

»Ich kann‹s kaum erwarten.«

»Das ist gut so. Bis gleich.«

***

München – Josef Westermann hatte in seiner bald zwanzigjährigen Tätigkeit als Lektor des Heyne-Verlages schon einiges erlebt, aber dieser Fall schoss den Vogel ab. »Alles

sofort liegen lassen!«, hatte die Geschäftsführung gesagt. »Das Manuskript von Julian Tagman hat absolute Priorität!«
»Ist der Mann etwa der Papst?«, hatte Westermann gefragt. »So in etwa«, hatte die Antwort gelautet.

Westermann hatte das Manuskript vor dreieinhalb Stunden erhalten. Er hatte zunächst das dreiseitige Exposé studiert, das durchaus vielversprechend klang. Und nun begann er zu lesen. Wie es aussah, musste er seinen Groll wegen der Art und Weise, wie ihm das Manuskript aufgezwungen worden war, wohl überwinden. Denn dieser Autor verstand sein Handwerk wirklich. »Das Rothman-Komplott« zog ihn von der ersten Seite an in den Bann.

Gegen sechzehn Uhr stand plötzlich der Geschäftsführer vor seinem Schreibtisch. »Und? Wie ist es?«

Westermann konnte sich nicht erinnern, dass sich ein Geschäftsführer jemals persönlich zu seinem Schreibtisch begeben hatte, um sich nach einem Manuskript zu erkundigen. Er blickte über den Rand seiner Brille. »Das Buch hat was, und der Mann hat eindeutig Talent«, sagte er. »Mehr kann ich im Moment nicht sagen.«

»Und wann werden Sie mir mehr sagen können?«, fragte der Geschäftsführer etwas ungeduldig. Zumindest ließ er sich jetzt anmerken, dass ihn das Wort »Talent« etwas besänftigte.

»Frühestens morgen Abend.«

»Gut. Aber halten Sie sich dran, Herr Westermann!«

Als der Geschäftsführer gegangen war, dachte Westermann: *Der muss wirklich den Leibhaftigen im Nacken haben. Warum, in drei Teufels Namen, ist dieses Manuskript so wichtig?*

***

Brüssel – Das *Café Belga* an der Place Eugène Flagey war ein Treffpunkt meist junger Leute. Sabrina Wallis hatte diesen Ort für das Interview mit dem deutschen Journalisten gewählt, weil sie erstens angenehme Erinnerungen mit diesem Café verband und zweitens von dort am schnellsten zum Flughafen kam. Denn sie musste heute Abend noch zu einer außerordentlichen Vorstandssitzung ihrer Partei nach Berlin. Wahrscheinlich würde es eine Nachtsitzung werden.

Ihren schwarzen Travel Trolley hinter sich herziehend, betrat sie das Café. Der Journalist Jochen Küttner saß bereits an einem der hinteren Tische, winkte ihr zu und erhob sich.

»Hallo, Frau Wallis.«

»Hallo, Herr Küttner.«

Sie gaben sich die Hand.

Sabrina knöpfte ihren schwarzen Mantel auf und setzte sich zu ihm an den Tisch.

»Darf ich Ihnen etwas zu trinken bestellen?«, fragte Küttner.

»Vielen Dank, Herr Küttner, aber so viel Zeit habe ich nicht. Maximal fünfzehn Minuten. Deshalb lasse ich auch meinen Mantel an.«

»Okay.« Küttner drückte auf sein Diktafon. »Frau Wallis, nach fast fünf Jahren im Europäischen Parlament zieht es Sie wieder in den Bundestag. Warum? Lässt sich als Abgeordneter in Brüssel und Straßburg nicht genug bewegen?«

Sabrina lächelte. »Offen gesagt, es lässt sich vergleichsweise wenig bewegen. Im Bundestag haben wir als Fraktion immerhin die Möglichkeit, Themen in die Öffentlichkeit zu ziehen und dadurch die anderen Parteien unter Druck zu setzen. Hier hingegen arbeitet man wie unter einer Glocke. Es ist deutlich schwieriger, Öffentlichkeit zu erzeugen und mit kritischen Positionen wahrgenommen zu werden.«

»Sie sind nicht die einzige Europapolitikerin, die von einer gefühlten Ohnmacht berichtet, und das, obwohl die Abgeordneten alles andere als unterbeschäftigt sind. Wie kommt das?«

»Nehmen wir die Berichte, die im Europäischen Parlament behandelt werden. Ein Teil davon wird nur für die Parlamentsakten geschrieben, da das Parlament bei vielen Fragen gar kein Mitentscheidungsrecht hat. Ich frage mich schon, ob das die anderen Parlamentarier nicht auch frustriert. Ich habe immer versucht, Transparenz für meine Arbeit im Wirtschaftsausschuss herzustellen, öffentlich zu informieren, was da läuft. Aber das ist furchtbar schwierig.«

»Klingt so, als hätten Sie die fünf Jahre in Brüssel auch gleich sein lassen können.«

»Nein, so nicht. Im Gegenteil, es ist enorm wichtig, dass es hier eine starke linke Fraktion gibt, die dem neoliberalen Mainstream konsequent widerspricht und in der Gewerkschaften und NGOs einen Ansprechpartner haben. Ich möchte die fünf Jahre im EU-Parlament nicht missen. Aber für die Zukunft glaube ich, dass ich persönlich mich im Bundestag besser einbringen kann.«

Küttner stellte noch eine Reihe weiterer Fragen, die seine Interviewpartnerin kompetent und umfassend beantwortete. Dann machte er sein Diktaphon aus.

Sabrina Wallis hob erstaunt eine Augenbraue: »Das war‹s schon?«

»Nein, das war nur das, was unsere Leser zu lesen bekommen. Meine letzte Frage stelle ich aus rein persönlichem Interesse. Das Thema beschäftigt mich seit Jahren. Ich wünsche mir von Ihnen eine ehrliche Antwort: Wie lange macht es die EU noch?«

»Nicht mehr lange, das ist für mich absolut klar. Der Weg in den Untergang begann mit dem Vertrag von Lissabon. Das war, wenn ich mich recht erinnere, im Jahre 2007.«

»Wie kommt es, dass es in Deutschland nicht einmal im Parlament eine echte Diskussion über den Lissabon-Vertrag gegeben hat?«

»Das müssen Sie die Parteien fragen, die den Vertrag so bedingungslos durchgenickt haben.«

»Frau Wallis, ich danke Ihnen für Ihre ehrlichen Antworten.«

Zehn Minuten später saß sie in einem Taxi, das sie zum Flughafen brachte. Unterwegs dachte sie wieder an den Vertrag von Lissabon. Dieser Vertrag aus dem Jahre 2007 gehörte damals zu jenen Themen, die sie am meisten bewegt hatten.

Europa war schon lange auf dem Weg in die Diktatur, das war ihre feste Überzeugung, aber das hätte sie diesem Journalisten in dieser Offenheit nicht einmal bei ausgeschaltetem Diktaphon gesagt. Demokratie im Sinne der EU bedeutete, dass man so oft über dieselbe Sache abstimmen ließ, bis einem das Ergebnis in den Kram passte. Man konnte noch eine Weile dagegen ankämpfen, aber letzten Endes würde alles durchgewunken, was den neoliberalen Kräften, die in Wirklichkeit faschistische Kräfte waren, in den Kram passte. Das wusste sie. Dafür waren diese Kräfte einfach zu mächtig. Die EU würde jetzt auf lange Zeit in ein neoliberales Korsett gepresst, die Militarisierung würde vorangetrieben und zentrale Grundrechte würden weiterhin ausgehebelt werden.

***

München – Diese Redaktionssitzung war einfach ein Witz, eine reine Alibiveranstaltung, denn nach Auffassung des Cheflektors war das Manuskript längst vorher von ganz oben durchgewunken worden.

»Wie ich Ihnen bereits am Montag sagte, hat der Mann sehr viel Talent«, begann Westermann. »Er kann schreiben, und er kann den Leser auch fesseln. Sein Text berührt. Aber leider hängt dieses Buch zwischen allen Stühlen.«

»Wie meinen Sie das?«, fragte der Geschäftsführer irritiert.

»Er hat zwei Genres vermixt, so dass ich nicht weiß, wo ich ihn unterbringen soll.«

»Bei den Politthrillern natürlich. Das habe ich Ihnen doch schon gesagt.«

»Das Manuskript besteht aber zu …«

»Das ist mir egal. Dann kreieren wir hiermit eben ein neues Genre. Schubladendenken hat ohnehin keine Zukunft.«

»Wie Sie meinen. Am Manuskript selbst ist natürlich noch einiges zu richten«, sagte Westermann vorsichtig, »aber grundsätzlich halte ich es für durchaus publikationswürdig.«

»Davon bin ich von Anfang an ausgegangen.«

»Sie kennen den Autor also?«

»Nein. Wie lange werden Sie für das Lektorat benötigen?«

»Nun, da der Plot absolut stimmig ist, werde ich mich auf die sprachlichen Feinheiten beschränken. Ich denke, dass ich das übers Wochenende hinkriege.«

»Gut, dann schlage ich vor, dass Sie Herrn Tagman jetzt über sein Glück informieren. Und lassen Sie schon mal einen

Vertragsentwurf anfertigen. Den kann er sich dann durchlesen, wenn er hier ist.«

»Das heißt, Sie laden ihn zu uns ein?«

»Nein, *Sie* werden das tun. Aber stimmen Sie den Termin bitte auch mit dem Sekretariat ab. Ich möchte Herrn Tagman persönlich kennenlernen.«

***

Düsseldorf – Avi Halon studierte gerade das aktuelle Material, das ihm das Büro über Sabrina Wallis geschickt hatte, als sein ziviles Mobiltelefon klingelte.

»Shalom, Julian«, meldete er sich, nachdem er dessen Nummer erkannt hatte.

»Shalom, Yoram. Sie glauben ja nicht, was passiert ist.« Seine Stimme klang geradezu euphorisch.

»Nun?«

»Halten Sie sich fest! Der Heyne-Verlag hat mein Buch angenommen.«

»Gratuliere!«

»Und wissen Sie, wie der Cheflektor mein Manuskript genannt hat? ... *Neu! Aufregend! Avantgardistisch!*«

»Meinen allerherzlichsten Glückwunsch! Darauf müssen wir anstoßen.«

»Das werden wir tun.«

»Was sagt Daria dazu?«

»Die ist natürlich begeistert. Sie kommt gleich zu mir.«

»Wir zwei sollten uns auch mal wieder sehen. Sie wissen, wie sehr ich Ihre Börsenkenntnisse schätze.«

Julian lachte. »Danke für das Kompliment. Dafür schätze ich Ihre politischen Kenntnisse. Es hat alles Hand und Fuß, was Sie sagen. Vielleicht verwerte ich Ihre Informationen für meinen dritten Politthriller.«

Halon lachte. »Das dürfen Sie gern tun. Aber erzählen Sie dann bloß keinem, vom wem Sie diese Informationen haben.«

»Nein, ganz bestimmt nicht ... Wir könnten uns in der nächsten Woche treffen. Ich sag Ihnen Bescheid, okay?«

»Ja, okay.«

Das Telefonat war gerade beendet, als Halon etwas Wesentliches einfiel.

Mit dem Verlag ging ja alles verdammt schnell. Viel schneller, als er es erwartet hatte. Aber egal wie gut und schnell das Lektorat des Verlages auch war – das Buch, dessen Inhalt er nur ganz grob aus den Erzählungen von Julian kannte, würde noch um ein paar ganz entscheidende Passagen erweitert werden müssen. Passagen, die Sabrina Wallis wirklich hellhörig machen würden. Aber um diese Passagen an geeigneter Stelle unterzubringen, musste er das Manuskript erst mal in die Finger bekommen. Schließlich hatte er noch nicht einen einzigen Satz daraus gelesen.

Er wählte Julians Nummer.

»Ist überhaupt kein Problem, Yoram«, sagte Julian. »Ich bringe Ihnen einen Ausdruck mit, wenn wir uns das nächste Mal sehen.«

»Das wäre sehr nett. Würde es Ihnen etwas ausmachen, mir Ihr Manuskript als Word-Datei zu schicken? Dann könnte ich meine Änderungsvorschläge direkt einarbeiten.«

»Kein Problem.«

Avi Halon fühlte sich sehr erleichtert.

***

Düsseldorf – Es war ein Tag gewesen, wie er nicht besser hätte verlaufen können.

Julian hatte um zehn Uhr sein Vorstellungsgespräch bei Phillip Ackermann, Boris‹ Vater, gehabt. Ob es der guten Laune von Herrn Ackermann zu verdanken war oder der eigenen Souveränität, die er aufgrund seiner Glückssträhne gerade ausstrahlte – jedenfalls hatte er nach diesen zweieinhalb Stunden das sichere Gefühl, sich auf der Zielgeraden zu befinden. Später hatte sich auch Boris zu ihnen gesellt, und dann waren sie zu dritt essen gegangen.

Und nun, am frühen Abend, saß Julian zusammen mit Avi Halon im *Maredo* und verzerrte ein Steak.

»Ich bin mir sicher, dass Ihr Buch ein Bestseller wird«, sagte

Halon, nachdem Julian ihm das Manuskript übergeben hatte. »Und wenn Sie es mir gestatten, nehme ich schon mal Kontakt mit einem großen israelischen Verlag auf. Ein guter Freund von mir arbeitet in verantwortungsvoller Position bei *Kinneret Zmora-Bitan Dvir*. Die sitzen in Tel Aviv.«

»Das ist mehr, als man von einem guten Freund erwarten darf, Yoram. Ich weiß aber nicht, ob es nicht besser wäre, alle weiteren Schritte dem Heyne-Verlag zu überlassen.«

»Ich denke mir, dass die ganz froh wären, wenn sie die Übersetzungsrechte an einen israelischen Verlag verkaufen können. Denn so oft passiert das wahrscheinlich nicht.«

»Okay, wenn Sie über gute Kontakte verfügen, denke ich, sollten wir sie auch nutzen.«

Die Bedienung kam an ihren Tisch, und sie bestellten zwei weitere Pils. »Woran denken Sie?«, fragte Julian nach einer Weile. Er hatte das Gefühl, dass sein Gegenüber mit seinen Gedanken ganz woanders war.

»Oh, entschuldigen Sie«, sagte Halon. »Ich dachte gerade daran, dass heute der 20. Januar ist. Wissen Sie, was vor einem Jahr am 20. Januar passiert ist?«

»Nein«, erwiderte Julian.

»An diesem Tag wurde der neue amerikanische Präsident vereidigt.«

»Sie kommen auf Ideen.« Julian lachte. »Und? Sind Sie zufrieden mit ihm?«

»Sehr sogar«, sagte Halon ernst. »Er ist in jeder Hinsicht das Gegenteil von Obama, und seine Zustimmungswerte sind nach einem Jahr Amtszeit sensationell. Das amerikanische Volk und auch wir Israelis setzen unsere ganze Hoffnung auf ihn.« Halon wusste natürlich, dass der Mossad über die Inhalte der Gespräche, die der amerikanische Präsident mit jedem seiner Berater führte, stets zeitnah informiert war, schließlich waren 79 seiner 80 Berater amerikanische Juden. »Vielleicht sollten Sie mal einen Politthriller schreiben, der sich an der Realität orientiert.«

In diesem Moment brachte die Bedienung die beiden Pils.

»Ich schlage Ihnen einen Deal vor«, fuhr Halon fort. »Sie zocken jetzt auf Teufel komm raus für mich an der Börse, damit ich endlich von meinen Verlusten runterkomme, und Sie erhalten von mir im Gegenzug ein bisschen Material für Ihr nächstes Buch.«

»Hört sich vielversprechend an. Wie viel wollen Sie denn setzen?«

»Zehntausend Euro.«

»Ein hübsches Sümmchen«, staunte Julian.

»Wenn Sie damit erfolgreich sind, gibt's mehr.«

»Ich werde erfolgreich sein.«

»Davon bin ich überzeugt.«

»Und das Material, das Sie mir liefern wollen?«

»Was soll damit sein?«

»Sind es echte Hintergrundinformationen?«

»Ach, Julian ... Israel ist ein sehr kleines Land, nicht mehr als ein schmales Handtuch. Unsere ganze Informationskultur ist eine andere. Durch unsere besonderen Lebensumstände ist auch unser Zusammengehörigkeitsgefühl viel stärker ausgeprägt, als Sie es zum Beispiel von Deutschland her kennen. Wir empfinden uns alle wie die Angehörigen einer großen Familie. Informationen werden viel intensiver und umfassender ausgetauscht als hier in Deutschland. Gerade politische Informationen. Auch unsere Medien sind viel aggressiver.«

Julian nickte und wechselte das Thema. »Ich habe übrigens möglicherweise bald einen neuen Job«, sagte er.

Halon horchte auf. Das Letzte, was er jetzt gebrauchen konnte, war, dass ihm der Schriftsteller in den nächsten Monaten kaum noch oder gar nicht mehr zur Verfügung stand. »Und als was, wenn ich fragen darf?«

»Das steht noch nicht ganz fest. Es ist ein mittelständisches Unternehmen.«

»Hier in der Nähe oder weiter weg?«

»Hier in der Nähe. In Ratingen. Ein Freund von Daria hat mir die Stelle vermittelt.«

»Na, gratuliere«, sagte Halon und verfluchte diese Neuigkeit insgeheim.

***

Nach seiner Rückkehr in das sichere Haus setzte sich Halon sofort an den Küchentisch und las Julians Manuskript. Die Passagen, von denen er glaubte, dass sie sich leicht und zum Besseren abändern ließen, markierte er mit einem Leuchtstift. Anschießend nummerierte er sie.

Er las bis zum frühen Morgen und trank dabei eine halbe Flasche Whiskey und mehrere Glas Coca Cola. Danach gönnte er sich ein paar Stunden Schlaf.

Als er sich um zehn Uhr morgens erneut über das Manuskript beugte, stand ihm klar vor Augen, was geändert werden musste. Zahllose Elemente waren zu eliminieren, und einige Passagen mussten deutlich schärfer formuliert und um brisante Hintergrundinformationen ergänzt werden. *Der Leser will keine Fantasy, sondern die Wahrheit.*

Da ihm Julians Manuskript auch als Word-Datei zur Verfügung stand, setzte er sich an seinen Rechner und arbeitete die Änderungen direkt ein.

***

Düsseldorf – Sabrina Wallis‹ Maschine war soeben in Düsseldorf gelandet. Der Flug hatte sich wegen des schlechten Wetters um eine Stunde verzögert. Noch von Brüssel aus hatte sie den Düsseldorfer Immobilienmakler telefonisch darüber informiert, dass sie sich wahrscheinlich um eine Stunde verspäten würde. »Kein Problem«, hatte dieser gesagt, »ich sag dem Vermieter Bescheid, dass Sie später kommen.«

Sie stieg in ein Taxi und nannte dem Fahrer eine Adresse in Düsseldorf-Oberbilk.

Sie war neugierig auf die neue Wohnung. Die Fotos, die ihr der Makler in der letzten Woche zugeleitet hatte, hatten vielversprechend ausgesehen.

Kaum hatte sie den Taxifahrer bezahlt, kamen der Makler und der Vermieter auch schon auf sie zu.

Noch war nicht durchgesickert, dass Sabrina Wallis einen Wahlkreis in Düsseldorf übernehmen würde, aber die beiden Herren waren ja nicht dumm. Sie konnten sich denken, warum die rote Mona Lisa, die in den Medien meistens als

Lady in Black auftrat, sich ein Domizil in Düsseldorf suchte. Vielleicht war aber auch ein neuer Mann im Spiel.

Sabrina inspizierte jedes Zimmer mit der Akribie einer Buchhalterin.

»Ich nehme die Wohnung«, sagte sie schließlich, überzeugt, die richtige Entscheidung getroffen zu haben. Und an den Makler gewandt: »Machen Sie die Unterlagen bitte fertig und schicken Sie sie mir zu.«

»Sehr gern, Frau Wallis. Darf ich Sie vielleicht noch zu einem Kaffee einladen?«

»Ein anderes Mal vielleicht.«

***

Düsseldorf – Der Himmel war strahlend blau. Allmählich merkte man, dass die Tage wieder länger wurden. Julian Tagman und Avi Halon alias Yoram Katz machten einen Spaziergang durch den verschneiten Hofgarten.

Halon zündete sich eine Zigarette an. Dann sagte er, dass er für ein paar Tage in Berlin gewesen war.

»Berlin hat nach wie vor eine aufregende politische Szene, das kann ich Ihnen sagen. Diese Stadt bringt laufend neue politische Talente hervor ... Ach, ich liebe Berlin.«

Julian mochte die Stadt auch, aber das Elend dort, die zum Teil sehr schrägen Typen und das lockere Mundwerk der Berliner mochte er ganz und gar nicht.

»Apropos Talente«, fuhr Halon fort. »Ich habe Ihr Manuskript gelesen.«

»Und?«

»Ja, es ist gut ... Wirklich gut ... Allerdings bin ich der Auffassung, dass Sie die Story noch etwas pfeffern sollten.«

»*Pfeffern?* Wie meinen Sie das?«

»Nun, Sie sollten vielleicht den Zeitgeist etwas stärker berücksichtigen ... Das ganze System wird gegenwärtig hinterfragt. Die Globalisierung wird ganz grundsätzlich hinterfragt. Themen wie soziale Gerechtigkeit, Umverteilung von oben nach unten und Begrenzung der Macht der Banken sind groß im Kommen. Sie schreiben mir ehrlich gesagt ein bisschen zu ... *zurückhaltend.* Zeigen Sie doch einfach mehr Mumm, Julian!«

»Worauf wollen Sie hinaus?«

»Ich möchte Ihnen sagen, dass Ihr Buch erfolgreicher wird, wenn Sie ihm deutlich mehr Schärfe geben. Diese Gesellschaft ist nämlich krank. Tiefkrank. Das System hat sie krank gemacht und macht sie jeden Tag kränker. Die Menschen müssen immer mehr arbeiten, sie rackern sich zu Tode und erhalten immer weniger Geld für ihre Schufterei. Ihr Wohlstand schmilzt seit Jahren dahin, während gleichzeitig eine hauchdünne Oberschicht seit vielen Jahren unermessliche Reichtümer anhäuft und immer noch reicher wird. Der Großteil der Menschen hat keine Zeit mehr für Bildung und Kultur, für Muße. Stattdessen sind sie verrückt vor Angst ... Verstehen Sie mich bitte nicht falsch, Julian, Ihr Buch ist wirklich gut, aber bringen Sie auch das unter, was die Menschen wirklich bewegt.«

Julian war verunsichert. »Ich muss am Mittwoch nach München. Zum Heyne-Verlag. Den Vertrag abschließen.«

»Das sind noch drei Tage.«

»Ich kann mein Manuskript unmöglich in dieser kurzen Zeit überarbeiten.«

»Das brauchen Sie auch nicht. Ich habe das bereits für Sie getan.«

»Wie meinen Sie das?«

Halon zog einen Stick aus seinem Mantel. »Hier! Sie müssen es sich nur noch durchlesen. Ich habe meine Änderungsvorschläge direkt eingearbeitet. Diese Version Ihres Buches ist wirklich besser, glauben Sie mir. Aber entscheiden tun Sie. Nur ein guter Ratschlag von mir.«

Julian nahm den Stick entgegen und warf einen Blick darauf. »Yoram, wie soll ich jemals schlau aus Ihnen werden.« Er ließ den Stick in seiner Manteltasche verschwinden. »Okay, ich lese es mir durch.«

Sie gingen schweigend weiter.

»Hören Sie«, sagte Julian schließlich. »Ich habe in den letzten Tagen viel nachgedacht über das, was Sie mir erzählt haben. Ich habe das Gefühl, dass in mir gerade ein neuer Plot heranreift. Ich schlage Ihnen vor, dass wir uns, sobald ich die Sache mit Heyne aus dem Kopf habe, mal für längere Zeit zusammensetzen. Ich erzähle Ihnen dann, worüber ich gern schreiben würde, und Sie sagen mir, was Sie davon halten und unterstützen mich mit Ihrem Wissen.«

»Gern. Aber genau das habe ich Ihnen doch schon angeboten. Sie vermehren mein Geld an der Börse, und ich helfe Ihnen bei einem neuen Buch.«

»Abgemacht. Erinnern Sie mich daran, dass ich Ihnen meine Bankverbindung gebe. Ich glaube, ich weiß schon, wo ich Ihre zehntausend Euro investiere.«

***

München – Josef Westermann, der Cheflektor des Heyne-Verlags, stürzte in das Büro des Geschäftsführers: »Der Junge hat sein Manuskript vollständig geändert.«

»*Was?*«

»Reinstes Dynamit.«

»Was wollen Sie mir damit sagen?«

»Es ist einer der besten Politthriller, die ich jemals gelesen habe. Ein Buch, das wirklich bewegt.«

»Hervorragend!«

»Aber ich empfehle Ihnen dringend, es vor der Veröffentlichung von unseren Juristen prüfen zu lassen.«

»Das lassen Sie mal meine Sorge sein.«

***

München – Julian betrat zum ersten Mal in seinem Leben das Gebäude eines großen Verlags. Und zum ersten Mal in seinem Leben traf er mit einem professionellen Cheflektor zusammen.

Sie betraten einen gemütlich eingerichteten Besprechungsraum. Westermann legte Julians Manuskript vor sich auf den Tisch und schenkte ihm einen Kaffee ein.

»Es ist praktisch ein vollkommen neues Buch. Das ist Ihnen doch klar, oder?«

»So ist es beabsichtigt, Herr Westermann.«

»Es ist um Längen besser als Ihr erster Entwurf. Trotzdem empfehle ich Ihnen, die eine oder andere Passage sprachlich etwas abzumildern.«

»Zum Beispiel?«

Westermann blätterte in dem Manuskript.

»Nun, auf die Schnelle finde ich die Stelle nicht. Aber dort, wo Sie zum Beispiel den Ausdruck ›soziale Verbrechen‹ verwenden, würde ich lieber ›soziale Untaten‹ schreiben.«

»›Soziale Verbrechen‹ bleibt stehen.«

Westermann zog die Stirn kraus. »Ganz wie Sie wünschen.«

»Wie geht‹s jetzt eigentlich weiter?«, fragte Julian.

»Sobald Sie den Vertrag unterschrieben haben, mache ich mich an das Lektorat. Dann erfolgt das Korrektorat. Abschließend geht Ihr Manuskript an die Layout-Abteilung. Die entwerfen dann den Buchblock und fertigen drei Entwürfe für das Cover an. Die werden wir uns dann natürlich gemeinsam ansehen. Schließlich hat jeder Autor ein Mitspracherecht.«

»Gut. Und wann wäre mein Buch voraussichtlich auf dem Markt?«

Der Cheflektor lächelte süffisant. »Das diskutieren wir gerade in der Redaktionskonferenz. Normalerweise erst in zwölf bis fünfzehn Monaten, aber ganz offensichtlich genießen Sie bei uns einen Sonderstatus. Ich habe gehört, dass die Publikation bereits Anfang April erfolgen soll.«

»Oh, das wäre aber sensationell schnell.«

»Das wäre es in der Tat. Und es brächte auch eine Menge Probleme mit sich.«

»Warum?«

»Tja, warum? Der Heyne-Verlag ist keine Würstchenbude, Herr Tagman. Ihretwegen werden bei uns ganze Werbebudgets umgeleitet. Gerüchte kommen auf ...«

»Was für Gerüchte?«

»Nun ja, so was hatten wir hier ehrlich gesagt noch nie. Die Leute möchten wissen, was Sie für Kontakte haben, dass sich seit zwei Wochen alles nur noch um Sie dreht.«

»Ah, verstehe.« Julian zog die Schultern hoch. »Diese

Frage kann ich Ihnen leider auch nicht beantworten, Herr Westermann.«

In den folgenden zwanzig Minuten sprachen sie den Buchvertrag durch. Es war ein Standardvertrag mit genau jenen Konditionen, wie sie einem Neuling zustanden. Julian akzeptierte den Vertrag so wie er war und unterschrieb ihn an Ort und Stelle.

»Na, alles überstanden?«, fragte Daria, die draußen im Foyer auf ihn gewartet hatte. Sie hatte an diesem Tag unbedingt dabei sein wollen und war mit nach München geflogen.

»Jetzt halt dich fest! Die wollen mein Buch schon in zweieinhalb Monaten herausbringen!«

»Ist nicht wahr!«

»Doch. Hab‹s gerade erst erfahren.«

»Du Glückspilz.«

Sekunden später erschien eine attraktive Dame auf der Bildfläche. Sie lud Julian und Daria noch zu einer kurzen Visite in das Büro des Geschäftsführers ein.

***

Düsseldorf – Yoram hatte ihm tatsächlich zehntausend Euro überwiesen. Das Geld war aus Tel Aviv angewiesen worden. Er hatte das Gefühl, dass Katz sehr schnell Geld brauchte. Es war also zu überlegen, ob das Geld mittels Futures, Optionen oder Differenzkontrakten vermehrt werden sollte.

Julian besaß nicht nur seit Jahren ein Konto zur Durchführung von offenen Differenzgeschäften, also eine eigene Handelsplattform, mit der er in Echtzeit und an den wichtigsten Börsen direkt handeln konnte, sondern auch eine sehr gute Filtersoftware, die ihm die wichtigsten Kauf- oder Verkaufssignale herausfilterte.

Im Falle von Yoram entschied er sich für drei Differenzkontrakte.

Mit allen dreien ging er *short*.

***

Ramat Gan – Moshe Motamedi, der siebenundsechzigjährige ehemalige Führungsoffizier des israelischen Auslandsgeheimdienstes, lag sterbenskrank auf der Rehabilitationsstation des *Chaim Sheba Medical Center*, dem legendären Krankenhaus in Tel HaShomer, einem Stadtteil von Ramat Gan. Obwohl er die denkbar beste medizinische Versorgung der Welt erhielt, wusste er, dass sein Tod unvermeidlich war. Die Ärzte konnten sein Leben bestenfalls um ein paar Monate verlängern.

Er fühlte sich in keiner Weise einsam. Ständig kamen irgendwelche Familienmitglieder oder alte Freunde zu Besuch, und vor zwei oder drei Monaten, das wusste er nicht mehr so genau, hatte ihn sogar Ron Dahan, der Generaldirektor, besucht. Der *memuneh* hatte sich an sein Bett gesetzt und mehr als fünfzehn Minuten mit ihm geplaudert. Dann hatte er den Todkranken gefragt, ob er möglicherweise einen Wunsch hätte, den er ihm wenn irgend möglich auch erfüllen würde. »Sie wissen, dass das Büro viel weitreichendere Möglichkeiten hat als jede andere israelische Institution«, hatte er zu dem Todkranken gesagt. Motamedi hatte keine Sekunde gezögert, ihm seinen größten Wunsch vorzutragen. Im ersten Moment hatte der *memuneh* einen überraschten Gesichtsausdruck aufgesetzt, dann aber großes Verständnis für seinen Wunsch gezeigt: »Ich denke, wir kriegen das hin, Moshe«, hatte er beim Abschied gesagt und dabei gelächelt.

***

Düsseldorf – »Ich habe sofort Kasse gemacht. Wohin soll ich Ihren Gewinn überweisen?«, fragte Julian.

»Wie viel haben Sie denn aus meinen zehntausend Euro gemacht?«

»Achtundsiebzigtausend.«

Halon glaubte, sich verhört zu haben. »Was sagten Sie?«

»Es gehört natürlich auch Glück dazu. Gehen Sie beim nächsten Deal nicht davon aus, dass es mir wieder gelingt 680 Prozent Gewinn zu machen. Zehntausend Euro behalte ich allerdings für mich. Das ist die vereinbarte Provision.«

Februar

Straßburg – Yves de Gramont, der Experte für exklusive Immobilien, schloss den orangefarbenen Schnellhefter, den er soeben konzentriert durchgearbeitet hatte, und legte ihn fein säuberlich auf die anderen Papiere, die seinen Schreibtisch aus poliertem Palisanderholz zierten. Er fuhr seinen Computer herunter, rollte mit seinem Schreibtischsessel ein Stück weit zurück und ging dann zum Garderobenständer, um sein perfekt geschnittenes Dolce & Gabbana Jackett vom Kleiderbügel zu nehmen.

Seine vierundzwanzigjährige Sekretärin Inès Trautmann, eine attraktive Rothaarige, lugte mit verliebtem Blick um die Ecke.

»Machst du Schluss für heute?«, fragte sie.

»Ja, ich habe noch einen dringenden Termin.«

»Mit wem?«

»Mit einem potentiellen Käufer, der Wert auf äußerste Diskretion legt.«

»Wie lange wird das ungefähr dauern? Ich dachte, wir gehen heute Abend noch gemeinsam essen.«

Yves de Gramont hasste es, wenn seine aktuelle Geliebte ihn ausfragte, aber er ließ es sich nicht anmerken. Er wusste, dass sie ihn anhimmelte und dass sie alles tun würde, was er von ihr verlangen würde. Aber da war sie nicht die Einzige.

»Es wird etwas später werden, Cherie«, sagte er. »Du brauchst nicht auf mich zu warten. Wir sehen uns morgen. Ciao.« Er ergriff ihre Hände, gab ihr einen Kuss auf die Wange und entschwand durch die Tür seines Büros.

Yves de Gramont, der attraktive vierzigjährige Immobilienmakler mit dem rabenschwarzen Haar und den edlen Gesichtszügen, galt als begehrter Junggeselle. Die Damen lagen ihm reihenweise zu Füßen, nicht nur wegen seines Aussehens, seiner umfassenden Bildung und seiner feinen Manieren, sondern auch wegen seiner weltläufigen Umgangsformen, die ihn eindeutig als einen Zögling aus den besten Kreisen auswiesen. De Gramont sprach viele Sprachen fließend, vor allem das perfekte Französisch eines Absolventen einer französischen Eliteuniversität, aber keine seiner Verehrerinnen hätte ihn ausschließlich mit Frankreich in Verbindung gebracht. De Gramont trug in seinem Gesicht die Züge vieler Völker, und die meisten Menschen scharten sich nur um ihn, um etwas von der urbanen Eleganz abzubekommen, die er verströmte.

Er fuhr mit dem Fahrstuhl in die bewachte Tiefgarage hinunter und stieg in seinen nagelneuen Mercedes S-Klasse. An der Ausfahrt grüßte er höflich den Wachmann, der ihn ebenso höflich zurückgrüßte und die elektronische Schranke öffnete.

Eine Viertelstunde später parkte er auf der reservierten Parkfläche vor seinem Apartmenthaus in »La Petite France«, das als eines der schönsten Viertel Straßburgs galt.

De Gramont holte die Post aus seinem Briefkasten, dann fuhr er mit dem kleinen Aufzug in den dritten Stock hinauf.

Seine Wohnung hätte eher zu einem Aristokraten als zu einem Immobilienmakler gepasst – nicht nur wegen ihrer Dimensionen, sondern vornehmlich wegen ihres luxuriösen Mobiliars sowie ihrer kostbaren Gemälde. Keiner seiner männlichen Freunde hatte jemals einen Fuß in diese Wohnung gesetzt. De Gramont lud nur Frauen ein – und in letzter Zeit nur Inès.

Er duschte rasch und zog sich um. Wenig später saß er wieder am Steuer seines Mercedes. Er fuhr eine Weile an den Quais mit ihren farbenprächtigen Fachwerkhäusern vorbei, um schließlich auf die Route du Polygone in Richtung Süden abzubiegen. Er hatte Inès belogen. Und das nicht zum ersten Mal.

Auf dem Weg nach Neuhof wurde die Architektur allmählich schlichter und einförmiger, bis sie schließlich in ein trostloses Dauergrau überging. Neuhof, im Süden Straßburgs, galt als eines der unzähligen Problemviertel in Frankreich. Es überwogen die arabischen Familien.

Als er in Neuhof ankam, war es bereits dunkel geworden. De Gramont parkte seinen Mercedes vor dem *Chez Aladdin* an der Route d‹Altenheim. Er stieg aus und ging zu Fuß weiter.

Neuhof galt insbesondere ab Einbruch der Dunkelheit als äußerst gefährlich, aber de Gramont wusste, dass ihm hier nichts passieren würde. Nach einigen hundert Metern endeten die Straßen und ein Gewirr von kleinen Gassen tat sich auf. Die Nachtluft roch nach Holzkohlerauch, Kurkuma und schwachem Honigduft, als er eine besonders schmale Gasse betrat. Dreißig Jahre alte Erinnerungen kehrten zurück. Für einen kurzen Moment hatte er das Gefühl, als kleiner Junge auf den Straßen Südbeiruts unterwegs zu sein.

Am Ende der Gasse stand ein arabisches Kaffeehaus. Ohne zu zögern trat er ein. Im hinteren Teil des Kaffeehauses führte eine schmale, unbeleuchtete Treppe nach oben. De Gramont stieg langsam ins Dunkel hinauf. Oben endete die Treppe an einer Tür. Als er sich der Tür näherte, wurde sie plötzlich aufgerissen. Ein Mann in der traditionellen *galabija* trat auf den Treppenabsatz hinaus.

»Ma-salam«, sagte er. Friede sei mit dir.

»As-salam alaikum«, antwortete de Gramont, als er an dem Mann vorbei in die Wohnung ging.

***

Düsseldorf – Avi Halon alias Yoram Katz saß dick eingemummelt auf einer Bank am rechten Rheinufer und blickte über den grauen Strom hinweg zum anderen Ufer. Während er einen tiefen Zug von seiner Marlboro nahm, sah er den Weg und jeden einzelnen der zu absolvierenden Schritte klar vor sich.

Es störten ihn nur zwei Punkte, und diese beiden Punkte gefährdeten die ganze Operation: Julians neu eingegangenes Arbeitsverhältnis mit der Firma seines Freundes Boris und seine Beziehung zu Daria Cohn. Beides musste kurzfristig zerstört werden.

Den größten Knall gäbe es, wenn Julian eine Beziehung mit Rachel anfangen würde, denn dann wäre er umgehend nicht nur Daria los, sondern auch seinen neuen Job. Er wusste, dass das Büro über entsprechende Chemikalien verfügte, mit denen sich menschliche Beziehungen sowohl beenden als auch kreieren ließen, aber auf diese Lösung würde er erst zurückgreifen, wenn ihm nichts Besseres einfallen würde.

Den frisch angetretenen Job in Ratingen würde der Junge sofort hinschmeißen, wenn man ihn einige Monate lang mit der dreifachen Geldmenge ausstatten würde, ohne dass er sich groß die Hände schmutzig zu machen brauchte. Das wäre nicht das Problem. Das Hauptproblem hieß Daria Cohn.

Es wurde schnell dunkel. Auf dem Weg zurück in das sichere Haus sagte er sich, dass es mal wieder an der Zeit war, sich ein bisschen Spaß zu gönnen.

Nachdem er eine Kleinigkeit gegessen und heiß geduscht hatte, kleidete er sich wie ein Geschäftsmann. Dann ließ er sich in die exklusive *Pinky Bar Lounge* fahren, von der er wusste, dass sie überwiegend von Geschäftsleuten besucht wurde. Den intellektuellen Professor für Zeitgeschichte musste er heute Abend vergessen, aber der weltläufige Geschäftsmann aus Tel Aviv hatte erfahrungsgemäß eine große Anziehungskraft auf das weibliche Geschlecht. Kurzfristig eine glaubwürdige Legende aus dem Hut zu zaubern, war eine der leichtesten Übungen.

Beim Betreten des Lokals checkte er unauffällig die Gäste. Unter den anwesenden Damen waren auch mindestens zwei Prostituierte. Die große Blondine gefiel ihm besonders. Er setzte sich an die Theke, bestellte einen Whisky und ließ den Dingen einfach ihren Lauf. Es dauerte keine fünf Minuten, bis genau diese äußerst attraktive Dame mit den endlos langen Beinen auf dem benachbarten Barhocker Platz nahm und ihn um einen Drink bat.

Sie stellte sich ihm als Eliska vor. Gebürtige Tschechin. Akzentfreies Deutsch.

Ihr Name war zwar genauso falsch wie der, unter dem er sich ihr vorstellte, aber das war unter zwei Professionellen nun mal so üblich. Sie sagte ihm, dass sie dreiundzwanzig Jahre alt sei, und dies war vermutlich die einzige Wahrheit, die er heute Abend aus ihrem Munde hören würde.

Halon wollte diesmal nicht so betrunken sein wie bei seiner letzten Eroberung, deshalb schlug er Eliska bereits nach einer Stunde vor, in ein Hotel zu fahren.

Man war sich schnell handelseinig.

Halon bezahlte, ließ ein Taxi kommen und fuhr mit ihr ins nächstbeste Hotel.

Nachdem sie sich frischgemacht hatten, landeten sie im Bett.

Eliska fühlte sich sichtlich wohl. Sie stand auf großzügige und unkomplizierte Geschäftsleute, die einfach nur bumsen wollten und einem nicht den Kopf volllaberten.

Beim Frühstück schilderte Halon ihr sein Vorhaben.

Eliska hörte aufmerksam zu und stellte auch die richtigen Fragen – vor allem die nach der Entlohnung.

Halon war zufrieden. Nachdem er sich vergewissert hatte, dass sie auch alles verstanden hatte, fragte er sie, ob sie sich zutrauen würde, die kleine Rolle zu übernehmen, die er ihr zugedacht hatte.

»Klar«, erwiderte sie. »Wann geht›s los?«

***

Efraim Cohn, Darias Vater, war ziemlich überrascht, als er einen Anruf von Professor Katz erhielt. Seit Chanukka hatte er nichts mehr von ihm gehört.

»Sie sind noch in Deutschland, Professor?«, fragte er.

»Ja, ich habe einen Forschungsauftrag, der mich hier für längere Zeit bindet, hatte ich Ihnen das nicht gesagt? Zwischendurch bin ich aber immer mal wieder in der Heimat, um meine Doktoranden zu betreuen.«

»Das ist schön. Womit kann ich Ihnen dienen?«

Avi Halon räusperte sich. »Sind Sie im Moment allein?«

»Ja, meine Frau und meine Tochter sind gerade in der Gemeinde.«

»Ich möchte diese sensible Angelegenheit nicht am Telefon besprechen. Vielleicht könnten wir uns kurzfristig zum Abendessen verabreden. Nur wir zwei.«

»Das ist überhaupt kein Problem«, erwiderte Cohn. »Wann würde es Ihnen denn passen?«

»Was halten Sie von morgen Abend, neunzehn Uhr dreißig *Im Schiffchen*? Ich würde einen Tisch reservieren, an dem wir uns ungestört unterhalten können.«

»Nur zu gern, Professor.«

»Ich danke Ihnen. Aber eine Bitte habe ich noch: Sagen Sie Ihrer Familie auf gar keinen Fall, dass Sie sich mit mir treffen.«

***

Kaiserswerth – Der Kellner des Nobelrestaurants führte die beiden gutgekleideten Herren an einen Tisch, der für die anderen Gäste nicht einsehbar war. Der Tisch war wie geschaffen für diskrete Gespräche.

Efraim Cohn hatte einen viel zu großen Respekt vor diesem israelischen Professor, als dass er zu fragen gewagt hätte, was es denn so Sensibles zu besprechen gäbe. Er vermutete, dass es um eine unbezahlte Dienstleistung für den israelischen Mossad ging und dass er als langjähriger *sayan*, also als freiwilliger jüdischer Helfer, jetzt in die Pflicht genommen würde. Und so überließ er seinem Gegenüber die Gesprächsführung.

Halon merkte ihm seine innere Anspannung an. »Ich fürchte, ich kann Ihnen heute keine angenehmen Dinge mitteilen, Herr Cohn.«

Darias Vater wurde umgehend blass.

»Es geht um den Freund Ihrer Tochter …« Halon zögerte einen Moment, um zu sehen, welche Wirkung seine Worte auslösten.

»Ich höre.«

»Leider ist Julian Tagman nicht der nette Knabe, für den Sie oder Ihre Tochter ihn halten.«

Cohn schluckte.

»Und bevor ich Sie mit der Wahrheit konfrontiere, müssen Sie mir versprechen, dass Sie weder gegenüber Ihrer Tochter noch gegenüber irgendeiner anderen Person erwähnen werden, von wem Sie diese Information erhalten haben.«

»Ich gebe Ihnen mein Ehrenwort, Professor Katz.«

»Julian Tagman ist ein Kleinkrimineller und Hochstapler. Er ist mehrfach vorbestraft und in etliche Betrügereien verwickelt.«

»*Was?*«

»Ja, das ganze Spektrum, inklusive Heiratsschwindel.«

»Verzeihen Sie mir bitte, Professor Katz, aber das kann ich nicht glauben.«

»Er hat auch eine langjährige Freundin, mit der er nach wie vor eine sexuelle Beziehung unterhält und die auch einen Zweitschlüssel für seine Wohnung hat. Ihre Tochter hat nicht die geringste Ahnung, welch infames Spiel mit ihr getrieben wird.«

Cohn fühlte sich äußerst unwohl. »Woher wissen Sie das alles?«, fragte er.

»Ich habe absolut verlässliche Quellen ... Hat Ihre Tochter einen Schlüssel für Tagmans Wohnung?«

»Ich glaube nicht.«

»Aber ich.« Halon griff in die Innentasche seines Jacketts und holte einen Schlüssel hervor. Wortlos schob er ihn seinem Gegenüber über den Tisch. »Sagen Sie Ihrer Tochter, dass sie morgen früh, wenn Tagman auf der Arbeit ist, in seine Wohnung fahren soll. Aber bitte nicht vor neun Uhr. Dann kann sie sich ihr eigenes Bild machen. Sollte er, aus welchem Grund auch immer, seine Wohnung nicht verlassen, informiere ich Sie natürlich rechtzeitig. Ich habe dort ein Team platziert, das den Herrn sorgfältig im Auge behält.«

Cohn schluckte. »Ich bin ehrlich gesagt schockiert, Professor. Ich bin Ihnen allerdings auch dankbar, dass Sie mich rechtzeitig über diese ungeheuerliche Angelegenheit informiert haben. Ich werde heute noch mit Daria sprechen.«

»Ich danke Ihnen, Herr Cohn. Besser ein Ende mit Schrecken als ein Schrecken ohne Ende, wie man in Deutschland sagt.«

***

Düsseldorf – Daria hatte einen Kloß im Hals, als sie mit zittrigen Fingern die Tür zu Julians Wohnung aufschloss. Sie gab sich große Mühe keinerlei Geräusche zu verursachen, aber nachdem sie seine Wohnung betreten hatte und die Tür gerade hinter sich schließen wollte, gab diese ein leichtes

Knarren von sich. Ein Geräusch, das ihr noch nie zuvor aufgefallen war.

»Julian, bist du‹s?«, fragte eine weibliche Stimme, die aus dem Schlafzimmer kam.

Daria bekam umgehend Herzrasen. Bevor sie reagieren konnte, stand eine große splitterfasernackte Blondine vor ihr.

»Was tun Sie hier?«, fragte die Blondine. »Sind Sie die Putzfrau? Warum hat mir Julian nicht gesagt, dass seine Putzfrau heute kommt?«

Darias Kopf war vollkommen blockiert. Es war ihr nicht möglich einen klaren Gedanken zu fassen. Der Schock war zu groß. Sie drehte sich um, riss die Tür auf und lief schluchzend ins Treppenhaus.

Eliska sah ihr vom Küchenfenster aus lächelnd hinterher. Dann kleidete sie sich in aller Ruhe an, richtete das Bett genauso her, wie sie es vorgefunden hatte und verließ die Wohnung, die sie vor nicht einmal einer Stunde betreten hatte.

»Auftrag ausgeführt«, schrieb sie an die Nummer des Mobiltelefons, die er ihr vor vier Tagen gegeben hatte. Das Geld für diese kleine Dienstleistung hatte er ihr bereits im Voraus ausgehändigt.

Bevor sie ihren in fünfzig Meter Entfernung geparkten Kleinwagen startete, schrieb sie ihm eine zweite Kurzmitteilung: *Können wir uns heute Abend noch einmal sehen?*

***

In den nächsten vierzehn Tagen stieß Julian auf eine Mauer des Schweigens. Daria nahm seine Anrufe nicht entgegen, selbst dann nicht, wenn er sie mit unterdrückter Nummer anrief. Kurzmitteilungen drangen nicht zu ihr durch, und die Tür zu ihrem Haus wurde ihm nicht geöffnet. Schließlich gab er es auf.

Seinen Job in Boris‹ Firma war er auch los. Die Begründung, die ihm für die sofortige Beendigung seines Arbeitsverhältnisses gegeben wurde, war so fadenscheinig, dass er fast in Lachen ausgebrochen wäre. Dass die Kündigung mit Darias Abtauchen zusammenhing, lag auf der Hand.

Avi Halon, der diese Entwicklung aus dem Hintergrund aufmerksam verfolgt hatte, war zufrieden. Er konnte sich sehr genau in den jungen Mann hineinversetzen. Es würde nicht mehr allzu lange dauern, dann würde er sich bei ihm melden. Auf keinen Fall durfte er ihn zuerst anrufen. Und sobald er sich bei ihm gemeldet hatte, würde es in die nächste Runde gehen. Aus der Sicht des Mossad waren die Menschen höchst simple Bioroboter. Um jemanden erfolgreich zu rekrutieren, gab es nur drei Möglichkeiten: Geld, Sex und starke Gefühle. Tiefe Frustration war ein starkes Gefühl. Und Tagmans Frustration war im Augenblick außerordentlich groß.

Halons ziviles Mobiltelefon summte.

Es war Julian.

»Das war eindeutig Gedankenübertragung«, sagte Halon, »ich habe gerade an Sie gedacht.«

»Ist nicht wahr!«

»Doch, ist wahr. Was kann ich für Sie tun, Julian?«

»Ich will nicht unverschämt sein, Yoram, ich weiß, dass Sie ein vielbeschäftigter Mann sind, aber könnten wir uns heute vielleicht auf einen Kaffee in der Innenstadt treffen?«

»Klar doch. Wann?«

»Sagen wir um 15 Uhr im *Café Leysieffer*?«

***

Der Himmel über Düsseldorf war glasklar. Die Sonne schien, und sie gab inzwischen schon so viel Wärme ab, dass man draußen sitzen konnte.

Als Julian eintraf, saß Halon bereits draußen bei einer Tasse Kaffee, rauchte seine Marlboro und blätterte in einer Illustrierten. Er erhob sich, reichte ihm die Hand und bat ihn Platz zu nehmen.

»Na, wo drückt der Schuh, mein Freund?«

»Tja, wo soll ich anfangen?« Julian stieß einen Seufzer aus. »Ich habe das Gefühl, dass mein Leben allmählich aus den Fugen gerät.«

»Was ist passiert?«

»Daria hat sich von mir getrennt, ohne dass ich den Grund

dafür kenne. Und meinen Job bin ich auch los. Jetzt fehlt nur noch, dass *Heyne* anruft und mir mitteilt, dass sie mein Buch doch nicht veröffentlichen werden.«

»Das wird garantiert nicht passieren.«

»Na, ich weiß nicht. Bei meiner Pechsträhne.«

»Aber dass sich Daria von Ihnen getrennt hat, tut mir aufrichtig leid. Ich fand, dass sie sehr gut zu Ihnen passte. Aber solche Dinge passieren nun mal. Und zwar täglich. Daran können wir in der Regel auch nichts ändern.«

»Auf jeden Fall bin ich ziemlich down.«

Die Kellnerin trat an ihren Tisch und nahm die Bestellung auf.

»Schauen Sie mal, was ich hier für Sie habe.« Halon reichte ihm seine aufgeschlagene Illustrierte über den Tisch und zeigte mit dem Finger auf das Foto einer Dame.«

»Das ist Sabrina Wallis«, sagte Julian.

»Sie stehen doch auf schwarzhaarige Frauen. Ich finde, sie sieht Daria sogar ein bisschen ähnlich.«

»Ja, Frau Wallis ist eine äußerst attraktive Frau.«

»Sie gefällt Ihnen? Mir gefällt sie auch.« Halon grinste. »Sie beide würden ein sehr interessantes Paar abgeben.«

»Sie machen Witze, Yoram.«

»Wieso? Einen Versuch wär‹s doch wert.«

»Sie verarschen mich. Ich wüsste ja noch nicht mal, *wo* ich ihr begegnen sollte, geschweige denn, wie ich sie ansprechen sollte. Die ist megaprominent und ich bin ein Niemand.«

»Aber nicht mehr lange.« Halon grinste erneut.

»Ach was. Sabrina Wallis ist hochgebildet, sie hat brillante Bücher geschrieben, und sie ist fast jede Woche in einer anderen Talkshow. Ich könnte ihr unmöglich das Wasser reichen. Außerdem hat sie garantiert einen Lover.«

»Hat sie nicht.«

»Das glauben Sie doch selbst nicht.«

»Ich weiß es.«

»Und *woher* wissen Sie das?«

»Ich habe halt meine Quellen.«

»Und was sagen Ihnen Ihre Quellen noch so über sie?«

»Sie sagen, dass Sabrina Wallis ein todsicheres Händchen

für die falschen Männer hat. Sie ist in der Vergangenheit dermaßen oft enttäuscht worden, dass sie schon seit längerem auf jeglichen sexuellen Kontakt verzichtet. Sie konzentriert sich ausschließlich auf ihre Dissertation.«

»Und der Altersunterschied? Sie ist über vierzig ...«

»Nein, genau vierzig.«

»... und ich werde im Oktober dreiunddreißig.«

»Spielt überhaupt keine Rolle. Frauen interessieren sich in der Regel nur für den sozialen Status eines Mannes.«

»Über den ich aber in keiner Weise verfüge. Und intellektuell könnte ich auch nicht mit ihr mithalten.«

»Beides lässt sich ändern.«

»Und wenn ich mich in sie verliebe?«

»Zuerst muss sie sich in Sie verlieben.«

»Und wenn ich mich anschließend in sie verliebe?«

»Dann hole ich Sie wieder runter.«

»Mann, Yoram, Sie machen mir echt Angst. Wissen Sie, wie sich das für mich anhört?«

»Wie denn?«

»Das hört sich für mich an, als ob Sie einen festen Plan in der Tasche hätten.«

»Ich habe keinen Plan, das kann ich Ihnen versichern. Es fiel mir nur spontan ein, nachdem Sie mir erzählt hatten, dass sich Daria Cohn von Ihnen getrennt hätte, was ich natürlich zutiefst bedaure. Sabrina Wallis wäre zumindest eine echte Herausforderung. Ich liebe Herausforderungen.«

»Ein durchschnittlicher Mensch würde eine solche Herausforderung aber für total verrückt erklären.«

»Wollen Sie ein durchschnittlicher Mensch bleiben, Julian?«

***

Bevor er in das sichere Haus zurückkehrte, um sich für einen weiteren vergnüglichen Abend mit der Prostituierten Eliska frisch zu machen, rief er das Büro in Tel Aviv an.

»Shalom, Orell. Verbinde mich bitte mit Michal von der psychologischen Abteilung.«

Er wurde sofort durchgestellt.

»Shalom, Michal. Kurze Frage: Hast du Zugriff auf das Psychogramm von Sabrina Wallis?«

»Klar, kann ich dir zuschicken. Aryeh hat mich bereits informiert, dass du deswegen wahrscheinlich anrufen würdest.«

»Ach, hat er das. Zuschicken kannst du es mir auch morgen. Lies mir einfach nur das Wichtigste vor.«

»Jetzt?«

»Ja, jetzt.«

»Das Wichtigste kann ich dir auch aus dem Kopf erzählen. Bin schließlich vorbereitet.«

»Okay, schieß los!«

»Es ist völlig unstrittig, dass Sabrina Wallis Sozialistin und Atheistin ist. Ihre Hauptantriebskräfte sind Freiheit und Kampf. Und die tiefere psychologische Ursache dafür ist die Tatsache, dass sie ihren Vater ablehnt. Es ist also nicht bloß so, dass sie ihren iranischen Vater nie kennengelernt hat – sie lehnt ihn rundheraus ab. Und immer wenn ein Elternteil abgelehnt wird, fehlt der Seele etwas, was sich dann schnell im äußeren Verhalten äußert. Wenn die väterliche Energie abgelehnt wird, geht die Seele automatisch auf Kampf. Und das ist bei ihr der Fall. Der zweite Punkt ist: Warum nimmt sie politisch Positionen ein, bei denen der Rest der Welt den Kopf schüttelt? Die Antwort ist: Sie hat ein Selbstzerstörungsprogramm laufen, das ihr selbst vollkommen unbewusst ist. Das hängt größtenteils mit ihrer atheistischen Erziehung zusammen. Weil sie die eigentliche Natur der Seele nicht kennt, ist sie auch nicht in der Lage, die irrationalen Bestandteile ihrer Persönlichkeit sinnvoll in ihr Gesamtselbst zu integrieren. Einerseits ist sie sehr sensibel, sie weiß durchaus, dass sie diese Persönlichkeitsbestandteile hat, aber sie ist unfähig, den größeren Zusammenhang zu begreifen. Sie ist da völlig verbarrikadiert. Sie hat das zwar in sich, aber sie hat die Schotten dicht gemacht. Ein weiteres Problem ist, dass sie sich an Männer und Parteien klammert, obwohl sie das gar nicht nötig hätte. Sie glaubt, dass sie nur in die Öffentlichkeit kommt, wenn sie sich in eine etablierte Struktur, zum

Beispiel eine Partei, integriert. Sie glaubt sich abhängig vom etablierten System. Dabei braucht sie das gar nicht. Statt sich an etablierte Systeme zu klammern, könnte sie leicht selbst etwas machen. Denn sie hat die Intelligenz und das Charisma dafür. Sie hat auch sehr viel Schönheits- und Kunstsinn in sich. Deshalb läge es ihr sehr, irgendetwas Schönes zu machen. Sie sollte allerdings *für* etwas sein und nicht *gegen* etwas. Aber das erkennt sie nicht, weil ihr mangels väterlicher Energie das Urvertrauen fehlt. Die fehlende väterliche Energie ist es auch, weshalb sie ständig im Kampf lebt. Sie ist permanent in Kampf verwickelt. Die etablierten Männer in ihrer Partei benutzen sie nur wegen ihres Charismas. Dabei verfolgen diese Männer natürlich knallhart nur ihre eigenen Ziele. Sie hat in vielerlei Hinsicht den richtigen Riecher, bloß nicht bei Männern. Auf diesem Gebiet sucht sie sich immer den falschen Mann aus beziehungsweise fällt auf Männer herein, die ihr nicht gut tun. Sie fühlt sich einer Welt ausgeliefert, die nur nach dem Äußeren urteilt. Daher bemüht sie sich ständig, ihr Äußeres so darzustellen, dass es sympathisch wirkt, dass es einer Art Norm entspricht ...«

»Danke, Michal, das reicht fürs Erste. Und schick mir morgen bitte die Langfassung.«

***

Am nächsten Morgen, um Punkt sechs Uhr, summte sein abhörsicheres Mobiltelefon. Halon tippte, noch halb verschlafen, den fünfstelligen Code, womit er sich als der berechtigte Empfänger der Nachricht auswies.

Es war Aryeh Ben-Zvi, der Chef der Operationsabteilung.

»Ich muss dich sofort sprechen, Avi«, sagte er mit ernster Stimme.

»Ich höre.«

»Nicht jetzt. Wir treffen uns in anderthalb Stunden im *Breidenbacher Hof*, Zimmer 201.«

»Du bist in Düsseldorf?«, fragte Halon erstaunt. Er war plötzlich hellwach.

»Sieben Uhr dreißig, *Breidenbacher Hof*, Zimmer 201. Und wechsle auf dem Weg hierher bitte mehrmals das Taxi.«

***

Halon stand sofort unter Strom. Ben-Zvis Ratschlag konnte nur heißen, dass ihm jemand auf den Fersen war. Er sprang aus dem Bett, machte sich fertig und verzichtete aufs Frühstück.

Auf dem Weg zum *Breidenbacher Hof* wechselte er dreimal das Taxi. Dadurch benötigte er fast eine halbe Stunde, um zum Ziel zu kommen.

Bevor er an die Tür von Ben-Zvis Suite klopfte, vergewisserte er sich durch einen unauffälligen Blick den Flur entlang noch einmal, ob ihm auch niemand gefolgt war.

Die Tür wurde umgehend geöffnet. Der zweiundsiebzigjährige Aryeh Ben-Zvi, ein korpulenter Haudegen mit schneeweißem Haar und gedrungenem Körperbau, begrüßte ihn auf Hebräisch. »Komm rein.«

Der Duft starken Kaffees und eines kräftigen Frühstücks mit Eiern und Speck schlug ihm entgegen.

»Ich wusste, dass du pünktlich sein würdest«, fuhr Ben-Zvi fort. »Ich vermute, du hast heute Morgen noch keinen Bissen zu dir genommen.«

»Stimmt.«

»Dann setz dich bitte. Ich habe Frühstück für zwei Personen bestellt.«

Halon setzte sich an den großen, reich gedeckten Tisch und wartete, bis sich der Chef ebenfalls gesetzt hatte. »Also, was ist passiert?«

Ben-Zvi schenkte Halon eine Tasse Kaffee ein. Dann zog er aus einem Aluminiumaktenkoffer einen Umschlag, dem er drei Fotos entnahm. Das erste legte er wortlos in Halons Hand. Halon sah sich selbst, wie er mit Julian Tagman an einem Tisch vor dem *Café Leysieffer* saß. Ben-Zvi hielt die zweite Aufnahme hoch: Halon und die tschechische Prostituierte Eliska in einer Bar. Das dritte Foto – ebenfalls mit der Prostituierten direkt vor dem Hotel – jagte ihm einen eiskalten Schauder über den Rücken. Wie viele Male?, fragte er sich. Wie oft hatte ihm ein Attentäter in Düsseldorf aufgelauert?

»Es konnte ja nicht ewig gutgehen«, sagte Ben-Zvi. »Irgendwann mussten sie dich hier aufspüren. Du hast dir im Laufe der Jahre zu viele Feinde gemacht.«

Halon gab Ben-Zvi in der Erwartung weiterer schlechter Nachrichten die Fotos zurück. Dann lud er sich eine große Portion Schinken und Eier auf den Teller.

Ben-Zvi griff wieder in seinen Aktenkoffer. »Das hier ist ein Dossier, das deine ganze Laufbahn zusammenfasst.«

Halon streckte seine Hand danach aus.

»Ich weiß, dass du fließend Farsi sprichst«, ergänzte Ben-Zvi, »aber das Büro hat sich trotzdem die Mühe gemacht, das Dossier zusätzlich ins Hebräische zu übersetzen.«

Halon studierte Zeile für Zeile. Das Dossier fasste seine ganze Karriere zusammen: Eine endlos lange Liste von Toten. Und es nannte ihn bei seinem wahren Namen.

»Wo hast du das her?«

»Teheran. Es fiel uns bei einer verdeckten Operation in die Hände.«

»MOIS?«

»Ja, iranischer Geheimdienst.«

»Gibt es außer den Fotos von mir und dem Dossier noch etwas?«

»Ja, detaillierte Sicherheitsanalysen von zahlreichen potenziellen Anschlagszielen in ganz Europa.«

»Was für Ziele?«

»Botschaften, Konsulate, El-Al-Büros, wichtige Synagogen, jüdische Gemeindezentren, Schulen.« Er sah Halon ernst an. »Deine Zeit in Düsseldorf ist vorerst vorüber. Um elf Uhr geht unser Flugzeug. Du fliegst mit, ob dir das passt oder nicht.«

»Ich muss Tagman sagen, dass ich abreise.«

»Je weniger Leute davon wissen, desto besser.«

»Das bin ich ihm schuldig.«

»Dann beeil dich.«

»Was ist mit dem sicheren Haus? Meine Sachen sind noch dort.«

»Um die kümmert sich gerade ein Extraktionsteam. Und ein *yarid*-Team prüft zusätzlich die Sicherheit des Hauses. Vielleicht werden wir es aufgeben müssen. Wenn die Teams fertig sind, findet sich dort keine Spur mehr von dir. Als ob du nie existiert hättest.«

Im Laufe der nächsten Minuten beschäftigten Halon nur zwei Fragen: Wer hatte ihn in Düsseldorf aufgespürt? Und weshalb durfte er die Stadt lebend verlassen?

***

Tel Aviv – Halon fand sich am folgenden Morgen um 8 Uhr im Büro des Generaldirektors ein.

Der *memuneh* kam gleich auf den Punkt: »Sie sind enttarnt und deshalb eigentlich nicht mehr verwendbar, Avi. Aber wir im Mossad tun grundsätzlich das Gegenteil von dem, was man logischerweise von uns erwarten würde. Da unser Gegner nicht weiß, was *wir* wissen, habe ich entschieden, dass Sie in den aktiven Dienst zurückkehren. Bevor Sie gleich in die Personalabteilung gehen, alle Fragen beantworten, fotografiert werden, Ihren Dienstausweis erhalten und sich anschließend einer ärztlichen Untersuchung unterziehen, werden Sie sich einem Lügendetektortest unterziehen.«

Halon schmunzelte: »Habe ich etwas verbrochen?«

»Nein, andernfalls würden Sie wohl kaum in den aktiven Dienst zurückkehren. Nein, alle Mitarbeiter werden in den nächsten Tagen einem Lügendetektortest unterzogen. Ich will wissen, wie die Iraner an Ihre Daten gekommen sind bzw. wer sie möglicherweise weitergegeben hat. Schlimmstenfalls haben wir hier einen Maulwurf. Wäre ja nicht das erste Mal. Wenn alles erledigt ist, treffen wir uns um 17 Uhr wieder in meinem Büro.«

Ron Dahan stand auf, um zu signalisieren, dass die Besprechung beendet war, aber Halon blieb sitzen.

»Es gibt noch etwas, was ich mit Ihnen besprechen muss«, sagte Halon.

»Meine Zeit ist beschränkt.«

»Es dauert nur eine Minute. Es geht um die Düsseldorfer Geschichte.«

»Ich habe Ihren Bericht gelesen. Ihr Plan gefällt mir, Sie sind sehr einfallsreich. Aber wie Sie wissen, ist es keine Operation des Büros, sondern nur ein kleiner Gefallen, den ich unserem alten Mitstreiter Moshe versprochen habe. Moshe ist schwerkrank, er liegt auf der Rehabilitationsstation des *Chaim Sheba Medical Center*, und es ist unwahrscheinlich, dass er die nächsten sechs Monate überlebt.«

»Das tut mir Leid für ihn.«

»Also, 17 Uhr. Dann werden wir entscheiden, wie wir in der Düsseldorfer Geschichte weiterverfahren.«

***

»Den Lügendetektortest haben Sie bestanden«, sagte Dahan, als sie sich um 17 Uhr erneut in seinem Büro trafen.

»Ehrlich gesagt habe ich auch nichts anderes erwartet.«

»Danke.«

»Kommen wir zum Thema.« Dahan legte die Fingerspitzen seiner fein manikürten Hände konzentriert gegeneinander. »Sie werden sich ab der nächsten Woche um beides kümmern: Die Aktivitäten der Iraner in Deutschland *und* um diese Düsseldorfer Geschichte. Beginnen wir mit dem Iran. Im Prinzip zieht der Ministerpräsident eine friedliche Beilegung des Konflikts mit dem Iran vor. Er setzt weiterhin auf diplomatischen und wirtschaftlichen Druck und unterstützt Washingtons verschärfte Sanktionen. Sollte der Konflikt mit Washington allerdings eskalieren, dann wären Angriffe gegen Israel mit die wichtigste militärische Option des Iran. Diese Angriffe würden vor allem von den Verbündeten des Iran umgesetzt werden – den von Teheran geförderten Milizen rund um unseren Staat. Die palästinensische Terrororganisation Islamischer Dschihad im Gazastreifen, die libanesische Hisbollah-Miliz und iranisch kontrollierte Kampftruppen in Syrien verfügen zusammen über Zehntausende Raketen, die jederzeit jedes Ziel in Israel treffen könnten. Was nun die EU betrifft: Die Enthüllungen über Aktivitäten des MOIS, des iranischen Geheimdienstes, haben in der EU zu einer Art Ernüchterung geführt. Durch die Unterzeichnung des Atom-Abkommens erwarteten die Europäer mehr iranische Kooperationsbereitschaft. Mit dem Deal sollte eine neue Beziehung mit Iran beginnen – auch wenn es natürlich weiterhin Streitpunkte gibt wie das iranische Raketenprogramm. Die Amerikaner werden sehr wahrscheinlich aussteigen, weil sie dem Iran unter anderem die Unterstützung von Terroristen vorwerfen. Sie folgen damit exakt unserer Linie. Die Europäer versuchen das Abkommen zu retten.«

Halon wusste natürlich, dass es nie um einen Atom-Deal ging, sondern immer nur um den Drogenhandel, mit dem sich der Tiefe Staat finanzierte. Und der *memuneh* wusste das ebenfalls.

»Komme wir jetzt zu Deutschland«, fuhr der Generaldirektor fort. »Wir stellen dort verstärkt subversive und kriminelle Aktivitäten der Revolutionsgarde fest. Israelische und jüdische Einrichtungen werden verstärkt ausgespäht, vermutlich für Anschläge an einem ›Tag X‹. Die Revolutionsgarde bereitet sich darauf vor, im Falle unseres Angriffs auf ihre Nuklearanlagen mit Terroranschlägen zu antworten, natürlich nicht nur in Deutschland, sondern weltweit.«

»Aber das erledigt die Revolutionsgarde doch nicht selbst.«

»Nein, das erledigen die Al-Quds-Brigaden.«

Die Al-Quds-Brigaden waren die Spezialeinheit der Revolutionsgarde für Spionage und Terror.

»Ausgespäht wird fast ganz Westeuropa«, fuhr der Generaldirektor fort, »aber in Deutschland sind sie besonders umtriebig.«

»In welchen Städten?«

»Hauptsächlich in Berlin und Düsseldorf. Dani Gersteins Team in Berlin habe ich bereits verstärkt, und Sie werden sich jetzt um Düsseldorf kümmern.«

»Wie viele Leute umfasst mein Team?«

Der Generaldirektor reichte ihm einen Schnellhefter über den Schreibtisch.

Halon schlug die Akte auf und fand darin zehn Blatt Papier, jeweils mit einer Kurzbeschreibung seiner Teammitglieder:

Name, Abteilung, Spezialgebiet. Er überflog die Blätter kurz und schlug dann die Akte wieder zu. »Ich schaue mir die Unterlagen gleich im Detail an. Vorher habe ich eine Frage.«

»Bitte!«

»Ich bin nicht mehr ganz ajour – welche Haltung nimmt eigentlich die iranische Führung aktuell ein?«

Dem Generaldirektor war klar, dass Halon mit »iranische Führung« nicht den iranischen Präsidenten meinte, denn der hatte wenig zu sagen und praktisch nichts zu entscheiden. Für die Bewertung der Sicherheitslage war nur das relevant, was der Revolutionsführer sagte.

Der Generaldirektor wandte sich seinem Computer zu. Er suchte eine bestimmte Datei.

Sekunden später erschien auf dem riesigen Plasmabildschirm im hinteren Teil des Büros ein Video, in dem sich der iranische Revolutionsführer in einer Ansprache an seine Glaubensbrüder wandte:

»Wirf Deine Gebetsschnur fort und kauf dir ein Gewehr. Denn Gebetsschnüre halten dich still, während Gewehre die Feinde des Islam verstummen lassen! Wir kennen keine absoluten Werte außer der totalen Unterwerfung unter den Willen des allmächtigen Allahs. Die Christen und Juden sagen: Du sollst nicht töten! Wir aber sagen, dass das Töten einem Gebet an Bedeutung gleichkommt, wenn es nötig ist. Täuschung, Hinterlist, Verschwörung, Betrug, Stehlen und Töten sind nichts als Mittel für die Sache Allahs!«

Obwohl das Video über hebräische Untertitel verfügte, verstand Halon jedes Wort: »Wie alt ist dieses Video?«

»Zwei Tage.«

»Und wie hoch ist die Wahrscheinlichkeit, dass es Krieg gibt?«

Statt Halons Frage zu beantworten, äußerte sich Dahan ausweichend: »Abgesehen von einer kleinen Clique im Iran will niemand diesen Krieg. Die USA wollen ihn nicht, und wir wollen ihn im Grunde auch nicht. Was wir aber unter keinen Umständen akzeptieren, ist eine iranische Nuklearmacht. Deshalb konzentrieren wir uns angesichts der Bedrohung, der wir und der Westen ausgesetzt sind, ausschließlich auf

Cyberintelligenz. Cyber ist eine starke Reaktionsoption, die ein geringeres Risiko bietet als ein kinetischer oder militärischer Schlag. Cyber ist weniger eskalierend. Es sendet eine Nachricht aus, löst aber nicht unbedingt eine Antwort von der anderen Seite aus. Wir nutzen Cyber ausschließlich, um gegen militärische Ziele des Iran vorzugehen. Andere Ziele sind für uns tabu. Der Iran hingegen nutzt Cyber, um nicht nur unsere Regierungsstellen anzugreifen, sondern auch Einrichtungen des privaten Sektors. Wir ziehen eine Grenze zwischen dem Regierungs- und dem Privatsektor, der Iran akzeptiert diese Grenze aber nicht.«

»Das heißt, die einzige Möglichkeit, diesen Zustand zu beenden, wäre ein umfassender Militärschlag gegen den Iran.«

»Nein, denn genau das wollen unsere Feinde. Der Stellvertretende Oberbefehlshaber der iranischen Revolutionsgarde hat ganz klar gesagt, dass es ihm darum geht, den politisch-ökonomischen Konflikt mit den Vereinigten Staaten zu einer militärischen Auseinandersetzung zu machen. Er will keine Diplomatie, sondern ›Widerstand‹. Innerhalb des iranischen Regimes ist ›Widerstand‹ der Begriff für Terrorismus. So bezeichnet das Regime auch die Hisbollah, die Hamas und den Islamischen Dschihad als ›Widerstand‹. Sie wollen weltweites Chaos und den Dritten Weltkrieg auslösen. Für uns entstünde dadurch sofort eine existenzbedrohende Situation. Aber ein totaler Cyberkrieg wäre denkbar.«

»Total heißt: Gegen alle Lebensbereiche des Iran.«

»Ja. Der Iran wäre in kürzester Zeit ausgelöscht. Er würde einfach nicht mehr existieren.«

»Ohne dass eine einzige Bombe gefallen wäre.«

»So ist es.« Dahan räusperte sich. »Kommen wir nun noch kurz zu unserem zweiten Thema: Diese deutsche Sozialistin. Sie haben in Ihrem Bericht erwähnt, dass das Buch des jungen Mannes Anfang April erscheint. Das sind nur noch wenige Wochen.«

»Das ist richtig. Diese Zeit werde ich auch brauchen, um den Jungen noch ein bisschen zu ... *formen*.«

»Machen Sie, was Sie für richtig halten, Avi, aber vergessen

Sie nicht, dass diese Operation zweitrangig ist und nichts mit unserer eigentlichen Arbeit zu tun hat.«

»Ich weiß. Sie ist nur ein Freundschaftsdienst für Moshe Motamedi. « Halon legte die Stirn in Falten. »Was wird aus dem sicheren Haus?«

»Das sichere Haus können wir momentan nicht aufgeben, sonst wissen Ihre Beschatter sofort Bescheid. Aber seien Sie in Zukunft etwas vorsichtiger, Sie sind jetzt kein Ehemaliger mehr.«

Halon nickte. Er spürte, dass das Gespräch beendet war.

Der Generaldirektor erhob sich aus seinem Stuhl und trat auf die andere Seite seines Schreibtisches. Halon erhob sich ebenfalls. Der Generaldirektor reichte ihm zum Abschied die Hand. »*Mazal tov!*«

»Danke.« Halon lächelte schwach. Den Schnellhefter mit den wesentlichen Daten seiner Teammitglieder in der Hand schritt er zügig zur Tür. Diese glitt lautlos zur Seite und schloss sich genauso lautlos hinter ihm, nachdem er hindurchgetreten war.

Schweigend durchquerte er das Sekretariat. Er trat auf den grell erleuchtete Flur hinaus, um in sein Büro zurückzukehren.

Yossi Gewirzman, der *katsa* in der Pariser Residentur, erwartete ihn bereits vor der Tür. »Willkommen zurück.«

»Danke.« Halon betrat sein Büro und legte den Schnellhefter auf seinen Schreibtisch.

Gewirzman war ihm gefolgt. »Wie ich hörte, kehrst du nach Deutschland zurück, um Jagd auf Mister Unbekannt zu machen.«

Halon nickte und nahm hinter seinem Schreibtisch Platz.

Gewirzman blieb mit verschränkten Armen vor seinem Schreibtisch stehen. »Der *memuneh* will, dass ich dich zeitnah über die aktuellen iranischen und libanesischen Strukturen in Frankreich und Deutschland in Kenntnis setze.«

»Darüber sprechen wir morgen. Ich muss mir zuerst meine Teammitglieder anschauen.« Er sah Gewirzman mit einem alles durchdringenden Blick an, und das Erste, was er aus dessen Gesicht las, war, dass er seinen Respekt bei ihm zurückgewonnen hatte. Dass er zwanzig Jahre älter war als Yossi, spielte keine Rolle mehr. Was zählte, war allein die Bilanz, und die konnte sich nach den Maßstäben des Büros mehr als sehen lassen: An seinen Händen klebte doppelt so viel Blut wie an den Händen des jüngeren *katsas*.

»Ich biete dir meine Hilfe an, Avi«, sagte Gewirzman.

»Inwiefern?«

»Das besprechen wir morgen.« Er wünschte Halon einen schönen Abend und verließ sein Büro.

Halon schlug den Schnellhefter auf und begann mit dem Studium der Liste.

Der *memuneh* hatte ihm zehn Topleute vorgeschlagen: Ein vierköpfiges *kidon*-Team und jeweils drei Überwachungsteams, bestehend aus jeweils zwei Leuten. Die *kidonim* würden erst anrücken, wenn sie benötigt würden.

Nachdem er sich über seine persönliche Situation völlig im Klaren geworden war, entschied er, niemanden von der Liste zu streichen. Dann legte er seine Füße auf den Schreibtisch und schloss die Augen. Vor seinem geistigen Auge lief – beginnend mit seinem ersten Tag im Büro vor mehr als dreißig Jahren – seine Vergangenheit ab. Drei Jahre nach seiner Rekrutierung war er bereits Führungsoffizier im Rang eines Oberstleutnants. Jede einzelne Operation stand ihm noch deutlich vor Augen. Er wusste, dass ihn der Mossad vor allem wegen seines Mutes und seines brillanten fotografischen Gedächtnisses rekrutiert hatte. Aus dem Umfeld einer dieser unzähligen und zum Teil extrem gefährlichen Operationen, die er in feindlich gesinnten Ländern geleitet hatte, musste auch die Person stammen, die ihn in Düsseldorf beschattet hatte.

Gegen 21 Uhr verließ er sein Büro. Mit dem Fahrstuhl fuhr er in die Tiefgarage hinunter. Er setzte sich in seinen weißen Lancia, den er seit zwei Monaten nicht mehr benutzt hatte, und fuhr in das nächtliche Tel Aviv hinaus.

Nach dreißig Minuten erreichte er das aus weißem Kalkstein erbaute Apartmentgebäude im Norden Tel Avivs, wo er seit der Trennung von seiner Frau lebte. Er stellte seinen Wagen am Straßenrand ab und ging dann über einen betonierten Weg in Richtung des grünlich beleuchteten Eingangsbereichs. Er sparte sich die Mühe, in den Briefkasten zu sehen — niemand wusste, dass er hier wohnte, und die Strom-, Wasser- und Telefonrechnungen gingen direkt an die Hausverwaltung, eine vom Büro gegründete Tarnfirma.

Der Wohnblock hatte keinen Aufzug. Er stieg die Treppe in den dritten Stock hinauf und öffnete die Wohnungstür.

Abgestandene Luft schlug ihm entgegen. Er riss einige Fenster auf, blieb eine Weile am offenen Fenster stehen und genoss die kühle Februarluft, die hereinströmte. Dann öffnete er die gläserne Vitrine, entnahm ihr eine noch fast volle Flasche Tequila und schenkte sich ein Glas ein. Entgegen seiner Gewohnheit, leerte er den *Caballito* in einem Zug. Er fühlte sich sofort besser, und für das zweite Glas nahm er sich etwas mehr Zeit.

Nach einer heißen Dusche ging er schlafen.

***

Sie trafen sich am folgenden Morgen um 9 Uhr im Besprechungsraum 137A.

Halons Mannschaft bestand aktuell nur aus den drei Überwachungsteams (Aaron und Liam, Jonathan und Shlomo, Meira und Yael). Das vierköpfige *kidon*-Team (Shimon, Ran, Ilan und Shami) nahm nicht an der Besprechung teil.

Über Nacht hatte sich eine kleine Planänderung ergeben. Yossi Gewirzman hatte noch in den frühen Morgenstunden zu einem Treffen mit einem Exillibanesen nach Paris fliegen müssen. Also übernahm Aryeh Ben-Zvi, der zweiundsiebzigjährige Chef der Operationsabteilung, die Einweisung.

Ben-Zvi hatte ursprünglich geplant, ausschließlich Halon — und diesen auch nur unter vier Augen — über die aktuellen Erkenntnisse über die iranischen und libanesischen Strukturen in Deutschland aufzuklären. Er wäre damit nur einer alten Gewohnheit und Vorsichtsmaßnahme gefolgt, nur den jeweiligen Führungsoffizier vollumfänglich zu instruieren, weil es gelegentlich Operationen gab, für die sich der Mossad vom Shabak, dem israelischen Inlandsgeheimdienst, Spezialisten für arabische Fragen auslieh und diese nicht alles mitkriegen sollten. Aber bei dieser Operation würde kein Shabak-Mitarbeiter dabei sein, bei dieser Operation handelte es sich ausschließlich um Mitarbeiter des Büros, und Halon wollte niemanden aus seiner Überwachungsmannschaft von diesen Informationen ausschließen.

Ben-Zvi hatte sich einverstanden erklärt.

Nachdem sie alle vollzählig versammelt waren und Platz genommen hatten, blieb Ben-Zvi als Einziger stehen.

»Ich habe zunächst eine sehr positive Nachricht für euch«, begann er. »Wie ihr wisst, verteidigen wir nicht nur die Sicherheit Israels, sondern ergreifen auch große Initiativen auf diplomatischem Gebiet. Unseren neuersten Erfolg will ich euch nicht vorenthalten: Nach umfangreichen und monatelangen Treffen mit uns arbeitet jetzt auch der Oman offiziell mit uns zusammen.«

Großer Beifall.

»Viele gemäßigte sunnitische arabische Länder haben weitreichende und ruhige Beziehungen zu uns sowohl im Kampf gegen den Iran als auch in anderen Bereichen von gemeinsamem Interesse. Aufgrund unserer ungewöhnlich positiven Beziehungen zu den USA und Russland müsste unser Ausblick auf die Zukunft eigentlich äußerst positiv sein, wenn wir uns nicht mit einer Herausforderung konfrontiert sähen, die von Tag zu Tag größer wird. Unsere beiden Frauen und die vier Männer, die die Operation zum Stehlen von geheimem iranischem Nukleararchivmaterial im Januar geleitet haben, haben den Beweis erbracht, dass der Iran noch viel gefährlicher ist, als wir bisher angenommen hatten.«

Halon kannte natürlich sämtliche Details dieser Operation, die äußerst erfolgreich verlaufen war. In James-Bond-Filmen rettete immer eine einzelne Person die Welt, aber in der realen Welt arbeiteten immer viele Mossad-Agenten zusammen, darunter Technologieexperten, Ingenieure für die Öffnung von Safes, Cyber-Agenten und Operationspersonal.

»Das Material, das wir aus iranischen Tresoren entwendet haben«, fuhr Ben-Zvi fort, »deckt die Lügen der iranischen

Führer ohne den Hauch eines Zweifels auf. Wir halten jetzt den endgültigen Beweis in Händen, dass der Iran versucht hat, eine Atomwaffe zu bekommen. Und die Tatsache, dass es uns gelungen ist, uns dieses Beweismaterial zu beschaffen, zeigt, dass das Unmögliche möglich und das Unglaubliche machbar ist. Diese Operation hat nicht nur die Art und Weise verändert, wie die Welt den Iran bisher gesehen hat, sondern auch die nukleare Pattsituation verändert. Und es gibt noch viel mehr aus den Nukleardateien zu enthüllen Aber dazu später. Die iranischen Behauptungen, dass die Anreicherung von Uran nur der medizinischen Forschung oder der Energiegewinnung dient, sind reine Lügen, und der Iran-Deal ist das schlechteste Geschäft aller Zeiten. Nur unsere klare Entschlossenheit, sie davon abzuhalten, eine Atomwaffe zu bekommen, kann sie aufhalten. Der Iran ist von der Entwicklung ballistischer Raketen geradezu besessen! Und wir dürfen auch nicht vergessen, dass der Atomvertrag ein Enddatum hat, das es dem Iran erlaubt, eine Atomwaffe zu entwickeln.«

Shlomo hob seine Hand, um damit anzudeuten, dass er eine Frage hatte.

Ben-Zvi gestattete ihm diese, indem er eine knappe Handbewegung in seine Richtung machte.

»Solange ich zurückdenken kann, schlagen wir uns mit dem Iran herum. Wann fing das eigentlich alles an?«

Auf diese Frage war Ben-Zvi nicht vorbereitet. »Genau weiß ich das auch nicht mehr, da musst du Avi fragen. Der war von Anfang an dabei und hat immer alle Daten im Kopf. Ich glaube, unsere ersten Spezialeinheiten operierten bereits 2006 im Iran. Stimmt das, Avi?«

Alle Blicke waren schlagartig auf Halon gerichtet. Alle diese jungen und hochqualifizierten Leute hatten bereits auf der Akademie von seinen Großtaten gehört und waren gespannt, was er jetzt zu berichten hatte.

»Als ich 1987 vom Büro angeworben wurde – ich war gerade 23 Jahre alt«, begann Halon mit ruhiger und tiefer Stimme, »war das iranische Atomprogramm im *Aman* (israelischer Militärgeheimdienst) bereits Thema. Ich hatte in den beiden Jahren vor meiner Anwerbung in der *jechida shmone matayim* (Einheit 8200) gedient und mich schon damals intensiv mit der Entschlüsselung iranischer Codes beschäftigt, bevor sich das Büro für mich zu interessieren begann. Und noch bevor ich 1990 meine Ausbildung abschloss, wussten wir, dass die Pakistanis dem Iran Pläne für Gaszentrifugen verkauft hatten. Im Jahre 2002 erfuhren wir, dass der Iran Atomanlagen unterhielt, die der IAEO verheimlicht worden waren, unter anderem in Natanz und Arak. Damals hatten wir bereits fertig ausgearbeitete Pläne, wie wir dieser Bedrohung begegnen konnten. Und da es dem iranischen Regime in den Folgejahren immer wieder gelang, die Regierungen der USA, Großbritanniens und Deutschlands zu täuschen, deutsche Unternehmen zudem via Russland Teile lieferten, die für den Bau des Atomkraftwerk Buschehr verwendet wurden, und die USA das Thema Al-Qaida für wichtiger hielten, erkannten wir endlich, dass von keinem unserer sogenannten Freunde Unterstützung zu erwarten war. Israel würde wie schon so oft auf sich allein gestellt sein. Wir würden das Problem also selbst in die Hand nehmen müssen. Im Februar 2006 beauftragte mich unser damaliger *memuneh* Meir Dagan mit der ersten Spezialoperation im Iran: Ardeshir Hosseinpour, ein Experte für Elektrodynamik, starb am 15. Januar 2007 an Gasvergiftung.

Drei Jahre später begannen wir dann mit der Liquidierung bedeutender iranischer Atomforscher. Im Jahre 2012, als wir die fähigsten Köpfe des Atomprogramms bereits aus dem Verkehr gezogen hatten, wurde dann auch die EU endlich wach und verhängte die ersten Sanktionen gegen den Iran. 2012 war auch das Jahr, in dem ich offiziell in den Ruhestand ging – mit 48 Jahren ... Und jetzt, sechs Jahre später, bin ich wieder an Bord.« Er lächelte.

»Viele Dank für deinen Bericht, Avi«, sagte der Chef der Operationsabteilung. »Fahren wir also fort. Wir haben eindeutige Beweise, dass der Iran den Terrorismus in den Niederlanden, Deutschland, der Türkei und Frankreich unterstützt. Der Iran bildete auch dreihundert Kämpfer in Syrien und Irak aus, um seine Interessen in Zentralafrika zu verfolgen. Der Iran ist der wichtigste Sponsor des Terrorismus. Allein im letzten Jahr hat der Iran die Terrororganisationen Hisbollah und Hamas mit 100 Millionen Dollar unterstützt. Er hat auch mehrfach versucht, fortschrittliche Präzisionsraketen nach Syrien zu bringen, damit die Hisbollah Israel angreifen kann, was wir bis jetzt aber jedes Mal verhindern konnten. Ebenso haben wir die Versuche der Hamas gestoppt, Terror im Westjordanland und im Gazastreifen anzuzetteln. Wir haben Angriffe auf Fluggesellschaften auf der ganzen Welt verhindert und zahlreiche Versuche vereitelt, Juden auf der ganzen Welt zu schaden.«

Ben-Zvi sprach noch ungefähr eine Viertelstunde weiter, bevor er zum Kern seines Vortrags kam: Die überaus beunruhigenden iranischen und libanesischen Aktivitäten in Deutschland.

Er drückte einen Knopf seiner Fernbedienung, und die bläulich schimmernden Lamellen der beiden großen Fenster schlossen sich. Der Besprechungsraum lag umgehend in fast völliger Finsternis. Im selben Moment flammte hinter ihm eine computererzeugte Weltkarte von zwei Metern Höhe und sechs Metern Länge auf. Jeder der über die Karte verteilten Lichtpunkte bezeichnete den letzten bekannten Aufenthaltsort eines Terroristen auf Israels Überwachungsliste. Die Westbank und der Gazastreifen waren ein einziges Lichtermeer. Über Europa lag eine wahre Lichterkette.

Ben-Zvi zoomte Europa näher heran.

Im Zentrum der Weltkarte lag nun Deutschland. Fast alle deutschen Großstädte verzeichneten eine hohe Konzentration an bekannten Terroristen. Die Anzahl der Schläfer wurde vom Mossad auf das Zehnfache geschätzt.

»Und jetzt passt bitte genau auf! Ich gehe auf den Dezember zurück und lasse die Aufzeichnung der letzten sechzig Tage im Zeitraffer ablaufen.«

Sechzig Tage in fünfzehn Sekunden.

Während sich die Zahl der Lichtpunkte in den meisten deutschen Großstädten kaum veränderte, hatten sich die Lichtpunkte in Düsseldorf geradezu verdoppelt.

»Was sind das für Leute?«, fragte Halon.

»Zirka achtzig Prozent von der Hisbollah, zwanzig Prozent Al-Quds-Brigaden. Wahrscheinlich sind auch Leute vom iranischen Geheimdienst darunter, aber die haben wir noch nicht sicher identifiziert. Unsere Computer haben den abgehörten Telefonverkehr der letzten zwei Monate analysiert. Wir haben unsere arabischen und iranischen Informanten befragt, alte Überwachungs- und Beobachtungsprotokolle erneut ausgewertet, alte Passagierlisten nochmals kontrolliert ...«

»Ergebnis?«

»Nichts.«

»Da wird ein ganz großes Ding in Düsseldorf geplant, und wir haben *nichts*?«

»Nein, nichts«, wiederholte Ben-Zvi.

»Also existiert dort eine operative Struktur, von der wir bis jetzt nichts wissen und deren Wurzeln wahrscheinlich im iranischen Geheimdienst zu suchen sind.«

»Oder bei General Qasem Soleimani, dem Chef der Al-Quds-Brigaden«, ergänzte Ben-Zvi.

»Den hätte man schon vor zwanzig Jahren aus dem Verkehr ziehen müssen«, meinte Halon.

»Ich weiß. Aber sowohl die Präsidenten Bush als auch Obama hatten sich seinerzeit gegen unsere Empfehlung ausgesprochen. Der Ministerpräsident hat sich deshalb an die neue amerikanischen Administration gewandt.«

»Und?«

»Der amerikanische Präsident hat unser Anliegen zur Kenntnis genommen, will aber erst reagieren, wenn eine rote Linie überschritten wird.«

»Darauf wird er nicht lange warten müssen Warum wissen wir eigentlich nichts Genaues, wir haben doch jede Menge Informanten in Düsseldorf.«

»Zwei unserer Informanten wurde gestern im Hinterhof eines libanesischen Nobelrestaurants auf arabische Art abgeschlachtet. Dort müsst ihr beginnen.«

»Der Name des Restaurants?«

»*Al Mandaloun.*«

»Eigentümer?«

»*Ehemaliger* Eigentümer. Ibrahim Fadlallah. Ich denke, der Name sagt dir was. Seit Januar führt seine Tochter das Restaurant. Sie heißt Nesrin Fadlallah.

»Und die deutschen Dienste?«

»Haben davon nichts mitbekommen. Die Leichen wurden noch vor Ort zerstückelt und umgehend entsorgt.«

»Wurden die Mobiltelefondaten von Nesrin Fadlallah schon ausgewertet?«

»War noch nicht möglich. Sie benutzt sehr wahrscheinlich ein nicht registriertes Mobiltelefon.«

»Konventioneller Telefonanschluss?«

»Ja. Unsere Computer hören ihn ab. Bis jetzt allerdings ergebnislos.«

»Andere Kommunikationseinrichtungen?«

»Ein Computeranschluss. Aber der gab bis jetzt ebenfalls nichts her. Nesrin Fadlallah kommuniziert unverschlüsselt und nur belangloses Zeug. Was aber nichts heißt. Ich gehe davon aus, dass sie einen zweiten Computer benutzt, der nicht ans Internet angeschlossen ist. Sehr wahrscheinlich bedient sie sich völlig unkonventioneller Kommunikationsmethoden. Ihr müsst also eine Vor-Ort-Inspektion vornehmen.«

»Okay.«

»Ein weiterer Ansatzpunkt ist die Blondine, die du in der Bar kennengelernt hast. Auf den Fotos, die wir bei dem Agenten des iranischen Geheimdienstes gefunden haben, ist sie nur von hinten zu sehen. Wir brauchen also eine Frontalaufnahme von ihr. Die Nummer ihres Mobiltelefons, die du uns gegeben hast, ist auf den Namen Tereza Komárek registriert. Ihre Kommunikationsdaten sind sauber, aber vielleicht besitzt sie ein zweites, nicht registriertes Mobiltelefon.«

»Habt ihr schon die Bewegungsmuster rund um das Restaurant ausgewertet?«

»Nein. Dafür bist du jetzt mit deinem Team verantwortlich.«

»Gibt es in Düsseldorf irgendwelche besonderen Veranstaltungen in nächster Zeit?«

»Nein.«

»Dann bleiben nur die üblichen Ziele: Synagogen, jüdische Gemeindezentren, jüdische Schulen ...«

Aryeh Ben-Zvi nickte ernst. »So ist es.«

Zehn Minuten später war die Einweisung beendet.

Halon bat die sechs Agenten der Überwachungsteams, den Besprechungsraum zu verlassen, weil er Ben-Zvi unter vier Augen sprechen wollte. Als die Tür hinter ihnen ins Schloss gefallen war, sagte er: »Aus der Tatsache, dass du mir so konkret empfohlen hast, mit dem libanesischen Restaurant zu beginnen, folgere ich, dass du mehr weißt, als du sagst, Ari.«

»Wie kommst du darauf?«

»Nun, weil es absolut unlogisch ist, von zwei abgeschlachteten Informanten in einem libanesischen Nobelrestaurant auf ...«

»Ja, ja, ist gut, Avi. Wir sind beide zu alt, um uns gegenseitig etwas vorzumachen. Ich habe dich vor dreißig Jahren ausgebildet. Du hast die beste Ausbildung bekommen, die das Büro damals zu bieten hatte, und du kennst mich besser als mein eigener Sohn. Ja, es stimmt, ich habe dir eine wesentliche Information vorenthalten. Früher oder später hättest du es aber von mir erfahren.«

»Sag es mir jetzt.«

Ben-Zvi seufzte hörbar. »Wir haben eine Quelle, die so wertvoll ist, dass nur ich, Ron und der Ministerpräsident davon wissen. Und natürlich der Computer in der Analyseabteilung.«

»Wie hoch?«

»Sehr hoch.«

»Al-Quds?«

»Höher.«

»Revolutionsgarde?«

»Höher.«

»Unmöglich. «

Ben-Zvi schüttelte den Kopf. »Wir haben eine Quelle im Büro des Revolutionsführers.«

»Unfassbar.«

»Du sagst es.«

»Seit wann?«

»Seit ungefähr drei Monaten.«

»Und die Qualität der Informationen?«

»Ausschließlich *alef*.«

»Wahnsinn.«

»Selbstverständlich bekommen wir nur Bruchstücke, aber die reichen uns für die Analyse. Der Computer hat die ganze hierarchische Linie abwärts analysiert. Alle Verästelungen, auch die allerkleinsten. Alle Wer-mit-wem-Beziehungen. Und schließlich landeten wir bei diesem libanesischen Nobelrestaurant.«

Ben-Zvi machte eine kleine Pause. Er zog ein Päckchen Zigaretten aus der Hemdtasche und bot Halon eine an, bevor er sich selbst eine anzündete.

»Aber in dem ganzen Beziehungsgeflecht gibt es eine Lücke, ein winziges schwarzes Loch«, fuhr er schließlich fort, während er den Rauch gegen die Decke blies. »Da ist jemand, der keine Spuren hinterlässt, jemand, der für uns absolut unsichtbar ist. Wir haben keinen Namen, kein Gesicht, aber wir wissen, dass es ihn gibt.«

»Ein einzelner Mensch oder eine Zelle?«

»Hundertprozentig ein einzelner Mensch. Eine Zelle kann sich nicht dauerhaft unsichtbar machen, ein einzelner Mensch schon, aber auch nur dann, wenn er erstens hochintelligent und zweitens geheimdienstlich geschult ist.«

Diese Aussage aus dem Mund des Chefs der Operationsabteilung war wie ein Schlag in das Gesicht des Mossad, denn bisher galt wie ein Gesetz: Der Mossad findet jeden, den er finden will.

***

Halon und seine Leute planten den bevorstehenden Einsatz in Deutschland drei Tage lang. Der Besprechungsraum verwandelte sich in dieser Zeit in einen regelrechten Befehlsbunker.

Die Identifikation jener Terroristen, die sich aktuell in Düsseldorf aufhielten und deren Lebensläufe dem Büro bekannt waren, ließen es schnell zur Gewissheit werden, dass es einen staatlichen Förderer in Beirut oder Teheran geben musste. Halon verließ sich auf seine Intuition. Unabhängig von dem, was ihm Ben-Zvi erzählt hatte, war er sich sicher, dass Teheran die Fäden zog. Und die Tatsache, dass in diesen Tagen weitere Meldungen im Hauptquartier eingingen, wonach sich die Anzahl der Hisbollah- und Al-Quds-Mitglieder auch in Paris und London ständig erhöhte, bestätigte ihn in seiner Vermutung. Teheran wusste oder vermutete zumindest, dass die Amerikaner in enger Abstimmung mit Israel innerhalb der nächsten Wochen aus dem Atomabkommen aussteigen würden. Sie wussten auch, was sie dann erwarten würde: Härtere Wirtschaftssanktionen und massive Cyberangriffe. Gegen beides waren sie mehr oder weniger machtlos. Also würden sie auf ihre bewährten Methoden zurückgreifen: Intensivierung des »Widerstands«, konkret: des Terrors.

Was die innere Sicherheit Israel betraf, war das nicht die Sache des Mossad, sondern des Shabak und der Zahal. Die israelische Luftwaffe hatte mittlerweile Hunderte von Luftangriffen auf Ziele der Hisbollah und der Revolutionsgarde im vom Krieg zerrütteten Syrien geflogen, weil Israel dem Iran unter keinen Umständen erlauben würde, sich in Syrien zu verschanzen und das Land über seine Stellvertreter anzugreifen. Die Hisbollah im Libanon und in Syrien, Milizgruppen in Syrien und palästinensischer islamischer Dschihad in Gaza – ein beständiger Albtraum aus Zehntausenden von Raketen, die tief in die Heimatfront Israels eindringen konnten.

***

Düsseldorf – Wie geplant, flogen die Mitglieder der Observationsteams am Donnerstagmorgen nach Deutschland. Nach ihrer Landung auf dem Düsseldorfer Flughafen bezogen sie mit jeweils einer halben Stunde Abstand drei verschiedene Zimmer im *Steigenberger Parkhotel*. Alle Agenten waren mit falschen Identitäten ausgestattet und mit perfekt gefälschten kanadischen Pässen eingereist.

Avi Halon blieb noch einen Tag länger in Tel Aviv, wo ihn

kurz vor seinem Abflug die Nachricht erreichte, dass das US Cyber Command einen Cyberangriff auf die im Libanon ansässigen logistischen Kommandozentren der irakischen schiitischen Kata'ib Hisbollah-Miliz durchgeführt hatte. Die Kata'ib Hisbollah-Miliz gehörte ebenfalls zu den wichtigsten Vertretern Teherans in der Region.

Halon bezog das sichere Haus allein.

Zuerst inspizierte er den Kühlschrank, den der *bodel* einen Tag zuvor großzügig aufgefüllt hatte. Dann trat er an das Fenster, das zur Straße ging und zog die Gardine etwas zur Seite. Auf der gegenüberliegenden Straßenseite, dreißig Meter vom sicheren Haus entfernt, stand das mit Hochleistungskameras ausgestattete Überwachungsfahrzeug mit Aaron und Liam an Bord, ein brauner Lieferwagen mit getönten Scheiben und gefälschtem Nummernschild. Die beiden Agenten waren für die Morgenschicht eingeteilt und wechselten sich regelmäßig vor dem Bildschirm ab. Um Punkt dreizehn Uhr würden sie wegfahren, und ein anderes Überwachungsfahrzeug mit Jonathan und Shlomo an Bord würde sofort in die freigewordene Parklücke stoßen.

Ein spezielles, vom Mossad entwickeltes Computerprogramm zur Mustererkennung analysierte jedes Gesicht und verglich es mit den in der Datenbank am King Saul Boulevard gespeicherten Gesichtern. Registriert und analysiert wurde nicht nur die Uhrzeit sämtlicher Personen, die in der Umgebung des sicheren Hauses auftauchten, sondern auch ihre Verweildauer, die Häufigkeit ihres Erscheinens und sämtliche sogenannte *»Auffälligkeiten«*.

Was »auffällig« war, bestimmten allein die ausgereiften Algorithmen dieser Software, die das Ergebnis jahrzehntelanger Erfahrung mit der beständigen Gefahr war, in der Juden überall auf der Welt schwebten.

***

Liam Cohen, der zweiundzwanzigjährige IT-Spezialist aus Halons Team, ein rothaariger Freak, dem man sofort anmerkte, dass er es nicht gewohnt war, einen Anzug zu tragen, betrat die *Pinky Bar Lounge* gegen 21.30 Uhr. Er ließ sich in einen freien Sessel fallen, von dem aus er das Lokal gut überschauen konnte. Kurz darauf trat die Bedienung an seinen Tisch.

Liam tat so, als ob er kurz überlegen müsste, dann bestellte er ein Bier. Halon hatte ihm Eliska alias Tereza Komárek so gut es ging beschrieben, aber keine der anwesenden Damen sah der Zielperson auch nur annähernd ähnlich.

Es verging ungefähr eine halbe Stunde, ehe eine sehr attraktive Blondine das Lokal betrat.

Liam wartete, bis die Dame auf einem freien Hocker Platz genommen hatte. Wenige Minuten später erhob er sich und schlenderte unauffällig an ihr vorbei. Die Miniaturkamera, die im Knopfloch seines Jacketts versteckt war, hatte die Zielperson frontal im Sucher. *Klick. Klick. Klick. Klick.* Er schlenderte weiter zur Toilette, wählte eine freie Kabine, verschloss die Tür hinter sich und sendete die gestochen scharfen Fotos an seinen Führungsoffizier, der die Identität von Tereza Komárek alias Eliska umgehend bestätigte.

Liam verließ die Toilette und kehrte zu seinem Sessel in der Lounge zurück. Die Blondine befand sich bereits in einer angeregten Unterhaltung mit einem gutbetuchten älteren Herrn. Der Ausgang dieses Abends ließ sich für die beiden unschwer voraussehen. Liam trank sein Bier aus, zahlte und bestellte ein Taxi, das ihn zurück ins Hotel brachte.

Halon leitete die Fotos umgehend an den King Saul Boulevard weiter. Von dort traf relativ schnell die Rückmeldung ein, dass dieses Gesicht in der Datenbank des Büros nicht existierte. Man würde sich deshalb schnellstmöglich an den BIS, den tschechischen Sicherheitsinformationsdienst, sowie an den deutschen Verfassungsschutz wenden.

Das war ein völlig normaler Vorgang. Der weltweite Austausch von Personendaten zwischen befreundeten Diensten wurde täglich tausendfach praktiziert.

***

Tel Aviv – Die Antwort der Tschechen lag am nächsten Morgen auf Ben-Zvis Schreibtisch. Tereza Komárek, geboren am 23. Januar 1995 in Brno, war mit ihren Eltern und ihrem älteren Bruder 1999 nach Deutschland ausgewandert. Die ganze Familie hatte ihre tschechische Staatsangehörigkeit abgegeben und die deutsche Staatsbürgerschaft im April 2005 angenommen. Der deutsche Verfassungsschutz sowie das Bundeskriminalamt bestätigten diese Informationen.

Der Chef der Operationsabteilung war zwar ein Freund höflicher Anfragen bei ausländischen Diensten, aber da der Mossad grundsätzlich niemandem traute und zudem die Zugangscodes der tschechischen und deutschen Dienste schon vor langer Zeit entschlüsselt hatte, bat Ben-Zvi zwei Techniker, die Personalakte der Zielperson sicherheitshalber noch einmal persönlich im Computer des deutschen Verfassungsschutzes einzusehen, auf Vollständigkeit zu überprüfen und ihm umgehend eine hebräische Übersetzung zukommen zu lassen.

Dieses Misstrauen erwies sich als berechtigt. Ben-Zvis Instinkt hatte ihn nicht enttäuscht. In der Datenbank des Verfassungsschutzes war zusätzlich vermerkt, dass sich Tereza Komáreks Eltern 2001 hatten scheiden lassen. Terezas Mutter hatte kurz darauf einen Libanesen, Hassan El Badri, geheiratet und war deshalb zum schiitischen Islam konvertiert. Hassan El Badri war unter nicht geklärten Umständen im April 2017 von der Bildfläche verschwunden. Ben-Zvi fragte sich, warum der deutsche Verfassungsschutz diese höchst wichtige Information dem Büro vorenthalten wollte.

Er wies die beiden Techniker an, zusätzlich zu prüfen, ob die Dame auch in den Computern des deutschen Bundesnachrichtendienstes sowie des Bundeskriminalamts registriert war.

***

Düsseldorf – Julian Tagman war überaus glücklich, als Professor Katz ihn an diesem Morgen bereits um acht Uhr anrief und ihn fragte, ob er Lust auf einen Kaffee im *Café Leysieffer* hätte.

»Gern«, hatte Julian geantwortet. »Wie wäre es mit vierzehn Uhr? Aktuell habe ich noch etwas zu erledigen.«

»Kein Problem. Also dann bis vierzehn Uhr.«

Julian erhob sich aus seinem schwarzen Ledersessel und trat ans Fenster. Die Sonne stand noch tief, aber es würde heute sehr schönes Wetter geben. Er griff kurzerhand nach seinem Mobiltelefon und wählte Lauras Nummer.

Sie ging sofort dran.

»Das ist bestimmt kein Zufall«, sagte sie lachend, »ich habe nämlich gerade an dich gedacht.«

Julian bemerkte ein verräterisches Ziehen in seiner Leistengegend und verzichtete auf das Einleitungsritual, das bei Laura Winterbach ohnehin nicht verfing.

»Ich würde dich gern sehen«, sagte er.

»Heute?«

»Jetzt.«

»Ich könnte in einer Stunde bei dir sein.«

»Okay. Bis gleich.«

Julian überlegte, wann er Laura zum letzten Mal gesehen hatte. Es musste im November gewesen sein. Jetzt war es Februar. Drei lange Monate waren seitdem vergangen.

Ihre äußerst lockere sexuelle Beziehung hatte vor ziemlich genau sieben Jahren begonnen. Danach hatten sie sich nur noch alle paar Monate getroffen. Die relativ großen zeitlichen Abstände erklärten sich einerseits damit, dass keiner von ihnen ihrer exotischen Beziehung den Reiz des Besonderen nehmen wollte, andererseits damit, dass Laura inzwischen in einer halbfesten Beziehung mit einem berühmten Maler lebte.

Die seltenen Zusammenkünfte zelebrierten sie dann aber auch stets mit großer Wiedersehensfreude und tabuloser Offenheit, meistens mit einer Flasche Champagner und fast immer in einer ungewöhnlichen Umgebung, häufig in der alten Villa ihrer Eltern in Meererbusch, einem gediegenen Düsseldorfer Vorort.

Nur ein einziges Mal hatte Laura Julian in seiner Wohnung besucht und war die Nacht über bei ihm geblieben.

In jener Nacht war dann auch dieser außergewöhnliche Satz gefallen: »Ich würde nicht immer wieder zu dir zurückkommen, wenn du normal wärst.«

Kurz vor neun klingelte es an der Tür.

Julian scannte ihre erotische Erscheinung in weniger als einer Sekunde. Sie trug wie immer kein Make-up, sie war halt eine Naturschönheit, aber ihr Gesicht, ihre ausdrucksstarken Augen, die hohen slawischen Wangenknochen schlugen ihn sofort in den Bann.

Sie trug Jeans, einen dicken Pullover und Winterstiefel.

Trotz ihrer achtundzwanzig Jahre hatte sie noch immer den Körper einer Zwanzigjährigen, sehr schlank, sehr glatt und vom Aerobic gestählt. Ihre natürliche Haarfarbe war dunkelbraun, aber sie hatte ihr Haar etwas heller gefärbt und trug es jetzt halblang. Die braunen Augen wirkten noch immer verspielt, aber manchmal auch etwas hilflos und melancholisch.

Julian fiel die leicht eingefallene Partie unter ihren Augen auf.

Laura hatte seinen prüfenden Blick sofort bemerkt und wusste, was er dachte: Dass sie nämlich seit längerer Zeit keinen Sex gehabt hatte.

Seit längerer Zeit hieß: Seit drei oder vier Tagen.

Laura hatte eine klare, unkomplizierte, manchmal aber auch etwas drastische Ausdrucksweise. Einen auf kleines Mädchen machen war überhaupt nicht ihr Ding. Das war ein Punkt, der den meisten Männern Angst einflößte, weil sie ein solches Verhalten nicht kannten. Julian hingegen war von dieser Art der Offenheit geradezu begeistert. Dass sie hier gerade mal fünf Minuten zusammen saßen und Laura sofort freimütig vom Ficken erzählte, entspannte die Situation ungemein.

»Möchtest du etwas trinken?«, fragte er.

»Irgendetwas Erfrischendes.«

»Ich glaube, ich habe noch eine Flasche Champagner im Kühlschrank.«

Während Julian sich an der Flasche zu schaffen machte, setzte sich Laura auf sein Bett und gab gleich die Stoßrichtung vor. »Herr Krüger erzählt mir immer Sauereien. Das macht mich ganz geil.«

Herr Krüger, Mitte Sechzig und alleinstehend, war ihr Nachbar. Julian hatte ihn nur einmal kurz gesehen. Irgendwann – das war Jahre her – waren sie sich im Flur vor Lauras Wohnungstür begegnet. Laura hatte sie miteinander bekannt gemacht. Sie hatten höflich ein paar Worte gewechselt, und das war‹s auch schon gewesen. Laura hatte Julian schon viel über Herrn Krüger erzählt. Julian wusste deshalb, dass sie sich häufig von Herrn Krüger in Fahrt bringen ließ, aber sexuell lief angeblich nie was zwischen den beiden.

Julian hatte zwei Gläser gefüllt und reichte ihr eins.

Sie stießen an.

»Ich spüre den Zeitpunkt, an dem man was machen muss, immer ganz genau«, fuhr Laura fort, »aber ich glaube, dass andere das nicht so spüren.

Ihr Blick sagte: *Jetzt!*

Julian erhob sich. Ihre Münder fanden sich, und sie versanken in einem intensiven Zungenkuss. Dann glitten seine Hände unter ihren Pullover und massierten ihre prallen Brüste. Ihre Brustwarzen versteiften sich.

»Das kam aber überraschend«, sagte sie lächelnd.

Julian baute sich nun direkt vor ihr auf. Er öffnete den Reißverschluss ihrer Jeans und streifte sie ihr bis zu den Waden hinab. Die Winterstiefel störten. Nachdem er sie ihr ausgezogen hatte, zog er ihr die Jeans ganz aus.

Automatisch öffnete sie ihre Beine.

***

Kurz nach vierzehn Uhr traf Julian am vereinbarten Treffpunkt ein.

Avi Halon alias Professor Yoram Katz hatte bereits draußen vor dem *Café Leysieffer* Platz genommen und rauchte.

»Shalom, Yoram.«

»Shalom, Julian.«

Julian nahm ihm gegenüber Platz. »Ich freue mich außerordentlich, Sie mal wieder zu einer Tasse Kaffee einladen zu dürfen. Wie lange haben wir uns jetzt nicht gesehen?«

»Oh, ich habe die Tage nicht gezählt, aber es dürften wohl zwei Wochen gewesen sein.«

»Viel zu lange«, sagte Julian. »Dabei gibt es so viel Neues zu berichten.«

»Über Ihr Buch?«

»Ja.

»Wann werden Sie beim Verlag alles unter Dach und Fach bringen?«

»Ist doch schon alles erledigt. Momentan brauche ich mich um nichts zu kümmern. Das Cover ist bereits fertig, sieht super aus. Die Werbung ist auch schon angelaufen, und die Veröffentlichung ist nach wie vor für Anfang April geplant.«

»Das ist doch wunderbar.«

»Ja, das ist es in der Tat.«

»Ich habe ein kleines Anliegen, Julian. Im Grunde sind es aber zwei Anliegen.«

»Ich höre.«

»Ich würde Ihnen gern mal wieder einen kleinen Geldbetrag überweisen.«

»Zum Zocken?« Julian lachte.

»Wenn Sie es so nennen möchten ... Sie haben ein dermaßen großes Talent für die Börse, dass ich Ihnen diesmal fünfzigtausend Euro überweisen möchte.«

»Puh. Ein ganz schöner Batzen Geld. Aber ich werde mein Bestes tun. Und was ist Ihr zweites Anliegen?«

»Sabrina Wallis.«

Julian kniff die Lippen zusammen. »Ich weiß, dass Sie einen Plan haben, Yoram.«

Avi Halon schwieg einige Sekunden. Dann sagte er: »Ja, ich habe in der Tat einen Plan, und ich werde Ihnen diesen Plan auch vorstellen. Aber nicht heute.«

Julian musste lauthals lachen.

»Warum lachen Sie?«, fragte Halon. »Zweifeln Sie etwa an sich? Sie haben den kulturellen Hintergrund, Sie haben das richtige Alter, Sie sehen gut aus. Und Sie haben Sexappeal.

Das einzige was Ihnen noch fehlt, ist der Erfolg. Aber den beschaffen wir Ihnen ja gerade.«

»Jetzt erzählen Sie mir nicht, dass *Sie* hinter der Veröffentlichung meines Buches stehen.«

»Man könnte es so nennen.«

Julian schüttelte ungläubig den Kopf.

»Hören Sie«, fuhr Halon fort. »Sabrina Wallis wird nur dann mehr als einen Satz mit Ihnen wechseln, wenn sie Sie für interessant hält. Das ist der Punkt, auf den wir uns in den nächsten Wochen konzentrieren müssen. Das bedeutet für Sie etwas Arbeit, aber dafür verspreche ich Ihnen das Abenteuer Ihres Lebens ... Im Grunde beneide ich Sie.«

Julian konnte nur noch mit dem Kopf schütteln. »Angenommen, es kommt alles genau so, wie Sie es mir prophezeien. Sabrina Wallis verliebt sich in mich und zeigt sich mit mir in der Öffentlichkeit. Alle Welt hält mich doch dann für einen Linken.«

»Sabrina Wallis ist eine sehr geschickte, raffinierte und vor allem verschwiegene Frau. Der Kreis, der von ihren früheren Liebhabern weiß, ist demzufolge sehr klein. Das dürfen Sie mir glauben. Auf dem Gebiet der Heimlichkeiten war sie schon immer sehr professionell. Hinzu kommt, dass sie jederzeit Zugang zu einem Informationsnetzwerk ehemaliger Stasiagenten hat. Bevor sie beschließt, sich in Sie zu verlieben, lässt sie Sie also erst mal von ihrem Stasinetzwerk vor- und rückwärts scannen.«

»Warum eigentlich gerade ich? Was ist das Ziel?«

»Das Ziel kann ich Ihnen momentan noch nicht nennen. Aber da ich das Ziel kenne, kann ich Ihnen versichern, dass Sie vom Profil her sehr gut passen, Julian. Sie verfügen über ein ausgeprägtes Talent, politische und volkswirtschaftliche Zusammenhänge zu begreifen. Sie haben bereits einen interessanten Politthriller veröffentlicht, der zwar nicht sehr erfolgreich war, der aber zumindest erkennen lässt, dass Sie viele Zusammenhänge richtig erfassen.«

»Ihr Urteil?«

»Ich bin ehrlich: Das Bild, das Sie über die USA zeichnen, ist an Naivität nicht mehr zu überbieten. Ihr neuer Politthriller, den Sie jetzt im April veröffentlichen werden, ist diesbezüglich zwar nicht weniger naiv, aber das wird Ihrer Annäherung an Frau Wallis keinen Abbruch tun. Insgesamt ist Ihr neuer Thriller aber eine Liga besser. Was zählt, ist der Erfolg, den Sie mit Ihrem zweiten Buch haben werden. Dieser Erfolg ist Ihnen praktisch garantiert. Dafür wird gesorgt. Und damit ist Ihnen die Aufmerksamkeit von Frau Wallis sicher. Für Frauen zählt nur der Erfolg, merken Sie sich das. Dass die Dame ein vollkommen anderes Amerikabild hat als Sie, ist dabei sekundär.«

Halon hielt kurz inne, um sich eine Marlboro anzuzünden. Er inhalierte einen tiefen Zug und fuhr dann fort: »Ich hoffe, Sie verstehen jetzt, warum ich Ihr Buch grundlegend überarbeiten musste.«

»Sie haben es in eine Bombe verwandelt«, schoss es aus Julian hervor.

»Jetzt übertreiben Sie mal nicht, mein Freund. Sagen wir es so: Ich habe es nicht nur für die breite Masse, sondern vor allem für die Zielperson etwas hergerichtet. Darauf spricht sie an. Machen Sie deutlich, dass Sie die Gesellschaft verändern wollen. Und ich verspreche Ihnen, dass nicht nur Ihr erster Kontakt mit der Dame kein Schlag ins Wasser wird, sondern dass nach dem Erstkontakt auch weiterhin dafür gesorgt werden wird, dass Sie für die Dame interessant bleiben.«

»Und wie soll der Erstkontakt aussehen?«

»Das Wie, Wo und Wann wird sich ergeben, wenn es soweit ist. Aber ich kann Ihnen jetzt schon versichern, dass Sie einen sehr gut geschnittenen Anzug tragen werden. Darauf legt sie nämlich ganz besonderen Wert. Im Grunde verachtet sie die schlecht angezogenen Typen in ihrer Partei.«

»Verstehe.«

»Und noch was: Sie würde es zwar niemals zugeben, aber im Grunde sehnt sie sich nach männlicher Dominanz. Dessen sollten Sie sich in jedem Moment bewusst sein. Wenn Sie anfangen, sie anzubeten oder mit ihr auf Augenhöhe kommunizieren, werden Sie bei ihr niemals landen. Sabrina Wallis kann sich nur in Sie verlieben, wenn Sie sie total dominieren.

Egal über welches Thema Sie mit ihr sprechen werden, Sie werden immer die besseren Argumente haben.«

»Warum soll sie sich überhaupt in mich verlieben?«

»Erst wenn sie in Sie verliebt ist, wird sie tun, was Sie von ihr verlangen werden.«

»Und was werde ich von ihr verlangen?«

»Das erfahren Sie schon früh genug.«

»Und wenn ich nein sage?«

»Das werden Sie nicht, Julian, dafür sind Sie viel zu intelligent. Denken Sie an den Erfolg Ihres Buches. Gieren Sie nicht geradezu danach, als Bestsellerautor gefeiert zu werden?«

Julian hatte diese Anspielung sofort verstanden. »Sie soll was mit dem Parteivorsitzenden haben«, sagte er.

»Belasten Sie sich doch bitte nicht mit solchen kleinbürgerlichen Gedankengängen. Natürlich werden Frauen magisch angezogen von Geld, Erfolg, Bildung und Macht. Sabrina Wallis bildet da keine Ausnahme. Sie wird sich immer auf jenen Mann einlassen, der für sie die größte Anziehungskraft besitzt – und das werden diesmal *Sie* sein. Dafür wird gesorgt. Und machen Sie sich bitte noch eines klar: Es gibt praktisch nichts, was ich nicht für Sie tun kann.«

Es war genau diese unüberlegte Bemerkung »*Es gibt praktisch nichts, was ich nicht für Sie tun kann*«, bei der es Julian wie Schuppen von den Augen fiel. Nie im Leben war dieser Mann der harmlose Professor für Zeitgeschichte an der Universität von Tel Aviv, auch wenn er auf deren Website als ordentlicher Professor geführt wurde. Nie im Leben würde ein normaler israelischer Professor einem fremden Deutschen fünfzigtausend Euro überweisen, damit er an der Börse für ihn zockte. Dieser Mann wollte ihn einfach nur kaufen. »Gibt es irgendwelche Besonderheiten, die ich beim Erstkontakt mit Frau Wallis unbedingt beachten muss?«, fragte er.

»Hinsichtlich Ihres Auftretens mache ich mir keine Sorgen. Sie sind sehr kultiviert, darauf steht sie. Aber tragen Sie bitte keinen blauen Anzug. Blau ist die einzige Farbe, die sie hasst. Tragen Sie Schwarz oder besser noch, etwas Anthrazitfarbenes. Einen anthrazitfarbenen, gut geschnittenen Anzug. Cooles Hemd. Die beide obersten Hemdknöpfe offen. Keine Krawatte.«

***

Nach dem Gespräch blieb Halon noch eine Weile vor dem Café sitzen, um die wärmende Mittagssonne zu genießen. Julian Tagman war seinem Vorschlag, sich mit Sabrina Wallis verkuppeln zu lassen, nicht mehr ganz so abgeneigt wie noch vor zwei Wochen, aber noch war der Ball nicht im Tor. Eigentlich war eine emotionale oder sexuelle Verbindung zwischen diesem Niemand und der prominenten Politikerin ein Ding der Unmöglichkeit, sagte sich Halon, aber mit der psychologischen Abteilung des Büros im Rücken könnte es klappen.

Könnte, wohlgemerkt.

Halon sah unauffällig in die Richtung des grauen Überwachungsfahrzeugs mit Jonathan und Shlomo an Bord. Die beiden Agenten hatten den Lieferwagen direkt auf der Kö in dreißig Metern Entfernung geparkt. Die Hochleistungskameras würden jede Person, die die Königsallee passierte, erfassen, ihr Gesicht speichern und sofort mit der Datenbank am King Saul Boulevard abgleichen.

Halon wandte sich wieder seinem Kaffee zu und zündete sich eine weitere Zigarette an. Ihm gingen alle möglichen Gedanken durch den Kopf.

Ein Punkt, für den er absolut keine Erklärung fand, war: Warum hatte sein Beschatter, der nachweislich ganz genau wusste, dass er ein Führungsoffizier des Mossad war und der sogar seinen Klarnamen kannte, nur Fotos von ihm gemacht und ihn nicht umgelegt? Warum war er noch am Leben?

Dann dachte er an die Januaroperation des Mossad, bei der sein Team 73 Mitglieder aus den Großfamilien Fadlallah, Koubeissy und Karam, die die Drogengeschäfte und die Geldwäsche für die Hisbollah in Europa erledigten, mehr oder weniger gleichzeitig liquidiert hatte. Vielleicht gab es einen Überlebenden aus einer dieser Familien, von dem das Büro nicht wusste, dass er überlebt hatte. Vielleicht hatte dieser fiktive Überlebende herausgefunden, dass es eine Operation des Mossad gewesen war. Aber selbst wenn dem so wäre, wäre er schon längst liquidiert und nicht erst aufwendig fotografiert worden. Nein, das alles machte überhaupt keinen Sinn. Die Fotos waren bei einem Agenten des iranischen Geheimdienstes gefunden worden, und dort hätte man den Faden auch aufnehmen müssen. Aber dieser Agent war tot.

Der Iran hatte sein Leben geprägt. Alle großen Operationen in diesem großartigen Land hatte er geleitet. Er hatte absolut nichts gegen das iranische Volk, im Gegenteil, er bewunderte es. Die Iraner waren ein großartiges Volk mit einer großen Kultur und einer beeindruckenden und sehr alten Geschichte. Das iranische Volk konnte nichts dafür, dass es sich in der Geiselhaft einer extremistischen Mullah-Clique befand, die nicht müde wurde, Tag für Tag zu predigen, dass Israel von der Landkarte getilgt werden müsste.

Aber selbst diese fanatischen Mullahs bildeten nicht die Spitze dieser geheimen Verschwörung gegen Israel, von der im Mossad alle Führungskräfte wussten. Es war der sogenannte »Tiefe Staat«, der den Mullahs die Befehle erteilte. Aber selbst dieser »Tiefe Staat« bildete nicht die Spitze der Machtpyramide. Es gab eine nicht greifbare, unsichtbare Ebene weit oberhalb der Mullahs, die die eigentlichen Fäden in der Hand hielt. Aber selbst im Mossad war man sich nicht sicher, ob diese unsichtbare Ebene eine einzelne Person als Chef hatte oder eine kleine Gruppe von Chefs. Man vermutete eine einzelne Person, weil es sich rein analytisch ergab. Aber weil diese Person nichts Schriftliches hinterließ, absolut unsichtbar war und der Mossad nicht den geringsten physischen Beweis für ihre Existenz in Händen hielt, nannte man diese Person einfach nur »P«.

P stand für *Pharao*.

Der Mossad hatte sich für diese Bezeichnung entschieden, weil die Spur, die diese Person in der Geschichte hinterließ, weder einen jüdischen noch einen christlichen noch einen islamischen Charakter hatte. Sie war irgendwo im unendlichen gnostischen und okkulten Spektrum zu verorten, und ihre

Aktivitäten richteten sich gegen die Menschheit als Ganzes. *P* war wie ein Elementarteilchen, das man zwar nicht fotografieren konnte, dessen Existenz aber unstreitig real war, weil es halt Spuren hinterließ.

Niemand wusste, wer *P* aktuell war. Und niemand wusste, wer *P* in früheren Jahrzehnten und Jahrhunderten gewesen war. *P* war unsichtbar, aber eine mächtige Realität.

Während des Kalten Krieges waren die Mitglieder des Politbüros der Sowjetunion jeden Morgen froh, wenn sie lebend in ihren Betten aufwachten. Sie alle wussten von dieser unsichtbaren Machtebene, die sich weit oberhalb der ihren befand und die jederzeit über ihr Schicksal entscheiden konnte.

Die Sowjetunion war Vergangenheit, das iranische Regime noch nicht!

Halon war für sein brillantes Zahlen- und Datengedächtnis bekannt. Er erinnerte sich noch an jedes Detail der sechs Operationen, die er im Iran geleitet hatte.

Ardeshir Hosseinpour, ein Experte für Elektrodynamik, starb am 15. Januar 2007 an Gasvergiftung. Diese außergewöhnliche Exekutionsmethode hatte sich in diesem speziellen Fall geradezu angeboten. Danach hatte der Mossad im Iran eine dreijährige Exekutionspause eingelegt, weil er sich zunächst auf den Ausbau seiner sicheren Häuser im Iran konzentrieren wollte.

Das Thema Exekution iranischer Atomspezialisten wurde erst wieder am 12. Januar 2010 aufgenommen, als Masoud Ali-Mohammadi durch eine ferngezündete Bombe vor seinem Haus in Teheran liquidiert wurde.

Am 29. November 2010 wurde Majid Shahriari, Professor für Nuklearphysik an der Teheraner Shahid-Beheshti-Universität, durch eine Autobombe getötet. Am selben Tag wurde auch auf Fereydun Abbasi ein Anschlag verübt, den dieser allerdings überlebte.

Am 23. Juli 2011 wurde der Physiker Darioush Rezai-Nejad in Teheran vor seinem Haus erschossen.

Am 11. Januar 2012 wurde Mostafa Ahmadi Roshan durch eine magnetische Bombe, die an die Karosserie seines grauen Peugeot 405 geheftet wurde, während sein Auto an einer Straßenkreuzung stand, getötet.

Und am 16. März 2012 starb der brillante Atomphysiker Asghar Mirzakhani durch ein Attentat mit Rizin.

Damit waren Avi Halons Einsätze im Iran erst einmal beendet. Er wurde von dem fünfundzwanzigjährigen *katsa* Avigdor Levy abgelöst, der drei Jahre später eine Operation leitete, die gründlich in die Hose ging. Die Zielperson, ein weiterer exponierter Atomwissenschaftler, dessen Name ihm gerade nicht einfiel, überlebte den Anschlag, der am 3. Januar 2015 auf ihn verübt wurde.

Tamir Pardo, der damalige *memuneh*, war dermaßen wütend über diesen Fehlschlag gewesen, dass er Avigdor nach Paraguay verbannt hatte, wo dieser die Station in Ciudad del Este, im Dreiländereck von Paraguay, Argentinien und Brasilien, leiten sollte. Ciudad del Este stellte einen wichtigen Operationsraum für die kriminellen Netzwerke der Hisbollah dar.

Für Avigdor war Paraguay die Hölle auf Erden gewesen.

Halon erinnerte sich noch gut an das Gespräch, das er mit ihm nach seiner Rückkehr aus Paraguay geführt hatte.

»Und, wie hat dir Paraguay gefallen?«

»Was für ein rückständiges Land! Was für naive Menschen.«

»Meines Wissens ist Paraguay nicht gerade der Mittelpunkt der Welt.«

»Genau deshalb hat mich der memuneh *ja auch in die Verbannung geschickt.«*

»Und unsere arabischen Freunde dort?«

»Alle unter der Kontrolle der CIA.«

»Und der Chief of Station?«

»Ist eine top Frau. Sie sieht das Land genauso wie ich. Einmal in der Woche haben wir uns an der Bar eines sehr guten Hotels volllaufen lassen. Da haben sie wenigstens exzellenten Whiskey.«

»Warum sind die Amerikaner überhaupt da?«

»Bestimmt nicht ausschließlich wegen der Hisbollah. Paraguay hat die größten Wasserreserven der Welt.«

»Wie hat es denn mit der Verständigung geklappt?«

»Gar nicht. Nur zwanzig Prozent der Bevölkerung sprechen ein mehr oder weniger reines Castellano, der Rest eine undefinierbare Mischung aus Castellano und Guaraní, der Indianersprache. Englisch beherrscht praktisch niemand.«

»War denn wenigstens das Essen gut?«

»Die Paraguayer haben weder eine Ess- noch eine Trinkkultur. Sie ernähren sich hauptsächlich von Fleisch, Pasta und Maniok und trinken Tereré und Bier. Wenn dir der Sinn nach internationaler Küche steht, kannst du da lange suchen.«

»Hast du denn überhaupt keine positiven Erfahrungen gemacht?«

»Doch. Die paraguayischen Frauen sind ständig heiß und willig. Vor allem, wenn man wie ich blaue Augen hat.«

Nach einem Jahr hatte das Büro einen neuen *memuneh*, und dieser hatte Avigdor sofort nach Tel Aviv zurückbeordert. Die Station in Ciudad del Este wurde einem anderen schwarzen Schaf anvertraut.

Halon zuckte plötzlich zusammen!

Die Anschläge!

Die Daten!

Wieso hatte er diesen Zusammenhang nicht früher gesehen?

Die Erkenntnis traf ihn wie ein Schock!

Die letzten großen Terroranschläge auf jüdische oder israelische Personen und Einrichtungen hatten alle an Tagen stattgefunden, an denen sich ein Anschlag auf einen iranischen Atomwissenschaftler gejährt hatte. Dank seines außergewöhnlichen Gedächtnisses für Zahlen und Daten standen ihm die Zusammenhänge schlagartig vor Augen.

11. Januar 2014: Der Bombenanschlag auf die Synagoge in Buenos Aires mit 53 Toten. Niemand hatte die Verantwortung für diesen Anschlag übernommen. Das war die Rache für Mostafa Ahmadi Roshan, der durch eine magnetische Bombe an einem 11. Januar getötet worden war.

12. Januar 2015: Der Bombenanschlag auf das Jüdische Gemeindezentrum in Montreal mit 34 Toten. Niemand hatte die Verantwortung für diesen Anschlag übernommen. Das

war die Rache für Masoud Ali-Mohammadi, der an einem 12. Januar von einer ferngezündeten Bombe vor seinem Haus in Teheran zerfetzt worden war.

15. Januar 2016: Der Nervengasanschlag auf die Israelische Botschaft in Mumbai mit 26 Toten. Niemand hatte die Verantwortung für diesen Anschlag übernommen. Das war die Rache für Ardeshir Hosseinpour, der an einem 15. Januar einem Gasangriff erlegen war.

23. Juli 2017: Das Massaker in einem jüdischen Supermarkt in Paris mit 40 Toten. Niemand hatte die Verantwortung für diesen Anschlag übernommen. Das war die Rache für Darioush Rezai-Nejad, der an einem 23. Juli in Teheran vor seinem Haus erschossen worden war.

29. November 2017: Die Ermordung des Israelischen Botschafters in Kopenhagen durch eine ferngesteuerte Boden-Boden-Rakete. Niemand hatte die Verantwortung für diesen Anschlag übernommen. Das war die Rache für Majid Shahriari, der an einem 29. November mit einer Autobombe ins Jenseits befördert worden war.

Alle diese Terrorakte hatten vier Dinge gemeinsam:

Erstens: Das Büro hatte sie vorher nicht kommen sehen.

Zweitens: Der oder die Drahtzieher hinter diesen Terroranschlägen wurden nie identifiziert.

Drittens: Alle Terroranschläge fanden jeweils an einem Tag statt, an dem sich ein Attentat auf einen Atomwissenschaftler jährte.

Viertens: Jeder Terroranschlag wies eine symbolische Ähnlichkeit mit dem jeweiligen Attentat auf.

Und noch eine fünfte Gemeinsamkeit gab es: *Ausnahmslos alle Operationen gegen die iranischen Atomwissenschaftler waren seinerzeit von ihm, Avi Halon, geleitet worden!*

Es gab nur eine einzige Operation, für die die Drahtzieher hinter diesen Terroranschlägen noch keine Vergeltung geübt hatte: Die Liquidierung des Atomwissenschaftlers Asghar Mirzakhani am 16. März 2012 durch Rizin!

Er musste unverzüglich Aryeh informieren.

***

Er hatte das sichere Haus kaum betreten, als er sich schon einen Whiskey einschenkte und eine Marlboro ansteckte. Er nahm einen kräftigen Schluck aus dem Glas und zog kurz an der Zigarette. Dann ging er in die Küche, stellte das Glas ab, legte die Zigarette in den Aschenbecher und wählte Aryehs Nummer.

Ben-Zvi nahm den Anruf sofort entgegen.

Halon berichtete ihm über die Zusammenhänge, die er entdeckt hatte.

»Was sagst du da?« Ben-Zvis Stimme war plötzlich so leise, dass Halon ihn kaum verstand.

»Ja. Der nächste große Anschlag findet am 16. März statt.«

»Das ist in knapp drei Wochen. Bist du dir sicher?«

»Absolut.«

»Wo?«

»Weiß ich nicht. Aber ich bin mir sicher, dass es ein biologischer oder ein chemischer Angriff sein wird. Ich brauche das ganze Material, das wir über die fünf nicht aufgeklärten Terroranschläge haben.«

»Wir haben fast nichts«, sagte Ben-Zvi wahrheitsgemäß.

»Das spricht für einen Geheimdienst.«

»Vielleicht.« Es entstand eine Gesprächspause, in der der Chef der Operationsabteilung offensichtlich nachdachte. »Warte«, sagte er schließlich. »Ich verbinde dich mit Rina.«

Rina war die Wachhabende der Operationsabteilung.

Halon musste über eine Minute warten, ehe er zu Rina durchgestellt wurde.

»Der Chef hat mich kurz gebrieft«, sagte die junge Frau. »Ich muss Sie enttäuschen. Außer einem unidentifizierten Stimmabdruck von dem Anschlag in Paris haben wir nichts.«

»Männlich oder weiblich?«

»Männlich.«

»Archivnummer?«

»344/A.«

***

März

Düsseldorf – Die Zeiten, in denen ein Feldagent des Mossad noch persönlich in ein Haus oder in eine Wohnung eindringen musste, um an wertvolle Informationen zu kommen, waren schon lange vorbei. Praktisch jeder Mensch benutzte heutzutage eine oder mehrere der modernen Kommunikationsmittel und war deshalb zu beinahe hundert Prozent überwachbar.

Bei Nesrin Fadlallah lag der Fall anders. Deshalb führte an einem Einbruch bei ihr kein Weg vorbei.

Das Apartment von Nesrin Fadlallah lag im dritten Stock eines vornehmen Apartmenthauses im klassizistischen Stil in Düsseldorf-Oberkassel, unweit des *Al Mandaloun*, dessen Eigentümerin sie nach der Ermordung ihres Vaters geworden war. Das Haus war von Halons Leuten sieben Tage lang intensiv überwacht worden, um ein möglichst genaues Bewegungsmuster der Zielperson zu erhalten. Das Bewegungsprofil der jungen Frau hatte ergeben, dass sie das *Al Mandaloun* jeden Abend zwischen 21 und 22 Uhr aufsuchte, wenn die interessanteren Gäste ihre Aufwartung machten. Tagsüber war das Lokal eine äußerst stilvoll eingerichtete Kaffeebar, die sich ab achtzehn Uhr in ein exklusives libanesisches Restaurant verwandelte. In der Regel kehrte Nesrin zwischen ein und zwei Uhr morgens in ihr Apartment zurück.

Während der ganzen Zeit wurde sie nie in der Begleitung einer anderen Person gesehen.

Sobald sich die attraktive Libanesin in ihrem Apartment aufhielt, setzte das Überwachungsteam eine mit allen technischen Raffinessen ausgestattete Nanodrohne ein, die sich selbst steuerte und stundenlang vor der Fensterfront im dritten Stock ausharren konnte, um jedes Wort, das in dem Apartment gesprochen wurde, aufzuzeichnen.

***

Aaron und Yael hatten sich ordentlich in Schale geworfen. Die beiden israelischen Agenten beherrschten nicht nur Arabisch mit Beiruter Dialekt fließend, sondern sie wären auch beide sofort als Araber durchgegangen.

Sie betraten das *Al Mandaloun* gegen 21 Uhr und wurden höflich an ihren reservierten Tisch geführt. Heute Abend spielten sie mit großer Perfektion ein frisch verliebtes Pärchen. Sie setzten sich gegenüber, so dass sie beide Seiten des Restaurants unauffällig überwachen konnten. Als Nesrin gegen 21.40 Uhr auftauchte, gaben sie Halon das vereinbarte Signal.

***

Keine hundertfünfzig Meter vom *Al Mandaloun* entfernt holte Avi Halon ein zweigeteiltes schlankes Werkzeug aus seinem Rucksack und ging vor dem Schloss in die Hocke. Ein brauner Lieferwagen mit Jonathan und Meira an Bord, der erst vor fünfzehn Minuten in eine freigewordene Parklücke gestoßen war, schützte ihn vor Blicken von der Straße.

Binnen fünfzehn Sekunden war das Schloss offen.

Halon drückte die Tür auf und blickte ins Innere des Hauses. Vor ihm lag ein kurzer Gang, der zum Foyer des Gebäudes führte. Er trat ins Foyer hinaus, hielt kurz inne und hastete dann die Treppe zum dritten Stock hinauf. Er drückte sein Ohr ans Holz. Im Innern des Apartments war es still. Er holte ein Gerät aus seinem Rucksack und führte es langsam die Türkanten entlang. Das grün blinkende Signallämpchen zeigte an, dass das Apartment über kein elektronisches Sicherheitssystem verfügte.

Halon verstaute das Gerät wieder und steckte einen altmodischen Dietrich in das Zylinderschloss. Mit den Fingerspitzen registrierte er winzige Veränderungen in Druck und Spannung.

Endlich gab der letzte Sicherungsstift nach. Halon stieß die Tür auf, schlüpfte hinein und schloss sie lautlos hinter sich. Dann verriegelte er die Tür von innen. Aus seinem Rucksack holte er eine kleine Stablampe und ließ den scharf gebündelten Lichtstrahl durch das Apartment huschen. An die kleine

Diele schloss sich das Wohnzimmer an, das mit niedrigen Möbeln und zahllosen farbigen Kissen ausgestattet war.

Halon hatte eine nach Prioritäten geordnete Liste von Zielen im Kopf. Er würde mit den Telefonen beginnen. Das erste fand er im Wohnzimmer auf einem Beistelltisch, das zweite in einem kleinen Raum, der ihr als Büro diente. Unter jedem brachte er eine Wanze an, einen extrem leistungsstarker Miniatursender mit großer Reichweite, der nicht nur das Telefon, sondern auch den Raum, in dem es stand, überwachte. Das Signal wäre bequem im sicheren Haus zu empfangen.

Als Zweites auf seiner Liste stand der Computer. Wie erwartet nutzte Nesrin Fadlallah zwei Laptops, einen mit Internetanschluss und einen ohne. Halon setzte sich an den Tisch, schaltete beide Computer ein und schob jeweils einen Stick in den USB-Port. Der Download sämtlicher auf den Festplatten gespeicherten Daten begann.

Während die Daten heruntergeladen wurden, inspizierte er die Unterlagen auf ihrem Schreibtisch. Aus Zeitmangel konnte er alles nur flüchtig in Augenschein nehmen, fand aber nichts Auffälliges.

Er kontrollierte den Stand der Downloads, dann stand er auf und leuchtete mit seiner Stablampe die Wände ab, an denen zahlreiche gerahmte Fotos hingen. Die meisten zeigten Nesrin mit anderen schönen Menschen.

Halons Blick fiel auf ein Foto, das sofort sein Interesse erweckte. Nesrin, Arm in Arm mit einem unbekannten Mann vor dem Pariser Eiffelturm. Sie trug Jeans und eine hellblaue Sommerbluse. Ihr Kopf ruhte an der Schulter des Mannes, der einen Strohhut trug, so dass die Augenpartie im Schatten lag. Klar sichtbar waren nur Nase, Mund und Kinn. Halon wusste, dass das für die Spezialisten im Erkennungsdienst mit ihrer ausgefeilten biometrischen Datenanalyse kein Problem war. Er zog sein Mobiltelefon aus seiner Lederjacke und fotografierte das Foto. Das Foto war mit dem 23. Juli 2017 signiert. An diesem Tag hatte in Paris der Terroranschlag auf den jüdischen Supermarkt mit 40 Toten stattgefunden.

Als er wieder an den Schreibtisch trat, stellte er fest, dass die Downloads beendet waren. Er zog die beiden Sticks aus den USB-Ports und schaltete die Computer aus. Die Sticks verschwanden im Innenfutter seiner Lederjacke. Er ging zur Wohnungstür und horchte kurz nach draußen, um sich zu vergewissern, dass die Luft rein war. Dann verließ er Nesrins Apartment lautlos.

Zwanzig Sekunden später öffnete sich die Tür des braunen Lieferwagens und Halon verschwand mit den Agenten in die Nacht.

***

Halon erwachte am anderen Morgen gegen sechs Uhr. Das blinkende rote Lämpchen des Aufzeichnungsgeräts, das auf dem Nachttisch neben seinem Bett stand, hatte ihn geweckt. Er wartete einige Sekunden, bis er halbwegs wach war, dann setzte er sich auf die Bettkannte und drückte die Wiedergabetaste.

Er schloss die Augen und konzentrierte sich auf die akustischen Informationen, die die installierten Wanzen gesendet hatten.

Die Tür zu Nesrins Apartment wurde um 1.37 Uhr aufgeschlossen   Schritte auf dem Parkettboden in der Diele   High Heels, die in die Ecke geschleudert wurden   Wasserrauschen der Toilette   1.55 Uhr: Abhören des Anrufbeantworters. Männliche, Französisch sprechende Stimme mit nahöstlichem Akzent: »*Ich bin‹s, Cherie. Ich wollte nur mal deine Stimme hören. Wie läuft‹s bei dir? Ruf mich bitte zurück, sobald du Zeit hast* «

Nesrin rief den Anrufer nicht zurück.

Bevor er seinen Bericht an Aryeh schreiben würde, wählte er auf seinem abhörsicheren Mobiltelefon Rinas Nummer. Die junge Frau war die Wachhabende der Operationsabteilung am King Saul Boulevard.

»Was brauchen Sie?«

»Stimmenidentifizierung.«

»Haben Sie eine Aufzeichnung?«

»Ja.«

»Qualität?«

Halon benutzte einen mossadinternen Fachausdruck.

»Spielen Sie die Aufnahme bitte ab.«

Halon drückte die Abspieltaste und hielt sein Mobiltelefon an den Lautsprecher des Aufzeichnungsgeräts. Eine Männerstimme. Perfektes Französisch.

»Ich bin‹s, Cherie. Ich wollte nur mal deine Stimme hören. Wie läuft‹s bei dir? Ruf mich bitte zurück, sobald du Zeit hast«

Er führte das Mobiltelefon wieder an sein Ohr zurück.

»Nichts Übereinstimmendes gespeichert«, sagte Rina.

»Bitte mit unidentifiziertem Stimmabdruck 344/A vergleichen.«

»Augenblick.« Dann einige Sekunden später: »Übereinstimmung.«

»Verbinden Sie mich bitte mit Ben-Zvi.«

Aryeh Ben-Zvi nahm den Anruf sofort entgegen, und fünf Minuten später hatte Halon dem Chef der Operationsabteilung umfassend Bericht erstattet.

»Ich gebe dir Bescheid, sobald die Spezialisten im Erkennungsdienst den Mann identifiziert haben«, sagte Ben Zvi.

***

Julian saß angespannt vor seinem Laptop. Seine Gefühlswelt war völlig durcheinandergeraten. Professor Katz hatte ihm tatsächlich fünfzigtausend Euro überwiesen. Dass es dem Professor ausschließlich darum ging, diesen Betrag möglichst gewinnbringend zum Spekulieren einzusetzen, glaubte er schon lange nicht mehr. Eher handelte es sich bei dieser immensen Summe um so etwas wie Bestechung. Professor Katz wollte ihn kaufen, nein, er hatte ihn bereits gekauft, und er hatte es in seiner Gutgläubigkeit viel zu spät bemerkt. Und jetzt hing er voll drin.

Aber eigentlich ging es ja nicht um ihn, sondern um Sabrina Wallis, das war ihm inzwischen ebenfalls klar. Aber was genau wollte Yoram von dieser Frau? Er wusste es nicht. Yoram war mit Sicherheit kein Professor an der Universität von Tel Aviv, auch wenn die Website ihn als solchen auswies. Yoram war mit an Sicherheit grenzender Wahrscheinlichkeit ein Agent des Mossad, und da lag es auf der Hand, dass der Name, mit dem er sich ihm vorgestellt hatte, auch nicht sein wahrer Name war. Aber diese Erkenntnis musste er jetzt für sich behalten. Yoram durfte unter keinen Umständen erfahren, was er wirklich über ihn dachte.

Er schaute sich etwas auf der Website von Sabrina Wallis um, er las einige Beiträge, einige Interviews, schaute sich dann ein paar Fotos von ihr an und versuchte sich dabei vorzustellen, wie es sein würde, wenn er ihr näherkam.

Heute war Montag, der 5. März. In genau vier Wochen würde sein Buch erscheinen.

***

Die Spezialisten im Erkennungsdienst hatten die modernste Software, über die der Mossad aktuell verfügte, zum Einsatz gebracht. Obwohl ihnen nur ein einziges Vergleichsfoto aus dem Jahre 2007 zur Verfügung stand, war ihr Fazit eindeutig: Der Mann mit dem Sonnenhut auf dem Foto, das Halon im Apartment von Nesrin Fadlallah abfotografiert hatte, war ohne jeden Zweifel Idris Abu Salim, ein gefährlicher Psychopath und einer der schlimmsten Terroristen, mit denen Israel jemals zu tun gehabt hatte.

Offiziell war Idris Abu Salim tot.

»Es gibt keinen Idris mehr. Die Spezialisten im Erkennungsdienst müssen sich geirrt haben«, sagte Ben-Zvi zu Halon am Telefon. »Idris ist seit neun Jahren tot. Er starb 2009 bei dem Anschlag auf den Mahane Yehuda Markt.« Sein Tonfall verriet seinen Pessimismus.

»Und das Datum auf dem Foto? Und der Ort? Derselbe Tag – der 23. Juli 2017 – und dieselbe Stadt – Paris –, in der das Massaker in dem jüdischen Supermarkt stattfand.«

»Das kann nicht sein, wir haben die hundertprozentige Bestätigung vom Shabak.«

»Dann hat sich der Shabak eben hundertprozentig geirrt. Idris hat alle fünf Anschläge verübt«, sagte Halon bestimmt. »Und in elf Tagen wird er wieder zuschlagen.«

Ben-Zvi musste zugeben, dass so gut wie nichts für einen

Zufall sprach. Hinzu kam, dass das Foto von dem Mann mit Sonnenhut ausgerechnet im Apartment von Nesrin Fadlallah hing. Dass der Shabak sich damals geirrt hatte, war extrem unwahrscheinlich. Durchaus denkbar war aber, dass der Analytiker, der den Toten seinerzeit anhand seiner DNA identifiziert hatte, von Abu Salim gekauft worden war. »Was schlägst du also vor?«

»Hat der Shabak vielleicht noch irgendwelche Gefangene aus der Zeit, als Idris offiziell noch lebte, die wir eventuell verhören könnten?«

»Du weißt so gut wie ich, dass der Shabak keine Terroristen festhält, *nachdem* Blut vergossen wurde. Er zieht sie aus dem Verkehr, *bevor* sie ein weiteres Mal zuschlagen können. Er will möglichst viele junge Araber durch Abschreckung daran hindern, den Weg der Gewalt zu beschreiten.«

»Das weiß ich. Aber vielleicht gibt es doch noch den einen oder anderen Überlebenden aus jener Zeit.«

»Ich werde mich darum kümmern.«

»Was ist mit dem Stimmabdruck 344/A? Rina hat mir gesagt, dass er von dem Anschlag in Paris stammt. Und ausgerechnet *die* Person, zu der diese Stimme gehört, ruft Nesrin Fadlallah in ihrem Apartment an.«

»Der Stimmabdruck ist kein Beweis.«

»Warum nicht?«

»Weil wir Idris‹ Stimme gar nicht kennen. Idris hat nie gesprochen, er war immer extrem vorsichtig. Die Befehle an seine Untergebenen hat er ausschließlich mittels Kassiber weitergegeben.«

»Das wusste ich gar nicht.«

»Weil dein Schwerpunkt immer der Iran war. Jetzt weißt du es. Aber eine Chance haben wir noch.«

»Welche?«

»Ich sag‹s mal so: Wahnsinn und Genie gehen oft Hand in Hand. Idris hatte einen Spleen. Er hatte die Angewohnheit, sich bei jedem seiner Terroranschläge persönlich in sicherer Entfernung aufzuhalten. Sollte er also wirklich für die Terrorakte der Jahre 2014 bis 2017 in Buenos Aires, Montreal, Mumbai, Paris und Kopenhagen verantwortlich sein, dann hat er sich an den betreffenden Tagen auch in diesen Städten aufgehalten, und dann könnten wir das relativ leicht – auch wenn er verschiedene Identitäten benutzt hat – durch den Abgleich der Passagierlisten des betreffenden Zeitraums mit den entsprechenden Fotos der Flughafenkameras herausfinden.«

»Die Gesichter von Flugreisenden werden fünf Jahre lang gespeichert. Aber nicht alle Länder haben bereits 2014 damit begonnen. Versuchen müssen wir es trotzdem.«

»Gut, dann werde ich jetzt Ron informieren. Ich werde ihm vorschlagen, dass wir mit den beiden letzten Anschlagsorten – Paris und Kopenhagen – beginnen. Er soll dann entscheiden, ob und wann wir den französischen und den dänischen Geheimdienst kontaktieren.«

Halon räusperte sich. »Letzte Frage: Wie lange wird die Auswertung der Daten von Nesrins Computern voraussichtlich dauern?«

»Die Jungs arbeiten bereits daran. Sobald mir ein Ergebnis vorliegt, informiere ich dich.«

***

Halon stand in der Küche des sicheren Hauses. Der Kaffee war gerade durchgelaufen. Er schenkte sich eine Tasse ein und setzte sich an den Küchentisch, um seine Gedanken zu ordnen. Keines der drei Observationsteams, die mit ihren Hochleistungskameras das sichere Haus abwechselnd und rund um die Uhr im Auge behielten, hatte bislang irgendeine Auffälligkeit registriert. Das Leben auf der Straße ging seinen gewohnten Gang, ein sicheres Zeichen, dass er nicht observiert wurde.

Und trotzdem sagte ihm sein Instinkt, dass dem nicht so war. Er konnte die von Tag zu Tag näher kriechende Gefahr förmlich riechen.

Auch die beiden Wanzen unter den Telefonen in Nesrins Apartment hatten bislang nichts gemeldet, was von Belang war.

Er zündete sich eine Marlboro an.

Solange die Überwachung des Apartments von Nesrin Fadlallah zu keinen neuen Erkenntnissen führte, konnte er sich um den Schriftsteller kümmern. Viel Zeit blieb ohnehin nicht mehr. In genau vier Wochen würde Tagmans Politthriller erscheinen. Die Werbekampagne lief bereits auf Hochtouren, und alle wichtigen Kritiker hatten schon ein Vorabexemplar erhalten. Bald würden sie ihre Kritiken hinausposaunen.

Sobald das Buch auf dem Markt war, würde es die Bestsellerlisten erstürmen. Alle weiteren Schritte, die den jungen Mann in die Medien katapultieren würden, waren bereits geplant, sorgfältig durchdacht und teilweise auch schon eingeleitet worden. Aber davon würde der Knabe niemals etwas erfahren. Vielleicht würde er später selbst darauf kommen, dumm war er schließlich nicht, aber zuerst musste er ins Rampenlicht, er sollte seinen Erfolg genießen und der heimliche Geliebte von Sabrina Wallis werden. Unmöglich war das nicht. Das Büro kannte keine unmöglichen Operationen. Es gab nur unterschiedliche Schwierigkeitsgrade.

Er wollte gerade nach seinem zivilen Mobiltelefon greifen, um einen Termin mit Julian zu vereinbaren, als sein abhörsicheres Mobiltelefon summte. Er gab den fünfstelligen Bestätigungscode ein und hatte sofort Ben-Zvi in Leitung.

»Shalom, Avi«, sagte Ben-Zvi.

»Shalom, Ari.«

»Es gibt Neuigkeiten, mein Freund. Die Daten auf den Rechnern von Nesrin Fadlallah wurden inzwischen untersucht. Auf der Festplatte des einen Computers befanden sich weitere Fotos von Idris.«

»Bingo!«

»Ron hat bereits Kontakt mit den französischen und dänischen Diensten aufgenommen. Sie schicken uns kurzfristig sämtliche Passagierlisten und Passagierfotos, die wir für die betreffenden Zeiträume angefordert haben.«

»Sehr gut!«

»Und jetzt die dritte Neuigkeit: Ich habe jemanden, der mit uns reden will.«

»Worüber?«

»Über Idris natürlich.«

»Interessant.«

»Das muss sich erst herausstellen. Freu dich nicht zu früh. Er will nämlich nur mit *dir* reden.«

»Überläufer oder Kollaborateur?«

»Kollaborateur. Der Wirtschaftsattaché der Libanesischen Botschaft in Berlin.«

»Wer hat das Gespräch angebahnt?«

»Der Direktor des Shabak hat uns den Mann vermittelt.«

Dass diese Information ausgerechnet vom Inlandsgeheimdienst Shabak kam, war nicht ungewöhnlich. Offiziell durfte der Shabak nur im Inland operieren, so wie der Mossad nur im Ausland operieren durfte, tatsächlich waren die Grenzen aber fließend. In dieser Hinsicht waren die beiden Dienste einfach nur pragmatisch. Es ging immer nur um den Schutz von Juden und Israelis und nie um bürokratische Zuständigkeiten. Bürokratische Befindlichkeiten konnte sich ein kleines Land, das von Feinden umzingelt war, einfach nicht leisten.

»Das heißt«, fügte Ben-Zvi hinzu, »du wirst dich morgen um 15 Uhr mit dem Mann treffen.«

»Er könnte genauso gut mit *dir* reden.«

»Ich sagte doch, dass er nur mit *dir* reden will.«

»Und wo soll das Treffen stattfinden?«

»In Berlin, genauer gesagt, in Berlin-Tiergarten. Ich schicke dir gleich die GPS-Daten des Treffpunkts sowie ein Foto des Mannes.«

»Wie heißt der Mann.«

»Allam al-Bahra.«

Halon wusste natürlich, dass Mossad-Agenten am verwundbarsten waren, wenn sie sich mit Informanten der anderen Seite trafen. In den letzten Jahren waren mehrere von ihnen bei solchen Treffs ermordet worden.

Ben-Zvi konnte Halons Gedanken lesen. »Zwei Agenten unserer Berliner Station werden sich ebenfalls dort aufhalten und auf dich aufpassen.«

Der *katsa* kommentierte das nicht. »Wie ist der Shabak überhaupt an den Mann gekommen?«, fragte er.

»Auf die übliche Weise. Durch die drei Ks – *kessef, kavod, kussit.* Geld, Respekt und süße Mädchen. Du weißt, dass die Araber leicht käuflich sind.«

»Nicht alle, aber viele.«

Das Gespräch war beendet.

Halon steckte sich eine weitere Zigarette an und kontaktierte Julian. Jetzt war er wieder Dr. Yoram Katz, Professor für Zeitgeschichte an der Universität von Tel Aviv.

***

Berlin – Donnerstag, 8. März. Beim Verlassen des Flughafens Berlin-Tegel und beim Besteigen des Taxis achtete er darauf, dass er nicht beschattet wurde. Auch während der Fahrt nach Berlin-Tiergarten fiel ihm nichts Außergewöhnliches auf. Zirka hundert Meter vor dem vereinbarten Treffpunkt bat er den Taxifahrer anzuhalten. Er bezahlte den Fahrpreis und stieg aus. Die GPS-Daten, die ihm Ben-Zvi geschickt hatte, hatte er sich vorher genau eingeprägt.

Der Mann in dem dunkelblauen Mantel war relativ klein, hatte eine Halbglatze und trug eine goldgeränderte Brille, die er mehrfach nervös an ihren Platz schob.

»Wie viel Zeit haben wir?«, fragte Halon, nachdem sie sich begrüßt hatten. Er hatte diese Frage auf Englisch gestellt, weil seine Arabischkenntnisse nicht ausreichten, um ein nuanciertes Gespräch in arabischer Sprache führen zu können.

»Fünfzehn Minuten. Andernfalls könnte ich Unannehmlichkeiten bekommen«, erwiderte der Attaché in perfektem Deutsch. »Haben Sie das Geld dabei?« Seine Stimme war sanft, und er machte insgesamt den Eindruck eines angenehmen Menschen.

»Wie viel war denn vereinbart?«

»Zweitausend Dollar.«

Obwohl Ben-Zvi am Telefon nichts von einer Geldübergabe gesagt hatte, wusste Halon aus Erfahrung, dass es sich bei Gesprächen dieser Art grundsätzlich empfahl, einen größeren Geldbetrag mit sich zu führen. Er war auf die zweitausend Dollar vorbereitet. »Sie erhalten das Geld, sobald Sie mir erzählt haben, was Sie wissen.«

»Einverstanden«. Al-Bahra bot ihm eine Zigarette an und nahm selbst auch eine. Mit einem freundlichen Lächeln reichte er Halon Feuer. »Gehen wir ein bisschen spazieren.«

Während Halon einen tiefen Zug von seiner Zigarette nahm, entdeckte er die beiden Agenten von der Berliner Station, die sein Treffen mit dem Kollaborateur aus sicherer Entfernung überwachten.

Nachdem der Attaché ungefähr drei Minuten lang ausschließlich über Dinge gesprochen hatte, die Halon nicht interessierten, wurde der *katsa* ungeduldig. »Warum erzählen Sie mir nicht von Idris?«

»*Idris*«, wiederholte al-Bahra kopfschüttelnd. »Idris ist das Geringste Ihrer Probleme. Israel hat ein viel gravierenderes Problem. Ihr eigentliches Problem heißt Iran. Der Iran ist auch unser Problem. Er will uns in den Krieg treiben.«

»Sagen Sie mir, ob Idris noch lebt.«

»Idris lebt. Das weiß ich hundertprozentig. Sein Tod vor neun Jahren in Jerusalem war nur vorgetäuscht.«

»Wo finde ich ihn?«

»Das weiß ich nicht.«

»Warum haben wir uns dann getroffen? Und warum wollten Sie ausschließlich mit mir persönlich sprechen?«

»Weil es nur Sie etwas angeht.«

»Inwiefern?«

»Sie haben als Führungsoffizier des Mossad sämtliche Operationen gegen die iranischen Atomwissenschaftler geleitet. Sie glauben doch nicht im Ernst, dass das unbeantwortet bleibt. Das iranische Regime übt *immer* Vergeltung. Grundsätzlich. Und jetzt hat es auch *Ihren* Kopf gefordert.«

»Haben Sie Informationen darüber, dass Idris nach seinem vorgetäuschten Tod im Jahre 2009 noch weitere Terroranschläge gegen jüdische und israelische Einrichtungen veranlasst hat? Buenos Aires. Montreal. Mumbai. Paris. Kopenhagen.«

Al-Bahra zögerte einen Moment, dann nickte er langsam.

»Handelte er direkt auf Anweisung des Revolutionsführers?«

»Das kann ich nicht bestimmt sagen.«

»*Was* können Sie bestimmt sagen?«

»Er steht mit dem Hauptquartier der Al-Quds-Brigaden in Südbeirut in Verbindung.«

»Was macht Sie so sicher?

Al-Bahra lächelte sanft. »Ich habe es mit meinen eigenen Ohren gehört.« Er nahm einen tiefen Zug von seiner Zigarette. »Selbstverständlich nicht im Rahmen eines Telefongesprächs, da jedermann weiß, dass der Mossad jedes Telefonat, das in der Botschaft geführt wird, aufzeichnet. Nein, ich habe es aufgeschnappt, als sich zwei hohe Vertreter der iranischen Regierung in einem abhörsicheren Raum unserer Botschaft lang und breit über Idris unterhalten haben.«

»Und wie tritt er mit Al-Quds in Verbindung?«

»Manchmal schickt er verschlüsselte E-Mails, die über verschiedene Server gehen, bis sie sich nicht mehr zurückverfolgen lassen. Wenn er telefoniert, ist nie seine eigene Stimme zu hören. Er hat jemanden, der für ihn spricht. Eine Frau.«

»Wie heißt sie?«

»Sie benutzt verschiedene Namen, auch verschiedene Telefone.«

»Von wo ruft sie an?«

»Keine Ahnung.«

»Was ist ihre Muttersprache?«

»Weiß ich nicht, aber wenn Sie von Idris spricht, spricht sie jedes Mal von Henry.«

»Henry wer?«

»Weiß ich nicht.«

»Was haben Sie noch gehört?«

»Ich habe gehört, dass der Chef der iranischen Al-Quds-Brigaden höchstpersönlich Ihre Ermordung angeordnet hat. Ich muss Ihnen nicht erzählen, dass die Al-Quds-Brigaden der verlängerte Arm des Revolu ...«

Der Attaché hielt plötzlich inne. Sein Gesicht verzog sich schmerzverzerrt. Er griff sich an die Brust, riss die Augen auf und sein Mund öffnete sich weit, als bekäme er keine Luft mehr. Dann versagten seine Beine.

Halon griff dem zusammensackenden Mann schnell unter die Arme und legte ihn vorsichtig auf dem Asphalt ab. »Schnell!«, rief er den Umstehenden zu. »Der Mann ist ohnmächtig geworden. Er braucht einen Arzt.«

Während sofort zwei Männer herbeieilten, um sich um den scheinbar Ohnmächtigen zu kümmern, war Halon binnen weniger Augenblicke unsichtbar.

Am Flughafen Berlin-Tegel schloss er sich in der Toilette ein und gab die neuen Informationen in einer mossadinternen Terminologie, die kein zufällig Mithörender verstehen konnte, an Ben-Zvi weiter.

***

Tel Aviv – »Ihren richtigen Namen wissen wir nicht«, sagte der zweiundzwanzigjährige Eitan und blinzelte kurzsichtig zum Chef der Operationsabteilung hinauf. »Wir nennen ihn deshalb nur Stimmabdruck 367/B.«

Aryeh Ben-Zvi blickte aus Eitans Glaskasten in einen hell erleuchteten Saal mit endlosen Reihen von Computerarbeitsplätzen. Vor jedem Bildschirm saß ein Techniker, von denen keiner älter als fünfundzwanzig war. Sie alle führten einen unsichtbaren Krieg gegen den Terrorismus. Den Feind sahen sie allerdings nie. Für sie war der Feind nichts weiter als ein elektrisches Knistern in einem Kupferkabel oder ein Wispern in der Atmosphäre.

Jeder Techniker hatte sein Spezialgebiet. Eitan hatte den Auftrag, jegliche Kommunikation zwischen der Außenwelt und dem Hauptquartier der Al-Quds-Brigaden in Südbeirut zu überwachen. Andere Kollegen überwachten zum Beispiel die Kommunikation mit den Hauptquartieren der Al-Quds in Damaskus und in Bagdad. Die Hauptarbeit wurde dabei selbstverständlich von Computern geleistet.

»Bisher haben wir fünf Telefongespräche zwischen ihr und dem Kommandeur der Al-Quds-Brigaden in Südbeirut abgehört. Möchten Sie sie hören?«

Ben-Zvi nickte.

Eitan klickte ein Icon auf seinem Bildschirm an, und die Aufnahmen begannen abzulaufen.

Die Frau sprach fließend Arabisch mit deutschem Akzent. Sie gab sich als deutsche Friedensaktivistin aus und meldete sich jedes Mal unter einem anderen Namen. In jedem Telefonat ging es um eine kurz bevorstehende Demonstration in Düsseldorf gegen die israelische Siedlungspolitik, und in jedem Telefonat fand sich ein kurzer Hinweis auf einen Freund namens Henry. Der Rest war extrem kryptisch. Es war offensichtlich, dass sie codiert sprach.

»Bis jetzt konnten wir diesen Stimmabdruck noch nicht identifizieren«, sagte Eitan.

»Wie alt ist er?«

»Der erste ist vom 17. Januar dieses Jahres, der letzte von vorgestern.«

»Am 17. Januar haben Sie diesen Stimmabdruck zum ersten Mal aufgefangen?«

»Ja.«

Ben-Zvi dachte an die nicht aufgeklärten Terroranschläge von Buenos Aires, Montreal, Mumbai, Paris und Kopenhagen.

Eitan schien seine Gedanken zu lesen. »Die nicht identifizierten Stimmabdrucke in den Wochen vor den Terroranschlägen in Buenos Aires, Montreal, Mumbai, Paris und Kopenhagen sind ebenfalls alle weiblich und folgen dem gleichen Muster. Alle Anrufe gingen im Hauptquartier der Al-Quds-Brigaden in Südbeirut ein, wurden aber jedes Mal von einer anderen Frau getätigt, und statt ›Henry‹ wurde jedes Mal ein anderer männlicher Vorname benutzt.«

Idris benutzt also jedes Mal eine andere Frau, dachte Ben-Zvi. Er überreichte dem Techniker einen Stick mit einem aktuellen Stimmabdruck von Tereza Komárek alias Eliska. »Vergleichen Sie diesen Stimmabdruck bitte mit dem unidentifizierten Stimmabdruck 367/B«, sagte er dem Techniker.

Eitan schob den Stick in den Port seines Rechners und machte ein paar Mausklicks. Die beiden Tonspektrogramme des Stimmabdrucks 367/B und des Stimmabdrucks von Tereza Komárek, die nun auf dem Bildschirm erschienen, überlagerten sich praktisch nahtlos. »Hundert Prozent Übereinstimmung«, sagte er.

»Wir haben sie«, sagte Ben-Zvi. Er musste sofort den *memuneh* informieren.

»Soll ich mich auch auf die Suche nach den anderen fünf Anruferinnen machen?«, fragte Eitan.

»Die Mühe können Sie sich sparen«, seufzte der Chef der Operationsabteilung. »Die sind alle tot.«

***

Düsseldorf – »Du hast recht gehabt«, sagte Ben-Zvi am Telefon.

»*Womit* hatte ich recht?«, fragte Halon. Er war gerade erst in das sichere Haus zurückgekehrt und hatte sich noch nicht einmal eine Zigarette anzünden können.

»Idris plant einen Anschlag in Düsseldorf. Wir wissen allerdings noch nicht, wie weit seine Planungen fortgeschritten sind. Solltest du mit dem von dir prognostizierten Datum, dem 16. März, ebenfalls recht behalten, dann dürften seine Planungen allerdings so gut wie abgeschlossen sein.«

»Und was macht dich plötzlich so sicher?«

»Eine Deutsche hat das Hauptquartier der Al-Quds-Brigaden in Südbeirut in den letzten beiden Monaten fünfmal kontaktiert.«

»Habt ihr sie schon identifiziert?«

»Ja, es ist deine kleine Nutte.«

»*Was?*«

»Ja, sie arbeitet für Idris. Kein Zweifel.«

»Wie kann das sein? Die Daten ihres Mobiltelefons waren absolut sauber. Ihr habt sie doch von allen Seiten durchleuchtet und nichts gefunden.«

»Wir haben schon einiges gefunden, das sie verdächtig macht. Es erschien uns aber nicht wichtig genug. Unser größter Fehler war, dass wir ihren Stimmabdruck nicht abgeprüft haben. Erst dein Berliner Informant hat uns auf die richtige Spur gebracht. Avi, ich mach‹s kurz. Tereza Komárek alias ›Eliska‹ arbeitet für Idris. Und du wirst dich sofort um sie kümmern. Verstanden?«

»Ja. Ich brauche ihre Adresse.«

Ben-Zvi gab sie ihm durch.

»Ich erledige das gleich morgen früh. Nachts arbeitet die Dame, wie du weißt.«

***

Straßburg-Neuhof – Yves de Gramont, der Experte für exklusive Immobilien, fuhr ein weiteres Mal nach Neuhof. Wieder betrat er das Kaffeehaus am Ende der engen Gasse und stieg die schmale Treppe in den ersten Stock hinauf. Der Mann in der *galabija* begrüßte ihn halblaut auf Arabisch. In Neuhof war dieser Mann als Mohammad Chahrour bekannt, vor wenigen Monaten aus dem Libanon eingewandert, aber de Gramont kannte ihn unter einem anderen Namen: Abu Jamil. Er sprach ihn nicht mit diesem Namen an, genau wie Abu Jamil ihn nicht mit dem Namen ansprach, den er von seinem Vater erhalten hatte.

Die beiden Männer nahmen auf den arabischen Sitzkissen Platz und schenkten sich Tee ein. Als Abu Jamil für einen Moment unkonzentriert war und den Immobilienmakler mit seinem wahren Namen ansprach, fixierte de Gramont ihn scharf. »Nenn mich de Gramont«, sagte er auf Französisch. »Ich bin Yves de Gramont.«

»Entschuldige.«

De Gramont gestattete sich ein Lächeln. Buenos Aires. Montreal. Mumbai. Paris. Kopenhagen – fünf Anschläge, jeder perfekt geplant und ausgeführt. Und in acht Tagen Düsseldorf. Als krönender Abschluss sozusagen. Für jeden der Anschläge hatte er einen anderen Helfer gehabt, für den Anschlag in Düsseldorf war Abu Jamil zuständig. De Gramont hatte ihn geplant und ausgearbeitet. Auf seine Anweisung hin lenkte Abu Jamil von seinem Kaffeehaus aus die Schachfiguren. Nach dem Anschlag würde Abu Jamil dasselbe Schicksal erleiden wie alle bisherigen Helfer de Gramonts. Niemals würde er zulassen, dass ihn ein arabischer Verräter ins Verderben riss.

»Weißt du«, begann de Gramont plötzlich, »als ich an der Sorbonne studierte, hatte ich einen jüdischen Kommilitonen.

Wir wurden Freunde. Eines Tages erzählte er mir die Geschichte von David und Goliath. Es war eine Geschichte, die mich damals sehr beeindruckte. Der kleine jüdische Junge David tötete den Riesen Goliath. Und weißt du, wie er das angestellt hat? Er nahm einen Stein und eine Schleuder. Den Stein legte er in die Schleuder und traf den Riesen damit an der Stirn. Der Stein drang in die Stirn ein, und der Riese fiel tot zu Boden. Dann ergriff David sein Schwert, zog es aus der Scheide und trennte dem Riesen den Kopf ab.«

»Was willst du mir damit sagen, Bruder?«

»Die Israelis sind der Riese Goliath. Sie verfügen über eine nachrichtendienstliche Infrastruktur, die 99,9 Prozent des Planeten überwacht. Folglich muss man wissen, wie man diesen blinden Fleck, diese 0,1 Prozent, für sich nutzt. Ich bin David mit der Schleuder.«

De Gramont nahm den letzten Schluck aus seiner Teetasse, dann bedeutete er Abu Jamil, mit der Abschlussbesprechung zu beginnen.

Abu Jamil sprach über die Aufenthaltsorte der Teams und die minutiös geplante zeitliche Abfolge der Operation.

De Gramont hatte die ganze Zeit schweigend zugehört.

Zum Schluss sprach Abu Jamil auch über die *Frau*. »Sie möchte dich vorher noch einmal sprechen.«

De Gramont schüttelte den Kopf. Er kannte die *Frau*. Sie war einmal seine Geliebte gewesen. »Sie stellt eine gewisse Belastung dar, findest du nicht auch?«

»Soll ich sie für eine Weile deaktivieren?«

»Sorg dafür, dass sie beseitigt wird.«

De Gramont trat in die kühle Nacht hinaus.

Die Wohnung, die er vor drei Monaten unter dem Namen Yves Beauchair in dem reinen Wohnhaus angemietet hatte, lag nur zweihundert Meter von dem Kaffeehaus entfernt. Außer einem Telefon, das auf dem Boden stand und einem Ledersofa, war die Wohnung leer. Er hockte sich nieder und wählte eine Nummer. Am anderen Ende meldete sich wie erwartet ein Anrufbeantworter.

»Ruf mich an, sobald du kannst«, sagte er.

Das Telefon klingelte. De Gramont nahm den Hörer ab.

»Monsieur Beauchair?«

»Sylvia, mon amour«, sagte er. »Wie schön, mal wieder deine Stimme zu hören.«

***

Düsseldorf – Halon saß im Wohnzimmer des sicheren Hauses bei einem Whiskey und plante den morgigen Tag. Durch die offenstehende Tür seines Schlafzimmers flammte plötzlich ein rötliches Blinken herüber. Das war das Signal, dass die Wanzen in Nesrins Apartment gerade akustische Reize auffingen. Das taten sie zwar mehrmals täglich, aber bislang war nichts von Belang darunter gewesen.

Halon ging ohne große Erwartungen ins Schlafzimmer, setzte sich auf die Bettkante und wartete, bis das Blinken aufhörte. Dann spielte er die Aufzeichnung ab.

Diesmal war es genau das, wonach er gesucht hatte. Denn Nesrin Fadlallah hatte den Anrufer, dessen Stimmabdruck 344/A unverändert als nicht sicher identifiziert galt, umgehend zurückgerufen.

Auf seinem abhörsicheren Mobiltelefon wählte er die Nummer der Wachhabenden der Operationsabteilung am King Saul Boulevard.

»Was brauchen Sie?«, fragte Rina.

»Eine Telefonnummer.« Halon drückte die Abspieltaste und hielt sein Mobiltelefon an den Lautsprecher des Aufzeichnungsgeräts. Aufgenommen war das Wahlgeräusch von Nesrins Telefon. Sobald der Wahlton der letzten Ziffer verklungen war, drückte er auf PAUSE.

Rina nannte ihm die Nummer.

Halon erkannte die internationale Vorwahl 0033 für Frankreich und 3 für Straßburg.

»Der Teilnehmer?«

»Augenblick.«

»Yves Beauchair, Rue de Laxou 51, Straßburg-Neuhof.«

Halon ließ sich den Namen und die Telefonnummer noch einmal buchstabieren und notierte sie sich.

»Verbinden Sie mich bitte mit dem Chef.«

Aryeh Ben-Zvi war zwei Sekunden später in der Leitung.

»Shalom, Avi.«

»Shalom. Wir haben eine Telefonnummer, einen Namen und eine Adresse in Straßburg.«

»Und hoffentlich auch ein Gesicht«, ergänzte Ben-Zvi. »Ich lasse das sofort überprüfen. Dann schicke ich Yossi los. Du bleibst in Deutschland.«

**

Düsseldorf – Freitagmorgen, 9. März. Halon blieb noch einige Minuten in dem Wagen sitzen, den ihm das Büro kurzfristig beschafft hatte. Der dunkelblaue VW Passat war mit dem weißen Schriftzug einer fiktiven Düsseldorfer Elektroinstallationsfirma beschriftet. Halon hatte das Fahrzeug so geparkt, dass er die Sonne im Rücken hatte. Während der morgendliche Verkehr an ihm vorbeirauschte, sah er unauffällig zu dem weiß getünchten Haus hinüber. Die Wohnung von Tereza Komárek lag im zweiten Stock.

Halon drückte seine Zigarette aus, griff nach dem schwarzen Werkzeugkasten auf dem Beifahrersitz und stieg aus. Niemand beachtete ihn, als er in seinem blauen Overall zügig die Straße überquerte.

Das Öffnen der Haustür mit seinem altmodischen Dietrich hatte nicht einmal fünf Sekunden gedauert. Er schloss die Haustür hinter sich und betrat das kühle Treppenhaus. Er lauschte kurz. Alles war ruhig. Dann hastete er lautlos in den zweiten Stock hinauf.

Auf einem kleinen Messingschild neben der Türklingel stand Eliskas richtiger Name: Tereza Komárek.

Er drückte sein Ohr ans Holz. Im Innern der Wohnung war es still. Er steckte seinen altmodischen Dietrich in das Zylinderschloss. Nachdem der letzte Sicherungsstift nachgegeben hatte, stieß er leise die Tür auf, schlüpfte hinein und schloss sie lautlos hinter sich.

Die Tür zum Schlafzimmer stand offen, und es brannte Licht darin. Halon stellte den Werkzeugkasten vorsichtig auf dem flauschigen Teppichboden ab, öffnete den Reißverschluss seines Overalls und zog eine 9-mm Beretta 92FS aus dem Halfter.

Mit der Pistole im Anschlag, näherte er sich langsam dem Schlafzimmer. Das erste, was er von ihr sah, waren ihre Füße und ihre nackten Unterschenkel, und je näher er der Schlafzimmertür kam, desto mehr sah er von ihr.

Tereza Komárek alias Eliska lag vollkommen nackt auf ihrem Bett. Das Kissen unter ihrem Kopf war blutgetränkt, ebenso ein Großteil ihres blonden Haars. Aus dem Einschussloch in ihrer linken Schläfe sickerte immer noch etwas Blut, was darauf schließen ließ, dass ihr Tod gerade erst eingetreten war.

Halon steckte seine Beretta ins Halfter zurück und zog den Reißverschluss seines Overalls wieder zu. Er verließ die Wohnung nicht, ohne zuvor mehrere Fotos von der Leiche gemacht zu haben.

***

Düsseldorf – Sofort nach Betreten des sicheren Hauses rief er über sein abhörsicheres Mobiltelefon Ben-Zvi an, um ihn auf den neuesten Stand zu bringen. Dass Tamara Komárek nicht mehr unter den Lebenden weilte, überraschte den Chef der Operationsabteilung überhaupt nicht. Auf Halons Frage, ob er auch die Fotos, die er von ihrer Leiche gemacht hatte, sehen wolle, antwortete er: »Nein, die Fotos interessieren mich nicht. Schick sie einfach an die Analyseabteilung.« Dann informierte er seinerseits Halon darüber, dass die französischen und dänischen Dienste sämtliche Passagierlisten und Passagierfotos geschickt hatten, die das Büro für die betreffenden Zeiträume angefordert hatte. Die Auswertung hatte aber rein gar nichts ergeben. »Entweder verfolgen wir die falsche Spur«, sagte Ben-Zvi, »oder Idris hat seine Gewohnheit geändert.«

»In Paris war er auf jeden Fall am 23. Juli 2017, das war der Tag des Anschlags. Dafür haben wir einen handfesten Beweis. Aber vielleicht ist er gar nicht geflogen, sondern einfach nur mit dem Zug oder einem Auto gefahren. Was ist mit der Identität des Mannes, dessen Namen Nesrin gestern am Telefon genannt hatte?«

»Der Telefonanschluss ist unter dem Namen einer Person angemeldet, die offiziell nicht existiert. Dieser Name ist genauso falsch wie der Name Sylvia für Nesrin Fadlallah. Falls es sich bei diesem Mann also wirklich um Idris handelt, dann muss das direkt vor Ort überprüft werden.«

»Soll ich das übernehmen?«

»Nein, Yossi ist bereits auf dem Weg nach Straßburg. Du bleibst vorerst in Deutschland und wartest auf weitere Anweisungen.«

Das Telefonat war beendet.

Halon zündete sich eine Zigarette an und blickte kurz durch die Gardine auf das Überwachungsfahrzeug mit Jonathan und Meira an Bord. Ihre Schicht ging gleich zu Ende, dann würden sie von einem anderen Überwachungsfahrzeug mit Liam und Yael an Bord abgelöst werden. Die Tatsache, dass sie schon seit Wochen ohne konkretes Ergebnis mit der Überwachung des sicheren Hauses beschäftigt waren, war nicht gerade ermutigend, und für einen kurzen Moment überlegte er, ob es nicht besser wäre, alle Sechs nach Israel zurückzuschicken.

Sein ziviles Mobiltelefon klingelte. Es war Julian Tagman.

»Shalom, Yoram. Wie geht es Ihnen?«

»Shalom, Julian. Schön mal wieder etwas von Ihnen zu hören.«

»Sie waren offensichtlich schwer beschäftigt, Ihr Mobiltelefon war längere Zeit aus.«

»Ja, das stimmt. Ich hatte in der Tat sehr viel zu tun.«

»Ich wollte Ihnen nur mitteilen, dass es mir gelungen ist, Sie ein anständiges Stück wohlhabender gemacht zu haben.« Er lachte.

»Das freut mich außerordentlich. Lassen Sie hören.«

»Nun, ich war diesmal nicht ganz so risikofreudig wie beim letzten Mal, das gebe ich ehrlicherweise zu. Dennoch ist es mir gelungen, aus ihren fünfzigtausend Euro sechsundsechzigtausend zu machen. Das Geld habe ich Ihnen soeben unter Abzug meiner Provision überwiesen.«

»Das ist ja fantastisch«, lobte Halon. »Das sollten wir feiern. Haben Sie Lust?«

»Aber klar. Wann und wo?«

»Wie wär‹s mit heute Abend? Die Freitage sind in Düsseldorf immer besonders interessant.«

»Einverstanden. Ich schlage vor, wir treffen uns um 22 Uhr vor dem *Bellagio*.«

»Abgemacht. Also dann bis heute Abend.«

Die Zeit drängte. Heute war bereits der 9. März. In genau einer Woche würde Idris in Düsseldorf zuschlagen, und der *memuneh* war noch nicht einmal bereit, die deutschen Behörden über den bevorstehenden Terroranschlag zu informieren, weil sie nicht wirklich einen unwiderlegbaren Beweis in der Hand hatten. Sein zweites Problem hieß Julian Tagman. Am 3. April würde sein Buch erscheinen, und danach würde es gemäß Plan Schlag auf Schlag gehen. Aber bevor es zum erfolgreichen Erstkontakt zwischen Julian Tagman und Sabrina Wallis kommen konnte, musste der Junge erst einmal umfassend vorbereitet werden. Er wollte den heutigen Abend dazu nutzen.

Sein Mobiltelefon summte.

Es war das Observationsteam, das aus sicherer Entfernung das Haus von Nesrin Fadlallah im Auge behielt. »Die Zielperson steigt soeben in ein Taxi«, sagte Aaron. »Sie hat ein mittelgroßes Gepäckstück dabei. Sollen wir uns dranhängen?«

»Ist jemand in ihrer Begleitung?«

»Nein.«

»Dann bleibt ihr, wo ihr seid, und wartet auf weitere Anweisungen.«

***

Straßburg-Neuhof – Yossi Gewirzman war auf Befehl Ben-Zvis sofort nach Straßburg-Neuhof gefahren. Als er dort gegen 21 Uhr eintraf, löste er die beiden anderen Agenten ab, die bereits am Nachmittag mit der Überwachung begonnen hatten. Sie hatten ihm bereits mitgeteilt, dass die Zielperson noch nicht erschienen war. Das zweistöckige Wohnhaus, in dem sich der auf den Namen Yves Beauchair angemeldete Telefonanschluss befand, hatte nur einen einzigen Eingang, so dass die Überwachung relativ einfach war. Gewirzman parkte seinen Wagen in sicherer Entfernung.

Nachdem sich dort drei Stunden lang nichts getan hatte, entschied er sich gegen Mitternacht, in die Wohnung einzudringen. Er entsicherte seine Jericho 941, steckte sie in die rechte Tasche seiner Lederjacke und stieg aus.

Er überquerte die menschenleere Straße und ging zügig die fünfzig Meter bis zum Haus.

Er brauchte keine zehn Sekunden, um die Haustür zu öffnen. Im Treppenhaus war es dunkel und totenstill. Das Büro hatte ihn darüber in Kenntnis gesetzt, dass in dem Haus nur zwei Parteien wohnten: Yves Beauchair hatte den ersten Stock angemietet, und das Erdgeschoss wurde von der achtundachtzigjährigen Claire Fillon bewohnt, die alleinstehend war und sich um diese Uhrzeit mit Sicherheit im Tiefschlaf befand.

Gewirzman holte die Stablampe aus seiner Jackentasche und lief geräuschlos in den ersten Stock hinauf. Ein kleines Messingschild an der rechtsgelegenen Tür wies Yves Beauchair als Mieter aus. Gewirzman horchte kurz an der Tür, dann streifte er sich seine Plastikhandschuhe über und machte sich an die Arbeit.

Nach dreißig Sekunden sprang das Türschloss leise auf. Gewirzman trat ein und schloss die Tür hinter sich. Er brauchte kein Licht zu machen, weil die Straßenlaternen ausreichend Licht durch die beiden großen Fenster warfen.

Außer einem Telefon in der Mitte des Raumes und einem weißen Ledersofa war der Raum leer.

Gewirzman kniete sich nieder. Er nahm den Hörer von der Gabel, pinselte ihn vorsichtig mit der Flüssigkeit ein, die er mit sich führte, und nahm die Fingerabdrücke ab.

***

Düsseldorf – Samstagmorgen, 10. März. Das Überwachungstool in dem grauen Van mit Jonathan und Shlomo an Bord

164

blinkte rot. Die hochauflösende Kamera hatte die biometrischen Gesichtsdaten des jungen Mannes, der soeben aus seinem silberfarbenen Mercedes AMG ausgestiegen war, mit Millionen von Gesichtern im Zentralcomputer am King Saul Boulevard verglichen und sicher identifiziert. Es war Khalil Fadlallah, der ältere Bruder von Nesrin. Offiziell galt er als tot, aber offensichtlich hatte er die gewaltige Detonation auf dem Wiesbadener Anwesen des Clanoberhaupts Ahmed Karam im Januar unbeschadet überlebt.

Khalil hatte seinen Wagen in unmittelbarer Nähe des Apartmenthauses geparkt, in dem im dritten Stock das Apartment seiner Schwester Nesrin lag. Er stieg aus, öffnete den Kofferraum seines Mercedes und entnahm ihm einen mittelgroßen Travel Trolley. Dann ging er damit direkt auf die Haustür zu und öffnete sie mit einem Zweitschlüssel.

Das Team informierte umgehend Halon.

»Ihr bleibt im Wagen und rührt euch nicht«, sagte der *katsa*. »Ich übernehme das.«

»Was sollen wir machen, wenn er die Wohnung verlässt, bevor du hier bist?«

»Das wird er nicht. Er hat dort oben jetzt eine Weile zu tun. Bis dahin bin ich längst da.«

Halon schraubte den Schalldämpfer auf seine 9-mm Beretta 92FS, steckte sie ins Schulterhalfter, zog den Reißverschluss seiner Lederjacke zu und stülpte sich seinen Motorradhelm über. Er zog die Tür des sicheren Hauses hinter sich zu, schwang sich auf seine schwarze Honda Fireblade und brauste los.

Während der Fahrt kommunizierte er über die abhörsichere Kommunikationseinrichtung in seinem Helm mit Aryeh Ben-Zvi. Der Chef der Operationsabteilung brachte ihn auf den neuesten Stand. Die Fingerabdrücke, die Yossi aus der fast leeren Wohnung von Yves Beauchair in Straßburg-Neuhof besorgt hatte, gehörten Idris. Auch der *memuneh* hatte jetzt keinen Zweifel mehr, dass Idris noch lebte und ein größerer Terroranschlag unmittelbar bevorstand. Die Unterschrift unter den Exekutionsbefehl für Idris hat er sich soeben vom Ministerpräsidenten besorgt. Das vierköpfige *kidon*-Team befand sich bereits auf dem Weg zum Flughafen Ben-Gurion. Sie würden in Düsseldorf das sichere Haus beziehen und dort auf Halons Befehle warten.

Jetzt ging es nur noch darum, Idris und seinen Operationschef rechtzeitig aufzuspüren.

»Wurden die deutschen Sicherheitsbehörden und die Jüdische Gemeinde schon gewarnt?«, fragte Halon.

»Nein, der *memuneh* geht sicher davon aus, dass wir die Zielperson und seine Helfer noch vor dem 16. März liquidieren.«

»Okay.«

»Du hast jetzt völlig freie Hand, Avi«, sagte Ben-Zvi. »Hol alles raus aus dem Wichser. *Mazal tov.*«

»Danke. Ich halte dich auf dem Laufenden«, sagte Halon und gab Gas.

Für die Strecke zwischen dem sicheren Haus und dem Apartmenthaus von Nesrin Fadlallah brauchte er genau neun Minuten. Er parkte seine Honda direkt hinter dem Überwachungsfahrzeug. »Er ist noch im Haus«, hörte er Shlomos Stimme in seinem Helm.

Halon schritt langsam auf die Haustür zu. Seinen Helm behielt er auf. Den altmodischen Dietrich, den er mit sich führte, setzte er so geschickt ein, dass die Haustür sofort aufsprang. Nichts hatte sich seit seinem ersten Einbruch verändert. Vor ihm lag der kurze Gang, der direkt zum Foyer des Gebäudes führte. Er trat ins Foyer hinaus, hielt kurz inne und hastete dann die Treppe zum dritten Stock hinauf, wo Nesrins Apartment lag. Er drückte sein Ohr ans Holz. Im Innern des Apartments war es still.

Für das Zylinderschloss brauchte er länger als erwartet. Aber nach zirka vierzig Sekunden gab auch der letzte Sicherungsstift nach. Er öffnete den Reißverschluss seiner Lederjacke und zog die Beretta aus dem Halfter. Dann stieß er die Tür auf, schlüpfte lautlos hinein und hatte sie ebenso schnell wieder hinter sich geschlossen. Mit der entsicherten Pistole im Anschlag durchquerte er lautlos die kleine Diele, an die sich das Wohnzimmer anschloss.

Khalil Fadlallah hatte ihm den Rücken zugewandt. Er trug

einen teuren braunen Anzug und einen aufdringlichen Herrenduft und saß völlig vertieft vor einem der beiden Laptops, die auf dem Sekretär standen. In seiner unmittelbaren Nähe befand sich keine Waffe.

Halon nahm lautlos in dem arabischen Plüschsessel Platz, der sich weniger als drei Meter von Khalil entfernt schräg hinter seinem Rücken befand. Den Motoradhelm behielt er auf. Sein abhörsicheres, Mobiltelefon legte er auf die breite Sessellehne. Seine Beretta zielte auf Khalil, als er leise dessen Namen rief: »Khalil Fadlallah?«

Der Libanese fuhr herum und starrte direkt in den Lauf der auf ihn gerichteten Waffe. Er machte keine Anstalten seine Waffe zu ziehen, die sich deutlich unter seinem Jackett abzeichnete. »Nein, bitte nicht«, winselte er auf Deutsch. »Wenn Sie Geld wollen ...«

Halon nahm seinen Motoradhelm ab, und Khalil begriff im Bruchteil einer Sekunde. Die zehn Zentimeter lange Narbe, die von Halons rechtem Wangenknochen bis zu seinem Kinn verlief, sah furchterregend aus. Auch sein stahlgrauer Stoppelhaarschnitt verlieh ihm etwas Martialisches, und die kalten blaugrauen Augen ließen nicht den geringsten Zweifel aufkommen, dass dieser Mann jeden Befehl ohne Zögern ausführte.

Khalils Stolz ließ es nicht zu, weiter um sein Leben zu winseln. »Tu, was du tun musst«, sagte er trotzig, diesmal auf Arabisch.

»Das werde ich«, erwiderte Halon, ebenfalls auf Arabisch. »Ich lasse dir aber die Wahl: Kurz und schmerzlos oder quälend langsam. Zieh dein Jackett aus und wirf es auf den Boden.«

Khalil tat es. »Was willst du von mir?«

»Du erzählst mir alles, was du weißt.«

»Worüber?«

Halon steckte seine Beretta gelangweilt ins Schulterhalfter zurück und ging langsam auf den Mann zu. Er positionierte sich hinter seinem Stuhl. Seine riesigen Pranken umklammerten Khalils Hals wie ein stählernes Band und drückten ihm die Luft ab. Khalils Gesicht lief blau an. Der drohende

Erstickungstod versetzte ihn in Panik. Er wollte sich herauswinden, aber seine kleinen manikürten Hände hatten gegen Halons mächtige Pranken nicht die geringste Chance.

»Hast du mir etwas zu sagen?«, fragte Halon.

Der Libanese versuchte zu nicken.

Halon ließ von ihm ab.

Khalil schnappte nach Luft und rieb seinen schmerzenden Hals. »Ich gehöre nicht zu seinem Team«, krächzte er. »Ich kann dir nur das sagen, was ich von Nesrin erfahren habe.«

Halon zog ein Päckchen Marlboro aus seiner Jacke und steckte sich eine Zigarette an. »Sprich!«, sagte er.

»Die Geschäfte laufen in letzter Zeit nicht so gut, weißt du.«

Halons Faust traf den Libanesen dermaßen hart im Gesicht, dass er vom Stuhl fiel. Blut schoss ihm aus der Nase.

»Du legst es wohl unbedingt darauf an«, sagte Halon.

»Okay, okay.« Khalil lag auf dem Boden und versuchte, den nächsten brutalen Schlag des *katsas* abzuwehren.

»Setz dich!«, befahl Halon.

Khalil raffte sich mühsam auf und setzte sich wieder auf den Stuhl. »Abu Salim wird mich umbringen.«

»Du bist so oder so tot«, sagte Halon gelangweilt. »Aber wenn du mir alles sagst, was du weißt, könnte ich es mir anders überlegen und dafür sorgen, dass du eine neue Identität erhältst.«

Der Libanese dachte angestrengt nach. Er hatte nichts zu verlieren. »Der Anschlag soll nächsten Freitag stattfinden«, sagte er schließlich.

»Wo?«

»In Deutschland. In Düsseldorf.«

»Wo genau?«

»Das genaue Ziel kenne ich nicht.«

Als Halon zum nächsten Schlag ausholte, hielt er sich schützend die Arme vors Gesicht. »Bei Allah, ich weiß es nicht.«

»*Wie* soll der Anschlag ausgeführt werden?«

»Weiß ich ebenfalls nicht.«

»Wer ist der Planer?«

»Abu Salim natürlich. Er benutzt verschiedene Namen, verschiedene Identitäten. Aber sein wahrer Name ist Idris Abu Salim.«

»Wo finde ich ihn?«

»Wie soll ich das wissen? Er lebt hier und dort, ist hier und nirgends. Offiziell arbeitet er als Immobilienmakler in Straßburg.«

»Unter welchem Namen?«

»Yves de Gramont. Sein Büro befindet sich in der Innenstadt. Soviel ich weiß, betreut er nur exklusive Kunden.«

»Adresse?«

»Bei Allah, das weiß ich alles nicht. Die Adresse steht vermutlich auf seiner Website.«

»Und seine Privatadresse?«

»Keine Ahnung.«

»Wer ist sein Operationschef? Wer ist für die Umsetzung verantwortlich?«

»Weiß ich nicht.«

»Wo ist deine Schwester?«

»Hat sie mir nicht gesagt. Sie sagt mir nie, wohin sie fährt oder mit wem sie sich trifft.«

»Was hast du dann in ihrer Wohnung zu suchen?«

»Sie hat mich gebeten, ein paar Tage hier aufzupassen.«

»Wie viele Tage?«

»Das hat sie nicht gesagt.«

»Ist sie die Geliebte von Abu Salim?«

Khalil setzte ein schwaches Lächeln auf und nickte dann kurz in Richtung Wand. »Schau dir die Fotos da an, dann hast du die Antwort. Natürlich ist sie das.«

Halon nahm sein Mobiltelefon von der Sessellehne und führte es an sein Ohr. »Habt ihr alles?«, fragte er auf Hebräisch.

Am anderen Ende der Leitung war Ben-Zvi. Der Zweiundsiebzigjährige hatte sich während der ganzen Zeit im Büro der Wachhabenden der Operationsabteilung aufgehalten und jedes Wort, das zwischen Halon und Khalil gesprochen wurde, mitgehört. Ben-Zvis Arabisch war wesentlich besser als das von Halon, schließlich hatte er vor vierzig Jahren, als er selbst noch ein aktiver *katsa* war, regelmäßig im arabischen Untergrund operiert.

»Ja, wir haben alles. In zehn Minuten melde ich mich wieder bei dir.«

Das Gespräch war beendet.

»Gibt es hier irgendwo einen Aschenbecher?«, fragte Halon.

»Nein, Nesrin raucht nicht. Nimm doch die Vase da.« Khalil wies mit der Hand auf die kostbare chinesische Blumenvase in unmittelbarer Nähe des Plüschsessels.

Halon warf die Kippe in die Vase und zündete sich eine neue Zigarette an.

Nach zehn Minuten summte sein Mobiltelefon. Wie gewohnt gab er den fünfstelligen Berechtigungscode ein.

»Er nennt sich Yves de Gramont«, sagte Ben-Zvi. »Rina war gerade auf seiner Website. Die Seite ist allerdings ohne Foto von ihm. Stattdessen wird eine Mobilfunknummer genannt. Wir haben die Nummer gerade angerufen. Die Stimme auf der Mailbox ist eindeutig die von Idris. Unsere Techniker werden sich jetzt um alle ein- und ausgehenden Anrufe dieser Nummer kümmern.«

»Volltreffer. Und die Adresse seines Büros?«

»Boulevard Massine, Nummer 17. Es gibt also eine kleine Planänderung. Die *kidonim* werden gleich nach ihrer Landung in Düsseldorf nach Straßburg weiterfliegen und sofort das sichere Haus aufsuchen, wo Yossi bereits auf sie wartet. Ich habe keine Änderung an deinem Team vorgenommen, das heißt, Shimon, Ran, Ilan und Shami arbeiten, was diesen Teil der Operation betrifft, jetzt mit Yossi zusammen. Dich brauche ich weiterhin in Düsseldorf, weil wir nicht wissen, was uns dort noch erwartet. Das Karten- und Fotomaterial von dem Haus und dem Boulevard schicke ich gleich verschlüsselt nach Straßburg in unser sicheres Haus. Yossi soll sich das Material schon mal anschauen. Der Boulevard ist für unsere Zwecke nicht gerade ideal. Dort herrscht bis spät nachts reges Treiben. Die Nummer 17 liegt auf der Ostseite der Straße. Das Haus hat einen Eingang zur Straßenseite. Direkt daneben ist die Einfahrt zur Tiefgarage. Idris fährt einen schwarzen Mercedes S-Klasse, der auf den Namen Yves de Gramont gemeldet ist. Das Fahrzeug läuft über seine Immobilienfirma. Seine private Anschrift und ein aktuelles Foto von ihm haben wir noch nicht, dazu müssen unsere Techniker zunächst in die Computer der französischen Behörden eindringen, aber wir haben bereits seinen Computeranschluss und den seiner Sekretärin. Unsere Techniker hacken sich gerade rein, um an seinen Terminkalender zu kommen. In der Tiefgarage hat er einen reservierten Parkplatz, der vom Wächterhäuschen aus nicht einsehbar ist. Es gibt aber Überwachungskameras. Unsere Techniker werden dafür sorgen, dass sie rechtzeitig ausfallen. Sobald Idris in seine reservierte Parkbox fährt, erwarten ihn dort die *kidonim*. Sobald sie ihn sicher identifiziert haben, wird er betäubt und verschleppt. Die Details arbeitet Yossi aus. Wir können ihn erst liquidieren, wenn wir die Namen und die Aufenthaltsorte seines Operationschefs und dessen Team haben. Möglicherweise hält sich sein Operationschef ebenfalls in Straßburg auf. Sobald wir den haben, werden beide Urteile sofort vollstreckt. Danach reisen alle auf unterschiedlichen Routen aus Straßburg ab. Yossi fährt mit Shimon nach Düsseldorf und fliegt von dort mit ihm zurück. Ran, Ilan und Shami bleiben vorerst bei dir in Düsseldorf. Hast du noch Fragen?«

»Ja. Soll ich das Arschloch, das hier vor mir sitzt, sofort liquidieren, oder soll ich ihn erst seine Schwester anrufen lassen?«

»Seine Schwester wird ihm sowieso nichts erzählen. Den Versuch kannst du dir also sparen.

»Okay.«

»Gut. Dann mach jetzt deinen Job. *Mazal tov.*«

Das Gespräch war beendet.

Halon rauchte seine Marlboro in Ruhe zu Ende und warf die Kippe anschließend in die chinesische Vase. Dann erhob er sich, zog die Beretta aus seinem Schulterhalfter und feuerte in schneller Folge sechs Schüsse auf Khalil ab. Zwei der sechs Schüsse waren unmittelbar tödlich. Halon schob die Waffe an ihren Platz zurück, zog den Reißverschluss seiner

Lederjacke zu, stülpte sich seinen Motoradhelm über und verließ das Apartment.

Draußen schwang er sich auf seine Maschine, ließ den 190-PS-Motor an und gab Gas. Fünf Sekunden später fädelte er sich geschickt in den Düsseldorfer Morgenverkehr ein. Noch von unterwegs wies er das Observationsteam an, das Apartmenthaus nicht aus den Augen zu lassen.

Solange jetzt keine völlig überraschenden Anweisungen vom King Saul Boulevard kommen würden, konnte er sich um den Schriftsteller kümmern. Die Zeit drängte, und er musste jetzt jede freie Minute nutzen, um den jungen Mann auf Linie zu bringen. Heute war Samstag. Frühestens heute Nachmittag würden die *kidonim* das sichere Haus in Straßburg erreichen. Yossi würde sofort mit der Lagebesprechung beginnen. Am morgigen Sonntag würde nichts passieren, weil es die Informationslage einfach noch nicht erlaubte. Und am Montag sehr wahrscheinlich auch nicht. Also würde der Zugriff frühestens am Dienstagmorgen erfolgen. Die verbleibende Zeit gehörte Julian Tagman.

***

Straßburg – Der Salon des sicheren Hauses in Straßburg sah nicht nur aus wie ein elektronischer Gefechtsraum, er war es. Und diese Elektronik wurde regelmäßig durch modernste Nachrichtenmittel ergänzt. Angesichts der vielen Politiker, die sich in Straßburg aufhielten, war das Büro auf eine solche Befehlszentrale auch zwingend angewiesen.

Yossi Gewirzman, der Pariser *katsa*, saß auf dem größeren der drei beigefarbenen Sofas. Auf dem niedrigen Tischchen vor ihm lag eine Fernbedienung, größer als ein Tablet. Gewirzman drückte einen Knopf, und aus der Unterhaltungskonsole stieg langsam ein großer Plasmabildschirm auf.

Momentan waren auf dem Boulevard Massine zwei Überwachungsfahrzeuge in Stellung gegangen. Sie waren mit hochauflösenden Kameras ausgerüstet. Die Kameras übertrugen ihre Bilder verschlüsselt und über Funk ins sichere Haus, wo sich auch der einzige Decoder befand.

Ben-Zvi hatte bereits einen groben Plan entworfen, aber selbstverständlich würde es dem Führungsoffizier und seinen *kidonim* obliegen, diesen Plan bis ins Detail auszuarbeiten und gegebenenfalls auch zu modifizieren. Die *kidonim* würden im Laufe des Nachmittags eintreffen.

Gewirzman schaute sich gerade aktuelle Satellitenaufnahmen an, als das System eine wichtige Übermittlung aus Tel Aviv meldete. Der *katsa* betätigte den Knopf für die Datenübertragung. Eine Sekunde später erschien in einem Fenster des Plasmabildschirms ein relativ neues Foto von Idris Abus Salim alias Yves de Gramont. Die Techniker vom King Saul Boulevard hatten es soeben aus der Datenbank irgendeiner französischen Behörde entwendet und gleich weitergeleitet.

Gewirzman betrachtete das Bild mit einer gewissen Genugtuung. Einer der größten und gefährlichsten Feinde des jüdischen Volkes würde die nächste Woche nicht überleben. Sobald er ihn verhört hatte, würde er das Urteil eigenhändig vollstrecken.

Das erste *kidon*-Team, bestehend aus Shimon und Ran, erschien um 16:05 Uhr, das zweite, bestehend aus Ilan und Shami, um 16:50 Uhr. Sie hatten sich am Flughafen aufgeteilt und waren dann auf unterschiedlichen Wegen angereist.

Nachdem sie sich frischgemacht hatten, nahmen sie in der Küche gemeinsam das vorgezogene Abendessen ein. Gewirzman schilderte ihnen währenddessen den groben Plan und gab ihnen die neuesten Informationen, die im Laufe des Nachmittags aus Tel Aviv eingegangen waren.

Anschließend versammelten sie sich mit ihren Bierdosen im Salon, um in die Details zu gehen.

»Was ist mit den beiden Überwachungsfahrzeugen?«, fragte Ilan. »Die können ja nicht ewig dort stehen.«

»Wir rüsten gerade fünf weitere Wagen auf. Um Punkt 20:17 Uhr werden sie abgelöst«, sagte Gewirzman. »Die Ablösung geschieht in unregelmäßigen Abständen. Dafür gibt es einen exakten Zeitplan, damit der jeweils freiwerdende Parkplatz sofort wieder von uns belegt wird.«

»Und wann soll der Zugriff erfolgen?«, fragte Shami.

»Sobald wir wissen, wie sein Terminkalender für die folgende Woche aussieht, legen wir den Tag und die Uhrzeit fest. Ich rechne mit frühestens Montag, wahrscheinlich erst am Dienstag. Gehen wir mal theoretisch davon aus, dass er am Montagmorgen um 8:30 Uhr in die Tiefgarage fährt. Da wir alle entsprechenden Zufahrtstraßen überwachen und den Fahrzeugtyp, einen schwarzen Mercedes S-Klasse, kennen, wissen wir, wie lange er vom jeweiligen Observationspunkt bis zur Tiefgarage braucht. Ihr erhaltet dann sofort eine Mitteilung und könnt fünf Minuten vor seiner voraussichtlichen Ankunft in der Tiefgarage auf ihn warten. Shimon sitzt am Steuer, du auf dem Beifahrersitz und Ran und Ilan sitzen auf der Rückbank. Die Höhe der Einfahrt beträgt übrigens zwei Meter dreißig, daher ist das für das Fahrzeug, das ihr benutzen werdet, kein Problem.«

»Was für ein Fahrzeug benutzen wir?«, fragte Ran.

»Einen weißen Peugeot Expert Kombi mit dem Schriftzug einer Straßburger Elektrofirma und gefälschtem Nummernschild. Der Wagen wird gerade präpariert.«

Gewirzman betätigte die Fernbedienung, und auf dem Bildschirm erschien der Grundriss der Tiefgarage. »Die reservierte Parkbox der Zielperson befindet sich hier.« Er zeigte mit dem Laserpointer auf die entsprechende Stelle. »Ihr wartet etwa vier Meter von dort entfernt an dieser Stelle. Vom Wächterhäuschen aus kann man diese Stelle nicht einsehen. Was die Überwachungskameras hier und hier und hier betrifft, müsst ihr euch keine Gedanken machen, weil sie rechtzeitig ausfallen werden.« Er griff nach seiner Bierdose und entnahm ihr einen Schluck. »Während Shimon im Fahrzeug sitzen bleibt, wartet ihr anderen versteckt hinter der Heckklappe. Was passiert also, wenn ihr einen vierzigjährigen Araber aus dem Wagen steigen seht?«

»Wir stellen fest, ob er es sein *könnte*«, meinte Shami.

»Richtig. Und dafür bist *du* zuständig. Du hast genau zwei Sekunden, um Ilan und Ran ein Zeichen zu geben. Die Heckklappe eures Fahrzeugs steht zu diesem Zeitpunkt aber schon offen. Sobald du ihn positiv identifiziert hast, sprühst du ihm *tailfot* ins Gesicht. Das ist das Zeichen für Ilan und

Ran, sofort zuzugreifen, bevor er bewusstlos auf dem Boden aufschlägt. Ilan und Ran tragen ihn ins Heck des Fahrzeugs, klettern hinterher und schließen die Heckklappe wieder. Drinnen können sie ihn dann in Ruhe knebeln und fesseln, bevor er aus seiner Ohnmacht erwacht. Währenddessen bringst du einen Peilsender hinter der hinteren Radkappe seines Mercedes an.«

»Wieso das?«, fragte Shami.

»Ich rechne damit, dass später irgendjemand kommt und seinen Wagen wegfährt. Der Peilsender wird uns sagen, wohin der Wagen gebracht wird. Sobald du den Peilsender angebracht hast, nimmst du wieder neben Shimon Platz. Dann fahrt ihr bis zum Wächterhäuschen. Der Strom in dem Gebäude wird wieder funktionieren, und der Wächter wird euch hocherfreut die Schranke öffnen.«

»Was machen wir, wenn beim Zugriff plötzlich ein Zeuge auftaucht?«, fragte Ilan.

»Merkt euch ein für alle Mal: Es gibt niemals Zeugen! Wir sind niemals die Täter, es sind immer andere! Und keiner von euch lässt sich jemals festnehmen! Verstanden? Das Gleiche gilt für den Fall, dass der Wächter wider Erwarten Schwierigkeiten machen sollte.«

»Verstanden.«

»Und wohin sollen wir die Zielperson anschließend bringen?«, fragte Shimon.

»Die GPS-Daten teile ich dir aus Sicherheitsgründen erst während der Fahrt mit. Sobald ihr die Tiefgarage verlassen habt, biegt ihr sofort links ab. Nach fünfzig Metern dann nach rechts. Dort an der Ecke werde ich stehen. Ich werde bei euch einsteigen und dir die GPS-Daten geben.«

»Okay. Wo ist unsere Ausrüstung?«, wollte Ran wissen.

»Im Safe. Wie immer. Vier Beretta 92FS. Vier Jericho 941PS. Vier Barak SP-21. Tausendfünfhundert Schuss Munition. Die Magazine fassen jeweils 15, 16 und 8 Schuss. Ich schlage vor, ihr nehmt die .45 Barak als Hauptwaffe und die Beretta als Reserve. Noch Fragen?«

»Im Moment nicht.«

»Dann könnt ihr jetzt den Abend genießen. Ich mache mich

jetzt auf den Weg zum Boulevard Massine und nehme mir die Computer und den Tresor in Idris‹ Büro vor.«

***

Düsseldorf – Sonntag, 11. März. Endlich kam der Frühling. Als Halon und Julian sich um 9 Uhr zu einem kräftigen Frühstück in einer schicken Kaffeebar trafen, entschieden sie sich spontan dazu, draußen in der Sonne zu sitzen. Julian berichtete, dass er sich erst jetzt, da er auch die letzten beiden Bücher von Sabrina Wallis gelesen habe, ein richtiges Bild von der Frau machen könne. Er sei geradezu begeistert von ihrer Belesenheit, ihrem umfangreichen Fachwissen, ihrer Überzeugungskraft und ihrem höchst packenden Schreibstil. »Sie hat mich viele Zusammenhänge begreifen lassen, die ich ohne diese beiden Bücher niemals verstanden hätte«, sagte er.

»Das höre ich gern. Und das ist auch eine wesentliche Voraussetzung für Ihren späteren Erfolg bei ihr«, sagte Halon. »Aber das Wichtigste ist, dass Ihr Buch jetzt wie eine Bombe einschlägt. Die Veröffentlichung ist in drei Wochen. Gibt es schon erste Kritiken von den Leuten, die Ihr Buch vorab erhalten haben?«

»Na klar. Ist alles dabei: Von ›vernichtend‹ bis ›begeistert‹.« Er lachte.

»So muss es sein. Erst wenn ein Buch umstritten ist, verkauft es sich richtig gut.«

»Das denke ich mir.«

»Mal abgesehen davon, dass Sie das Fachwissen dieser Dame so begeistert hat – gefällt sie Ihnen denn auch vom Typ her?«

Julian lächelte. »Durchaus.«

»Wollen Sie sie haben?«

»Wie meinen Sie das?«

»So wie ich‹s sage. Wollen Sie sie ficken?«

Julian lächelte spöttisch. »Das dürfte wohl ein schöner Traum bleiben.«

»Nicht, wenn Ihnen jemand vorher die Weichen stellt.«

»Yoram, machen Sie sich nicht lächerlich. Eine Frau wie Sabrina Wallis würde nie im Leben etwas mit mir anfangen.«

»Nein, wenn Sie diese Einstellung haben, ganz bestimmt nicht. Sabrina Wallis würde sich niemals in einen Mann verlieben, der ihr das Gefühl gibt, ihr unterlegen zu sein ... Ich möchte aber, dass sie sich in Sie verliebt.«

»Dann müsste ich ihr ja überlegen werden.«

»Was glauben Sie, weshalb ich Sie aufbaue?«

»Und bis *wann* wollen Sie mich aufgebaut haben?«

»Innerhalb der nächsten beiden Monate müssen Sie sich in einen selbstbewussten, intellektuellen Überflieger verwandelt haben. Dafür nehme ich mir die entsprechende Zeit.«

»Na dann viel Spaß! Da muss ich mich aber sehr anstrengen.«

»Dann strengen Sie sich an. Dem Sieger gehört die Beute.«

»Sie haben mir bis jetzt noch mit keiner Silbe erklärt, wie Ihr vollständiger Plan aussieht. Wozu das alles? Was ist das Ziel?«

»Das haben Sie mich schon mal gefragt. Wenn ich Ihnen alles bis ins Detail erläutern würde, würde Sie das innerlich nur blockieren. Und das will ich nicht. Ich versichere Ihnen aber, dass weder Sie noch Frau Wallis den geringsten Schaden davontragen werden. Darauf gebe ich Ihnen mein Wort.«

»Ich fasse es nicht.« Julian schüttelte mit dem Kopf. »Ich soll also tatsächlich eine extreme Linke vögeln.«

»Sehen Sie das mit der politischen Ausrichtung doch bitte nicht so eng. Viel problematischer ist, dass Frau Wallis eine erklärte Feindin des Staates Israel ist. Keine Antisemitin im herkömmlichen Sinne, aber eben eine erklärte Antizionistin. Außerdem hegt sie Sympathien für Israels absoluten Todfeind, den Iran.«

»Sie glauben doch nicht im Ernst, dass ich für eine solche Person Sympathie entwickeln könnte.«

»Springen Sie über Ihren Schatten, Julian.«

»Sie meinen wohl, Gegensätze ziehen sich an. Und wenn ich nein sage?«

»Dann haben Sie einen guten Freund weniger.«

»Und wenn ich ja sage?«

»Haben Sie schon bald eine der intelligentesten und schönsten Politikerinnen Deutschlands im Bett ... Jetzt betrachten Sie doch bitte auch mal die positiven Seiten von Frau Wallis. Sie hat Leidenschaft, Güte, Weisheit, Beweglichkeit und Klarheit. Sie ist künstlerisch begabt und der romantischen Welt verhaftet. Und: Sie ist äußerst sinnlich ... Dass alles Linke grundsätzlich scheitert, ist doch bekannt. *Sie* wissen das. *Ich* weiß das. Jeder normale Mensch weiß das. Leider haben wir es bei dieser schönen Dame mit einer überzeugten Linken zu tun. Deshalb bitte ich Sie, Ihren gesunden Menschenverstand diesbezüglich für eine Weile auszuschalten. Zeigen Sie in dieser Angelegenheit also etwas mehr Offenheit.«

»Verstanden. Ich frage mich nur, wie die Sozialisation von Frau Wallis abgelaufen ist, dass sie dermaßen ideologisch verblendet ist.«

»Nun, sie kommt aus einem total atheistischen Mutterhaus. Vielleicht war die Abwesenheit Gottes die größte Entbehrung ihrer Kindheit. Wenn man ihr in dem Alter, in dem man das Übernatürliche braucht, einen Gott gegeben hätte, hätte sie vielleicht nicht ihr Leben lang versucht, das Absolute zu erreichen.«

»Ich weiß noch gar nicht, mit welchen Worten ich sie ansprechen soll.«

Halon lachte rau. »Wenn es soweit ist, wird Ihnen schon das Richtige einfallen. Da bin ich mir sicher. Vielleicht sagen Sie ihr, dass sie eine iranische Prinzessin ist.«

Julian machte ein verdutztes Gesicht.

Halon lachte erneut. »War nicht ernst gemeint«, sagte er. In diesem Moment summte sein Mobiltelefon. Er gab den fünfstelligen Berechtigungscode ein. Es war Ben-Zvi. Halon hörte eine Weile zu, wechselte ins Hebräische und dämpfte sofort die Stimme.

Die Männer sprachen nur drei Minuten miteinander.

»Hebräisch ist eine sehr schöne Sprache. Ich wünschte, ich würde sie perfekt beherrschen«, sagte Julian, als das Gespräch beendet war.

»Ach ja, ich vergaß, es Ihnen zu sagen. Es gibt einen weiteren Grund, weshalb Sie in die engere Wahl gerieten. Sie sind ein ausgewiesener Freund Israels.«

»Und Sie sind nie im Leben Universitätsprofessor.«

»Es ist nicht entscheidend, für wen *ich* arbeite. Entscheidend ist, dass *Sie* die richtige Einstellung haben.«

»Wie lange observieren Sie mich schon?«

»Ich habe Sie noch nie observiert, Julian.« Er dachte einen Moment nach. »Ach, bevor ich‹s vergesse: In der nächsten Woche habe ich sehr viel zu tun. Seien Sie mir deshalb nicht böse, wenn mein Mobiltelefon eine Weile ausgeschaltet ist.«

»Kein Problem, Yoram.«

***

Straßburg – Yossi Gewirzmans Einbruch in das Büro der Zielperson hatte keine verwertbaren Ergebnisse gebracht. Weder im Tresor der Immobilienfirma noch auf den Festplatten der beiden Computer hatten sich weiterführende Hinweise befunden. Auch der Terminkalender für die kommende Woche war leer gewesen.

Nachdem die Techniker am King Saul Boulevard noch in der Nacht von Samstag auf Sonntag das wenige Material ausgewertet und dem Chef der Operationsabteilung vorgelegt hatten, rief Ben-Zvi seinen *katsa* in Straßburg an.

»Die Sache gefällt mir überhaupt nicht, Yossi. Ich empfehle dir deshalb, so schnell wie möglich zuzugreifen.«

»Kein Problem, wir sind vorbereitet. Sobald Idris‹ Mercedes von den Überwachungsfahrzeugen sicher identifiziert worden ist, beginnt der Hauptteil der Operation.«

»Die letzte Entscheidung liegt natürlich bei dir. *Mazal tov.*«

***

Montag, 12. März – Das erste Überwachungsteam meldete sich um 8:33 Uhr. »Das Fahrzeug der Zielperson ist soeben an uns vorbeigefahren. Die Scheiben sind verdunkelt. Wir können also nicht bestätigen, dass sich die Zielperson im Fahrzeug befindet.«

Alle Teilnehmer der Operation waren über Headset mit der technischen Abteilung am King Saul Boulevard verbunden. Yossi stand an der Straßenecke und gab den Technikern im Hauptquartier den Befehl: »Stromausfall.«

Fünf Sekunden später fiel der Strom am ganzen Boulevard Massine aus.

Das zweite Team meldete sich dreieinhalb Minuten später: »Fahrzeug bestätigt. Einfahrt in die Tiefgarage erfolgt um 8:41 Uhr.«

Shimon drehte den Zündschlüssel um. Der weiße Peugeot Expert Kombi mit der Aufschrift einer Straßburger Elektrofirma machte sich auf den Weg zur Tiefgarage.

Der Wärter, ein rotbackiger Mittvierziger mit blauer Schirmmütze, stand bereits an der Schranke: »Guten Morgen. Das ging aber schnell«, sagte er, nachdem er den Schriftzug der Elektrofirma gelesen hatte.

»Ja, wir wurden sofort informiert«, sagte Shimon in fehlerfreiem Französisch.

Der Wärter öffnete die Schranke. »Viel Glück.«

»Vielen Dank. Wir hoffen, dass wir die Ursache des Stromausfalls schnell finden«, sagte Shimon und fuhr los.

Nach zwanzig Metern bog er links ab. Nach weiteren fünfzehn Metern positionierte er den Kombi exakt an der vorbestimmten Stelle, vier Meter von Idris‹ Parkbox entfernt. Über sein Headset erfuhr er, dass die Zielperson in vier Minuten und dreißig Sekunden eintreffen werde.

Er stellte den Motor ab.

Ilan und Ran stiegen aus, öffneten die Heckklappe des Peugeot und blieben hinter dem Heck stehen, so dass sie außerhalb des Blickfelds des Zielfahrzeugs waren, wenn es um Punkt 8:41 Uhr um die Ecke biegen würde.

Shami sah auf die Uhr, stieg nun ebenfalls aus und kniete sich mit dem Kreuzschlüssel, den sie mit sich führte, sofort vor das rechte Vorderrad des Kombis, um eine Wagenpanne vorzutäuschen.

Der schwarze Mercedes bog exakt zum berechneten Zeitpunkt um die Ecke. Der Fahrer des Wagens entdeckte den Kombi und fuhr nun etwas langsamer. Als sich sein Wagen dem Kombi bis auf zwei Meter genähert hatte, öffneten sich blitzschnell die beiden hinteren Türen des Mercedes. Shami rollte sich intuitiv zur Seite. Zwei arabisch aussehende Männer mit Maschinenpistolen eröffneten ohne Vorwarnung das Feuer.

Shimon brach sofort tot über dem Lenkrad zusammen. Ilan und Ran kamen gerade noch dazu, ihre Barak SP-21 zu ziehen, bevor auch sie von den Maschinenpistolen durchsiebt wurden und blutüberströmt zusammensackten. Shami war am linken Oberschenkel getroffen worden. Sie schaffte es gerade noch, zu dem Mercedes zu robben, um den magnetischen Peilsender unter der rechten vorderen Radkappe anzubringen, bevor auch sie niedergemäht wurde.

Der Wächter der Tiefgarage, aufgeschreckt durch den Höllenlärm, eilte aufgeregt herbei. Drei Sekunden später brach er, von Kugeln durchsiebt, tot zusammen.

Die Attentäter sprangen in den Mercedes zurück. Die Türen fielen zu, und der Wagen raste mit quietschenden Reifen zurück bis zur Schranke. Einer der beiden Killer sprang aus dem Wagen, öffnete die Schranke manuell, und nachdem er sofort wieder eingestiegen war, brauste der Wagen mit überhöhter Geschwindigkeit den Boulevard Massine entlang.

Gewirzman stand geschockt an der Straßenecke, wo ihn der Kombi mit den *kidonim* abgeholt hätte, wenn die Operation erfolgreich verlaufen wäre. Er, die beiden Überwachungsteams und Ben-Zvi, der in dreitausend Kilometer Entfernung den gesamten Funkverkehr mithören konnte, hatten das Scheitern der Operation mitverfolgt. Der *katsa* erteilte die ersten Befehle: »Team *Bet* fährt in die Tiefgarage, evakuiert unsere Leute und bringt sie in das sichere Haus. Team *Gimmel* holt mich hier ab, dann folgen wir dem Peilsender.«

Fünfundvierzig Sekunden später saß Gewirzman in dem Überwachungsfahrzeug von Team *Gimmel* und verfolgte den gelben Punkt auf dem in die Mittelkonsole eingelassenen Bildschirm.

»Wohin fährt er?«, fragte er.

»Kann ich noch nicht sagen«, antwortete Rafi, der am

Steuer des Überwachungsfahrzeugs saß. Auf der Rückbank saß Ori.

Die Digitaluhr in der rechten unteren Ecke des Bildschirms zeigte 8:46 Uhr an. Gewirzman war wie gelähmt. Er erwartete jeden Moment die Todesnachricht.

»Augenblick mal«, sagte Rafi.

»Was?«

»Sie kehren um.«

»Sicher?«

»Ja.«

»Was hat das zu bedeuten?«

»Vielleicht sitzt jemand am Steuer, der sich hier nicht auskennt.«

In diesem Moment meldete sich Yuval von Team *Bet*. Sein Team war sofort in die Tiefgarage gefahren und hatte nach kurzer Überprüfung erkannt, dass es keine Überlebenden gab. Das Team hatte die Leichen der vier *kidonim* sowie die Waffen, die sie mit sich geführt hatten, in sein Überwachungsfahrzeug geladen und sich sofort vom Tatort entfernt. Den weißen Peugeot Kombi hatten sie zurücklassen müssen, weil er von unzähligen Kugeln durchsiebt war.

»Keine Überlebenden. Wir haben ihre Leichen extrahiert und sind jetzt auf dem Weg zum sicheren Haus.«

»Verdammte Scheiße!«, fluchte Gewirzman. »Ihr fahrt nicht zum sicheren Haus, sondern zu unserem *sayan* in der Rue Alphonse Adam, Nummer 304. Dort gibt es ein Kühlhaus.«

»Sie wechseln schon wieder die Richtung«, sagte Rafi. »Jetzt fahren sie auf die Route du Polygone, Richtung Süden.«

»Fahr etwas langsamer«, befahl der *katsa*. »Wir kriegen sie so oder so. Halte einen Abstand von zwei Minuten.«

»Sie fahren Richtung Neuhof. Fast reines Araberviertel.«

»Bleib dran. Zwei Minuten Abstand.«

Weitere fünfzehn Minuten vergingen.

»Neuhof ist nicht das Ziel«, sagte Rafi. »Sie verlassen jetzt die Hauptstraße und biegen ab auf die Rue Paul Dopff.«

»Was heißt das?«, meldete sich Ben-Zvi über Funk. Er saß am King Saul Boulevard vor einem großen Plasmabildschirm und verfolgte die Fahrt der beiden Fahrzeuge über den israelischen Satelliten Ofeq 12, der ausschließlich der optischen Aufklärung diente. Ofeq 12 war mit geheimster Spionagetechnik ausgestattet und lieferte aus 500 Kilometer Höhe Bilder mit einer Auflösung von mindestens 20 Zentimetern. Vor dreißig Jahren, als er selber noch *katsa* war, konnte man von diesen Wundersatelliten nur träumen, heute waren sie eine Realität.

»Östlich von hier befindet sich ein größeres Waldgebiet. Vielleicht wollen sie da hin«, sagte Gewirzman.

Ben-Zvi gab Itai Kalev, dem neben ihm sitzenden Techniker, die Anweisung, mit dem Satelliten näher ranzugehen. Der Spionagesatellit des Mossad ging bis an die Grenze seiner optischen Auflösungsmöglichkeiten, aber der Wald war dermaßen dicht, dass der Satellit praktisch blind war.

»Sie steuern direkt auf den Wald zu«, sagte Rafi, nachdem weitere zehn Minuten vergangen waren.

»Du hältst die zwei Minuten Abstand«, insistierte Gewirzman. »Unser Satellit ist hier blind, aber nicht unser Peilsender.«

»Sie halten an«, sagte Ben-Zvi.

»Wir sind in zwei Minuten bei ihnen«, erwiderte Gewirzman.

Das Überwachungsfahrzeug des Mossad näherte sich dem Waldgebiet. Das Gelände wurde unwegsamer, und Rafi musste die Geschwindigkeit deutlich drosseln. Der Abstand zum Peilsender verringerte sich.

»Hundert Meter vor dem Ziel hältst du an«, sagte Gewirzman.

Rafi befolgte den Befehl und hielt den Wagen an, als sie nur noch hundert Meter vom Ziel entfernt waren.

»Mach den Motor aus.«

Rafi tat es. Aus Gewohnheit sah er automatisch auf die Digitaluhr unten rechts am Bildschirm. 9:16 Uhr.

»Pistolen entsichern und raus.«

Gewirzman und seine beiden Agenten entsicherten ihre Pistolen und stiegen aus.

Der Waldweg machte nach rund achtzig Metern eine Biegung nach rechts, so dass das Fahrzeug außer Sichtweite war. Aber als sie nur noch zwanzig Meter entfernt waren, begriffen sie schlagartig, dass ihre Operation gescheitert war.

Der Türen des schwarzen Mercedes S-Klasse waren weit geöffnet. Weißer Rauch stieg vom Kühler auf. Die Reifen waren zerschossen, der Wagen hatte keine Fenster mehr. Er war mit Maschinenpistolen schwersten Kalibers regelrecht durchsiebt worden. In der Luft hing noch der Geruch der Schießerei. Die drei Insassen, die Mörder des *kidon*-Teams, waren zu diesem Treffpunkt gelockt und aus dem Hinterhalt sofort unter Beschuss genommen worden. Sie hatten nicht die geringste Chance gehabt. Und um die Identitäten der drei Insassen zu bestimmten, würde es eines DNA-Test bedürfen, denn von ihren Gesichtern war nichts mehr zu erkennen.

»Das ist eindeutig die Handschrift von Idris. Jede Möglichkeit zum Verrat wird von vornherein ausgeschlossen«, stellte Gewirzman fest.

»Gib mir deine GPS-Daten«, sagte Ben-Zvi.

Gewirzman holte einen flachen runden Gegenstand aus seiner Hosentasche, nicht größer als eine Ein-Euro-Münze und aktivierte ihn.

»Okay, ich habe deine Position«, sagte Ben-Zvi. »Lauft zurück zu eurem Fahrzeug, steigt ein und folgt meinen Anweisungen. Beeilt euch.«

Die Agenten liefen zu ihrem Überwachungsfahrzeug zurück. Rafi startete den Wagen.

»Ich höre«, sagte Gewirzman.

»Fahrt einfach los, ich lotse euch«, sagte Ben-Zvi. »Ein grüner Pkw verlässt gerade den Wald und fährt auf die Rue de la Rochelle. Wir setzen eine Lasermarkierung, damit wir ihn nicht aus den Augen verlieren.«

Rafi gab Gas und folgte den Befehlen vom King Saul Boulevard. Der Abstand zu dem grünen Pkw wurde kürzer. Als das Zielfahrzeug für die Verfolger in Sichtweite kam, klemmte sich Rafi direkt dahinter.

Nach fünfzehn Minuten war die Verfolgungsjagd zu Ende. Der grüne Pkw verringerte sein Tempo, fuhr an den Seitenstreifen und hielt an. Kurz darauf ging die Tür an der Fahrer-seite auf.

Die Agenten griffen sofort nach ihren Waffen und entsicherten sie.

Eine junge Araberin mit Hijab stieg schimpfend aus dem Wagen und keifte in arabischer Sprache: »Warum verfolgen Sie mich?« Sie war unbewaffnet.

Gewirzman sprang aus dem Wagen. Er wies sich ihr gegenüber als französischer Geheimdienstagent aus und prüfte zunächst, ob sich noch weitere Personen im Pkw befanden. Das war nicht der Fall, die Frau war allein unterwegs. Dann befahl er ihr in arabischer Sprache: »Öffnen Sie den Kofferraum!«

Die junge Frau öffnete den Kofferraum, schien von seinem Befehlston aber in keiner Weise beeindruckt. Gewirzman hielt seine Waffe im Anschlag.

Der Kofferraum war leer.

»Ihren Ausweis!«

Die Frau ging zurück zum Wagen, holte ihren Ausweis aus dem Handschuhfach und hielt ihn ihm unter die Nase.

Gewirzman schlug den Ausweis auf und verglich ihr Gesicht mit dem Foto. Die Frau hieß Fatma Chahrour.

»Sie können weiterfahren«, sagte er.

Er wartete, bis sich die Frau wieder hinter das Steuer ihres Wagens gesetzt hatte und losgefahren war. Dann kletterte er auf den Beifahrersitz des Überwachungsfahrzeugs zurück.

»Das war ein Täuschungsmanöver«, meldete sich der Chef der Operationsabteilung. »Idris› Leute haben sich im Wald versteckt und nur darauf gewartet, dass wir diesen Wagen verfolgen, und dann haben sie mit einem anderen Wagen eine andere Route genommen. Möglicherweise war sogar Idris selbst dabei. Ihr fahrt sofort nach Straßburg zurück. Und du, Yossi, kümmerst dich jetzt um Idris› Sekretärin. Sie heißt Inès Trautmann. Ihre Adresse ist Rue Guillaume Apollinaire, Nummer 184, 4. Stock.«

***

Straßburg-Hautepierre – Das Team erreichte den Nordwesten Straßburgs um 10.55 Uhr. Rafi setzte seinen Führungsoffizier etwa fünfzig Meter vor der von Ben-Zvi genannten Adresse ab.

»Ihr wartet hier«, sagte Gewirzman und ging zu Fuß weiter.

Die Gegend war sauber, aber die Architektur der in verwaschenem Rot gehaltenen Wohnblocks ziemlich öde. Zwei Polizeifahrzeuge und ein Leichenwagen standen auf dem Bürgersteig. Das Gebiet um den Hauseingang war weiträumig mit Absperrband der französischen Polizei abgesichert.

Als Gewirzman das Absperrband erreichte, fragte er eine ältere Frau, die direkt neben ihm stand, was denn passiert sei.

»Ach, das arme Ding hat sich aus dem Fenster gestürzt. Ich kannte sie sehr gut, weil ich zwei Stock unter ihr wohne. So ein liebes und fröhliches Mädchen. Immer gut gelaunt. Ich verstehe das gar nicht. Vielleicht hatte sie Liebeskummer.«

»Hm«, meinte Gewirzman. »Hatte sie einen Freund?«

»Nein, sie war immer nur allein. Das ist so traurig, denn sie war ein so hübsches Ding.«

»Man sieht gar kein Blut.«

»Sie ist nach hinten rausgesprungen, in den Innenhof.«

»Wissen Sie, wo sie gearbeitet hat?«

»Sind Sie von der Polizei?«

»Nein, von der Presse.«

»Ach so. Natürlich weiß ich, wo sie gearbeitet hat. In einer Immobilienfirma. Ihr Chef ist ein sehr, sehr vornehmer Herr.«

»Kennen Sie ihn näher?«

»Nein, ich habe ihn nur einmal gesehen. Das ist aber schon einige Monate her. Da hat er die Kleine nach Hause gebracht, weil ihr Auto in der Werkstatt war.«

In diesem Moment trugen zwei Männer eine Bahre aus dem Haus. Die Leiche von Inès Trautmann war mit einem weißen Laken bedeckt. Die alte Frau schlug schluchzend die Hände vors Gesicht.

»Falls ich später noch einige Fragen haben sollte, darf ich Sie dann vielleicht noch einmal belästigen?«, fragte Gewirzman.

»Aber natürlich, Monsieur. Klingeln Sie einfach bei Polmard, Gabrièle Polmard. Ich bin fast immer zu Hause.«

»Kann ich Sie auch telefonisch erreichen?«

»Ich habe kein Telefon, junger Mann, und ich brauche auch keins.«

Gewirzman bedankte sich für das Gespräch und verließ den Ort. Den Rest konnte er sich zusammenreimen. Auch dieser Todesfall trug eindeutig die Signatur von Idris Abu Salim. Vor jedem großen Terroranschlag räumte er erbarmungslos alle Zeugen aus dem Weg. Selbst vor Frauen und Kindern machte er keinen Halt.

Da Inès Trautmann an diesem Montagmorgen nicht zur Arbeit erschienen war, war sie automatisch in den Fokus der Straßburger Staatsanwaltschaft gerückt, die die Ermittlungen bereits aufgenommen hatte.

Gegen Viertel vor zwölf war Gewirzman wieder im sicheren Haus. Hass und Trauer überwältigen ihn. Hass, weil ihnen Israels Staatsfeind Nummer Eins immer einen Schritt voraus war. Trauer, weil diese großartigen jungen Leute, die ihr Leben so heldenhaft für ihr Volk und die Sicherheit Israels eingesetzt hatten, nicht mehr am Leben waren.

Er informierte Ben-Zvi über den Tod von Inès Trautmann, dann schaltete er den Fernseher ein. Auf allen Kanälen wurde über das Blutbad ohne Leichen am Boulevard Massine berichtet.

»Ich stelle dir gerade ein neues *kidon*-Team zusammen«, sagte der Chef der Operationsabteilung. »Du wartest auf weitere Anweisungen.«

***

Düsseldorf – Avi Halon war an diesem Montagmittag gerade auf dem Weg zu einem weiteren Instruktionsgespräch mit Julian, als Ben-Zvi ihn gegen 13 Uhr über das Debakel in Straßburg in Kenntnis setzte.

»Und der *memuneh*?«, fragte Halon. »Wird es jetzt nicht höchste Zeit, dass wir die deutschen Sicherheitsbehörden informieren?«

»Ron hat sich beim Ministerpräsidenten bereits rückversichert. Der Ministerpräsident will mit der Warnmeldung bis Mittwoch warten. Er ist auf hundertachtzig. Wenn dieser Terroranschlag nicht verhindert und Abu Salim nicht vorher liquidiert wird, rollen definitiv Köpfe. Das hat er dem *memuneh* klar zu verstehen gegeben.«

»Ich werde alles tun, damit Idris vorher seine gerechte Strafe bekommt.«

***

Straßburg–Neuhof – Yves de Gramont alias Idris Abu Salim und seine treue Mitstreiterin Nesrin hatten es unerkannt bis in die kleine Wohnung im ersten Stock des hinteren Teils des arabischen Kaffeehauses geschafft. Sie waren stolz darauf, dass es ihnen ein weiteres Mal gelungen war, die Juden an der Nase herumzuführen.

Abu Jamil war nicht nur ein genialer Operationschef, sondern auch ein großzügiger Gastgeber, und seine junge verschleierte Frau Fatma tischte unentwegt weitere arabische Köstlichkeiten auf. Aus Respekt vor den Gastgebern hatte sich auch Nesrin ein Tuch um den Kopf geschlungen.

»Das Unternehmen läuft«, sagte Abu Jamil, als der süße Tee serviert wurde. »Jetzt können wir nur noch hoffen, dass auf deinem heiligen Streben Allahs Segen ruht.«

»Es ist auch *dein* Unternehmen, Abu Jamil.«

»Gewiss«, sagte Abu Jamil, »aber ohne dich wäre es nicht möglich gewesen.«

Das geruch- und geschmacklose Gift wirkte innerhalb weniger Sekunden. Nesrin krallte ihre langen Fingernägel in das arabische Sitzkissen, riss ein letztes Mal die Augen auf, schaute entsetzt zu ihrem Geliebten, als suche sie nach einer Erklärung für das Unerklärliche. Dann fiel sie bewusstlos zu Boden. Zehn Sekunden später hörte ihr Herz auf zu schlagen.

Abu Jamil gab seiner Frau ein Zeichen. Wortlos rannte sie zur Tür hinaus. Zwei Minuten später kam sie mit zwei jungen, kräftig gebauten Männern zurück. Sie hoben die Tote vom

Boden auf und trugen sie nach draußen. Fatma schloss die Haustür hinter ihnen und eilte mit gesenktem Kopf zurück in die Küche.

Idris ging mit keiner Silbe auf den Vorfall ein. Seine Gedanken kreisten um höhere Dinge.

***

Paris – Dienstag, 13. März. Bereits am gestrigen Montag hatten alle französischen Fernsehsender stündlich über den höchst kuriosen Anschlag in einer Straßburger Tiefgarage berichtet. Abgesehen von dem erschossenen Wächter der Tiefgarage, waren keine Leichen gefunden worden, dafür aber das Blut von vier Menschen sowie ein von Kugeln völlig durchsiebter Peugeot Kombi. Während die Fernsehkommentatoren rätselten und zum Teil höchst absurde Theorien kolportierten, wie es immer der Fall ist, wenn die Polizei umgehend eine Nachrichtensperre verhängt, kam niemand der Wahrheit auch nur annähernd nahe. Obwohl die Tiefgarage mit drei Überwachungskameras ausgestattet war, gab es aufgrund eines Stromausfalls keine Bilder über den Hergang der Tat. Schließlich übergab der französische Innenminister den Fall an den Inlandsgeheimdienst. Der untersuchte den zerschossenen Peugeot äußerst gründlich und kam wegen der technischen Ausstattung des Wagens zu dem Ergebnis, dass hier mit hoher Wahrscheinlichkeit der Mossad beteiligt war. Darüber hinaus wurde eine Spraydose mit einer chemischen Substanz gefunden, wie sie nur der Mossad zum schnellen Betäuben von Zielpersonen benutzte. Die Spraydose war unter einem parkenden Fahrzeug gefunden worden. Binnen Stunden schlug der Fall Wellen bis in den Elysee Palast, aber der französische Staatspräsident entschied nach kurzer Beratung mit seinem Premier-, seinem Innen- und seinem Außenminister sowie dem Chef der DGSI, dem französischen Inlandsgeheimdienst, vorerst nicht zu reagieren.

Am Dienstagmittag kam es dann zu einem weiteren Vorfall, der den französischen Inlandsgeheimdienst erneut alarmierte. Ein Spaziergänger hatte in einem Waldstück im

Süden Straßburgs eine zerschossene Mercedeslimousine sowie drei Leichen entdeckt, die zur Hälfte aus dem Fahrzeug heraushingen. Bei der gründlichen Untersuchung des Fahrzeugs wurde auch ein extrem leistungsfähiger Peilsender aus israelischer Produktion gefunden. Der Halter des Mercedes war schnell identifiziert: Yves de Gramont, Immobilienhändler mit Wohnsitz in Straßburg. Er war allerdings nicht auffindbar, und seine Sekretärin lag, wie man schnell herausfand, im Leichenschauhaus. Die Polizei wurde jetzt völlig aus dem Fall herausgehalten, der Geheimdienst bildete umgehend eine Ermittlungssonderheit. Die Nachrichtensperre wurde aufrechterhalten.

Der Verdacht, dass mit hoher Wahrscheinlichkeit der Mossad in diesen Fall involviert war, führte zu einer unglaublichen Beschleunigung der Untersuchung. Gegen 16 Uhr teilte man dem Chef des französischen Inlandsgeheimdienstes mit, dass es einen kurzen Kampf in der Wohnung von Inès Trautmann gegeben hatte. Und die Obduktion ihrer Leiche bestätigte endgültig den Verdacht, dass sie nicht freiwillig aus dem Fenster im 4. Stock gesprungen war.

Der Elysee Palast blieb bei seiner Haltung. Die Ermittlungen würden fortgesetzt. Eine Kontaktaufnahme mit dem Mossad hätte vorerst zu unterbleiben.

***

Jerusalem – Das war auch nicht nötig. Denn in derselben Stunde, in der der französische Staatspräsident die Entscheidung fällte, den Mossad vorerst nicht auf den Fall anzusprechen, gab es eine Videokonferenz im Büro des israelischen Ministerpräsidenten zwischen ihm und Ron Dahan, dem Generaldirektor des Mossad.

Der Ministerpräsident blickte ernst auf den Mann, der in einigen Metern Entfernung soeben auf einem großen Videomonitor erschienen war.

»Was haben Sie mir zu sagen, Ron?«

»Unsere Quellen sagen, dass die Angelegenheit bereits Wellen bis in den Elysee Palast geschlagen und zu großer

Unruhe im französischen Sicherheitsapparat geführt hat. Der französische Staatspräsident möchte aber noch warten, bis er uns offiziell darauf anspricht.«

»Deshalb werden wir unsere Linie aber nicht ändern. Selbstverständlich werden wir abstreiten, irgendetwas mit dieser Sache zu tun zu haben.«

»Das wäre nicht wirklich klug, Herr Ministerpräsident. Der französische Inlandsgeheimdienst weiß, dass wir in die Sache verstrickt sind. Außerdem haben wir nicht den kleinsten Hinweis darauf, wo sich Abu Salim aktuell aufhält. Wir sind auf eine enge Zusammenarbeit mit den Franzosen dringend angewiesen. Denn wenn Abu Salim erst die Grenze nach Deutschland überschritten hat, ist es möglicherweise zu spät.«

»Was schlagen Sie also vor?«

»Ich schlage vor, dass wir sofort Kontakt mit Paris aufnehmen und offen zugeben, dass wir auf französischem Staatsgebiet tätig waren. Wir nennen ihnen auch den Grund: Wir rechnen mit einem schweren Terroranschlag in Deutschland am kommenden Freitag, ausgeführt von einem französischen Staatsbürger. Wir beweisen ihnen, dass es sich bei Yves de Gramont um Idris Abu Salim handelt und bitten sie, jedes Fahrzeug zu kontrollieren, das die französische Grenze in Richtung Belgien, Luxemburg, Deutschland, Schweiz oder Italien überquert.«

»Einverstanden.«

»Ich rate ebenfalls dazu, die belgischen, luxemburgischen, deutschen, schweizerischen und italienischen Behörden um eine entsprechende Mitarbeit zu bitten.«

»Einverstanden. Aber das übernehmen Sie. Sofort!«

Der Ministerpräsident drückte einen Knopf auf seinem Schreibtisch, und der Bildschirm wurde schwarz. Dann drückte er einen weiteren Knopf.

»Verbinden Sie mich bitte mit dem Elysee Palast«, sagte er zu seiner Sekretärin.

Das Gespräch zwischen den beiden Staatsführern zog sich länger hin als erwartet. Jedermann wusste, dass das Verhältnis zwischen dem erfahrenen und mit allen Wassern gewaschenen israelischen Ministerpräsidenten und dem jungen, noch relativ unerfahrenen französischen Staatspräsidenten nicht das Beste war. Und so verwunderte es auch nicht, dass der Franzose die Entschuldigung des Israeli nicht umgehend annahm.

»In der Arena der Nahost-Geheimdienste scheint Israel ja unübertroffen zu sein, aber was Sie sich hier geleistet haben, grenzt schlichtweg an Dilettantismus.«

Den israelischen Ministerpräsidenten beeindruckte dieser Affront überraschenderweise gar nicht. Er ließ ihn einfach ins Leere laufen. Stattdessen machte er dem Franzosen mit ruhiger Stimme klar, um welches Kaliber es sich bei dem französischen Staatsbürger Idris Abu Salim handelte. Erst nachdem er die bisherigen fünf Terroranschläge der Jahre 2014 bis 2017 in Buenos Aires, Montreal, Mumbai, Paris und Kopenhagen mit allen grausamen Einzelheiten aufgezählt hatte, die alle auf das Konto von Abu Salim gingen, besänftigte sich der Franzose etwas.

**

Tel Aviv – Die Franzosen wurden also zuerst informiert. Die Information der Deutschen erfolgte eine halbe Stunde später. Ebenso die Information der belgischen, luxemburgischen, Schweizer und italienischen Sicherheitsbehörden. Für die Jüdische Gemeinde in Düsseldorf wurde gleichzeitig die höchste Alarmstufe ausgegeben. Sie betraf nicht nur die große Synagoge in der Zietenstraße, sondern *alle* jüdischen Einrichtungen: Die Yitzhak-Rabin-Schule und das Albert-Einstein-Gymnasium, Chabad Lubavich sowie alle jüdischen Restaurants wie zum Beispiel *Die Kurve*.

Gegen 19.30 Uhr an diesem Dienstag bat Ben-Zvi Dahans Sekretärin um einen Termin beim Generaldirektor. Es sei äußerst dringend.

»Er ist gerade frei. Ich melde dich an«, sagte Ziva Weinthal, die gutgebaute Blondine im Vorzimmer des Chefs.

Ben-Zvis Büro lag auf derselben Etage wie das Büro des Generaldirektors. Nach wenigen Metern stand er in Zivas

Büro. Sie drückte einen Knopf, und die Tür, die das Sekretariat vom Büro des obersten Bosses der Behörde trennte, glitt lautlos zur Seite.

»Nimm bitte Platz«, sagte Dahan, nachdem sein wichtigster Untergebener die sechs Meter zu seinem Schreibtisch zurückgelegt hatte.

»Danke«, sagte Ben-Zvi und ließ seinen wuchtigen Körper in den schwarzen Ledersessel vor Dahans Schreibtisch fallen.

»Was gibt›s, Ari?«

»Wir haben möglicherweise einen neuen Informanten«, sagte Ben-Zvi.

»Was heißt ›möglicherweise‹?«

»Die Information ist noch ganz frisch. Wir hatten noch keine Möglichkeit ihre Qualität zu überprüfen.«

»Und warum kommst du damit jetzt schon zu mir?«

»Es geht um Idris.«

Der *memuneh* straffte seinen Rücken und legte seine Fingerspitzen konzentriert gegeneinander. »Ich höre.«

»Idris will in Düsseldorf möglicherweise zwei Anschläge verüben.«

»Das würde aber stark von seinem bisherigen Muster abweichen.«

»Das würde es in der Tat. Die Information stammt von einem Mitglied der Revolutionsgarde.«

»Wer hat die Information entgegengenommen?«

»Einer unserer Agenten in Damaskus.«

»Wo genau?«

Ben-Zvi wusste, dass sein Chef ein detailversessener Bürokrat war. »In der Sayyida Zainab Moschee, sechs Kilometer südlich von Damaskus.«

Sayyida Zainab war eine wichtige Person im schiitischen Islam. Mohammed war ihr Großvater mütterlicherseits, und damit war sie ein Mitglied der Familie des Propheten.

Ihr Schrein war eine wichtige schiitische Pilgerstätte. Der Schrein war mehr als nur ein religiöser Ort oder ein Treffpunkt für Milizionäre, er war Teil eines Ökosystems, das diejenigen in der gesamten Region vereinte, die die Sache in

Syrien nicht nur als Kampf um die Erhaltung des Regimes betrachteten, sondern auch als Mitglieder der Hisbollah, der iranischen Revolutionsgarde oder der schiitischen Milizen, mehr als nur Mitglieder einer bewaffneten Gruppe waren. Auch einige derjenigen, die aus Afghanistan angereist waren, kamen nicht nur, um in Syrien zu kämpfen, sondern sie wollten den Schrein und die Schiiten verteidigen.

Der Mossad wusste genau, dass der Schrein auch weiterhin eine wichtige Rolle als Treffpunkt für Gläubige in der gesamten Region spielte, deshalb hatte er auch gerade dort eine nicht unerhebliche Zahl von Agenten platziert. Der Schrein spielte eine Schlüsselrolle im syrischen Krieg. Er war *die* vereinigende Kraft der syrischen, irakischen und libanesischen Schiiten, die sich unter dem Banner der Verteidigung des Schreins in den Jahren 2012 und 2013 zusammengeschlossen hatten. Während die Rolle des Iran im Irak und in Syrien manchmal als »Landbrücke« zur Hisbollah angesehen wurde, war dieser Schrein ebenfalls eine Art »Landbrücke«, die auf persönlichen und religiösen Verbindungen vor Ort zwischen Gruppen aufgebaut wurde, die seit Jahren gemeinsam für eine gemeinsame Sache kämpften.

»Weiß die Quelle, *wie* die beiden Anschläge ausgeführt werden sollen?«, fragte Dahan.

»Nein, aber sie äußerte eine Vermutung: Bei den Teams für die Anschläge soll es sich um Hisbollah-Agenten handeln, die von Al-Quds gründlich ausgebildet wurden. Nach seinen Angaben besuchten die Agenten den Iran in diesem Jahr mehrmals und absolvierten auf der Quds Basis eine Ausbildung zum Lenken unbemannter Luftfahrzeuge und explosiver Drohnen. Sie nahmen an mehreren Trainingseinheiten teil.«

»Drohnen?«

»Ja, er sagte, es wäre ein ganz neuer Typ von iranischen Drohnen. Jede dieser Drohnen könnte mehrere Kilogramm Sprengstoff transportieren und würde in Zusammenarbeit mit einer Gruppe iranischer Piloten betrieben werden. Die Piloten hätten sich bis gestern in Syrien aufgehalten und wären heute speziell für diese Mission nach Deutschland weitergereist.«

»Hisbollah-Agenten und iranische Piloten in gemeinsamer Mission? Ari, ich glaube kein Wort davon. Und ein neuer Drohnentyp, von dem wir nichts wissen? Absolut unmöglich. Und wie sollen diese Drohnen nach Deutschland geschmuggelt werden, ohne dass wir das sofort erfahren? Wir besitzen die genauesten Koordinaten ihrer Waffenschmieden, die genauesten Koordinaten ihrer Anlagen zum Herstellen von Raketentreibstoff, wir kennen die Zeit und den Ort ihrer Drohnenkonvois ...«

»Trotzdem würde ich dieser Information gern nachgehen.«

»Das ist auch in Ordnung, das ist sogar deine Pflicht, Ari. Aber das nächste Mal kommst du mir bitte mit harten Fakten.«

***

Mittwoch, 14. März – Die Leichen der vier *kidonim* trafen am Mittwochmorgen auf dem Flughafen Ben-Gurion ein. In einem abgelegenen Hangar des Flughafens fand ein feierliches Zeremoniell statt, an dem viele hohe Beamte des Mossad teilnahmen. Wie bei anderen Anlässen dieser Art lobte der Generaldirektor nicht nur den heldenhaften und selbstlosen Einsatz der vier Agenten, sondern betonte besonders, dass das jüdische Volk von den ersten Anfängen seiner Geschichte an angefeindet worden sei, und dass es seit Bestehen des Staates Israel keine Minute gegeben habe, an dem der Staat nicht durch äußere wie innere Feinde bedroht worden sei. Der Mossad sei die erste Familie des Staates, und diese Familie würde sich mit aller Kraft und mit Körper, Seele und Geist rund um die Uhr für die Sicherheit des jüdischen Staates sowie für die Sicherheit der Juden in aller Welt einsetzen.

Zum Abschluss der Zeremonie spielte eine Militärkapelle die *Hatikvah*, die israelische Nationalhymne.

Dahan und Ben-Zvi schüttelten ein paar Hände und stiegen dann in den Fonds der schwarzen gepanzerten Limousine, die vor dem Hangar wartete.

»Ich habe mir Gedanken gemacht über das, was du mir gestern Abend erzählt hast«, sagte Dahan, als sich der Wagen auf den Weg zum King Saul Boulevard machte.

»Und?«

»Nun, es könnte tatsächlich so sein, wie es die Quelle aus der Sayyida Zainab Moschee behauptet hat.«

»Dass er zwei Anschläge ausführen will?«

»Nein, das mit den Drohnen. Für Idris ist dieser sechste Vergeltungsschlag gleichzeitig sein letzter. Aus seiner, beziehungsweise aus iranischer Sicht wären damit alle sechs iranischen Atomwissenschaftler gerächt. Idris kann sich dann nach Beirut oder Teheran absetzen und dort in aller Ruhe und im Schutz der Revolutionsgarde seinen Lebensabend genießen. Er betrachtet diesen Terroranschlag sozusagen als seinen krönenden Abschluss. Es sähe ihm sehr ähnlich, sich dafür etwas ganz Besonderes – eben einen Drohnenangriff – einfallen zu lassen.«

»Ja, ein letzter Coup, ein letztes großartiges Spektakel aus Blut und Feuer. Aber der Begriff der Rache greift bei Idris nicht. Es ist etwas ganz anderes. Idris betrachtet seine Terroranschläge eher als Kunstwerke. Er liebt die Feinplanung, die präzise Ausführung, das filigrane Spiel mit dem Feind. Er sieht sich als Künstler, als Ästhet, verstehst du? Und genau deshalb wurde er wahrscheinlich vom Revolutionsführer selbst für diesen Feldzug ausgesucht. Nicht nur weil er sehr kreativ und hochintelligent ist, sondern weil er auch mit wissenschaftlicher Präzision arbeitet. Das muss ihm erst mal einer nachmachen: Fünf mehr oder weniger geniale Vergeltungsakte. Für jeden der fünf getöteten iranischen Atomwissenschaftler einen. Und jedes Mal ist es ihm gelungen, unser dichtes Überwachungsnetz auszutricksen.«

***

Düsseldorf – Yves de Gramont hatte sich zwei Stunden, bevor die verschärften Grenzkontrollen begannen, unentdeckt nach Deutschland absetzen können.

Gegen 11 Uhr an diesem Mittwochvormittag traf er sich

ein letztes Mal mit Abu Jamil in einem sicheren Haus im Düsseldorfer Norden. Das Haus gehörte den Al-Quds-Brigaden und war mit den modernsten abhörsicheren Kommunikationsanlagen ausgestattet. Abu Jamil trug diesmal keine *galabija*, sondern einen teuren, westlich geschnittenen Anzug mit hellblauem Hemd und konservativer Seidenkrawatte.

»Die *shahids* haben ihre letzten Befehle erhalten«, meldete Abu Jamil. »Sie begeben sich selbständig zu ihren Zielen. Jetzt kann sie nichts mehr aufhalten.«

»Und du?«, fragte de Gramont.

In diesem Moment hupte draußen das Taxi, das Abu Jamil bestellt hatte.

»Ich fahre jetzt zum Flughafen und nehme die 14-Uhr-Maschine nach Beirut.«

»Halte dich dort gut versteckt«, sagte de Gramont. »Wir holen dich in den Iran, sobald es soweit ist.« Er schüttelte ihm die Hand. »*Ma-salam.*«

»*As-salam alaikum*, Bruder Idris.«

Abu Jamil öffnete die Haustür und trat hinaus auf die Straße, ohne sich noch einmal umzuschauen. Er übergab dem Taxifahrer seinen schwarzen Travel Trolley, der ihn sorgfältig in den Kofferraum legte, und nannte ihm den Düsseldorfer Flughafen als Fahrziel.

De Gramont schloss die Tür hinter ihm, ging ins Bad, stellte sich vor den Spiegel und betrachtete eingehend sein Spiegelbild. Heute war er noch der elegante Yves de Gramont, professioneller Makler für exklusive Immobilien. In wenigen Stunden würde er Idris sein.

Von einer Quelle aus dem deutschen Sicherheitsapparat hatte er über Umwegen erfahren, dass die israelische Regierung gestern Abend Alarm geschlagen hatte. Die Israelis hatten sich also entschlossen, die Deutschen zu warnen. Darüber konnte er nur lachen. Deshalb würde er die Vergeltung weder verschieben noch abblasen. Selbstverständlich hatte er längst eingeplant, dass die nordrhein-westfälische Landesregierung die Gefahrenstufe heraufsetzen und entsprechende Abwehrmaßnahmen treffen würde. Und weil er dies alles bereits ins Kalkül gezogen hatte, bedurfte es nicht der geringsten Änderung seiner Planung.

Die shahids *haben ihre letzten Befehle erhalten. Jetzt kann sie nichts mehr aufhalten.*

Ein weiterer Befehl war erteilt worden. Der Mann, der Abu Jamil heute Abend in Beirut vom Flughafen abholen würde, würde ihn liquidieren.

De Gramont betrat das Wohnzimmer des sicheren Hauses. Das rote Lämpchen an der abhörsicheren Kommunikationsanlage blinkte. Er hatte diesen Anruf erwartet und nahm ihn gern entgegen.

Am anderen Ende der Leitung meldete sich jemand unter dem Namen »Sabri«. Sabri war de Gramonts *zweiter* Operationschef. Sabri wusste nichts von Abu Jamil, und Abu Jamil würde nie erfahren, dass es noch einen zweiten Operationschef gab.

***

Halon wurde von Ben-Zvi ständig über die neuesten Entwicklungen auf dem Laufenden gehalten. Der Chef der Operationsabteilung berichtete seinem *katsa* auch über den Inhalt des Gesprächs, das er mit dem *memuneh* geführt hatte.

»Auch wenn es extrem unwahrscheinlich ist, dass es Abu Salim gelungen sein könnte, eine oder mehrere iranische Drohnen unerkannt nach Deutschland zu schmuggeln – es würde zu ihm passen«, sagte Halon.

»Selbstverständlich würde es zu ihm passen. Aber für uns wäre es eine Katastrophe, schließlich können wir unser *kipat barsel* nicht kurzfristig nach Düsseldorf verlagern.«

Das *kipat barsel* war ein mobiles Raketenabwehrsystem zur Abwehr von Kurzstreckenraketen. Es kam bislang ausschließlich gegen den beständigen Raketenregen aus dem Gazastreifen und dem Südlibanon zum Einsatz. Ohne dieses hocheffiziente Abwehrsystem – das wusste jeder in Israel – hätten die israelischen Streitkräfte den Gazastreifen schon längst dem Erdboden gleichgemacht.

»Na, wenigstens kannst du noch Witze machen«, sagte

Halon. »Was anderes: Du hast mir letzten Monat von einer Topquelle im Büro des iranischen Revolutionsführers erzählt. Gibt es aus dieser Richtung etwas Neues?«

»Die Quelle ist seit zwei Wochen tot. Möglicherweise hängt sie inzwischen an einem Kran in Teheran.«

»Tja, in dieser Hinsicht waren die Mullahs schon immer blitzschnell.«

»Ich habe dir übrigens ein zweites *kidon*-Team zusammengestellt«, fuhr Ben-Zvi fort. »Nur für den Fall, dass du es benötigst.«

Halon überlegte kurz. »Ist David dabei?«

»Ja. Wie du weißt, hatte er eine schwere Verletzung an seiner rechten Hand, aber jetzt ist wieder alles in Ordnung. Er ist voll einsatzfähig.«

»Wen hast du noch ausgesucht?«

»Daniel Bitan, Noam Alon und Anat Lazaroff.«

»Schick mir nur David Talberg.«

»Vier sind besser als einer.«

»Nein.«

»Wie du meinst. Ich setze ihn morgen früh ins Flugzeug.« Ben-Zvi hustete rau. Er musste dringend mit dem Rauchen aufhören. »Was machen die Observationsteams?«

Halon schaute auf seine Uhr. Es war gleich 15 Uhr. »Die Teams überprüfen gerade, ob die Sicherheitsvorkehrungen vor den verschiedenen Einrichtungen der Jüdischen Gemeinde inzwischen verschärft wurden. Ich setze mich gleich auf meine Maschine und inspiziere alles auch noch mal persönlich, bevor es dunkel wird. Um 18 Uhr bin ich wieder zurück.«

»Okay. Berichte mir anschließend.«

»Die Observationsteams fliegen übrigens morgen zurück nach Tel Aviv. Ich brauche sie hier nicht mehr.«

»Okay. Bis dann.«

Halon rauchte noch eine Zigarette. Dann stülpte er sich seinen Motorradhelm über. Er zog die Tür des sicheren Hauses hinter sich zu, schwang sich auf seine schwarze Honda Fireblade und brauste los.

Sein erstes Ziel war die große Synagoge am Paul-Spiegel-Platz.

Zwei Einbahnstraßen führten an der Synagoge vorbei. Die eine, die Zietenstraße, führte von Südwesten nach Nordosten, die andere, die Mauerstraße, von Südosten nach Nordwesten. Dort, wo sich die beiden Straßen kreuzten, stand ein einzelner Polizeiwagen.

Halon fühlte nackten Zorn in sich aufsteigen. Über die in seinen Motorradhelm eingelassene Kommunikationseinrichtung unterrichtete er umgehend Ben-Zvi. »Die Deutschen wurden darüber informiert, dass wir mit hoher Wahrscheinlichkeit mit einem schweren Terroranschlag am Freitag rechnen, und hier steht nur ein einzelner Polizeiwagen.«

»Für die ist eben noch kein Freitag, Avi. Das sind Bürokraten. Geh davon aus, dass die Gegend ab morgen zur Festung ausgebaut wird«, versuchte Ben-Zvi ihn zu beruhigen.

»Wie du meinst. Ich schaue mir jetzt die Schutzvorkehrungen bei den anderen Einrichtungen an.«

Halon fuhr mit seiner Maschine *alle* jüdischen Einrichtungen ab: Zuerst die Yitzhak-Rabin-Schule, dann Chabad Lubavich sowie die jüdischen Restaurants. Das Albert-Einstein-Gymnasium in Düsseldorf-Rath war sein letztes Ziel.

Überall bot sich ihm das gleiche Bild. Der Schutz der jüdischen Einrichtungen befand sich auf absoluter Sparflamme. Er konnte nur hoffen, dass die »Bürokraten«, wie Ben-Zvi sie genannt hatte, ab morgen mehr für den Schutz ihrer jüdischen Mitbürger aufbieten würden.

Frustriert kehrte er gegen 18 Uhr in das sichere Haus zurück. Er schenkte sich einen Whiskey ein und ging früh zu Bett.

***

Donnerstag, 15. März: Halon hatte in der letzten Nacht kein Auge zugetan. Immer wieder war er aufgestanden, um in der Küche eine Zigarette zu rauchen. Seine innere Unruhe wurde von Minute zu Minute größer. Das Gefühl, dass eine Katastrophe unmittelbar bevorstand, ließ ihn nicht mehr los. Um 4 Uhr beschloss er, nicht mehr zurück ins Bett zu gehen, sondern stattdessen heiß zu duschen und sich anschließend einen starken Kaffee zu machen.

Morgen war der 16. März, der Jahrestag des Attentats auf den brillanten Atomphysiker Asghar Mirzakhani.

Morgen war der letzte Tag.

Avi Halon fühlte sich völlig zerschlagen.

***

Vor der großen Synagoge waren keine äußerlichen Anzeichen für die bevorstehende Katastrophe auszumachen. Die beiden Beamten in dem blaugelben BMW Kombi der Düsseldorfer Polizei spielten gelangweilt mit ihren Mobiltelefonen. Sie hörten die beiden Lastwagen, die aus unterschiedlichen Richtungen heranrasten, bevor sie sie sahen. Das laute Dröhnen der Dieselmotoren zerriss die Stille dieses Morgens. Einer der Polizisten sah automatisch auf die Uhr. 5.47 Uhr. In einer Stunde würde die Sonne aufgehen.

Die beiden Lastwagen mit ihren schweren Ladungen rasten aus unterschiedlichen Richtungen heran. Der erste näherte sich über die Mauerstraße von Südosten, der zweite über die Zietenstraße von Südwesten.

Die beiden Polizisten rissen fast gleichzeitig die Türen ihres Fahrzeugs auf. Einer fand noch die Zeit, einen Blick auf den ersten Lkw zu werfen. Hinter der Windschutzscheibe wurde kurz der Fahrer sichtbar. Er war jung, sein Mund stand offen, seine Augen weit aufgerissen. Die Polizisten warfen sich blitzschnell unter ihr Fahrzeug.

Die beiden Detonationen erfolgten innerhalb derselben Sekunde. Sie waren in ganz Düsseldorf zu hören. Im Umkreis von einem Kilometer ließ die Druckwelle sämtliche Fensterscheiben zersplittern. Die schönen Kirschbäume vor der Synagoge wurden ausnahmslos gefällt. Die Vögel fielen tot vom Himmel.

Als die Druckwelle das sichere Haus erreichte, wusste Halon in derselben Sekunde Bescheid. Wer dreißig Jahre lang Terroristen bekämpft hat, entwickelt einen übernatürlichen Sinn für diese Bedrohung. Die Fensterscheiben waren aus Panzerglas und gingen deshalb nicht zu Bruch.

Er eilte ins Wohnzimmer und ergriff die Fernbedienung. Er

drückte einen Knopf, und aus der Konsole stieg langsam der große Plasmabildschirm auf.

Dreißig Sekunden später war er mit Ben-Zvi verbunden.

»Er hat gerade zugeschlagen. Einen Tag früher als erwartet«, sagte Halon.

»Wo?«

»Weiß ich nicht.«

»Bleib dran. Ich melde mich gleich.«

Ben-Zvi raste zum Aufzug und fuhr hinunter in den 3. Stock zur Technischen Abteilung.

Kurz darauf saß er ebenfalls vor einem großen Plasmabildschirm. Sie hatten Glück. Ofeq 12, der neueste israelischen Spionagesatellit für fast zentimetergenaue optische Aufklärung, zog gerade über Westeuropa hinweg.

Halon bekam die Satellitenbilder live in das sichere Haus übertragen.

»Deutschland, Düsseldorf«, hörte er Itai Kalev, den Satellitentechniker am King Saul Boulevard, sagen. Dann: »Näher rangehen!« Kalev erteilte dem Computer seine Befehle mündlich.

Der Großraum Düsseldorf füllte jetzt den ganzen Bildschirm aus.

Die riesige schwarze Rauchsäule war nicht zu übersehen. Sie markierte die Stelle, wo noch vor fünf Minuten die große Synagoge gestanden hatte.

»Rauchsäule zentrieren!«

Die hochauflösenden Kameras von Ofeq 12 zoomten die Rauchsäule näher heran. Der Techniker rief: »Stopp!«

»Oh mein Gott!«, stieß er kurz darauf aus und hielt sich die Hand vor den Mund. Auf dem Bildschirm waren zwei riesige Krater zu sehen, einer an der Westseite, der andere an der Südseite der Synagoge.

»Beide Krater ausmessen!«

Die exakten Daten erschienen blitzschnell am linken Rand des Bildschirms. Halon sah sie ebenfalls.

Krater Mauerstraße – maximaler Durchmesser: 10,53 Meter, maximale Tiefe: 3,22 Meter.

Krater Zietenstraße – maximaler Durchmesser: 11,27 Meter, maximale Tiefe: 3,31 Meter.

Nachdem der Computer die Struktur der beiden Krater untersucht hatte, meldete er, dass die Explosion an der Zietenstraße eine Drittelsekunde nach der Explosion an der Mauerstraße erfolgt war.

***

Tel Aviv – In Deutschland war es inzwischen 6 Uhr, in Tel Aviv 7 Uhr. Der *memuneh* war noch nicht in seinem Büro, aber Ben-Zvi erreichte ihn, als er gerade in seinen gepanzerten Dienstwagen stieg.

»Wann war der Anschlag?«, fragte Dahan.

»Vor zehn bis fünfzehn Minuten.«

»Opfer?«

»Wissen wir noch nicht. Viele können es nicht sein, die Synagoge war geschlossen.«

»Absolut untypisch für Idris. Schick mir die Aufzeichnung direkt in den Wagen.«

Ron Dahan schaute ungeduldig auf den schwarzen Bildschirm im Fonds seines Dienstwagens. Fünf Sekunden später wurde ihm die Aufzeichnung in den Wagen übertragen. Die beiden Bombentrichter hatten unfassbare Ausmaße. Sie waren umgeben von Ringen aus verbranntem Stein und Asphalt. Von der Synagoge selbst war außer ihrem Grundriss nichts mehr zu sehen.

»Ich informiere jetzt den Ministerpräsidenten. Du bleibst in ständigem Kontakt mit Halon«, sagte Dahan. Dann drückte er das Gespräch weg.

Auf den Korridoren der Zentrale verbreitete sich die Nachricht wie ein Lauffeuer, ebenso die Erkenntnis, dass dieser Terrorakt absolut untypisch für Idris war. Um 8.30 Uhr wusste der Mossad, dass in Düsseldorf keine Juden ums Leben gekommen waren.

Schon wenige Stunden nach dem Anschlag war ein Team aus israelischen Bombenspezialisten in Düsseldorf eingetroffen, um in den Trümmern nach Hinweisen auf Zusammensetzung und Herkunft der beiden Sprengladungen zu fahnden.

***

Düsseldorf – Während die Drähte zwischen Jerusalem, Tel Aviv, Berlin und Düsseldorf heiß liefen und diverse Spezialeinheiten zur Terrorismusbekämpfung mit ihren Hubschraubern den Himmel über Düsseldorf schwarzfärbten, saß Halon rauchend und nachdenklich auf dem Sofa im Wohnzimmer. Er hatte den Fernseher eingeschaltet und schaute sich die Live-Bilder vom Unglücksort an. Der Platz, wo die Synagoge gestanden hatte, war großräumig abgesperrt. Aus der Luft konnte man erkennen, mit welcher unfassbaren Wucht dieser Terroranschlag ausgeführt worden war. Je länger er die Bilder betrachtete, umso überzeugter wurde er, dass dieser Terroranschlag sehr wohl auf das Konto von Idris ging, auch wenn er einen Tag *vor* dem symbolischen Datum stattgefunden hatte. Der Hauptschlag würde nämlich morgen erfolgen, der heutige war nichts weiter als ein weiteres Täuschungsmanöver. Die Information, die ein Mossad-Agent in einer Moschee in Damaskus von einem angeblichen Mitglied der Revolutionsgarde erhalten hatte, stimmte also, auch wenn sie bislang niemand ernstgenommen hatte. Und wenn der erste Teil der Information, wonach es zwei Anschläge geben würde, stimmte, dann konnte auch der zweite Teil, wonach es einen Anschlag mit einer oder mehreren iranischen Drohnen geben würde, wahr sein. Bei Idris musste man das Unmögliche für möglich halten.

Halon stellte den Ton ab, weil er die dummen Kommentare nicht mehr ertragen konnte: »Bisher hat sich noch niemand zu dem Anschlag bekannt ...« *Es wird sich auch niemand zu dem Anschlag bekennen.* Er zündete sich eine weitere Zigarette an und konzentrierte sich nur auf die Bilder, die in Endlosschleife immer dieselben waren. Dabei prägte er sich jedes Detail ein. Die Rekonstruktion des Anschlags würde eine Zeitlang dauern, da die Videoaufzeichnungen zusammen mit der Synagoge in zwei gigantischen Feuerbällen zerstört worden waren.

Um 11.30 Uhr schickte er einen *bodel* zum Düsseldorfer Flughafen. Die El-Al-Maschine mit David Talberg an Bord würde gegen 12 Uhr landen.

Als der *bodel* mit David im Schlepptau gegen 13.30 Uhr zum sicheren Haus zurückkehrte, telefonierte Halon gerade mit Ben-Zvi. Er hob kurz die Hand zur Begrüßung,

Der *bodel* wollte sich verabschieden, als Halon ihm mit einer knappen Handbewegung gebot, zu warten. Dann führte er das Telefonat weiter.

»Die Deutschen haben sich schon erkundigt, ob unsere Sicherheitswarnung für morgen noch gilt«, sagte Ben-Zvi. »Schließlich habe sich der Anschlag einen Tag früher ereignet, als von uns erwartet.«

»Und was habt ihr ihnen geantwortet?«

»Wir haben ihnen das Gleiche gesagt, was du auch vermutest. Wir rechnen morgen mit einem zweiten Anschlag.«

»Und wie haben sie reagiert?«

»Sie haben es geschluckt. Morgen wird Düsseldorf einer Festung gleichen.«

»Die Situation ist jetzt schon völlig chaotisch«, sagte Halon. »Die Deutschen können mit Anschlägen dieser Größenordnung überhaupt nicht umgehen.«

»Das war bei uns in Israel doch ganz genauso, ehe wir mit dem Bau der Sicherheitszäune 1994 beziehungsweise 2002 begannen. Und seitdem wir zusätzlich durch den *kipat barsel* geschützt sind, sind wir zu 99 Prozent auch vor dem Raketenbeschuss aus dem Gazastreifen und aus dem Südlibanon sicher.«

»Mit welchem Angriffsziel rechnen unsere Analytiker?«

»Das hat mich der *memuneh* auch schon gefragt. Für die Beantwortung dieser Frage brauche ich keinen Analytiker, weil es auf der Hand liegt. Idris will möglichst viele Tote. Nachdem die große Synagoge zerstört ist, bleiben im Wesentlichen nur noch die beiden jüdischen Schulen: Die Yitzhak-Rabin-Schule und das Albert-Einstein-Gymnasium. Beide sind morgen geschlossen.«

»Bist du dir sicher?«

»Nein.«

Das Telefonat war beendet.

Halon wandte sich David zu, der gerade sein Gepäck in einen der Schlafräume brachte.

»Shalom, David, hattest du einen guten Flug?«

»Shalom. Ja, alles bestens«, antwortete der zweiundzwanzigjährige *kidon*. »Bringst du mich kurz auf den neuesten Stand?«

»Ja, gleich. Ich muss zuerst ein Telefonat mit unserer Berliner Residentur führen.«

»Okay, hast du was zu trinken hier?«

»Schau im Kühlschrank nach.«

Während David zum Kühlschrank ging und sich ein eiskaltes Heineken herausnahm, wählte Halon die Nummer der Berliner Residentur und verlangte nach Dani Gerstein. Gerstein war der offizielle *katsa* für Deutschland.

Halon sagte ihm, dass er für morgen früh um Punkt acht Uhr eine seriöse schwarze Limousine mit Blaulicht und Diplomatenkennzeichen bräuchte. Er erklärte ihm auch den Grund.

»Geht klar«, sagte Gerstein. »Der Wagen steht dir morgen früh um acht Uhr zur Verfügung. Darf ich fragen, wer fährt?«

»David Talberg.«

Nach dem Telefonat wandte er sich dem *bodel* zu: »Du besorgst David und mir zwei dunkle Anzüge, Hemden, Krawatten, polierte schwarze Schuhe.« Er sah auf die Uhr. »Es ist jetzt 13.45 Uhr. Du hast genau zwei Stunden Zeit, dann bist du wieder hier.«

»Aye aye, Sir!«

Der *bodel* verabschiedete sich.

Während in Düsseldorf die ersten Schützenpanzer der Bundeswehr an allen sensiblen Punkten Stellung bezogen, machten es sich Halon und sein Lieblings-*kidon* auf dem Sofa bequem und besprachen die Lage. Halon sah in dem jungen Mann schon seit längerem den zukünftigen *katsa*.

***

»Niemals werden wir uns dem Terror beugen, egal von welcher Seite er kommt!« Der Schulleiter der Yitzhak-Rabin-Schule, Schmuel Fleischmann, hatte sich regelrecht in Rage geredet. »*Niemals! Niemals! Niemals!*« Er haute mit seinen beiden Fäusten mehrmals dermaßen kräftig auf den Konferenztisch, dass die Kaffeetassen schepperten. Dabei schaute er wütend auf die zerborstenen Fenster zu seiner Rechten. Die Druckwellen der beiden Explosionen vor der Synagoge hatten selbst hier an seiner Schule jedes zweite Fenster zersplittern lassen.

Iris Amos, die junge Sportlehrerin, konterte ihm sofort: »Die Behörden haben uns sehr klar zu verstehen gegeben, dass wir die Schule morgen schließen sollen, Herr Fleischmann. Ich bin nicht bereit, mein Leben aufs Spiel zu setzen und hier morgen zu unterrichten.«

Viele Lehrer pflichteten ihr bei. Andere nicht. Das Lehrerkollegium war in dieser Frage vollkommen zerstritten. Einige senkten verlegen den Blick.

Nach einer halbstündigen Beratung einigte man sich auf einen Kompromiss: Die Yitzhak-Rabin-Schule würde am morgigen Freitag geöffnet bleiben. Den Lehrkräften stünde es aber frei, ob sie morgen unterrichten wollten. Die Eltern der Schüler würden jetzt per Telefonkette über die Entscheidung des Lehrerkollegiums unterrichtet werden. Die Teilnahme am morgigen Unterricht sei nicht verpflichtend. Den Eltern stünde es frei, ihre Kinder zum Unterricht zu schicken oder sie zu Hause zu lassen. Die Schulbusse würden ihre gewohnte Route abfahren.

***

Auf dem Rhein, 24 Kilometer südlich von Düsseldorf – Freitag, 16. März. Kapitän Lars Janssen, ein fünfundvierzigjähriger bärtiger Ostfriese, schaute über das Ruder seines Frachtkahns auf den tiefschwarzen Rhein hinaus. Es war noch nicht einmal fünf Uhr morgens. Er wusste, dass der Tag warm und sonnig werden würde, aber aktuell betrug die Temperatur gerade mal 8 Grad. Er trug eine dicke Fleece Jacke, die ihn warmhielt, und ab und zu nahm er einen Schluck von dem heißen Kaffee, den ihm der Kombüsenjunge Jan aufgesetzt hatte.

Er und Jan waren die einzigen Personen an Bord.

Janssens Frachtkahn war 38 Meter lang, 5 Meter breit und hatte einen Tiefgang von 2,30 Meter. Demzufolge verfügte er auch nur über eine Ladekapazität von 400 Tonnen. Gemessen an modernen Frachtschiffen war er sehr klein. Er besaß allerdings den Vorteil, dass er praktisch jede Binnenwasserstraße in Europa befahren durfte.

Der einzige Container an Bord war bereits vor Tagen im Rheinhafen Andernach verladen worden. Er war orangerot, und die Begleitpapiere waren dermaßen oft umgeschrieben worden, dass niemand mehr in der Lage gewesen wäre, sein Herkunftsland zu ermitteln. Das interessierte Kapitän Janssen auch nicht. Er wusste nur, in welchem Hafen er den Container abliefern sollte.

Das nahezu lautlose Schnellboot mit den fünf Männern an Bord näherte sich dem Frachtkahn mit hoher Geschwindigkeit von Süden. Alle fünf Männer trugen Kampfanzüge und schwarze Gesichtsmasken und führten Maschinenpistolen des Typs Heckler & Koch MP5SD mit integriertem Schalldämpfer mit sich.

Um 4.53 Uhr hatte das Schnellboot den Frachtkahn erreicht. Vier der Männer enterten den Kahn innerhalb weniger Sekunden. Der fünfte Mann blieb hinter dem Ruder des Schnellboots zurück.

Die Männer wussten genau, was sie taten, und sie folgten einem minutiös ausgearbeiteten Plan. Während der eine auf leisen Sohlen zum Steuerhaus schlich, machten sich die anderen drei an dem Container zu schaffen.

Kapitän Janssen sackte nach dem ersten Feuerstoß, der ihn von hinten in den Rücken traf, tot über dem Ruder zusammen. Der Kombüsenjunge folgte ihm drei Sekunden später. Der Mörder der beiden, ein iranischer Pilot, wälzte den toten Kapitän zur Seite und übernahm nun selbst das Ruder.

Die drei anderen Männer – ein weiterer iranischer Pilot sowie zwei Hisbollah-Agenten – hatten soeben die Plombierung des 20-Fuß-Containers entfernt. Sie öffneten die Stahltüren und leuchteten mit ihren Stablampen in das Innere des Containers. Die Fracht war genau so angeordnet, wie man es ihnen beschrieben hatte.

Die sechs großen Holzkisten enthielten die Trägersysteme, die zwölf kleineren die entsprechende Nutzlast.

Der Zeitplan sah vor, dass sie die nächsten drei Stunden mit dem Zusammenbau der Trägersysteme sowie mit der Bestückung der Nutzlast verbringen würden. Die Trägersysteme waren ein ganz neuer Typ von iranischen Drohnen. Ähnlich wie bei einem Marschflugkörper waren ihre Zielkoordinaten bereits fest einprogrammiert. Jede dieser sechs Drohnen konnte mehrere Kilogramm Nutzlast transportieren. Die Nutzlast, die heute zum Einsatz kommen würde, bestand jedoch nicht aus Sprengstoff, sondern einerseits aus Sorajimin, einem hochwirksamen Nervengift aus nordkoreanischer Produktion, andererseits aus herkömmlichen Sarin. Beide Flüssigkeiten waren farb- und geruchlos. Schon das Einatmen geringer Mengen wirkte absolut tödlich.

Die Flüssigkeiten befanden sich in getrennten Glasbehältern, die jeweils separat in die Nutzlastkammern der Drohnen eingeführt wurden. Die beiden Hisbollah-Agenten hatten sowohl die Aktivierung der Drohnen als auch ihre Bestückung viele Male in einem Ausbildungslager einer Quds Basis trainiert. Der dritte Mann, ein iranischer Pilot, achtete streng auf die Einhaltung des Zeitplans.

***

Düsseldorf – 7.30 Uhr. Im Safe des sicheren Hauses lagen acht verschiedene Pässe, ein echter und sieben perfekte Fälschungen. Das Passfoto zeigte jedes Mal dasselbe Gesicht.

Halon wählte einen israelischen Pass, der ihn als Attaché der Israelischen Botschaft in Berlin auswies. Und wenn man ihn in seinem teuren dunkelblauen Anzug sah, den er gerade trug, konnte man ihm diese Rolle durchaus abnehmen. Er verschloss den Safe wieder und wandte sich dann seinem Fahrer zu: »Der Anzug steht dir ausgezeichnet, David.«

»Deiner dir aber auch.«

Der Wagen des Israelischen Botschafters wurde ihnen um Punkt acht Uhr übergeben. Wegen der Kurzfristigkeit von Halons Befehl, hatte der Wagen noch während der Nacht von Berlin nach Düsseldorf gebracht werden müssen. Ein schwarzer BMW mit Blaulicht und echtem Diplomaten-kennzeichen. Der Israelische Botschafter hatte keinen Widerstand geleistet, als man ihn noch gestern Abend mit Halons »Wunsch« konfrontiert hatte. Er war sich der geheimen internen hierarchischen Ordnung durchaus bewusst: Jeder *katsa* des Mossad stand hierarchisch über ihm.

David setzte sich hinters Steuer und startete den Wagen.

Bevor Halon im Fonds des Wagens Platz nahm, atmete er noch einmal tief durch. Heute war ein warmer und sonniger Tag. Kein Wölkchen stand am Himmel. Die Luft in Düsseldorf war erfüllt von Frühlingsduft.

David nannte dem Bordcomputer das Fahrtziel.

Um 8.05 Uhr fuhren sie los.

***

Die Yitzhak-Rabin-Schule war eine Ganztagsschule mit vier langen Schultagen von Montag bis Donnerstag und einem kurzen Tag am Freitag. Der Unterricht begann um 8 Uhr.

Schmuel Fleischmann, der Schulleiter, stand bereits um 7.45 Uhr draußen am Eingang, um persönlich zu überprüfen, wer kommen würde und wer nicht. Von den fünfzehn Lehrkräften und Erzieherinnen erschienen nur acht. Von den 180 Schülern erschienen schließlich 92. Sie wurden alle mit den Schulbussen gebracht. Wegen des Freitags trugen sie heute nicht die traditionelle Schuluniform, sondern waren festlich gekleidet.

***

Der Frachtkahn erreichte um 8.15 Uhr Düsseldorf-Niederkassel. Die vier Männer sprangen zurück in das Schnellboot, das den Kahn die ganze Zeit begleitet hatte. Einer der beiden iranischen Piloten startete die Drohnen, die nun selbständig, ohne dass es noch eines manuellen Eingreifens bedurft hätte, im Formationsflug ausschwärmten.

**

Halon und sein *kidon* erreichten die Yitzhak-Rabin-Schule gegen 8.30 Uhr. Insgesamt mussten sie drei Checkpoints der Düsseldorfer Polizei passieren, sie wurden aber jedes Mal durchgelassen. Die Autorität, die der Wagen des Botschafters ausstrahlte, wirkte. Nur am letzten Checkpoint musste Halon seinen Diplomatenausweis vorzeigen. Danach wurden sie endgültig durchgewunken.

David hielt direkt vor dem Eingang.

»Ich bin in zehn Minuten zurück«, sagte Halon und stieg aus.

Bevor er sich auf den Weg zum Büro des Schulleiters machen würde, um ihn zu bitten, die Schule sicherheitshalber doch noch zu schließen und die Schüler nach Hause zu schicken, sah er sich die Gegend vor der Schule noch einmal sorgfältig an.

Eine tödliche Gefahr nur zu spüren oder dem Tod direkt ins Auge zu blicken, waren zwei verschiedene Dinge.

Da waren sie! Nur noch vierhundert, maximal fünfhundert Meter entfernt. Sie flogen im Formationsflug und nahezu lautlos. Er hatte es gewusst. Sein Instinkt hatte ihn nicht verlassen.

Eine übernatürliche Kraft durchfuhr seinen Körper. Er verspürte keine Angst. Jetzt wurden in ihm jene Programme aktiviert, die ihm jahrzehntelang antrainiert wurden.

Er raste ins Schulgebäude. »Terrorangriff! Evakuieren! Sofort! Alles raus! Sofort! Bringt euch in Sicherheit!«

Er schrie so laut er konnte. Währenddessen rechnete er aus, wie viele Sekunden er noch hatte, um sich selbst in Sicherheit zu bringen.

Klassenzimmertüren wurden aufgerissen. Aufgeregte Schreie gellten durch die Flure.

»Terrorangriff! Alle sofort raus hier!«, schrie er noch einmal.

Die ersten Kinder rannten nach draußen.

»Alles weg hier!« Halon schnappte sich die ersten sechs Kinder und stopfte sie eng zusammengedrückt in den Botschaftswagen. Dann sprang er selbst hinterher.

»Fahr los!«, schrie er David an.

David gab Gas und raste mit quietschenden Reifen davon.

In derselben Sekunde klinkten die Drohnen ihre Glasbehälter aus. Zwölf Behälter rasten der Erde unheilvoll entgegen, zersplitterten beim Aufprall und gaben ihre tödlichen Substanzen frei.

Halon wollte sofort Ben-Zvi anrufen, war aber gezwungen zu warten, weil die Kinder in seinem Wagen völlig hysterisch waren.

»Wo soll ich hinfahren?«, fragte David, während er das Blaulicht anmachte.

Halon gab ihm den Namen eines Krankenhauses, das sich in sicherer Entfernung vom Anschlagsort befand.

Zehn Minuten später hatten sie die völlig verängstigten Kinder dort abgesetzt. Halon wechselte ein paar Worte mit einem Arzt und bat ihn dann, sich der Kinder vorerst anzunehmen.

»Wir fahren zum sicheren Haus zurück«, sagte er zu David.

Als sie dort ankamen, war es bereits 9.30 Uhr.

Halon zündete sich eine Zigarette an und telefonierte dann mit Ben-Zvi. Er berichtete ihm minutiös, was er beobachtet hatte.

Offenbar war inzwischen mehr passiert, als Halon bekannt war.

»Du fliegst mit David nach Tel Aviv zurück«, sagte der Chef der Operationsabteilung.

»Wann?«

»Am Düsseldorfer Flughafen wartet heute Nacht eine Sondermaschine auf euch. Ich hole euch morgen früh um sechs Uhr auf dem Ben-Gurion-Flughafen ab.«

»Warum?«

»Ich kann dir noch nichts Konkretes sagen, aber wir haben erfahren, dass gerade irgendetwas Größeres in den Redaktionsräumen des deutschen *SPIEGEL* in Vorbereitung ist, das möglicherweise gegen uns, das Büro, gerichtet ist.«

»Das ist doch kein Grund dafür, dass David und ich hier sofort unsere Zelte abbrechen.«

»Dein Name ist gefallen.«

***

Tel Aviv – Samstag, 17. März. Die Sondermaschine der El Al mit Avi Halon und David Talberg an Bord landete um 5.55 Uhr auf einem abgelegenen Rollfeld des David-Gurion-Flughafens.

Ein Empfangskomitee zur Begrüßung des *katsas*, der von einem gefährlichen Auslandseinsatz zurückkam, stand diesmal nicht bereit.

Als Halon und David aus dem Flugzeug stiegen, sahen sie die gepanzerte Limousine des Chefs der Operationsabteilung übers Vorfeld heranrollen. Sie gingen ihm entgegen.

Die hintere Tür des Fahrzeugs wurde aufgestoßen, und Halon stieg ein. David wurde gebeten, sich nach vorne auf den Beifahrersitz zu setzen. Die Fahrerzelle war durch eine schalldichte Glasscheibe vom Fonds getrennt, so dass man hinten ungestört reden oder telefonieren konnte.

Ben-Zvi reichte Halon sein Tablet mit einem aktuellen Artikel von *SPIEGEL ONLINE*.

Bevor er den Artikel lesen würde, scrollte Halon ihn langsam bis ans Ende herunter und sah insgesamt vier Fotos von sich selbst: Das erste Foto war von gestern. Es zeigte ihn vor dem Eingang der Yitzhak-Rabin-Schule, offenbar Sekunden vor dem Terroranschlag. Das zweite Foto zeigte ihn bei seinem Treffen am 8. März mit Allam al-Bahra, dem Wirtschaftsattaché der Libanesischen Botschaft in Berlin. Das Foto war just in dem Moment aufgenommen worden, als er dem gerade zusammensackenden Mann helfend unter die Arme griff. Das dritte Foto war vom 9. März. Es zeigte ihn, wie er mit der 9-mm-Beretta in der Hand neben dem Bett der kurz zuvor erschossenen Prostituierten Eliska alias Tereza Komárek stand. Und das vierte Foto war vom 10. März. Auf diesem war zu sehen, wie er gerade den libanesischen Drogenhändler Khalil Fadlallah in der Wohnung seiner Schwester Nesrin liquidierte.

»Was für ein raffiniertes Dreckschwein«, entfuhr es Halon. Er hatte blitzschnell erkannt, dass er jedes Mal in eine Falle gelockt worden war. In beiden Wohnungen waren Mikrokameras versteckt gewesen. Und die entscheidenden Sequenzen hatte man der Redaktion des *SPIEGELS* als Bildmaterial geschickt. Idris hatte niemals die Absicht gehabt, ihn vorzeitig zu ermorden. Das in Teheran gefundene Dossier mitsamt den Fotos, die ihn zusammen mit Julian Tagman und der Prostituierten Eliska zeigten, war nur der Eröffnungszug eines komplizierten Manövers mit dem Ziel, ihn zur Yitzhak-Rabin-Schule zu locken und gleichzeitig einen äußerst schweren Schlag gegen den Mossad zu führen. »Idris hat offenbar Freunde in deutschen Sicherheitskreisen.«

»Vielleicht. Auf jeden Fall müssen wir sofort herausfinden, wer dem *SPIEGEL* das Material zugespielt hat. Dass sie das Material anonym per Post bekommen haben, ist extrem unwahrscheinlich. Sehr wahrscheinlich haben sie es per E-Mail erhalten. Unsere Techniker kümmern sich bereits darum.« Ben-Zvi zündete sich eine Zigarette an, hustete und reichte die Schachtel dann weiter an Halon. »Willst du den Artikel nicht lesen?«, fragte Ben-Zvi.

»Später. Erzähl mir das Wichtigste.«

»Nun, sie bilden dein Gesicht zwar mit einem schwarzen Augenbalken ab und sprechen vorsichtig von einer ›mutmaßlichen Mossadaktion‹, aber wir müssen davon ausgehen, dass sie im Besitz deines Klarnamens sind. Irgendjemand hat ihnen ein paar Brocken zugeworfen, aber sie haben noch Zweifel. Sie versuchen, Zusammenhänge zu erkennen. Deshalb ist ihre Berichterstattung sehr spekulativ, für uns allerdings umso schädlicher. Sie suggerieren, wir seien irgendwie an der Planung des Terrorangriffs auf die Schule beteiligt gewesen.«

»Mit welcher Motivation?«

»Um den Iran, die Hisbollah oder wen auch immer in Misskredit zu bringen. Du weißt, für wen das Herz der EU schlägt – bestimmt nicht für uns. Der Iran hat sehr genau verstanden, dass die Europäer Trottel sind und bereit sind, ihre Augen zu schließen und nicht zu sehen oder zu verstehen. Idris hat wirklich einen Coup gelandet. Er hat es geschafft, einen Anschlag auf eine jüdische Schule zu verüben und uns die Schuld dafür in die Schuhe zu schieben. *DER SPIEGEL* greift solche Brocken natürlich gern auf, er bleibt seiner antizionistischen Grundhaltung treu. Die Redakteure vom *SPIEGEL* sind noch linker als die Redakteure von *Haaretz*.«

Halon hatte den ersten Absatz des Artikels gelesen. »Sie schreiben, dass wir die deutschen Behörden einige Tage vor dem 16. März gewarnt und sie gebeten hätten, starke Sicherheitsvorkehrungen vor den jüdischen Einrichtungen zu treffen.«

»Richtig, aber die Anhänger von Verschwörungstheorien werden darin nur einen weiteren Beweis für unsere Schuld sehen. Woher konnten wir wissen, dass es exakt am 16. März einen Anschlag geben würde, wenn wir nicht an dem Anschlag beteiligt waren?«

»Sie werden jetzt weiterrecherchieren.«

»Natürlich werden sie das. Und dann werden wir noch schlechter dastehen. Sie werden Querverbindungen anstellen zwischen Khalil Fadlallah und den anderen 72 Drogendealern, die im Januar einen völlig überraschenden Tod fanden, weil Ahmed Karam im Keller seines Hauses eine illegale Werkstatt für die Herstellung von Sprengsätzen betrieb, die zufällig in die Luft flog, als sich die Herrschaften zum Ashura-Fest versammelt hatten.«

»Das heißt, es gibt jetzt erst mal politische und diplomatische Schwierigkeiten.«

»Das ist nicht das Problem. Das haben wir im Griff. Aber du wirst wahrscheinlich vor einem internen Ausschuss aussagen müssen.«

»Ich habe Wichtigeres zu tun, als vor einem internen Ausschuss auszusagen.«

»Zum Beispiel?«

»Idris finden. Außerdem muss ich noch den Schriftsteller auf seine Aufgaben vorbereiten. In zwei Wochen erscheint sein Buch.«

In diesem Moment erschien auf *SPIEGEL ONLINE* ein Laufband mit den *Breaking News*:

Zahl der Opfer des Anschlags auf die Yitzhak-Rabin-Schule hat sich auf 17 erhöht

Halon übersetzte den Text für Ben-Zvi, der kein Deutsch verstand. »Bis jetzt siebzehn Tote.«

»Hättest du nicht rechtzeitig eingegriffen, wären jetzt hundert Tote zu beklagen.«

»Sag dem Fahrer, dass er mich zu Hause absetzt. Ich muss nachdenken. Allein.«

»Wie du willst.« Ben-Zvi gab dem Fahrer durch die Sprechanlage die entsprechende Anweisung.

Zwanzig Minuten später erreichten sie das weiße Apartmentgebäude im Norden Tel Avivs, wo Halon seit der Trennung von seiner Frau lebte.

»Wir sehen uns morgen früh im Büro«, sagte Halon und schlug die Wagentür zu. Er ging über den betonierten Weg in Richtung Eingangsbereich, ohne sich noch einmal umzuschauen.

***

Hamburger Flughafen – Emanuel Lug, der zweiundfünfzigjährige Chefredakteur des deutschen Nachrichtenmagazins *DER SPIEGEL*, marschierte gerade zielstrebig zum Abfertigungsschalter von British Airways, als ihn zwei Herren in Zivil von hinten an die Schulter fassten.

»Staatsschutz. Kommen Sie bitte mit, Herr Lug«, sagte einer der Herren und zeigte ihm seinen Ausweis.

»Würden Sie mir das bitte erklären?«

Die Männer schwiegen.

»Hören Sie, ich habe einen dringenden Termin in London. Ich darf auf keinen Fall mein Flugzeug verpassen.«

Der ältere Beamte zog seine Handschellen hervor und wollte sie ihm gerade anlegen.

»Schon gut, schon gut. Wohin führen Sie mich?«

Keine Antwort.

Nach zehn Minuten Fußweg erreichten sie einen abgelegenen Gebäudetrakt. Auf dem Weg dorthin wurde kein Wort gesprochen.

Vor einer grauen Metalltür, die sich nur von innen öffnen ließ, blieben sie stehen. Einer der Beamten klopfte vorsichtig an die Tür und sagte dann etwas auf Hebräisch.

Sekunden später wurde die Tür geöffnet.

Der Chefredakteur erblickte einen Hünen von Mann mit scharfen Gesichtszügen, rötlichem Haar und breiten Schultern. Es war Dani Gerstein, der in Deutschland residierende *katsa*. Gerstein war dreiunddreißig Jahre alt und bekleidete den Rang eines Obersten.

Mit einem Kopfnicken wurde ihm bedeutet einzutreten.

Das Büro war klein, klimatisiert und spartanisch eingerichtet. Es wirkte wie aus einer anderen Welt.

Lug wollte seine Reisetasche mit in das Büro nehmen, aber einer der Beamten legte seine Hand darauf. »Wir bleiben draußen. Ihr Gepäck auch.«

Die Tür fiel ins Schloss. Emanuel Lug und der Mann mit der martialischen Aura standen sich gegenüber.

»Habe ich mir etwas zuschulden kommen lassen?«, fragte Lug vorsichtig.

Gerstein ging zu seinem Schreibtisch zurück und ließ sich auf dem einzigen Stuhl im Raum nieder. Dann sah er sich den Mann, der zwei Meter von ihm entfernt stand, in aller Ruhe an: Der Chefredakteur trug einen grauen Slim fit-Anzug ohne Krawatte, er hatte eine Halbglatze, einen gestutzten Vollbart und war Brillenträger.

»Mein Name ist Roger Katzman vom Jüdischen Weltkongress«, stellte sich Gerstein vor. »Uns wurde ein äußerst schwerer Fall von Antisemitismus gemeldet, Herr Lug.«

»Ich verstehe Sie nicht.«

»Sie haben gestern einen Online-Artikel über den Anschlag auf die Yitzhak-Rabin-Schule in Düsseldorf veröffentlicht.«

»Das ist richtig. Und was ist daran bitte antisemitisch?«

»Sie schreiben von einer *mutmaßlichen Mossad-Aktion*,

obwohl es nicht den geringsten Beweis für eine Beteiligung des Mossad gibt. Für jedermann klar erkennbar stellen Sie damit Juden als Täter hin. Hat Ihr Land nicht schon genug Probleme mit grassierendem Antisemitismus, Herr Lug? Müssen Sie angesichts dieser Problematik noch weiteres Öl ins Feuer gießen?«

»Gegen diese Unterstellung muss ich mich entschieden verwahren. Gerade *unser* Magazin positioniert sich ganz klar gegen jede Form von Antisemitismus und Fremdenfeindlichkeit.«

»Das ist leider nur eine Phrase, Herr Lug, und das wissen Sie auch. Gerade *Ihr* Magazin verficht seit Jahrzehnten ausnahmslos ultralinke und antiisraelische Positionen, die Sie dann mit einer nur Ihrem Magazin anhaftenden Unverfrorenheit ganz lapidar als objektive Israelkritik verkaufen.«

»Was wollen Sie wirklich von mir?«

»Von wem haben Sie das Bildmaterial?«

»Es wurde uns anonym per E-Mail zugeschickt.«

»Was stand in der Mail?«

»Daran erinnere ich mich nicht mehr«, log Lug.

Gerstein kannte inzwischen den Inhalt der E-Mail. Der King Saul Boulevard hatte sie ihm erst von zwanzig Minuten übermittelt. Sie enthielt teilweise die Wahrheit und wäre bei vollständiger Veröffentlichung *der* Super-GAU schlechthin. Die *SPIEGEL*-Redaktion hatte sich nur noch nicht getraut, das Material zu veröffentlichen. *Noch* nicht. Aber selbstverständlich würden sie jetzt intensiv recherchieren. Dazu durfte es unter keinen Umständen kommen. Ben-Zvi hatte von Gerstein verlangt, alles Notwendige in die Wege zu leiten, damit der Artikel umgehend gelöscht und eine weitere Recherche in dieser Angelegenheit umgehend unterbleiben würde.

»Sie sind ein Lügner, Herr Lug.« Gerstein sprang aus seinem Stuhl und hatte plötzlich einen ungewohnt scharfen Ton in der Stimme. »Ich habe es im Guten mit Ihnen versucht und auf Ihre Einsicht gehofft, aber leider zwingen Sie mich, jetzt andere Seiten aufzuziehen.«

Emanuel Lug kam sich vor, als stünde er ohne Hosengürtel vor Roland Freisler vom Volksgerichtshof.

»Ich erteile Ihnen hiermit zwei Befehle, Herr Lug: Sie informieren umgehend Ihre Redaktion und veranlassen die vollständige Entfernung des Artikels. Des Weiteren untersagen Sie Ihren Redakteuren unter Androhung einer fristlosen Kündigung jegliche Recherche in dieser Angelegenheit. *Sofort!* Habe ich mich klar genug ausgedrückt?«

»Das kann ich nicht.«

»Das *können* Sie nicht?«, schrie Gerstein, für den Widerspruch ein absolutes Fremdwort war. »In Ihrem Land grassiert der Judenhass, und Sie wollen mir erzählen, dass Sie diesen kleinen, beschissenen und antisemitischen Artikel nicht löschen können? Auf deutschen Straßen werden Juden immer noch verfolgt und geschlagen, und Sie verweigern uns jegliche Kooperation? Jetzt sage ich Ihnen mal was, Herr Lug. Ihr Magazin führt seit *Jahrzehnten* an der journalistischen Front einen gezielten Krieg gegen Juden und den Staat Israel, und das erfüllt Sie mit klammheimlicher Freude, Sie kleiner Scheißer. So ist es doch, nicht wahr?«

»So ist es selbstverständlich nicht.«

»Jetzt erzähle ich Ihnen mal, was passiert, wenn Sie nicht auf der Stelle tun, was ich Ihnen gesagt habe. Sie haben innerhalb von vierundzwanzig Stunden mindestens drei überaus beschissene Probleme am Hals. Das erste zerstört Ihre Karriere, das zweite Ihre Familie und das dritte alle Ihre gesellschaftlichen Beziehungen. Ich bluffe nicht, Lug. Sie sind erledigt. Jetzt machen Sie, dass Sie wegkommen. Verpissen Sie sich nach London!«

Fluchtartig verließ Emanuel Lug Gersteins Büro.

Als die Tür hinter ihm ins Schloss gefallen war, zündete sich Gerstein erst mal eine Zigarette an. Der Berliner *katsa* konnte nur hoffen, dass er überzeugend rübergekommen war. Dann ging er zur Tür und öffnete sie wieder. Während der jüngere Agent den Journalisten bereits zum British-Airways-Schalter geleitete, hatte der ältere vor der Tür gewartet.

»Und?«, fragte Gerstein ihn auf Hebräisch.

»Seine Reisetasche ist verwanzt. Unsere Londoner Station hat bereits übernommen.«

Dreißig Minuten später meldete sich Ben-Zvi bei Gerstein. *DER SPIEGEL* hatte den umstrittenen Artikel gelöscht.

***

London – Emanuel Lug warf seine Reisetasche auf das große französische Bett im 4. Stock des Savoy Hotels. Dann betrat er das luxuriöse Badezimmer, um sich frisch zu machen. Sein Kontakt erwartete ihn in genau zwanzig Minuten in der Lobby. Lug war zwar ein Linker, aber deshalb nicht zwangsläufig schwachsinnig. Selbstverständlich wusste er, dass die Mobiltelefone praktisch aller Chefredakteure der großen europäischen Medien von verschiedenen Geheimdiensten abgehört wurden. Es hatte deshalb einiger Tricks bedurft, um diesen wichtigen Gesprächstermin mit dem unbekannten Informanten zu organisieren. Sein Mobiltelefon hatte er bereits auf dem Hamburger Flughafen deaktiviert und den Akku herausgenommen. Er hatte nicht das geringste Interesse daran, dass irgendjemand seinen Aufenthaltsort nur aufgrund einfachster Handyortung herausfand.

Eine elegant gekleidete junge Dame mit langem schwarzem Haar saß in der Lobby und blätterte anscheinend interessiert in der neuesten Ausgabe der *Cosmopolitan*, während sie in Wirklichkeit die Fahrstühle und Treppen im Auge behielt. Ihr Name war Yonit Levi, und sie arbeitete seit zwei Jahren für die Londoner Station. Auf ihrem rechten Auge trug sie eine spezielle, als *sodi beyoter* (streng geheim) klassifizierte Kontaktlinse. Diese Kontaktlinse war die allerneueste Innovation des israelischen Unternehmens *Libertad*, einem im Juni 2017 gegründeten Startup, dessen wesentliches Ziel darin bestand, eine vorteilhafte Zusammenarbeit zwischen der Hightech-Industrie und dem israelischen Auslandsgeheimdienst zu fördern. *Libertad* war sozusagen der strategische Investitionsarm des Mossad.

Als sie den Chefredakteur des *SPIEGELS* aus dem Fahrstuhl treten sah, meldete das hochkomplexe System in ihrer Kontaktlinse innerhalb weniger Sekunden auf ihrer Netzhaut dessen sichere Identifikation. Das System war mit der biometrischen Gesichtserkennungssoftware am King Saul Boulevard verbunden, dessen Datenbank über Millionen gespeicherter Gesichter verfügte.

Emanuel Lug hatte sich als Erkennungszeichen eine Ausgabe des *Wall Street Journals* unter den linken Arm geklemmt. Etwas unsicher sah er sich um. Er fühlte sich unwohl.

Ein elegant gekleideter schlanker Mann mit schwarzem Haar trat festen Schrittes auf ihn zu und reichte ihm zur Begrüßung die Hand. Die Männer wechselten ein paar Worte, die Yonit aufgrund der Entfernung aber nicht verstehen konnte. Dafür lieferte ihre mit der Gesichtserkennungssoftware verbundene Kontaktlinse umgehend die sichere Identifikation des Mannes. Es handelte sich um den sechsunddreißigjährigen Hisbollah-Offizier Omar Salam, Pseudonym: *Sabri*.

Sabri machte eine Geste in Richtung der *American Bar*, die um diese Uhrzeit nahezu leer war. Der Chefredakteur zeigte dem jungen Libanesen sein Einverständnis, indem er kurz nickte.

Yonit legte die *Cosmopolitan* zur Seite und folgte den Männern in sicherem Abstand. Nachdem sich die Herren ein ruhiges Eckchen ausgesucht und auf zwei braunen Ledersesseln Platz genommen hatten, setzte sie sich weitab von ihnen auf einen Barhocker. Im Thekenspiegel beobachtete sie das Geschehen hinter ihrem Rücken. Sie zog ihr Mobiltelefon aus der Handtasche und positionierte es so auf der Theke, dass das eingearbeitete Hochleistungsmikrophon direkt auf die Männer gerichtet war. Die Transkription des Gesprächs, das in englischer Sprache geführt wurde, erschien nahezu zeitgleich auf dem großen Plasmabildschirm eines Technikers am King Saul Boulevard auf Hebräisch, wo Ben-Zvi die Unterhaltung interessiert verfolgte.

***

Tel Aviv – Sonntag, 18. März. Als Avi Halon um 7.30 Uhr das Hauptquartier am King Saul Boulevard betrat, wusste er, dass der Chef der Operationsabteilung bereits eine Stunde

Arbeit hinter sich hatte. Ungeduldig bestieg er den Fahrstuhl, um so schnell wie möglich das Neueste von ihm zu erfahren.

Er traf Ben-Zvi – wie immer rauchend und ein streng geheimes Dokument studierend – hinter seinem Schreibtisch an. Vor ihm lagen fünf verschiedene Mobiltelefone.

»Shalom«, sagte Halon zur Begrüßung.

»Shalom.« Ben-Zvi schaute streng über den Rand seiner Brille.

»Darf ich reinkommen?«

»Setz dich!« Er legte das Dokument zur Seite.

Halon nahm vor Ben-Zvis Schreibtisch Platz.

»Kaffee?«

»Bitte.«

Ben-Zvi drückte einen Knopf auf seiner Sprechanlage: »Zwei Kaffee.« Dann faltete er seine Finger und raffte einige Punkte des abgehörten und mitgeschnittenen Gesprächs zwischen dem Chefredakteur des *SPIEGELS* und dem Hisbollah-Offizier Omar Salam alias Sabri kurz zusammen. »Wie du weißt, fürchtet Idris nichts mehr als den Verrat. Bis jetzt hatte er in seinen Unternehmungen immer Glück, weil er ausnahmslos jeden Mitwisser rechtzeitig eliminiert hat. Bei seinem Operationschef Sabri hat es diesmal aber nicht funktioniert, weil er rechtzeitig gewarnt wurde.«

»Das heißt: Sabri liefert seinen Meister ans Messer.«

Ben-Zvi schmunzelte. »Ja, so sind sie halt, unsere Feinde. *Sie* haben die Ehre, *wir* haben die Logik. Das unterscheidet uns von ihnen. Nimmt man ihnen die Ehre, üben sie sofort Verrat. Das arabische Konzept von Ehre und Schande ist so stark, dass Logik keine Rolle spielt. Sie kommen niemals aus dieser Dynamik von Ehre und Schande heraus. Für uns ein ganz entscheidender Vorteil.«

»Warum verrät er ihn nicht direkt an uns? Warum wendet er sich ausgerechnet an die deutsche Presse?«

»Du darfst nicht vergessen, dass er ein Offizier der Hisbollah ist. Für uns ist die Hisbollah als *Ganzes* eine Terrororganisation, für die deutsche Regierung aber nicht. Die Deutschen sind so hirnrissig, dass sie noch immer einen Unterschied machen zwischen dem politischen und dem terroristischen

Flügel der Hisbollah, auch wenn wir ihnen schon hundertmal gesagt haben, dass die Mitglieder des Parlaments der Hisbollah den Zielen der Organisation weitestgehend zustimmen, auch wenn sie selbst keine Terroristen sind.«

Ben-Zvis Sekretärin kam mit dem Kaffee. Der Chef räumte mit seinem Unterarm sämtliche Mobiltelefone zur Seite, damit sie ihr Tablett abstellen konnte.

»Bedien dich!«

»Danke. Was hat er denn konkret verraten?«

»Die Fluchtroute seines Meisters. Eine normale Linienmaschine kann Idris nicht mehr benutzen, weil jeder europäische Flughafen seine biometrischen Daten hat. Deshalb will er sich zuerst mit einem speziell für diese Flucht hergerichteten Bus mit eingebautem Versteck von Deutschland über Österreich, Slowenien, Kroatien, Serbien und Bulgarien in die Türkei bringen lassen. Von Istanbul soll es dann mit einer Privatmaschine direkt nach Teheran gehen.«

»Idris liegt das Morden im Blut. Wenn er sich in den Iran absetzt, heißt das, dass er sich dort zur Ruhe setzen will.«

»Entweder will er sich dort auszahlen lassen oder neue Mordbefehle entgegennehmen.«

»Das heißt, wir liquidieren ihn noch in der Türkei.«

»Ja, wenn wir wüssten, wann er dort eintrifft.«

»Wir wissen es nicht?«

»Im Grunde wissen wir noch nicht einmal, wann er seine Flucht antreten wird. Das kann heute sein, das kann morgen sein oder erst in drei Wochen. Idris weiß, dass er in Deutschland relativ sicher ist. Es gibt dort extrem viele Zellen der Hisbollah, wo er eine Weile untertauchen kann, und wir erfahren aus diesen Kreisen längst nicht alles. Aber selbstverständlich bleiben wir dran.«

»Wenn es soweit ist, übernehme ich den Job.«

Ben-Zvi sah seinem *katsa* fest in die Augen. »Ich habe immer gewollt, dass er dir gehört, aber nachdem sie dein Foto veröffentlicht haben, geht das nicht mehr.«

Halon nickte. »Wer soll es an meiner Stelle machen?«

»David Talberg.«

»Hm, David ist unbestritten jemand, dem ich den Job zutraue, aber ich bin mittlerweile wieder Vollzeitmitarbeiter des Büros.«

»Das bleibst du ja auch. Aber zuerst muss Gras über diese Sache gewachsen sein. Du kümmerst dich jetzt ausschließlich um den Schriftsteller Julian Tagman. Nach Deutschland kannst du vorerst nicht zurück, also kommt der junge Mann jetzt nach Israel.« Ben-Zvi nahm einen tiefen Zug von seiner Zigarette. »Irgendwelche engeren Beziehungen, die seine sofortige Abreise verhindern könnten, hat er doch nicht, oder?«

»Nein, er ist praktisch alleinstehend.«

»Gut so. Dann ruf ihn am besten gleich an und sag ihm, dass er sofort kommen soll. Bring ihn meinetwegen im *Sheraton* unter. Und sag ihm, dass er sich um die Finanzierung seines Aufenthalts keine Sorgen machen muss.«

»Sein Buch erscheint am 3. April.«

»Das hattest du mir bereits gesagt. Also hast du jetzt zwei Wochen Zeit, um ihn intensiv auf die erste Begegnung mit Moshes Tochter vorzubereiten.«

»Wie siehts mit Moshes Gesundheit aktuell aus?«

»Unverändert schlecht. Er liegt immer noch auf der Rehabilitationsstation des *Chaim Sheba*. Die Ärzte geben ihr Bestes, aber sie sagen auch, dass er die nächsten sechs Monate nicht überleben wird.«

»Dann müssen wir uns ranhalten. Ich rufe Tagman sofort an.« Halon trank seinen Kaffee aus und machte Anstalten zu gehen. »Gibt es sonst noch etwas, das ich wissen muss?«

»Nein. Was Idris betrifft, halte ich dich auf dem Laufenden.«

»Danke«, sagte Halon und erhob sich.

»*Mazal tov.*«

Halon hatte genügend Erfahrung mit dem Alten, um zu wissen, dass er ihm auch diesmal wieder nicht alles erzählt hatte. Er war raus aus dem Fall, das hatte Aryeh ihm unmissverständlich zu verstehen gegeben. Jetzt lag es an David, dem kommenden Star des Mossad, den Staatsfeind Nummer 1 zur Strecke zu bringen.

Halon ging in sein Büro und schaltete sein ziviles Mobiltelefon ein, das er zwei Wochen lang nicht benutzt hatte.

Während er sich an seinen Schreibtisch setzte, meldete ihm sein Handy fünf Anrufe von Julian. Alle Anrufe waren älter als eine Woche. Danach hatte es der junge Mann wohl aufgegeben, ihn zu kontaktieren.

Bevor er ihn gleich zurückrufen würde, überflog er einen Bericht des hessischen Geheimdienstes, der auf seinem Schreibtisch lag. Es ging um die illegalen Spionageaktivitäten des Iran, seine Versuche, Wissen über den Urananreicherungsprozess zu erlangen, und seine Bemühungen um den Erwerb von Massenvernichtungswaffen. Der Iran setzte seine eigenen Wissenschaftler unter Druck, um als Gastwissenschaftler in Deutschland an das gewünschte technische Know-how zu kommen. In Bezug auf Cyberspionage sagte der Bericht, dass insbesondere die iranischen und chinesischen Cyberaktivitäten ein anhaltendes Interesse an wirtschaftlichen und wissenschaftlichen Zielen signalisierten. Das war im Wesentlichen eine Bestätigung dessen, was er auch in dem Bericht des bayerischen Geheimdienstes gelesen hatte, dass nämlich das iranische Regime alle möglichen Anstrengungen unternahm, um sein konventionelles Waffenarsenal um Massenvernichtungswaffen zu erweitern.

Er lehnte sich zurück, legte die Beine auf den Schreibtisch und schloss die Augen. Eine kleine Entspannungsübung, um sich mental auf das Telefonat vorzubereiten. Julian Tagman war das, was man gemeinhin einen Hochbegabten nannte. Solche Leute setzten völlig andere Akzente als der Durchschnittsmensch. Normale Karrieren oder sehr viel Geld interessierten solche Leute nicht. Sie waren Einzelgänger, oftmals Künstler oder Spezialisten auf irgendeinem Spezialgebiet. Seiner Einschätzung nach brauchte Julian Tagman jetzt nur drei Dinge: Eine richtige Aufgabe, die richtige Umgebung und das Rampenlicht. Alles würde er jetzt bekommen. Raus aus dem kleinkarierten Düsseldorf, rein in die Stadt, die niemals schlief.

Er wählte Julians Nummer.

»Shalom, mein Freund, wie geht es Ihnen?«

»Shalom, Yoram, sehr gut. Was ist passiert? Ich konnte Sie nicht erreichen.«

»Ich weiß, ich muss mich auch ausdrücklich bei Ihnen entschuldigen, Julian. Einer meiner Doktoranden hat mir hier das Leben zur Hölle gemacht. Ich bin seit zwei Wochen wieder in Tel Aviv, komme hier so schnell auch nicht wieder weg.«

»Und unser gemeinsames Projekt? Ich dachte, wir hätten einen Deal?«

»Natürlich haben wir einen Deal. Und dabei bleibt es auch – mit dem kleinen Unterschied, dass wir hier in Tel Aviv weitermachen werden.«

»*Was?*«

»Ja, Sie kommen zu mir nach Israel.«

»Wann?«

»Morgen.«

Julian musste schallend lachen. »Und die Kosten?«

»Geht aufs Haus, mein Freund.«

»Was heißt das: *Geht aufs Haus*?«

»Das heißt, dass Sie keinen Cent selbst bezahlen müssen. Sie kriegen ein schönes Zimmer im *Sheraton*, direkt am Strand, und wir zwei treffen uns jeden Tag für ein paar Stunden, damit ich Sie auf Ihre Begegnung mit unserer schönen Sozialistin vorbereiten kann. Den Rest der Zeit haben Sie frei. Das heißt, Sie kümmern sich hauptsächlich um unsere exzellente israelische Küche und um unsere außergewöhnlich hübschen Girls, die Ihnen gern etwas Straßenhebräisch beibringen. Der schönste Strand der Welt und die heißesten Nachtclubs der Welt gehören Ihnen.«

»Ist nicht wahr!«

»Mensch, Julian, jetzt werden Sie mal wach! Sie sind in Kürze ein Star. Sie erhalten nur das, was Ihnen ohnehin zusteht.«

»Mann, Mann, Mann, ich kann es kaum glauben.«

»Ich will von Ihnen jetzt ein klares Ja hören.«

»Ja!«

»*Tov meod*! Und Sie werden bereits morgen fliegen. Gegen 17 Uhr treffen wir uns dann an der Bar des *Sheraton Hotels* auf einen Whiskey. Meine Sekretärin besorgt Ihnen jetzt das Ticket.«

»Okay, ich werde da sein.«

»Genau das wollte ich von Ihnen hören. Also dann bis morgen, 17 Uhr im *Sheraton*.«

Das Gespräch war beendet. Halon nahm die Beine von seinem Schreibtisch und zündete sich eine Zigarette an. Dann informierte er Ben-Zvi über das Gespräch.

»Sehr gut«, sagte der Alte, der wie immer sehr genau zugehört hatte. »Brauchst du noch eine *bat leveyha* für ihn?«

»Wozu?«

»Na, zum Druckablassen. Der Junge ist gerade mal zweiunddreißig. Außerdem möchtest du doch bestimmt wissen, was er hier so treibt.«

»Nun, ein Mädchen, ungefähr in seinem Alter, das ihm die Stadt zeigt, wäre bestimmt nicht das Schlechteste.«

»Nimm die Neue. Lital Weinberger. Die kennst du noch nicht. Sie ist ein hübsches Ding, intelligent, Single und noch in der Ausbildung. Mit der kannst du nichts falsch machen.«

»Wie alt?«

»So um die fünfundzwanzig.«

»Okay, ich schau sie mir mal an.«

***

Tel Aviv, Sheraton Hotel – Montag, 19. März. Julian hatte sich für seinen Israeltrip nur 500 Euro in bar eingesteckt, die er noch am Flughafen Ben-Gurion in knapp zweitausend Schekel umtauschte. Das war nicht gerade viel. Professor Katz hatte ihm zwar versprochen, sämtliche Kosten zu übernehmen, aber falls es doch anders kommen sollte, hätte er immer noch seine MasterCard.

Dass Professor Katz nicht ganz koscher war, war ihm schon lange klar. Er wusste nur nicht, für *wen* Katz arbeitete. Eine Zeitlang hatte er ihn für einen Mitarbeiter des Mossad gehalten, aber gegen diese Annahme sprach, dass Katz Geld für ihn springen ließ, denn das war überhaupt nicht die Art des Mossad. Wahrscheinlicher war, dass Katz für irgendeinen vermögenden Privatmann tätig war, der es – aus welchen Gründen auch immer – auf Sabrina Wallis abgesehen hatte.

Er ging direkt zum Ausgang des Ankunftsterminals, wo zahlreiche weiße Taxis in langer Reihe standen. Sehr warme Luft schlug ihm entgegen. Für Tel Aviv im März war diese Temperatur eher ungewöhnlich.

Die Fahrt zum Hotel dauerte rund zwanzig Minuten und kostete 150 Schekel. Gegen halb drei nachmittags stand er an der Rezeption des *Sheraton Hotels*. Ein junger Mann im schwarzen Anzug begrüßte ihn höflich auf Englisch, nahm seine Daten auf und wies ihm anschließend die bereits reservierte Deluxe Suite 1103 zu. Die Suite war bis Freitag, den 30. März auf seinen Namen gebucht und bereits im Voraus bezahlt worden.

Ein Hotelpage nahm ihm das Gepäck ab.

Julian ging zum Fahrstuhl und fuhr in den 11. Stock hinauf.

Naja, Deluxe ist eigentlich was anderes, dachte er, als er die Suite betrat und sich umsah. Sie war zwar geräumig, aber weder modern noch luxuriös. Der Balkon war viel zu klein, bot allerdings eine großartige Aussicht auf das Mittelmeer.

Um kurz vor 17 Uhr fuhr er hinunter in die Lobby Lounge. Er setzte sich auf eine der braunen Ledercouchen, so dass er den Eingang im Auge behalten konnte.

Professor Katz erschien um Punkt fünf. Er trug eine Hose aus weißem Segeltuch, ein Sporthemd, einen blauen Blazer und eine Sonnenbrille.

»Shalom, mein Freund«, sagte er und lächelte, während er seine Sonnenbrille abnahm. »Hatten Sie einen angenehmen Flug?«

»Sehr angenehm, Yoram. Und vielen Dank für das Flugticket.«

»Gern geschehen. Und das Zimmer ist auch okay?«

»Ja, vielen Dank. Und das Wetter stimmt auch. Für März ist es heute allerdings *sehr* warm.«

»Das stimmt, heute Mittag hatten wir 30 Grad. Das ist für diese Jahreszeit schon außergewöhnlich. Am Freitag sollen es sogar 35 Grad werden. Ich hoffe, Sie haben Ihre Badeshorts dabei.« Er lachte.

»Klar!«

»Wo wollen wir uns unterhalten?«

»Ist mir eigentlich egal.«

»Dann lassen Sie uns nach draußen gehen. Da kann ich rauchen.«

»Okay.«

Sie suchten sich ein freies Plätzchen, wo sie ungestört reden konnten.

»Ich habe Ihnen eine kleine Überraschung mitgebracht«, begann Julian. »Ein Vorabexemplar meines Romans. Hier. Für Sie. Ist auch schon signiert.«

Halon zündete sich gleich eine Marlboro an. »Vielen Dank. Ich habe auch eine kleine Überraschung für Sie.« Er zog ein nett verpacktes Geschenk aus seinem Blazer und schob es ihm über den Tisch.

»Oh. Darf ich es gleich aufmachen?«

»Ich bitte darum.«

Während Julian sein Geschenk auspackte, sagte Halon: »Das neueste Samsung Galaxy mit israelischer Nummer und israelischer Karte.«

»Ist nicht wahr!«

»Zuerst wollte ich Ihnen nur eine SIM-Karte für Israel besorgen, damit Ihnen die nicht unerheblichen Roaming-Gebühren erspart bleiben, aber dann dachte ich mir, der junge Mann mag keine Halbheiten. Wenn schon, denn schon.«

»Wahnsinn!« Julian schüttelte den Kopf. »Sie tun sehr viel für mich, Yoram. Sie wissen selbst, dass das alles mehr als ungewöhnlich ist. Also frage ich noch mal, was ist Ihr Plan?«

»Julian, ich habe es Ihnen schon einmal gesagt. Es würde sich destruktiv auswirken, wenn ich Ihnen jetzt schon alles enthüllen würde. Aber glauben Sie mir, weder Sie noch Frau Wallis werden den geringsten Schaden davontragen. Ich gebe Ihnen mein Wort darauf. Sie erfahren alles, wenn es soweit ist, okay?«

Julian seufzte. »Okay.«

Die Bedienung trat an ihren Tisch, um die Bestellung aufzunehmen, und sie brachte auch gleich einen Aschenbecher für Halon mit.

Halon bestellte sich einen Whiskey auf Eis, Julian eine Coca Cola.

»Kommen wir nun zum offiziellen Teil, dem eigentlichen Grund, weshalb Sie in Israel sind«, begann der *katsa*. »Wir werden uns in den nächsten beiden Wochen jeden Nachmittag für zwei Stunden zusammensetzen, in denen ich Sie intensiv auf Sabrina Wallis vorbereite. Den Lernstoff habe ich bereits strukturiert. Sie müssen nichts weiter tun als konzentriert zuhören und bei Bedarf Fragen stellen. In zwölf Tagen fliegen Sie schön erholt wieder zurück nach Deutschland, genießen die Veröffentlichung Ihres Buches und warten einfach mal ab, was passiert. Eine oder zwei Wochen später kommen Sie wieder zurück nach Israel, und wir machen weiter. Damit Ihnen hier in Tel Aviv nicht die Decke auf den Kopf fällt, stelle ich Ihnen eine Fremdenführerin zur Verfügung. Sie heißt Sara. Sie ist fünfundzwanzig Jahre alt und wird Sie überallhin begleiten. Aber natürlich nur, wenn Sie das wünschen. Wenn Sie alleine etwas unternehmen wollen, schicken Sie sie einfach weg. Sara spricht leider kein Wort Deutsch, aber dafür ein ausgezeichnetes Englisch. Mit Englisch haben Sie wahrscheinlich keine Probleme, denke ich.«

»Nein, habe ich nicht.«

»Sehr gut. Ich gehe davon aus, dass Sie sich sehr gut mit ihr verstehen werden. Sara wird Ihre Hebräischkenntnisse verbessern, und Sie bringen Ihr ein bisschen Deutsch bei.«

»Unglaublich ist das alles. Wann werden Sie sie mir vorstellen?«

»Saras Nummer und meine Nummer sind bereits in Ihrem neuen Samsung eingespeichert. Sie brauchen Sara nur noch anzurufen.«

»Verstanden.«

Halon griff erneut in seinen Blazer und holte einen braunen Umschlag hervor.

»Und hier habe ich noch ein bisschen *kessef* für Sie.«

»Wie viel?«

»Zweitausend Schekel, also rund 500 Euro. Damit kommen Sie ein paar Tage über die Runden. Das Hotel ist schließlich schon bezahlt. Aber Tel Aviv ist teuer.«

»Ich weiß. Vielen Dank.«

Die Bedienung kam mit den Getränken.

Sie stießen an.

»L‹chaim, chaver sheli!«

»L‹chaim!

***

Julian rief Sara gleich am nächsten Morgen an. Er hatte natürlich keine Ahnung, dass sie in Wahrheit Lital Weinberger hieß und gerade eine fundierte Ausbildung als *bat leveyha* beim Mossad begonnen hatte.

Die junge Frau erschien gegen 12 Uhr in der Lobby Lounge des *Sheraton Hotels*. Sie trug ausgefranste Jeans Hotpants, ein weißes Top, Flipflops, Sonnenbrille und eine goldene Umhängetasche. Halon hatte sie zuvor darüber aufgeklärt, dass dies keine Übung war und sie auch nicht als Lockvogel eingesetzt wurde, sondern dass sie nur dafür sorgen sollte, dass dem jungen Mann nicht die Decke auf den Kopf fiel.

»Halt ihn bei Laune, Lital, aber übertreib nicht, sonst wird er misstrauisch. Wenn er ficken will, zierst du dich etwas, aber spätestens am dritten Tag machst du die Beine breit.«

»Ich weiß, wie das Spiel läuft und wie man dem Vaterland dient.«

»Gut. Und falls er dich ausfragt: Du bist nur eine entfernte Bekannte von Professor Yoram Katz, kennst ihn nicht wirklich, hast dein Studium hingeschmissen, jobbst hier und da und verdienst dir ein paar Kröten zusätzlich als Fremdenführerin. Im Übrigen bist du Single, vielleicht auch ein bisschen lesbisch – das macht sich heute immer gut –, eine Nachtschwärmerin und ganz wichtig: Eine sehr gute Zuhörerin. Das ist ganz grob deine Legende ...«

»Okay, verstanden.«

»Ansonsten improvisierst du, bist aber immer authentisch.«

»Wie sieht er denn aus?«

Halon zeigte ihr ein Foto.

»Süß. Wie alt?

»Zweiunddreißig.«

»Spricht er Hebräisch?«

»Kaum. Ihr unterhaltet euch auf Englisch.«

»*Okay. Wann geht's los?*«

»*Sobald er dich angerufen hat. Er hat deine private Nummer. Noch irgendwelche Fragen?*«

»*Nein.*«

»*Gut, dann wünsche ich euch viel Spaß.*«

»*Danke.*«

Lital schob ihre Sonnenbrille hoch und sah sich um. Als sie Julian entdeckte, ging sie schnurstracks auf ihn zu.

»Hi. Julian?«

Julian legte sein eigenes Buch zur Seite, in dem er gerade las, und erhob sich. Eine wunderschöne Frau mit schulterlangen hellblonden Haaren und strahlend blauen Augen stand vor ihm. »Hi, ja, ich bin Julian. Und du musst Sara sein.«

»Ja, ich bin Sara. Wie geht es dir?«

»Sehr gut. Und selbst?«

»Auch sehr gut.«

»Setz dich.«

Lital setzte sich ihm schräg gegenüber. »Wie lange bist du schon in Israel?«

»Gestern erst angekommen.«

»Und wie lange bleibst du?«

»Knapp zwei Wochen.«

»Das ist gut, dann können wir ja einiges unternehmen. Soll ich dir nur die Hotspots von Tel Aviv zeigen, oder möchtest du auch Jerusalem oder Haifa besuchen?«

»Die meisten Städte kenne ich schon. Ich bin fast jedes Jahr in Israel. Ich liebe dieses Land und seine Leute einfach.«

»Das ist toll. Israel hat so viele verschiedene Facetten, dass zwei Wochen einfach nicht ausreichen, um die vielen schönen Sachen hier alle kennenzulernen.«

»Ich weiß.«

Sie lachte. »Wir Israelis sind ja in vielen Sachen gut, aber in einer Sache sind wir wirklich die Besten, das ist unser Nachtleben. Es gibt hier Hunderte Bars, Clubs, Restaurants. Tel Aviv ist eine globale Partystadt, die niemals schläft.«

»Das weiß ich bereits. Ich gehe auch davon aus, dass du mir die besten Clubs und Bars zeigen wirst.«

»Davon kannst du wirklich ausgehen. Ich werde dir das Herz von Tel Avivs Nachtleben zeigen.«

»Wo liegt es?«

»Zwischen Rothschild-Boulevard und dem Viertel HaRakevet. Da gibt es die höchste Konzentration von Bars und Clubs ...«

»Aber jetzt habe ich erst mal Hunger.«

»Worauf?«

»Auf Meeresfrüchte.«

»Okay, dann lass uns zu *Yulia* gehen. Die haben die besten Meeresfrüchte weit und breit.«

»*Yulia* kenne ich. Das ist doch in der Nähe vom Tal Hotel. Da habe ich erst im letzten Jahr übernachtet.«

»Ja, *Yulia* liegt ein Stückchen weiter nördlich.« Sie stand auf. »Jetzt habe ich auch Hunger bekommen. Gehen wir?«

***

»Hast du einen Augenblick Zeit?« Halon stand in der Tür zu Ben-Zvis Büro.

»Ja, fünf Minuten für eine gemeinsame Zigarette. Mehr nicht. Komm rein!«

»Danke.« Halon nahm vor Ben-Zvis Schreibtisch Platz, der ihm eine von seinen Zigaretten anbot.

»Was gibt's?«, fragte der Chef der Operationsabteilung.

»War eine gute Idee mit Lital.« Halon nahm eine der ihm angebotenen Zigaretten entgegen und ließ sich anschließend Feuer geben.

»Wieso? Haben sich die beiden schon verabredet?«

»Sie sind gerade essen gegangen.«

»Das ist doch schön. Die jungen Leute brauchen ihre regelmäßigen Entspannungsübungen.« Er lachte rau.

»So weit sind die beiden noch nicht.« Halon lachte ebenfalls. »Um 16 Uhr treffe ich mich übrigens mit ihm, dann gibt's wieder zwei Stunden Unterricht.«

»Geh nicht allzu weit in den Kaninchenbau hinunter. Ich hoffe, du weißt, wo die Grenze ist.«

»Du solltest mich allmählich kennen.«

»Ja, ich weiß.«

»Gibt‹s über Idris schon was Neues?«

»Noch nichts Wesentliches, aber unsere Quelle in Damaskus sprudelt wieder.«

»Die Quelle aus der Sayyida Zainab Moschee? Das angebliche Mitglied der Revolutionsgarde?«

»Genau der. Er hat unserem Mann zwei Dinge bestätigt: Sabri will Idris ans Messer liefern, und Idris will mit seiner Flucht in die Türkei noch warten.«

»Vielleicht liquidieren ihn die Iraner vorher selbst.«

»Keine Ahnung, hängt davon ab, ob sie ihn künftig noch brauchen. Auf jeden Fall waren die Informationen der Quelle bislang zuverlässig.«

»Was ist mit diesem deutschen Chefredakteur?«

Ben-Zvi nahm einen tiefen Zug von seiner Zigarette und lachte wieder. »Der hat die Hosen gestrichen voll. Dani hat ihn sich ein zweites Mal vorgeknöpft und ihm unmissverständlich klargemacht, wie die Welt funktioniert, wo die Pressefreiheit endet und dass wir keinen Spaß verstehen. Dann hat er ihm noch kurz den Inhalt des Gesprächs wiedergegeben, das dieser Typ mit Sabri in London geführt hat. Das hat ihm dann den Rest gegeben.«

»Sehr gut.« Halon lachte, drückte seine Zigarette aus und stand auf. »Danke für die guten Nachrichten und für die Zigarette.« Beim Hinausgehen drehte er sich noch einmal um. »Noch was: Weißt du schon, wann der Untersuchungsausschuss tagt?«

»Nein, weiß ich nicht. Vielleicht tagt er auch gar nicht. Und wenn er tagt, dann steht das Urteil sowieso von vornherein fest. Das solltest du allmählich wissen.«

»Und wie wird es lauten?«

»Du wirst natürlich in allen Punkten entlastet, was dachtest du denn? Ich halte doch die Hand über dich. Was glaubst du denn, weshalb Ron dich zurückgeholt hat? Er hat dich zurückgeholt, weil er weiß, dass wir auf dich nicht verzichten können. Außerdem bin ich schon zweiundsiebzig. Lange werde ich dem Büro nicht mehr dienen, und dann wirst du der Chef der Operationsabteilung. Außerdem haben wir jetzt ganz andere Sorgen als diesen beschissenen Untersuchungsausschuss: Die Stärke der Hisbollah, die der Haschd asch-Scha‹bi und die der Huthis nimmt von Tag zu Tag zu.«

»Halt mich auf dem Laufenden, Aryeh.«

**

Die folgenden beiden Tage verliefen für Julian nahezu gleich. Gegen 10 Uhr nahm er sein Frühstück auf der großen Sonnenterrasse ein, las danach sein eigenes Buch am Pool oder sonnte sich. Gegen 14.30 Uhr traf er sich mit Sara zum Mittagessen. Zwischen 16 und 18 Uhr wurde er von Avi Halon in jenen Themen unterrichtet, die der *katsa* für besonders wichtig hielt und die Julians Selbstbewusstsein sowie sein Charisma weiter stärkten. Danach ging er schlafen. Um 22 Uhr ließ er sich wecken, um sich eine halbe Stunde später mit Sara in das Tel Aviver Nachtleben zu stürzen. Sie besuchten sowohl die nagelneuen Bars als auch jene mit einer langjährigen Geschichte, die Clubs in der Allenby als auch jene in der Ben Yehuda, Levontin, Yehuda Halevi, Lillenblum und selbstverständlich Dizengoff. Sie erlebten die Nächte wie im Rausch, aber als er in der Nacht von Donnerstag auf Freitag seine Begleiterin fragte: »Kommst du noch mit hoch?«, verneinte diese.

Für den Freitag sagte der Wetterbericht 35 Grad voraus, und diese wurden auch erreicht. Julian verbrachte den Tag allein und hielt sich fast ausschließlich im und am Meer auf. Bis halb vier nachmittags. Danach duschte er und wartete wie gewohnt auf Professor Katz.

Gegen 22.30 Uhr wurde er von Sara abgeholt. Sie nahmen sich ein Taxi und ließen sich vor dem *NOHO*, einem der besten Clubs überhaupt, absetzen. Dort lernte Julian eine Freundin von Sara kennen. Sie hieß Hannah, hatte langes schwarzes Haar und braune Augen. Ebenso wie Julian kannte Hannah nur den Aliasnamen von Lital Weinberger. Hannah war eine junge Kanadierin, die erst im letzten Jahr ihre *Aliya* gemacht hatte und seitdem in Tel Aviv lebte. Sie sagte, dass sie sich immer noch sehr schwer mit dem Erlernen der hebräischen Sprache tue und froh sei, dass in Israel praktisch jedermann Englisch spräche. Hannah machte ihm gleich schöne Augen, was Sara aber nicht im Mindesten störte.

Als sie gegen vier Uhr morgens zu dritt ins *Sheraton* zurückfuhren, wollte sich Julian gerade von den beiden Mädchen verabschieden, als Sara fragte: »Willst du uns nicht auf einen Drink mit hochnehmen?«

»Na klar.« Er bezahlte den Taxifahrer, die beiden Mädchen hakten sich bei ihm unter, und man durchschritt lachend die Lobby in Richtung Fahrstühle.

Sie fuhren hoch in den elften Stock. Julian öffnete die Tür zu seiner Suite und bat die Damen einzutreten und es sich bequem zu machen.

Er schaute gerade in der Minibar nach, als Sara sagte: »Ich gehe zuerst duschen.«

Julian sah ihr überrascht hinterher. Damit hatte er am wenigsten gerechnet. In diesem Moment schlang Hannah auch schon ihre Arme um seinen Hals: »Bestellst du uns Champagner?«

Während Julian zum Telefon griff, um die Bestellung aufzugeben, kleidete sich Hannah vor seinen Augen aus. Nur noch mit einem winzigen Slip bekleidet, rief sie in Richtung Badezimmer: »Warte, Sara, wir duschen zusammen.«

Fünf Minuten später klopfte es an der Tür.

»Herein!«

Die Tür ging vorsichtig auf, und der Etagenkellner schob einen Wagen mit Eiskübel und drei Gläsern herein. In dem Eiskübel befand sich eine Flasche Moët & Chandon. Julian drückte ihm ein Trinkgeld in die Hand.

Als der Kellner wieder draußen war, rief Sara: »Wo bleibst du denn? Komm zu uns, wir duschen zusammen.«

Wahnsinn!

Julian zog sich aus, warf seine Sachen über eine Sessellehne und ging ins Bad.

Die Mädchen schäumten sich gerade gegenseitig ein. »Wo bleibt der Champagner?«, fragte Hannah.

»Wollt ihr ihn *hier* trinken?«

»*Ja-aa.*«

Julian ging zurück, öffnete die Flasche und schob gleich den ganzen Wagen samt Gläsern ins Badezimmer.

»Die Gläser brauchen wir nicht«, sagte Sara. Sie stieg aus der Dusche, griff nach der Flasche und setzte sie sich gleich an den Mund. Dann reichte sie sie weiter an Hannah, die sich ebenfalls einen großen Schluck gönnte. »Unser kleiner Prinz darf jetzt auch mal«, lachte Sara. »Komm schon, Honey, und lass dich verwöhnen.«

Julian nahm einen Schluck aus der Flasche, stellte sie zurück in den Kübel und stieg zu den Mädchen in die Dusche. Dann schäumten sie ihn zu zweit ein.

Was danach folgte, war für Julian der beste Sex seines Lebens. Beide Mädchen waren bi veranlagt, was ihm nicht ungelegen kam. Wenn er eine Pause benötigte, vergnügten sich die beiden untereinander.

***

So ging es bis zu Julians Abreise eine Woche später Nacht für Nacht weiter. Der Tel-Aviv-Urlaub wurde für ihn zu einem unvergesslichen Erlebnis.

Am Freitagmorgen, dem 30. März, begleitete Sara ihn sogar noch bis in die Abflughalle des Flughafens.

»Schade, dass du nicht noch länger bleiben kannst«, sagte sie. »Heute Abend beginnt Pessach. Wir hätten den Seder zusammen feiern können.«

»Ich weiß«, erwiderte Julian. »Aber wir sehen uns ja in Kürze wieder.«

Sie schlang ihre Arme um seinen Hals und küsste ihn lange auf den Mund. »Ich freu mich darauf. Guten Flug!«

»Danke.«

Während er sich auf den Weg zur Abfertigung machte, winkte sie ihm noch einmal hinterher. Dann drehte sie sich langsam um, lächelte und war wieder Lital Weinberger, die fünfundzwanzigjährige Schönheit, die sich gerade in einer anspruchsvollen Ausbildung zur *bat leveyha* befand.

***

April

Düsseldorf – Julian hatte die Osterfeiertage weitestgehend vor dem Laptop verbracht. Während seines Israelaufenthalts war eine unerklärlich hohe Anzahl von Rezensionen und Artikeln über seinen neuesten Thriller erschienen, sogar auf *Welt Online* und in der *Jüdischen Allgemeine*, dem bedeutendsten und auflagenstärksten Periodikum des deutschen Judentums. Bei *amazon.de* konnte man das Buch bereits vor vier Wochen vorbestellen, aber im Buchhandel erschien es erst am 3. April, dem Tag nach Ostermontag. Dem Dümmsten musste jetzt aufgefallen sein, dass im Hintergrund ein äußerst einflussreicher Apparat am Wirken war, der »Das Rothman-Komplott« massiv promotete. Fast stündlich wurde auf *amazon.de* sein Bestseller-Rang aktualisiert, und von Stunde zu Stunde wurden die Zahlen besser. Gegen Abend des 3. April war sein Buch bis auf Platz 5 emporgeklettert, was nichts anderes bedeutete, als dass es kartonweise über die Theke ging. Julian wusste, dass es bis zur ersten Amazon-Rezension nicht mehr allzu lange dauern würde.

Das alles ist also das Werk von Yoram, dachte Julian. *Unfassbar! Und er hatte es mir exakt so prophezeit.* Dann rief er Laura Winterbach an, um sich mit ihr zu verabreden. Das Großereignis musste unbedingt gefeiert werden. Laura sagte sofort zu.

Bevor Laura eintraf, telefonierte er noch mit Yoram. Dieser war natürlich vollkommen im Bilde, schließlich war er der Initiator und Gestalter des Ganzen.

Bevor das Telefonat endete, gab er dem Schriftsteller noch einen wichtigen Tipp:

»In den nächsten Tagen und Wochen werden sehr wahrscheinlich mehrere deutsche Medien an Sie herantreten und Sie um ein Interview bitten. Den wenigsten dürfen Sie vertrauen. Viele Journalisten haben keine andere Motivation, als einen Autor in die Pfanne zu hauen. Deshalb meine Bitte: Sobald eine solche Anfrage kommt, lassen Sie sich die Fragen schriftlich geben und leiten Sie dann an meine E-Mail-Adresse weiter. Ich werde mich dann um die Beantwortung kümmern. Lehnen Sie ein mündliches Interview unter allen Umständen ab, verstanden?«

»Verstanden, Yoram. Und wann kann ich Ihrer Meinung nach wieder nach Israel kommen?«

Halon musste lauthals lachen. »Sie gefallen sich wohl in der Rolle des Tel Aviver Partylöwen. Im Prinzip könnten Sie sofort wieder herkommen, weil sich die deutschen Medien ohnehin entweder telefonisch oder per E-Mail bei Ihnen melden werden. Ich dachte nur, vielleicht haben Sie noch die eine oder andere private Sache in Düsseldorf zu erledigen. Deshalb habe ich Sie für ein paar Tage nach Hause geschickt.«

»Okay. Und mein nächster Aufenthalt im schönsten Land der Welt geht wieder aufs Haus?«

»Natürlich, das habe ich Ihnen doch versprochen. Sie können es mir ja irgendwann von Ihren Buchtantiemen zurückzahlen.«

»Oder ich zocke für Sie mal wieder ein bisschen an der Börse.«

»Das lassen wir jetzt erst mal. Ich habe mir sagen lassen, dass die Luft schon bald etwas dünner wird.«

»Okay. Dann sagen Sie Ihrer Sekretärin bitte, dass Sie mir ein Ticket für kommenden Freitag besorgt.«

»Abgemacht! Das wäre dann der 6. April. Gefällt Ihnen denn das *Sheraton*, oder wünschen Sie diesmal ein anderes Hotel?«

»Nein, das Hotel ist absolut okay.«

»Sehr gut, dann sehen wir uns ja in Kürze wieder.«

Nach dem Telefonat blickte Halon gedankenverloren über seinen Schreibtisch. Er gönnte dem Jungen seinen Erfolg aufrichtig, obwohl es ja in Wirklichkeit *sein* Erfolg war. Tagmans Thriller traf zwar genau den Zeitgeist, war unterm Strich aber total unwichtig, nichts weiter als ein Türöffner zu den Medien und zu den Talkshows und damit zu Sabrina Wallis. Und dies auch nur deshalb, weil der *memuneh* einem verdienten *katsa* auf dem Sterbebett versprochen hatte, seinen letzten Wunsch zu erfüllen. Da sollte mal einer sagen, das Büro hätte keine Ethik.

Julian blickte nach diesem Telefonat ebenfalls gedankenverloren über den Schreibtisch. Zum ersten Mal keimte in ihm der Gedanke, Deutschland endgültig zu verlassen und nach Israel auszuwandern. Er hatte Israel immer schon geliebt, aber in den letzten beiden Wochen ganz besonders. Es würde zwar nicht einfach werden, da Israel zu den Ländern mit den etwas härteren Einwanderungsgesetzen gehörte, aber vielleicht würde Yoram ihm helfen können. Der hatte ja offensichtlich die besten Connections. Für die EU und insbesondere für Deutschland lief die Zeit jedenfalls ab. Das war für jeden Menschen, der etwas von wirtschaftlichen Zusammenhängen verstand, sonnenklar. Die Europäische Zentralbank hatte gerade erst wieder Entscheidungen gefällt, die die Krise des Bankensystems weiter verschärften, ihren Niedergang beschleunigten und die kommende Krise vertiefen würden. Die EZB missachtete in immer stärkerem Ausmaß die Gesetze der Ökonomie. Und das Schlimme daran war: Sie wusste es auch. Sie wusste, dass ihre Politik früher oder später direkt zu einem Systemkollaps führen würde. Die Margenerosion der Banken würde sich weiter beschleunigen, und alles würde in einem Crash des Systems münden. In diesem System lief seit geraumer Zeit dermaßen viel falsch, dass es nicht mehr repariert werden konnte, ohne dass der Euro scheitern würde. Das Scheitern des Euro war zwingend notwendig. Sein Scheitern war die notwendige Voraussetzung für die Reparatur des Geldsystems und damit für das Überleben Europas. Das Schlimmste war, dass jene Unternehmen, die eigentlich pleitegehen müssten, durch die Null-Zins-Politik an billiges Geld kamen und dadurch am Leben erhalten wurden. Schlechte Unternehmen, also Unternehmen, die Dinge produzierten, die niemand mehr brauchte und deshalb eigentlich von der Markwirtschaft aussortiert werden müssten, überlebten unsinnigerweise durch die Null- und Negativzinspolitik der EZB. Diese Zombie-Unternehmen machten in Deutschland inzwischen 15 Prozent aller Unternehmen aus, in anderen europäischen Ländern sogar teilweise 18 bis 20 Prozent. Das Problem war nur: Ihr Tod war nur hinausgeschoben, nicht aufgehoben. Kommen würde er auf jeden Fall. Normalerweise gingen pro Jahr rund 2 Prozent aller Unternehmen Pleite, durch die irre Zinspolitik der EZB allerdings nur 0,5 Prozent, also 75 Prozent weniger. Dadurch war natürlich kein Geld für Ventures, Hightech und innovative Unternehmen mehr da. Die Zombies wurden am Leben erhalten, die guten innovativen Unternehmen konnten von unten nicht nachwachsen, und im Mittelbau tätigten die gesunden Unternehmen nicht jene Investitionen, die sie langfristig am Leben erhalten würden. Der Null-Zins erzeugte einen zu billigen Euro, und der zu billige Euro erzeugte in den Unternehmen die Illusion einer Wettbewerbsfähigkeit, und diese Illusion hielt sie von Investitionen in Produktionssteigerungen ab. Das hatte zur Folge, dass auch die gesunden Unternehmen geschädigt wurden, immer schlechtere Investitionen tätigten und somit ebenfalls auf die schiefe Ebene gerieten. Wenn der Auslöser, der die Zombie-Unternehmen in die Pleite schicken würde, käme, dann würde das die größte Wirtschaftskrise in der Geschichte Europas auslösen, weil die Zombies dann auch jede Menge gesunder Unternehmen mit in den Abgrund reißen würden. Warum brachte Israel mit 7 Millionen Einwohnern mehr innovative Unternehmen an die New Yorker Technologiebörse als ganz Europa mit 500 Millionen Einwohnern? Ganz einfach: Weil die Mittel, die man zur Gründung dieser innovativen Unternehmen bräuchte, nicht innovativen Gründern zukamen, sondern in alte, strukturell schwache, ineffiziente, unprofitable und unproduktive Unternehmen wanderten, die Dinge produzierten, die keiner mehr brauchte. Aber der ganz entscheidende Punkt war, dass durch die Null- und Negativ-Zins-Politik der EZB die Erträge der europäischen Banken von Jahr zu Jahr weiter erodierten. Spätestens 2020 würden mehr Banken rote Zahlen schreiben als schwarze. Und weil bekanntlich nur das Eigenkapital zur Verlustdeckung herhalten konnte, hieß das, dass das Eigenkapital des ganzen Bankensystems sukzessive schrumpfen würde. Dies wiederum würde zu einer restriktiveren Kreditvergabepraxis der Banken führen, also zu einer Kreditverknappung, da Kredite bekanntlich mit Eigenkapital zu hinterlegen waren. Und eine

Kreditrestriktion hatte die gleiche Wirkung wie eine Zinserhöhung. Das bedeutete, dass die Zombies kippen würden. Die Zombies konnten dann auch die Kredite nicht mehr zurückzahlen. Und die Sicherheiten, die die Zombies den Banken gegeben hatten, würden dann in solchen Mengen auf den Markt geworfen, dass deren Preis fallen würde. Das Eigenkapital der Banken würde weiter schrumpfen, und das wiederum würde dann zu einer noch restriktiveren Kreditvergabepraxis führen, was wiederum weitere Pleiten nach sich ziehen würde. Daraufhin würde das Rating der Banken fallen mit der Folge, dass die Eigenkapitalbasis der Banken noch schneller schrumpfen würde.

Könnten die Banken dann nicht einfach die Kosten senken? Nein, weil jeder Euro Kostensenkung zwei Euro Restrukturierungskosten produzierte. Die Rückstellungen für die Abfindungen müssten nämlich sofort bilanziert werden, während der Kosteneinspareffekt aufgrund der Restrukturierung erst Jahre später eintreten würde. Die ersten Banken würden also irgendwann in den nächsten Jahren kippen. Daraufhin würden die Staaten die Banken retten wollen. Dabei würden sie aber feststellen, dass sie gar nicht genug Geld haben, um alle Banken zu retten. Folglich würde die EZB ein weiteres Mal die Druckerpresse anwerfen. Benötigt würden dann ungefähr acht Billionen Euro. Das war ungefähr das europäische Bruttosozialprodukt. Das Ende vom Lied würde sein, dass alle Banken verstaatlicht wären. Die Politiker würden dann unvorstellbare Mengen an Geld in die Bevölkerung pumpen, um gegen die Depression anzukämpfen, und das würde dann die Hyperinflation auslösen. Schätzungsweise 50 Prozent pro Monat. Um diese Hyperinflation dann zu bremsen, hätten die Politiker nur zwei Möglichkeiten: Entweder die Zinsen zu erhöhen oder die Geldmenge zu beschränken. Und das dann bei zwanzig Prozent Arbeitslosigkeit. Die Sparer in Europa würden also komplett enteignet. Zu Ende gedacht hieß das: Die europäischen Staaten würden entschuldet sein, und die Bürger Europas würden komplett enteignet und all ihrer Freiheit beraubt sein. Schon jetzt betrug der Schaden, den die deutsche Regierung aufgrund unvorstellbarer Inkompetenz verursachte, zwei Milliarden Euro täglich. Was für ein Wahnsinn! Ihm war sonnenklar, dass er Deutschland verlassen haben musste, bevor die Bombe hochgehen würde. Sollten sich die Dinge halbwegs glimpflich entwickeln, dann würde mindestens jeder zweite Deutsche in die Altersarmut abrutschen. Sollte es allerdings härter kommen, wovon er persönlich überzeugt war, dann würde sich die Bevölkerung in Deutschland aufgrund von Hunger und massiver gesellschaftlicher Konflikte um mindestens zwei Drittel reduzieren. Denn Sozialismus war nachweislich immer genozidal.

Was würde das mittelfristig für die Aktienmärkte heißen? Nun, es konnte durchaus sein, dass die Aktienmärkte nominal auf dem jetzt erreichten Niveau bleiben würden, aber das wäre dann nur eine nominale Illusion, real würden sie wegen der Gelddruckerei der Zentralbanken natürlich fallen. Der einzige Ausweg, der dem kleinen Mann zur Verfügung stand, war der frühzeitige Erwerb von Gold und Silber. Das wusste die Politik natürlich. Deshalb gab es ja auch dieses völlig unsinnige Geldwäschegesetz. Der Politik ging es nur darum, die Leute weiter zu enteignen und zu verhindern, dass sie ins Gold flüchteten.

Als Laura wenig später bei ihm eintraf, hatte sie sein Buch dabei, außerdem eine Flasche Champagner. »Das Buch musst du mir sofort signieren«, sagte sie und fiel ihm um den Hals. »Ich freue mich so für dich.«

Julian holte zwei Gläser aus der Küche. Dann öffnete er die Flasche. Während sie anstießen, erzählte er ihr, was er in den letzten beiden Wochen in Israel erlebt hatte und verriet ihr dabei auch, dass er mit dem Gedanken spielte, ganz nach Israel auszuwandern.

Laura erschrak: »Israel? Da wünsche ich dir aber viel Glück. Weißt du nicht, wie unsicher Israel ist?«

***

Tel Aviv – »Komm in mein Büro«, sagte Ben-Zvi am Telefon. »Ich muss dir was Wichtiges sagen.«

Halon nahm einen letzten Schluck von seinem Kaffee und erhob sich von seinem Schreibtisch. *Entweder geht es um den Untersuchungsausschuss oder es gibt neue Informationen über Idris*, dachte er.

Wenig später stand er in Ben-Zvis Büro.

»Setz dich«, sagte der Chef der Operationsabteilung.

Halon setzte sich. »Ich höre.«

»Ich komme gerade von Ron. Es gibt Neuigkeiten. Erstens: Wie du weißt, war er letzte Woche in Langley, um dem CIA-Direktor ausführlich über unseren Diebstahl der geheimen iranischen Nuklearakten zu berichten. Die Analyse durch iranische Muttersprachler wird uns zwar noch einige Wochen beschäftigen, aber grundsätzlich liegen die harten Fakten jetzt auf dem Tisch. Wir haben jetzt ein tiefes Verständnis dafür, wie das iranische Atomwaffenprogramm strategisch und taktisch bis ins kleinste Detail funktioniert. Ron erzählte mir, dass der CIA-Direktor regelrecht aus dem Häuschen war, als er die Art und Weise erfuhr, wie wir an die Informationen gekommen sind.«

Ben-Zvi sprach von der Januar-Operation im Iran. Nachdem seine Agenten die komplette elektronische Überwachung ausgeschaltet hatten, hielten sie sich genau 6 Stunden und 29 Minuten in der Lagerhalle auf, in der die ultrageheimen Daten in insgesamt 32 speziellen Safes aufbewahrt wurden. Um effizient an den Inhalt dieser Tresore zu gelangen, verwendeten sie spezielle Brenner, die 3.600 Grad erreichten. Die riesigen Dateien wurden auf Lastwagen geladen und anschließend über die Grenze gebracht. Dutzende Agenten waren in diese Operation involviert gewesen. Es war eine der größten und wichtigsten Operationen, die der Mossad jemals ausgeführt hatte.

»Und die zweite Neuigkeit?«, fragte Halon.

»Wie du dir denken kannst, ist Rons Position durch diese Operation jetzt maximal gestärkt. Die fünf Jahre als *memuneh*, die ihm per Gesetz zustehen, macht er sowieso. Und wenn ihn der Ministerpräsident um eine Verlängerung bitten wird, wovon wir alle ausgehen, dann wird er auch nicht ablehnen. Das hat er mir klar versichert.«

»Ich habe nichts anderes vermutet.«

»Ron hatte gestern einen Termin beim Ministerpräsidenten. Die Spitzen von Aman und Shin Bet waren ebenfalls zugegen. Der Ministerpräsident wollte ihre profunde Meinung zu den Problemen hören, die uns alle maximal beschäftigen. Wie du weißt, sind wir von allen Seiten vom Iran umzingelt. Die Hisbollah ist der Iran im Libanon. Die Milizen der Volksmobilisierungseinheiten sind der Iran im Irak, die Huthis sind der Iran im Jemen, die Nationale Front ist er Iran in Syrien, und der Islamische Dschihad und die Hamas sind der Iran in Gaza. Die IDF sind zwar auf jedes Szenario vorbereitet, aber wir können nicht warten, bis es zu spät ist. Und vor allen Dingen können wir nicht alle Probleme gleichzeitig bewältigen. Unabhängig davon, ob unsere Streitkräfte in Gaza einmarschieren, um die Hamas endgültig auszurotten; unabhängig davon, ob wir einen Präventivschlag gegen die Hisbollah führen, strebt der Ministerpräsident folgendes an: Sobald er die Wahlen im nächsten Jahr gewonnen und eine stabile Regierung zustande gebracht hat, will er Samaria und Judäa endgültig annektieren.«

»Damit bin ich höchst einverstanden. Aber wie stellt er sich das konkret vor?«

»Der Ministerpräsident schätzt, dass fünfzig Prozent der Araber die israelische Staatsbürgerschaft freiwillig annehmen werden, also rund 1,5 Millionen Menschen. Die anderen 1,5 Millionen, die unsere Freiheiten ablehnen, siedeln wir dann sukzessive um.«

»Wohin denn? Nach Gaza?«

»Nein, in die EU natürlich, wohin denn sonst? Von den arabischen Staaten will sie jedenfalls keiner haben.«

»Ja, die EU wird sie wahrscheinlich aufnehmen. An den meisten deutschen Bahnhöfen sieht es ja jetzt schon aus wie in Nablus oder Ramallah. Sind die Amerikaner schon eingeweiht?«

»Es sind Gedankenspiele unseres Ministerpräsidenten, keine konkreten Pläne. Ich glaube aber nicht, dass uns die Amerikaner Schwierigkeiten bereiten werden. Sie haben uns ja bereits auf andere Weise grünes Licht gegeben. Dank der neuen US-Administration treten wir jetzt ohnehin in eine neue Phase der Zusammenarbeit. Im Mai werden die USA ihre neue Botschaft in Jerusalem offiziell eröffnen. Ein klareres Statement gegen die Zwei-Staaten-Lösung kann es gar nicht geben.«

»Das ist richtig. Endlich haben wir im Weißen Haus einen Freund sitzen.«

»Freund hin oder her. Ich sag‹s mal so: Wir haben kein Interesse an einem schwachen Amerika. Wenn es ihm gelingt, die USA zur alten Stärke zurückzuführen, dann kommt das letzten Endes auch uns zugute.«

»Dann müssen wir aber gut auf ihn aufpassen.«

»Das tun wir doch«, lachte Ben-Zvi.

»Ich erinnere mich, dass du mir bereits vor drei Jahren gesagt hast, dass er der nächste Präsident wird. Was machte dich damals so sicher?«

»Gute Informationen, was sonst? Wenn ich mich recht entsinne, gab es damals fünf Kandidaten, die das Zeug hatten, die ganze Scheiße, die uns Obama und seine Vorgänger eingebrockt haben, wieder auszuheben. Aber nur einer hatte den Mut, es auch zu tun. Dieser Mann packt die Probleme frontal an. Und ich bin mir sicher, dass ihm die Trockenlegung des Sumpfes gelingt. Schließlich wurde er gut vorbereitet.«

»Dafür wird er aber zwei Amtsperioden benötigen.«

»Er wird die zwei Amtszeiten machen.«

»Und falls nicht?«

»Dann stehen zweihundert US-Generale bereit, um die Sache erfolgreich zu Ende zu bringen.«

***

Am 6. April flog Julian zurück nach Israel und quartierte sich wieder in der Deluxe Suite 1103 des *Sheraton* Hotels ein. Die nächsten Tage verliefen tatsächlich so, wie Yoram es ihm prophezeit hatte. Fast jeden zweiten Tag wurde er via Anruf oder E-Mail um ein Interview gebeten, und jedes Mal befolgte er Yorams Rat und ließ sich die Fragen vorher schriftlich geben.

Es stellte sich heraus, dass diese Vorgehensweise äußerst schlau war, denn Professor Katz hatte deutlich mehr Erfahrung als er, und er durchschaute auch sofort die finstere Intention, die sich hinter der einen oder anderen Frage verbarg. Die Antworten, die er gab, schickte er jedes Mal an Julian und nannte ihm auch den Grund, weshalb er so und nicht anders geantwortet hatte.

Währenddessen lebte Julian sein Leben wie gehabt weiter. Halon steckte ihm regelmäßig Geld zu, damit er das Tel Aviver Nachtleben und die gute mediterrane Küche genießen konnte, und er bereitete ihn wie gewohnt jeden Nachmittag zwischen 16 und 18 Uhr auf die erste Begegnung mit Sabrina Wallis vor.

Am 21. April, einem Samstag, teilte Halon seinem Schüler mit, dass er morgen oder spätestens übermorgen eine Einladung der deutschen Talkmasterin Sandra Maischberger in ihre Talkshow erhalten würde.

»Ist nicht wahr!«, hatte Julian reagiert.

»Warten Sie›s ab. Sie sagen auf jeden Fall zu, verstanden? Dies wird Ihre erste Begegnung mit Sabrina Wallis.«

Am Sonntagmorgen um 10 Uhr hatte er tatsächlich Sandra Maischberger in der Leitung. Er lag noch im Bett, war aber sofort hellwach.

»Guten Morgen. Sandra Maischberger hier. Spreche ich mit Herrn Julian Tagman?«

»Mit dem sprechen Sie. Guten Morgen, Frau Maischberger.«

»Herr Tagman, ich habe Ihr Buch ›Das Rothman-Komplett‹ gelesen, und ich gestehe, dass es mich fasziniert hat.«

»Oh, danke.«

»Ich würde Sie gern für den kommenden Mittwoch in meine Talkshow ›Maischberger‹ nach Berlin einladen. Hätten Sie Lust zu kommen?«

»Klar. Unbedingt.«

»Es wird aber diesmal ausnahmsweise keine Livesendung. Wir zeichnen zwischen 18 und 20 Uhr auf, werden die Aufzeichnung aber noch am selben Tag um 22.45 Uhr im Ersten ausstrahlen.«

»Was wird das Thema der Talkshow sein?«

»Darüber bin ich mir ehrlich gesagt noch nicht ganz im Klaren, Herr Tagman, weil zwei meiner Wunschkandidaten noch nicht verbindlich zugesagt haben. Aktuell schwebt mir so was vor wie ›Treibt die Geldpolitik der EZB Deutschland in den Untergang‹. Aber das habe ich noch nicht endgültig entschieden.«

»Starkes Thema. Aber verraten Sie mir doch bitte eins: Ich habe doch nur einen Politthriller geschrieben und kein volkswirtschaftliches Lehrbuch. Was könnte ich denn schon Wichtiges zum Thema Geldpolitik beisteuern?«

»Ihr Politthriller enthält starke gesellschaftskritische Implikationen und ist viel mehr als ein Politthriller. Ihr Buch ist auch gesellschaftspolitisch visionär. Ich möchte einfach, dass Sie breiter bekannt werden, Herr Tagman. Außerdem mag ich interessante Menschen. Ich möchte Sie auch persönlich kennenlernen.«

»Das ehrt mich sehr, Frau Maischberger.«

»Sie sagen also fest zu?«

»Das tue ich.«

»Wunderbar. Dann schicke ich Ihnen jetzt alle notwendigen Informationen und sage mal: Bis Mittwoch, Herr Tagman.«

»Bis Mittwoch, Frau Maischberger.«

Sara alias Lital Weinberger wälzte sich schlaftrunken aus dem Bett. »Wer war das?«, fragte sie.

»Ich habe gerade eine Einladung zu einer Talkshow in Deutschland erhalten.«

»Ach so.«

Während Sara sich auf den Weg ins Bad machte, betrachtete Julian ihren makellosen nackten Hintern. Dann rief er Yoram an.

»Shalom, Yoram.«

»Shalom, Julian.«

»Jetzt raten Sie mal, wer mich gerade angerufen hat?«

»Die deutsche Talkmasterin. Ihr Hotelzimmer in Berlin-Mitte ist auch bereits gebucht. Ebenso Ihr Flug nach Berlin sowie Ihr Flug am darauffolgenden Tag von Berlin nach Düsseldorf. Genießen Sie also Ihre letzten Tage in Israel, Julian.«

»Und was ist mit Frau Wallis?«

»Die fliegt ebenfalls am Donnerstagmorgen nach Düsseldorf. Schließlich hat sie dort ihren Wahlkreis. Also strengen Sie sich an, dass Sie sie an den Angelhaken kriegen.«

»Ich hoffe, ich kann bald wieder zurück nach Tel Aviv.«

»Zuerst machen Sie Ihren Job, Julian.«

***

Berlin – Mittwoch, 25. April. Die Aufzeichnung der Sendung begann um Punkt 18 Uhr.

Während Kamera 1 auf die Moderatorin gerichtet war und in der Totalen durch das Studio schwenkte, sprach Sandra Maischberger die Begrüßungsworte.

»Einen schönen guten Abend, liebe Zuschauer, und herzlich willkommen zu unserer Sendung ... Immer mehr Ökonomen warnen inzwischen vor den negativen Auswirkungen der Zinspolitik der Europäischen Zentralbank. Die Frage, die wir heute Abend diskutieren wollen, lautet: Treibt uns die Geldpolitik der EZB in den Untergang? Ich begrüße Frau Sabrina Wallis, die Europaabgeordnete und wirtschaftspolitische Expertin der Partei ›Linke Offensive‹. Guten Abend, Frau Wallis ...«

»Guten Abend, Frau Maischberger.«

»... und Herrn Julian Tagman, seines Zeichens Bestsellerautor und harter Kritiker jeglicher staatlicher Interventionspolitik. Schön, dass Sie beide gekommen sind.«

»Guten Abend.«

»Bevor wir in das Thema einsteigen, liebe Zuschauer, muss ich Ihnen sagen, dass heute etwas sehr Ungewöhnliches passiert ist. Es haben nämlich gleich *drei* meiner Gäste kurzfristig abgesagt, so dass es nicht möglich war, so schnell Ersatz für sie zu finden. Das nennt man wohl höhere Gewalt.«

»Manchmal ist weniger mehr«, sagte Julian.

»Das werden wir dann ja sehen.« Sandra Maischberger lächelte. »Fast könnt man meinen, Sie beide hätten sich für heute Abend stilistisch abgesprochen.«

»Haben wir nicht«, sagte Julian und lächelte ebenfalls.

»Aber hoffen wir mal, dass unser gemeinsames Grau nicht zum Omen für diese Sendung wird.«

Die Kameras zoomten sofort auf die Kleidung der beiden Talkgäste.

Julian trug einen enganliegenden anthrazitfarbenen Anzug, weißes Hemd, keine Krawatte – so, wie Yoram es ihm geraten hatte.

Sabrina Wallis trug ein anthrazitfarbenes Kostüm und anthrazitfarbene Pumps. Ihre Haare waren hochgesteckt. Sie lächelte, aber ihre starre Haltung vermittelte den Eindruck von Erhabenheit und Unnahbarkeit.

Julian war nicht überrascht. Er hatte sich Dutzende Videos von ihr angeschaut, und am heutigen Abend präsentierte sie sich genauso wie in den Videos. Er erinnerte sich an das, was Yoram ihm gesagt hatte, wobei er natürlich nicht wissen konnte, dass Yoram seine Erkenntnisse auch nur von Michal, der Leiterin der psychologischen Abteilung des Mossad, bezogen hatte: »Wenn Sie wirklich wissen wollen, ob Sie bei der Dame auf dem richtigen Weg sind, dann werden Sie das sofort an ihrem Äußeren feststellen. Dann wird sie nämlich kein Grau oder Schwarz mehr tragen, sondern hellere Farben. Dann wird sie sich vielleicht gelb, hellblau oder knallrot kleiden und knallroten Lippenstift benutzen. Rot ist die weibliche Farbe schlechthin. Das heißt, Sie wissen dann, dass die Dame allmählich auf die weibliche, irrationale Seite schwenkt. Dieser Prozess wird ihr selbst aber komplett unbewusst sein. Menschen, die sowohl die männliche als auch die weibliche Seite leben, kommen besser rüber, haben mehr Präsenz. Das spürt man, wenn solche Menschen einen Raum betreten. Menschen, die in der Kindheit durch irgendetwas traumatisiert wurden, gehen meistens auf die hyperintellektuelle Schiene. Sabrina Wallis versucht bisher, alles über den Kopf zu verstehen. Sie weiß nicht, dass man auch über den Körper lernen kann und muss. In den Körperzellen ist ja sehr viel Information gespeichert, die einem der Kopf nicht liefert. Wenn man aber nur sitzt und denkt, bleibt einem das Körperwissen verborgen.«

Sandra Maischberger stellte der linken Wirtschaftsexpertin

ihre erste Frage: »Frau Wallis, warum verfolgt die EZB eine Zinspolitik, von der eine nicht geringe Zahl von Ökonomen sagt, dass sie Europa in den wirtschaftlichen Untergang und die Sparer in die völlige Enteignung führen wird?«

»Weil sie gar nicht anders kann. Die Entwicklung in den letzten zehn Jahren, insbesondere das Totalversagen der Politik gegenüber monopolistischen Strukturen sowie eine blinde Bankenaufsicht haben die Europäische Zentralbank genau an jenen Punkt geführt, wo sie jetzt steht.«

»Ein Versagen der Politik?«

»Natürlich. Die Politik hat den Verheißungen des Kapitalismus, dass sich freie Märkte von selbst regulieren, blind vertraut. Dieses blinde Vertrauen rächt sich nun. Von den großen Verheißungen Ludwig Erhards, ›Wohlstand für alle‹, ist praktisch nichts mehr übrig. Im realen Wirtschaftsleben sind alle positiven Ideen der Marktwirtschaft tot. Wo gibt es denn noch wirklich offene Märkte und echten Wettbewerb? Stattdessen haben mächtige Global Player sich Märkte und die Politik unterworfen, diktieren ihren Lieferanten die Konditionen und scheren sich kaum noch um die Zufriedenheit ihrer Kunden. Der heutige Kapitalismus lässt nicht allein Oben und Unten in einer Weise auseinanderklaffen, die jeden Menschen mit normal entwickeltem Sozialgefühl entsetzen muss. Er zerstört – systematisch, hartnäckig und brutal – auch die Mitte der Gesellschaft. Das reguläre Normalarbeitsverhältnis, das Planungssicherheit und Perspektive gibt, existiert für junge Leute, die heute ins Arbeitsleben einsteigen, fast nicht mehr. Über die Hälfte aller neuen Jobs sind befristet, immer mehr werden so jämmerlich bezahlt, dass man von ihnen nicht leben kann. Wer ein kleines Unternehmen gründet oder führt, wird immer öfter vom Kreditgeiz der Banken in die Pleite getrieben. Egal, ob die Geschäftsidee ihn hätte tragen können oder nicht. Der Kapitalismus ist keine Wirtschaftsordnung mehr, die Produktivität, Kreativität, Innovation und technologischen Fortschritt befördert. Heute verlangsamt er Innovation und behindert Investitionen. Er verschleudert wirtschaftliche Ressourcen und lenkt menschliche Kreativität und Erfindungsgabe auf die unsinnigsten Betätigungen im

Finanzbereich, die gleichwohl am höchsten bezahlt werden. Die Politik hat dieser Entwicklung in geradezu clownesker Realitätsverweigerung jahrelang tatenlos zugesehen, und heute, wo es praktisch zu spät ist, befinden wir uns in einer Situation, in der Banken und Wirtschaftskonzerne ganze Staaten erpressen und sich die Politik kaufen können, die ihnen nützt.«

Julian fühlte gar nichts. Es war das, was ein Agent operative Taubheit nennen würde. Ein winziger Schmerz in der Brust, eher wie eine leichte Übelkeit. Das waren die persönlichen Gefühle. Sie wurden in einer kleinen kontrollierbaren Zone zusammengepresst, während das Bewusstsein auf Empfang eingestellt war, bereit, alle Informationen aufzunehmen, die darüber entschieden, wie man reagieren würde.

»Herr Tagman«, sagte Sandra Maischberger, »Sie haben mit Ihrem gerade erschienenen Buch ›Das Rothman-Komplett‹ einen Bestseller gelandet. Ich habe Ihr Buch ebenfalls gelesen, und ich gestehe ehrlich, dass ich es nicht mehr aus der Hand legen konnte.«

»Vielen Dank.«

»Obwohl es sich bei Ihrem Buch schwerpunktmäßig um einen Politthriller handelt, haben Sie auch ein zukunftspessimistisches Szenario beschrieben, dass Sie für die logische und unvermeidbare Konsequenz des – ich zitiere: ›Geldsozialismus der EZB‹ – halten. Können Sie unseren Zuschauern kurz erklären, wie Sie zu dieser Annahme kommen?«

»Zunächst einmal möchte ich Frau Wallis für ihre Beschreibung der aktuellen Lage danken. Genauso verhält es sich. Aber nicht der Kapitalismus ist daran schuld, liebe Frau Wallis, sondern das Totalversagen der Politik gegenüber den Wirtschaftslobbys und der mächtigen Finanzindustrie. Als in den Neunzigerjahren der europäische Binnenmarkt liberalisiert wurde, ging das einher mit einer stetigen Verwässerung der Kartellkontrolle, und heute haben wir einen Punkt erreicht, an dem eine von den Interessen der Wirtschaftsmächtigen unabhängige Politik praktisch unmöglich geworden ist. Der Konzept der sozialen Marktwirtschaft ruht auf vier Grundsäulen: dem Sozialstaat, dem Prinzip der persönlichen Haftung, der gemischten Wirtschaft und der Verhinderung wirtschaftlicher Macht. Die letztere Säule ist die tragende, bei deren Erosion das ganze Gebäude in sich zusammenfällt. Wirtschaftliche Macht wurde aber von der Politik eben nicht verhindert, sondern geradezu forciert, und das Prinzip der persönlichen Haftung wurde von der Finanzindustrie geradezu konterkariert. Auf den heutigen Finanzmärkten streben die Akteure nach maximalem Gewinn, ohne im Falle eines Misserfolgs auch für den angerichteten Schaden bluten zu müssen. Diese Praxis führte letztlich zu einer Explosion der Staatsverschuldung. Seit Beginn der Krise 2007/2008 tun die Staaten alles, um das Platzen der Schuldenblase – und damit natürlich auch der Vermögensblase – zu verhindern. Sie erreichen das, indem sie die privaten Schulden übernehmen, sie also in Staatsschulden verwandeln. Die Schulden- und Vermögensblase wird auf diese Weise allerdings nicht kleiner, sie wird nur verlagert und das Problem wird aufgeschoben. Man erkauft sich Zeit, aber keine Lösung. Irgendwann wird dieser billionenschwere Müll abgeschrieben werden müssen, und der Leidtragende wird mit absoluter Sicherheit der normale Bürger sein, sprich, er wird völlig enteignet. Maßgeblich mitgetragen wurde und wird dieses perfide Spiel natürlich von der EZB. Das erste Problem ist, dass die bisherige Geldpolitik der EZB zu einer weitgehenden ›Zombifizierung‹ der Wirtschaft geführt hat. Die Null- und Negativ-Zinsen haben nämlich schwache Banken und schwache Unternehmen, die eigentlich vom Markt hätten verschwinden müssen, künstlich am Markt gehalten.«

»Was bedeutet das?«, fragte die Moderatorin.

»Das bedeutet, dass jene Banken und Unternehmen, die eigentlich längst hätten pleitegehen müssen, durch die Null-Zins-Politik weiterhin an billiges Geld kommen und dadurch am Leben erhalten werden. Schlechte Unternehmen, also Unternehmen, die Dinge produzieren, die niemand mehr braucht und die deshalb eigentlich von der Markwirtschaft aussortiert werden müssten, überleben unsinnigerweise durch die Zinspolitik der EZB.«

»Wie hoch schätzen Sie den Prozentsatz dieser Zombie-Unternehmen ein?«

»In Deutschland machen die Zombieunternehmen inzwischen 15 Prozent aller Unternehmen aus, in anderen europäischen Ländern sind es sogar teilweise 18 bis 20 Prozent. Das Problem ist nur: Ihr Tod ist nur hinausgeschoben, nicht aufgehoben. Kommen wird er auf jeden Fall.«

»Aber für die Arbeitskräfte ist es doch von Vorteil, wenn ihre Arbeitsplätze erhalten werden.«

»Das ist leider eine Illusion, liebe Frau Maischberger. Denn das Geld, das durch Billigkredite in die Zombies wandert, fehlt automatisch bei Ventures, Hightech und innovativen Unternehmen. Die Zombies werden am Leben erhalten, die guten innovativen Unternehmen können von unten nicht nachwachsen, und im Mittelbau tätigen die gesunden Unternehmen nicht jene Investitionen, die sie langfristig am Leben erhalten. Der Null-Zins erzeugt einen zu billigen Euro, und der zu billige Euro erzeugt in den Unternehmen die Illusion einer Wettbewerbsfähigkeit, und diese Illusion hält sie von Investitionen in Produktionssteigerungen ab. Das hat schließlich zur Folge, dass auch die gesunden Unternehmen geschädigt werden, immer schlechtere Investitionen tätigen und somit ebenfalls auf die schiefe Ebene geraten. Und wenn der Auslöser, der die Zombie-Unternehmen in die Pleite schicken wird, kommt, dann wird das die größte Wirtschaftskrise in der Geschichte Europas auslösen, weil die Zombies dann auch jede Menge gesunder Unternehmen mit in den Abgrund reißen werden. Ich habe mich längere Zeit in Israel aufgehalten, kenne die dortigen Verhältnisse also aus eigener Erfahrung und Anschauung. Warum bringt Israel mit 7 Millionen Einwohnern mehr innovative Unternehmen an die New Yorker Technologiebörse als ganz Europa mit 500 Millionen Einwohnern? Ganz einfach: Weil die Mittel, die man zur Gründung dieser innovativen Unternehmen bräuchte, nicht innovativen Gründern zukommen, sondern in alte, strukturell schwache, ineffiziente, unprofitable und unproduktive Unternehmen wandern, die Dinge produzieren, die keiner mehr braucht.«

»Aber können wir dann nicht einfach so weitermachen, wie es die Absicht der EZB offensichtlich ist? Hauptsache, die Arbeitsplätze bleiben erhalten?«

»Die EZB hat aktuell gar keine andere Wahl als ihren Kurs beizubehalten. Arbeitsplätze werden dadurch aber nicht erhalten. Denn der ganz entscheidende Punkt ist, dass durch die Null- und Negativ-Zins-Politik auch die Erträge der europäischen Banken von Jahr zu Jahr weiter erodieren. Spätestens 2020 werden mehr Banken rote Zahlen schreiben als schwarze. Und weil bekanntlich nur das Eigenkapital zur Verlustdeckung herhalten kann, heißt das, dass das Eigenkapital des *ganzen* Bankensystems sukzessive schrumpfen wird. Dies wiederum wird zu einer restriktiveren Kreditvergabepraxis der Banken führen, also zu einer Kreditverknappung, da Kredite bekanntlich mit Eigenkapital zu hinterlegen sind. Und eine Kreditrestriktion hat die gleiche Wirkung wie eine Zinserhöhung. Das bedeutet, dass die Zombies kippen werden. Die Zombies können dann auch die Kredite nicht mehr zurückzahlen. Und die Sicherheiten, die die Zombies den Banken gegeben haben, werden dann in solchen Mengen auf den Markt geworfen, dass deren Preis fallen wird. Das Eigenkapital der Banken wird weiter schrumpfen, und das wiederum wird dann zu einer noch restriktiveren Kreditvergabepraxis führen, was wiederum weitere Pleiten nach sich ziehen wird. Daraufhin wird das Rating der Banken fallen mit der Folge, dass die Eigenkapitalbasis der Banken noch schneller schrumpft.«

»Könnten die Banken dann nicht einfach die Kosten senken?«

»Das versuchen sie ja, aber das klappt nicht so ohne Weiteres, weil jeder Euro Kostensenkung zwei Euro Restrukturierungskosten produziert.«

»Wieso ist das so?«

»Das ist so, weil die Rückstellungen für die Abfindungen sofort nach Bekanntwerden bilanziert werden müssen, während der Kosteneinspareffekt aufgrund der Restrukturierung frühestens nach ein oder zwei Jahren eintritt.«

»Was bedeutet das für die Banken?«

»Das bedeutet, dass es nicht mehr allzu lange dauert, bis die ersten Banken kippen werden.«

»Das heißt, wir sprechen dann wieder von einer Bankenrettung durch die Politik.«

»Natürlich. Die Staaten werden die Banken retten *wollen*. Sie werden dann aber feststellen, dass sie gar nicht genug Geld haben, um alle Banken zu retten. Folglich wird die EZB ein weiteres Mal die Druckerpresse anwerfen.«

»In welcher Größenordnung?«

»Benötigt werden dann ungefähr acht Billionen Euro. Also achttausend Milliarden. Das ist ungefähr das europäische Bruttosozialprodukt. Das Ende vom Lied ist, dass alle Banken verstaatlicht sind.«

»Und dann?«

»Dann werden sich die Politiker als Banker betätigen wollen. Politiker halten sich ja ohnehin für die kompetenteren Banker. Sie werden unvorstellbare Mengen an Geld unters Volk bringen, um gegen die Depression anzukämpfen, und das löst dann mit absoluter Sicherheit die Hyperinflation aus.«

»Von welcher Größenordnung sprechen wir da? Zwanzig Prozent pro Jahr?«

»Fünfzig Prozent. Nicht pro Jahr, pro Monat! Um diese Hyperinflation zu bremsen, haben die Politiker dann nur zwei Möglichkeiten: Entweder erhöhen sie die Zinsen, oder sie beschränken die Geldmenge. Und das dann bei zwanzig Prozent Arbeitslosigkeit. Die Sparer in Europa werden also komplett enteignet. Zu Ende gedacht heißt das: Die europäischen Staaten werden entschuldet sein, und die Bürger Europas werden komplett enteignet und all ihrer Freiheit beraubt sein.«

»Ihr Rat?«

»Man sollte den Euroraum verlassen haben, bevor die Bombe hochgeht.«

»Sie haben unseren Zuschauern jetzt das schlimmstmögliche Szenario geschildert. Könnten sich die Dinge nicht auch glimpflicher entwickeln?«

»Nein, was ich Ihnen gerade geschildert habe, ist das

Szenario bei ›normalem‹ Verlauf der Dinge, sagen wir mal, innerhalb der nächsten fünf Jahre. Sollte es allerdings vorher noch zu einem ›Großevent‹ kommen, zum Beispiel zu einem Krieg mit dem Iran, einer globalen Pandemie, einem Mega-Erdbeben in Kalifornien oder irgendetwas Vergleichbarem, dann werden die Dinge ungefähr genauso, nur sehr viel schneller ablaufen. Bei halbwegs glimpflicher Entwicklung rutscht mindestens jeder zweite Deutsche in die Altersarmut ab. Sollte es allerdings härter kommen, wovon ich persönlich überzeugt bin, dann wird sich die Bevölkerung in Deutschland aufgrund von Hunger und massiver gesellschaftlicher Konflikte um mindestens zwei Drittel reduzieren. Denn Sozialismus ist bekanntlich immer genozidal.«

»Frau Wallis, was sagen Sie zu den Thesen von Herrn Tagman?«

»Ich habe das Buch von Herrn Tagman ebenfalls gelesen, deshalb wusste ich bereits, dass ich heute Abend auf den Schutzheiligen des Kapitalismus treffen werde …«

»Schutzzeiliger der sozialen Marktwirtschaft«, wurde sie von Julian unterbrochen, »nicht eines ungezügelten Kapitalismus.«

»Ich stimme Herrn Tagman insofern zu, dass sich die aktuelle Krise um ein Vielfaches stärker entladen wird als das, was wir 2008 gesehen haben. Und wie Sie alle wissen wurden damals Vermögenswerte in der Größenordnung von 40 Billionen US-Dollar, also vierzigtausend Milliarden Dollar, vernichtet. Die Finanzkrise von 2008 ist nicht vorbei, denn all das, was sie damals ausgelöst hat, besteht weiter. Die Ursachen der Krise sind unverändert da. Und die Hauptursache war, dass Vermögen und Schulden über viele Jahre hinweg schneller gestiegen sind als die Wirtschaft. Die zweite Ursache war die Deregulierung der Finanzmärkte. Das fing ja schon in den Achtzigerjahren unter Margret Thatcher an. Damals glaubte man, dass sich die Finanzmärkte von selbst regulieren würden. Heute wissen wir, dass sie das eben nicht tun. Und dass in einer solchen beispiellosen Krise nicht hundert Prozent zu den Verlierern gehören, sehen Sie schon daran, dass sich die Zahl der Milliardäre seither verdoppelt hat. Man erklärt das gemeinhin mit der Inflation, was aber selbstverständlich nicht stimmt. Das größte Risiko liegt in den Schattenbanken und Hedgefonds wie zum Beispiel BlackRock. Das sind Akteure, die alle untereinander verflochten, aber jeglicher Regulierung entzogen sind. Gleichzeitig, und das ist das Kernproblem, sind sie auch mit dem normalen Bankensektor verflochten ...«

»Herr Tagman?«

»Ich habe die beiden letzten Bücher von Frau Wallis gelesen, deshalb denke ich, dass Frau Wallis und ich bei der Analyse der Geldpolitik der EZB und ihren sehr wahrscheinlichen Konsequenzen gar nicht so weit auseinanderliegen. Das einzige, was Frau Wallis und mich fundamental unterscheidet, ist, dass Frau Wallis dem Markt beziehungsweise dem Kapitalismus die Schuld an der Entwicklung gibt. Demzufolge fordert sie noch mehr Eingriffe durch den Staat, also noch mehr Bürokratie und noch mehr Sozialismus. Tatsächlich ist aber nicht der Markt beziehungsweise der Kapitalismus gescheitert, sondern – und das lässt sich auch klar nachweisen – die Politik. Absolut alle Fehlentwicklungen, die zu der letzten großen Krise 2007/2008 geführt haben, können ausnahmslos auf staatliche Eingriffe beziehungsweise unterlassene Eingriffe zurückgeführt werden. Die Politik der EU und die sozialistische Geldpolitik der EZB verhindern die dringend überfällige Bereinigung des Marktes. Und weil diese Bereinigung bis jetzt nicht erfolgt ist, im Gegenteil, die Politik alles noch schlimmer macht, wird uns am Ende dieser Entwicklung die totale Diktatur und der Totalzusammenbruch aller Strukturen erwarten. Ich weiß, dass Frau Wallis eine Zentralverwaltungswirtschaft, wie sie manchen Ultralinken immer noch vorschwebt, ablehnt. Sie weiß, dass eine Zentralverwaltungswirtschaft prinzipiell nicht funktionsfähig und einer Markwirtschaft grundsätzlich weit unterlegen ist. Aber das, was ihr vorschwebt, ein sogenannter ›kreativer Sozialismus‹ wird ebenfalls nicht funktionieren, weil *jede* Art von Sozialismus grundsätzlich zu mehr Staat und mehr Bürokratie führt. Ich lehne den Staat ja nicht als solchen ab, sondern ich behaupte nur, dass der Staat dort, wo er handelt, nahezu immer falsch handelt, und da, wo er definitiv handeln müsste, das Handeln unterlässt. Es ist übrigens die alte Masche aller Sozialisten, dass sie immer den Markt dafür verantwortlich machen, was sie selber verbockt haben. Und ich kann Ihnen jetzt schon versprechen, wenn die monetäre Bombe hochgeht – und sie wird hochgehen –, dann werden die Sozialisten wieder von Marktversagen sprechen. Es ist natürlich mitnichten ein Marktversagen, sondern es sind immer regulatorische, staatliche, planwirtschaftliche Eingriffe ...«

In diesem Moment gab es einen totalen Stromausfall.

»Huch«, rief Maischberger. »Was ist denn da passiert?«

Es dauerte eine Weile, bis jemand aus der Regie mit zwei Taschenlampen herbeieilte, eine an die Moderatorin weiterreichte und von einem totalen Stromausfall sprach.

»Das sehe ich, beziehungsweise das sehe ich nicht«, sagte Maischberger. »Was ist mit den Notaggregaten?«

Julian hatte inzwischen sein Mobiltelefon hervorgeholt und die Taschenlampe eingeschaltet.

»Die Notaggregate springen ebenfalls nicht an«, sagte der Mann aus der Regie.

»Ich glaube, diese Sendung können wir knicken. Lassen Sie uns noch fünf Minuten warten. Wenn wir bis dahin keinen Strom haben, fahren wir alle nach Hause.«

»Oder ins Hotel«, ergänzte Julian. Ihn amüsierte das Ganze und Sabrina Wallis scheinbar auch.

Die fünf Minuten verstrichen, ohne dass der Strom wiederkam.

»Tja, liebe Frau Wallis, lieber Herr Tagman, es tut mir ganz schrecklich leid, dass bei dieser Sendung so viel schiefgelaufen ist. Aber es war wohl höhere Gewalt. Ich würde sagen, wir machen Schluss für heute. Auf jeden Fall bedanke ich mich bei Ihnen, dass Sie zu mir gekommen sind. Ich hoffe, wir können das Thema bald wiederholen.«

»Dann aber unter günstigeren Bedingungen«, ergänzte Sabrina Wallis.

Man gab sich gegenseitig die Hand, verabschiedete sich

und wurde dann mit Taschenlampen in die Garderobe geleitet.

***

Julian verließ das Fernsehstudio und nahm sich draußen ein Taxi, das ihn sofort zurück ins Hotel bringen sollte. Er hatte keine Ahnung, wie es mit Sabrina Wallis jetzt weitergehen sollte und was Yoram geplant hatte. Eine Sekunde überlegte er, ob er Yoram sofort anrufen sollte, entschied dann aber, bis morgen zu warten. Er brauchte jetzt erst mal ein eiskaltes Pils.

An der Hotelrezeption ließ er sich seinen Zimmerschlüssel geben und nahm anschließend die Treppe. Für sein Zimmer im 2. Stock brauchte er keinen Fahrstuhl.

Er stand gerade vor seiner Zimmertür, um sie aufzuschließen, als die Fahrstuhltür aufging und Sabrina Wallis heraustrat.

»Nanu, wir haben dasselbe Hotel?«, fragte sie erstaunt.

»Und dieselbe Etage.« Er lachte.

»Jetzt sagen Sie nicht, dass auch noch unsere Zimmer direkt nebeneinanderliegen.«

»Ich habe die 208.«

»Und ich die 207. Das gibt›s doch gar nicht.«

»Ich hoffe, Sie werden wegen mir nicht das Zimmer wechseln wollen.«

Sie lachte. »Nein, natürlich nicht.«

»Darauf stoßen wir an. Ich lade Sie zu einem Drink ein.«

Sie schaute auf die Uhr. »Es ist gleich acht, und ich habe noch nicht mal was zu Abend gegessen.«

»Ich auch nicht. Dann essen wir gemeinsam.«

Sie überlegte eine Sekunde lang. »Wissen Sie was? Ich muss noch zwei kurze Telefonate führen. Sagen wir um halb neun unten im Restaurant. Reservieren Sie uns doch bitte schon mal einen ruhigen Tisch.«

»Mach ich. Bis gleich«, sagte Julian und schloss die Tür seines Zimmers auf. Er genehmigte sich ein Pils aus der Minibar, setzte sich damit auf die Bettkante und reservierte telefonisch einen ruhigen Tisch für halb neun.

Eine halbe Stunde später betrat er das Restaurant und wurde sogleich von der Bedienung an den reservierten Tisch geführt.

Sabrina Wallis kam drei Minuten später. In der Hand hielt sie seinen Politthriller. Während sie Platz nahm, schob sie ihm das Buch und einen Kugelschreiber über den Tisch. »Und jetzt schreiben Sie mir erst mal eine kleine Widmung hinein.«

Julian scannte ihre vornehme Erscheinung mit einem einzigen Blick: Schwarze, noch immer hochgesteckte Haare, warme, braune Augen, perfekte Schminke, baumelnde Ohrringe, schwere Kette.

»Das Buch ist wirklich gut, nicht wahr?«

»Klar. Wenn ich es nicht gut gefunden hätte, hätte ich es gar nicht zu Ende gelesen. Mein tägliches Arbeitspensum lässt mir kaum Zeit für Belletristik. Fassen Sie das also als Kompliment auf.«

Julian musste schmunzeln. Er klappte den Buchdeckel auf, ergriff den Kugelschreiber und schrieb: *Für Sabrina Wallis mit allen guten Wünschen, Julian Tagman, Berlin, 25. April 2018.* Dann drehte er das Buch zu ihr hin: »Zufrieden?«

»Nicht gerade sehr einfallsreich. Trotzdem danke.«

»Ich mache es wieder gut. Betrachten Sie sich als eingeladen.«

»Oh, danke.«

Die Bedienung brachte zwei Speisekarten.

Während sie in den Karten blätterten, sagte Sabrina: »Heute Abend nur was ganz Leichtes. Ich glaube, ich nehme die Seezunge.«

»Die nehme ich auch. Und dazu einen leichten Weißwein.«

»Abgemacht!«

Sie legten die Karten zur Seite.

»Ich fand Ihr Statement vorhin in der Talkshow übrigens recht gut, aber ich hatte den Eindruck, dass Sie mehr wissen als Sie sagen«, meinte Sabrina.

»Sie aber auch.«

Sie lächelte. »Soviel ich weiß, sind Sie gar kein studierter Volkswirt, sondern Schriftsteller.«

»Ich habe Betriebswirtschaft studiert. Im Grundstudium gab es auch vier Semester Volkswirtschaft. Bei mir reichte das aus, um mein grundsätzliches Interesse zu wecken und mich in der Folge etwas laienhaft weiterzubilden. Mich interessieren einfach die größeren Zusammenhänge.«

»Und diese ›Erkenntnisse‹ haben Sie dann in Ihren Politthriller gepackt.«

»Mehr oder weniger.«

»Über den Wert dieser Erkenntnisse können wir uns streiten, aber spannend ist Ihr Buch auf jeden Fall.«

»Danke.«

»Aber ich gestehe Ihnen, dass ich manchmal ähnliche Gedanken habe, aber dann blende ich das gleich wieder aus.«

»Welche denn? Doch nicht etwa solche verschwörungstheoretischer Art?«

»Lassen wir das.«

Die Bedienung trat an ihren Tisch, um die Bestellung aufzunehmen.

Danach fuhr Sabrina Wallis fort: »Es gab in Ihrem Statement einen Punkt, der mich ebenfalls besorgt. Sie sagten, dass Israel mit seinen 7 Millionen Einwohnern mehr innovative Unternehmen an die New Yorker Technologiebörse gebracht hat als ganz Europa zusammen.«

»Ja, das ist so.«

»Woran liegt das Ihrer Meinung nach?«

»Das liegt ausschließlich an der allgemeinen Risikoaversion der Europäer, vor allem der Deutschen. Deutschland leidet meines Erachtens am meisten unter dieser allgemeinen Risikoaversion, denn sie treibt die Deutschen nur noch weiter in die Arme des Staates. Das ist natürlich zum einen das Ergebnis des fünfzigjährigen Marsches der Achtundsechziger durch die Institutionen, die sich bekanntlich von Anfang die Zerstörung aller traditionellen Werte auf die Fahnen geschrieben hatten. Die Achtundsechziger wussten ganz genau, dass man ein Volk mit gesunden traditionellen Werten nicht für die sozialistische Revolution gewinnen kann. Man muss es also zuerst sturmreif schießen. Und das geht nur über die Zerstörung aller traditionellen Werte wie Familie,

Religion, Eigentum, Freiheit und Marktwirtschaft. Was wir heute erleben, diesen Ruf nach immer mehr Staat, ist also nichts weiter als der vollkommene Ausdruck des allgemeinen Werteverlusts. Ein weiterer Grund für die allgemeine Risikoaversion in Deutschland ist meines Erachtens wesensbedingt: Fehler werden in Deutschland nämlich sanktioniert. Das wissen alle, und deshalb scheut die Mehrheit das Risiko. Auf Israel – und ich sagte ja, dass ich mich längere Zeit dort aufgehalten habe und die dortigen Verhältnisse aus eigener Erfahrung und Anschauung ziemlich gut kenne – trifft das Gegenteil zu. Dort sagt man sich: Je öfter zum Beispiel ein Startup-Gründer scheitert, desto mehr Erfahrung hat er. Scheitern wird also als notwendige Erfahrung, als Lernprozess für späteren Erfolg angesehen. Scheitern ist dort etwas sehr Positives.«

»Interessant. Würden Sie denn in Israel leben wollen?«

»Ihre Intuition ist bemerkenswert, Frau Wallis. In der Tat spiele ich mit diesem Gedanken.«

»Nun ja«, sie lachte, »bei Ihren aktuellen Buchantiemen dürften Sie die dortigen Lebenshaltungskosten nicht allzu sehr bedrücken.«

»Aktuell stimmt das. Aber was bringt die Zukunft? Tel Aviv ist leider nicht billig. Waren Sie schon mal in Israel?«

»Nein.«

»Würden Sie denn gern mal?«

»Da muss sich die richtige Gelegenheit bieten.«

Nachdem die Bedienung den Weißwein gebracht hatte, wechselte ihre Unterhaltung zu leichteren Themen. Und als das Essen kam, war es mehr oder weniger nur noch seichte Plauderei.

Gegen 22 Uhr schaute Sabrina Wallis zum ersten Mal auf die Uhr. Sie erhob sich sofort. »So, Herr Tagman, ich bedanke mich für die nette Einladung. Leider muss ich jetzt zu Bett. Mein Flieger geht morgen früh schon ziemlich zeitig. Ich wünsche Ihnen noch eine gute Nacht.«

Julian erhob sich ebenfalls und reichte ihr zum Abschied die Hand. »Danke. Vielen Dank auch für die angenehme Unterhaltung. Gute Nacht.« Zum ersten Mal fiel ihm auf, wie klein und zierlich sie war. Fast einen ganzen Kopf kleiner als er.

»Vielleicht laufen wir uns ja irgendwann mal über den Weg. Und weiterhin viel Erfolg mit Ihrem Buch.«

Als sie fort war, setzte er sich wieder, trank seinen Wein aus und dachte nach. Wie sollte er diesen Abend werten? Noch vor zwei Monaten hätte er angesichts eines solchen Abendessens mit Sabrina Wallis noch Herzklopfen bekommen. Aber heute? Nichts dergleichen. Der Abend kam ihm vor, als hätte er ihn mit einer alten Freundin plaudernd am Kamin verbracht. Vielleicht hatten ihn die Gespräche mit Yoram – ohne dass es ihm bewusst geworden war – innerlich so weit verändert, dass auch sie ihn als gleichwertigen Gesprächspartner wahrgenommen hatte. Er wusste es nicht. Eigentlich wusste er gar nichts, vor allem nicht, wie es jetzt weitergehen sollte. Die Wahrscheinlichkeit, dass er sie zufällig wiedersehen würde, war praktisch gleich Null. Morgen würde er Yoram anrufen und ihm alles erzählen.

***

Am nächsten Morgen hätte er fast seinen Flug nach Düsseldorf verpasst, weil sein Taxi im dichten Straßenverkehr steckengeblieben war. Er war der Letzte, der an Bord ging, und kaum hatte er die Maschine betreten, wurde die Tür hinter ihm geschlossen. Er schaute auf sein Ticket: Sitz 2a.

Er traute seinen Augen nicht.

Sabrina Wallis war ebenfalls an Bord und hatte den Sitz 2b.

»Guten Morgen, Frau Wallis. Welch angenehme Überraschung!«, begrüßte er sie, während er sein Handgepäck in der Ablage verstaute.

»Guten Morgen, Herr Tagman. Das kann man wohl sagen«, erwiderte sie. »Die Überraschungen nehmen ja kein Ende.«

»Möchten Sie vielleicht am Fenster sitzen?«

»Ja, gern.«

Sie tauschten die Plätze.

»Hatten Sie eine angenehme Nachtruhe?«, fragte er.

»Ich kann nicht klagen. Und Sie?«

»Sehr angenehm. Was führt Sie denn nach Düsseldorf, wenn ich fragen darf?«

»Ich habe dort meinen Wahlkreis. Jetzt sagen Sie bloß nicht, dass Sie das nicht wussten.« Sie lachte und wischte sich gleichzeitig einen weißen Fussel von ihrem schwarzen Strickkleid. »Und was führt *Sie* nach Düsseldorf?«

»Ich lebe dort.«

»Ach, dann laufen wir uns bestimmt noch mal über den Weg.«

Sie roch sehr gut. Wahrscheinlich *Bulgari*, dachte Julian, und fragte sich gleichzeitig, ob Yoram mal wieder seine Finger im Spiel hatte. Bestimmt! Zuerst die beiden Hotelzimmer, die direkt nebeneinanderlagen, und jetzt die beiden nebeneinanderliegenden Sitzplätze. Sobald er wieder zu Hause wäre, würde er Yoram anrufen.

Sabrina Wallis war gutgelaunt und überhaupt nicht auf Kampf aus. Sie wirkte völlig entspannt und ehrlich interessiert, als sie ihn fragte: »Wenn ich noch mal auf unseren gestrigen Abend zu sprechen kommen darf – Israel, das Land interessiert mich wirklich.«

»Wenn ich mich recht entsinne, hatten Sie eine Zeitlang ein ziemlich angespanntes Verhältnis zu Israel.«

»Das streite ich gar nicht ab. Ich hatte früher wirklich ein viel zu einseitiges, im Grunde realitätsfernes Israelbild. Allerdings muss ich zu meiner Entlastung sagen, dass meine Sozialisation während des Kalten Krieges erfolgte. Der Westen unterstützte Israel, während sich der Osten damals geschlossen auf Seiten der Palästinenser und vielen anderen arabischen Staaten befand. In der ehemaligen DDR, in meinem unmittelbaren Umfeld, hatte ich nie ein positives Wort über Israel gehört. Und die Staatsmedien kolportierten ausschließlich das, was der große Bruder in Moskau vorgab.«

»Wie alt waren Sie, als die Mauer fiel?«

»Ich war erst zwölf. Aber mein Israelbild stand damals schon fest.«

»Und irgendwann kam dann der Wandel.«

»Nun ja, ich habe mich einfach tiefer mit der Materie befasst und schließlich festgestellt, dass es sich im Grunde genau umgekehrt verhält. Israel hat den Palästinensern etliche Friedensangebote unterbreitet, aber die palästinensische Autonomiebehörde hat diese zum Teil äußerst großzügigen Angebote jedes Mal abgelehnt. Irgendwann wurde mir dann klar, dass es den Funktionären in der Palästinensischen Autonomiebehörde gar nicht um die Verbesserung der Lebensumstände der Menschen geht, sondern ausschließlich ums Geld. Ich stellte fest, dass die palästinensischen Bürger, das Volk, für die Führung nicht wichtig sind. Die oberste Ebene will kein Friedensabkommen. Sie will nur viel Geld für sich und ihre Familien verdienen. Außerdem gibt es dort massive Korruption. Als ich dies alles verstanden hatte, bin ich vor allem in meiner eigenen Partei stark angeeckt. Da gibt es nämlich so einige, die sich aus rein ideologischen Gründen der Wahrheit strikt verweigern.«

Bis zur Landung in Düsseldorf wechselten sie das Thema nicht mehr. Julian konnte nur deshalb so begeistert von Israel erzählen, weil er alles aus eigener Anschauung kannte, und weil er das ganz spezielle israelische Lebensgefühl inzwischen im Blut hatte. Freundschaft und Gemeinschaft wurden viel intensiver gelebt als in Deutschland. Auch hatte man dort das Gefühl, Teil von etwas Größerem als man selbst zu sein. Das gab dem Leben einen inneren Sinn. Und dann die israelische Musik. Ein Konzert in Israel zu besuchen, wo jeder laut zu den hebräischen Texten mitsang, war der absoluter Knaller. Und nicht zuletzt das israelische Essen – immer und überall ein wohlschmeckender Genuss.

»Ich werde das Wochenende darauf verwenden, um an meiner Dissertation weiterzuarbeiten«, sagte Sabrina Wallis nach der Landung in Düsseldorf. »Aber wenn Sie möchten, können wir am Samstag gemeinsam frühstücken.«

»Gern. Wann und wo?«

»Café Malu in der Blücherstraße. 10 Uhr.«

»Ist notiert. Ich freue mich.«

»Ich mich auch. Ciao.«

»Ciao.«

***

Tel Aviv – »Das haben Sie sehr gut gemacht«, sagte Halon, als Julian ihm ausführlich über die mit Sabrina Wallis geführten Gespräche berichtet hatte. »Ich habe diesen schnellen Erfolg nicht erwartet. Vor allem das Israelthema. Das wird jetzt äußerst wichtig für die Dame, denn jetzt hat sie etwas, das es ihr ermöglicht, zu Ihnen aufzuschauen. Beim Thema Kapitalismuskritik wären Sie ihr möglicherweise unterlegen, deshalb wird sie dieses Thema künftig meiden. Unbewusst natürlich. Deshalb bitte ich Sie, auch Ihrerseits keine Themen anzuschneiden, bei denen Sie ihr unterlegen sind.«

»Das verstehe ich nicht.«

»Ich werde es Ihnen später erklären.«

»Aber ihre Handynummer habe ich immer noch nicht.«

»Das kommt noch, verlassen Sie sich drauf. Vielleicht schon am kommenden Samstag. Wichtig ist, dass die Dame von sich aus das Gespräch mit Ihnen fortsetzen will. Das ist ein Riesenerfolg, Julian, und ich sage noch mal: Herzlichen Glückwunsch! Aber noch sind wir nicht am Ziel.«

»Wie lautet denn das Ziel?«

»Sie werden es erfahren, sobald Frau Wallis und Sie ihre Flugtickets für einen gemeinsamen Kurzurlaub in Israel gebucht haben.«

»Wie bitte? Ich soll mit ihr in Israel Urlaub machen? Jetzt hören Sie mir mal genau zu, Yoram. Sabrina Wallis ist zweifellos eine attraktive Frau, aber leider zieht sie mich sexuell überhaupt nicht an.«

»Das macht doch nichts. Umgekehrt ist es wichtig.«

»Okay. Dann drücken Sie mir mal für Samstag die Daumen.«

»Mach ich.«

Das Gespräch war beendet. Halon musste sich jetzt einem wichtigeren Thema zuwenden. Ben-Zvi hatte ihn für elf Uhr in den Besprechungsraum mit der großen Computersimulationskarte geladen. Es gab neue Informationen über Yves de Gramont alias Idris Abu Salim.

Als Halon den Raum betrat, war außer Ben-Zvi nur David Talberg anwesend. Nach der Begrüßung legte der Chef der

Operationsabteilung sofort los. Man sah ihm seinen Zorn regelrecht an.

»Unser Mann in Damaskus hat einen großen Fehler begangen«, sagte Ben-Zvi. »Er hat die Zahlung an unseren einzigen Informanten, den wir in der Revolutionsgarde haben, verzögert. Ein *absolut* unverzeihlicher Fehler.«

»Um wie viel Geld ging es?«, fragte Halon.

»Um hunderttausend Dollar.«

»Nicht schlecht für einen solchen Verrat.«

»In Anbetracht der Gesamtkosten dieser Operation ist das gar nichts.«

»Und welcher Schaden ist uns durch die verzögerte Zahlung entstanden?«

»Wir sind gezwungen zu warten, bis Idris in Istanbul eingetroffen ist. Das macht die ganze Operation gefährlicher. Die Quelle wusste nämlich genau, wo er sich zuletzt aufhielt.«

»Wo?«

»In Deutschland. In Münster. In der Nähe der Imam Mahdi Moschee, einer Kaderschmiede der Hisbollah. Hätte die Quelle das Geld wie versprochen pünktlich erhalten, hätte sie uns seinen Aufenthalt rechtzeitig mitgeteilt. Und ich hätte genügend Zeit gehabt, um ein *kidon*-Team nach Münster zu schicken. So aber ...«

»Das heißt, die Zielperson hat sich bereits auf den Weg gemacht«, bemerkte David.

»Ja. In einem umgebauten VW Bus. Hinter der Rückbank wurde angeblich ein komfortables Versteck für ihn eingebaut. Daraus können wir zumindest schließen, dass er sich in den letzten Wochen keiner Gesichtsoperation unterzogen hat.«

»Wann sind sie losgefahren?«, fragte Halon.

»Gestern, um 15 Uhr. Sie sind zu viert. Die Männer lösen sich beim Fahren ab und sind selbstverständlich bewaffnet.«

Er drückte einen Knopf seiner Fernbedienung, und die bläulich schimmernden Lamellen der beiden großen Fenster schlossen sich. Der Besprechungsraum lag umgehend in fast völliger Finsternis. Im selben Moment flammte hinter ihm eine computererzeugte Weltkarte von zwei Metern Höhe und sechs Metern Länge auf. Ben-Zvi zoomte Europa näher heran, so dass Deutschland links oben und die Türkei rechts unten zu liegen kam.

»Von Münster bis Istanbul sind es rund zweieinhalbtausend Kilometer. Sie werden in Etappen fahren.« Ben-Zvi zoomte den Bosporus nahe heran. »Welche Etappen das sein werden, wusste unser Informant nicht, aber er war sich sicher, dass sie am kommenden Sonntag, den 29. April, in diesem Teil des Istanbuler Hafens eintreffen werden, um eine Fähre zu besteigen, die sie in den Ostteil der Stadt bringen soll. Wahrscheinlich haben sie dort ein sicheres Haus.« Ben-Zvi zeigte mit dem Laserpointer auf das entsprechende Gebiet.

»Kennen wir die Uhrzeit ihres Eintreffens?«

»Nein, unsere Teams werden sich also schlimmstenfalls viele Stunden in diesem Gebiet aufhalten müssen. Aber wir haben einen ganz entscheidenden Vorteil: Idris hat sich vierzig Tage lang versteckt gehalten, ohne dass ihn jemand behelligt hat. Dadurch fühlt er sich jetzt sicher. Er rechnet nicht im Entferntesten damit, dass wir ihn im Hafen erwarten.«

»Wie viele Teams werden beteiligt sein?«, fragte Halon.

»Zwei Teams mit jeweils vier Mann. Ein Team in diesem Gebiet.« Er umkreiste wieder mit dem Laserpointer die betreffende Stelle. »Und falls etwas schiefgehen sollte, haben wir zur Sicherzeit ein zweites Team hier.« Der Laserpointer wanderte auf die andere Seite des Bosporus. »Das ist die Stelle, wo die Fähre anlegen wird.«

»Wer wird das Urteil vollstrecken?«, fragte David.

»Du. Du führst auch das erste Team an. Daniel Bitan, Noam Alon und Anat Lazaroff sind die anderen. Avi wird jetzt die Details der Operation mit euch ausarbeiten. Er wird aber nicht selbst an der Durchführung beteiligt sein. Den Grund kennst du.«

»Wie sieht der Reiseplan aus?«

»Ihr fliegt am Samstag mit kanadischen Pässen nach Amman und von dort mit jordanischen Pässen weiter nach Istanbul. Dort haben wir mehrere sichere Häuser. Avi wird euch entsprechend instruieren. Eure Waffen sind ebenfalls dort gelagert.«

»Okay.«

»Noch Fragen?«

»Nein.«

»Dann kannst du jetzt gehen.«

David stand auf und verließ den Raum.

Ben-Zvi hatte die ganze Zeit gestanden, aber jetzt setzte er sich Halon gegenüber, zog ein Päckchen Zigaretten aus seiner Hemdtasche und zündete sich eine an. »Wie läuft‹s mit Mosches Tochter?«

Halon zündete sich ebenfalls eine Zigarette an. »Wider Erwarten gut.«

»Was heißt das?«

»Das heißt, dass er sie aktuell am Haken hat.«

»So schnell? Glaubst du das wirklich?«

»Wenn die Gespräche mit ihr exakt so verlaufen sind, wie er sie mir geschildert hat, ja. Der Junge ist wirklich gut, aber ich habe auch Einiges in ihn investiert.«

Ben-Zvi musste schmunzeln. »Das heißt, die Sache könnte vielleicht schon in den nächsten Wochen laufen.«

»Vielleicht. Aber wie du weißt, sind zwischenmenschliche Beziehungen nichtlineare Prozesse. Wie das Wetter und die Börse. Im Grunde nicht mal mittelfristig voraussagbar. Tagman hat übermorgen ein weiteres Treffen mit ihr. Die beiden haben sich zum Frühstück in einem Café verabredet. Das Interessante daran ist, dass das Café in unmittelbarer Nähe ihrer Wohnung liegt.«

Ben-Zvi hob ungläubig die Augenbrauen an. »Fast nicht zu glauben. Von wem ging die Verabredung aus?«

»Von ihr. Das heißt, er hat gerade sehr gute Karten, und deshalb darf er das Treffen unter keinen Umständen vergeigen.«

»Ich vertraue da auf deine exzellente Schulung. Ich habe übrigens auch zwei positive Nachrichten für dich. Der Untersuchungsausschuss wird definitiv nicht zusammentreten. Ran hat den ganzen Scheiß persönlich abgeblasen. Und der finanzielle Aspekt deiner Scheidung wurde inzwischen ebenfalls geregelt. Ganz diskret aus der schwarzen Kasse.«

Ben-Zvi lachte rau.

***

Düsseldorf – Samstag, 28. April. Julian war früh aufgestanden, hatte bereits um sieben Uhr eine Kleinigkeit gefrühstückt und die ersten beiden Tassen Kaffee konsumiert. Koffein war sein Lebenselixier. Möglichst viel, möglichst früh. Er konnte damit unmöglich bis zum Treffen mit Sabrina Wallis um zehn Uhr warten.

Die erste Aktion des Tages bestand darin, sich das Ranking seines Buches bei Amazon anzuschauen und ein paar Rezessionen zu lesen. Er freute sich über die zahlreichen positiven Reaktionen, bekam aber deshalb noch lange kein aufgeblasenes Ego. In Wirklichkeit beschäftigten ihn aktuell nur zwei Fragen: *Wie komme ich aus Deutschland raus, bevor die Hütte hier richtig anfängt zu brennen, und wie komme ich dauerhaft nach Israel?* Und dann dachte er wieder an Daria. Er konnte sie einfach nicht vergessen. Sie war die erste Frau gewesen, in die er sich wirklich verliebt hatte. Und er hatte noch immer das Gefühl, dass sie ihn ebenfalls liebte.

Sein Handy summte.

Er schaute aufs Display.

Gedankenübertragung!

Ihre Kurzmitteilung kam wie ein Blitz aus heiterem Himmel: *Hallo Julian, wie geht es dir? Ich verfolge seit Tagen den unglaublichen Erfolg deines Buches. Es ist fantastisch. Ich gratuliere dir von Herzen. LG, Daria.*

Am liebsten hätte er sie sofort angerufen, so sehr freute er sich über ihre Nachricht, aber dann entschied er sich, damit bis nach dem gemeinsamen Frühstück mit Sabrina Wallis zu warten.

Er schaute auf die Uhr. Er musste los.

Gestern hatte er in der *Mayerschen Buchhandlung* einen prächtigen Israel-Bildband für die linke Politikerin gekauft. Mal sehen, wie sie auf dieses kleine Präsent reagieren würde.

Draußen war es kalt. Am Himmel zogen sich dunkle Wolken zusammen, die ihn irgendwie an das Fresko in der Sixtinischen Kapelle erinnerten. Diese Stadt, nein, das ganze Land, trug, gleich einem Reliquienschrein, eine Art Gift in sich, das ihn umso stärker belastete, je intensiver er an das gleißend helle, rastlose und quirlige Tel Aviv dachte.

Das Café Malu hatte bereits seit einer Stunde geöffnet, als sie praktisch gleichzeitig eintrafen. Sie begrüßten sich noch vor der Tür. Julian hielt ihr die Tür auf. Drinnen nahm er ihr den Mantel ab und hängte ihn an die Garderobe. Seinen eigenen hängte er daneben.

Sabrina Wallis wählte einen Tisch im hinteren Teil des Cafés.

Noch bevor die Bedienung an ihren Tisch trat, um die Bestellung aufzunehmen, überreichte Julian ihr sein Geschenk: »Als kleine Erinnerung an unsere netten Gespräche.«

Sie war überrascht und lachte. »Das war doch nicht nötig. Darf ich gleich aufmachen?«

»Ich bitte darum.«

Sie löste den Bildband sorgfältig aus seiner Verpackung und ließ dann das prachtvolle Cover auf sich wirken. »Oh, wie schön! Israel!« Sie blätterte ein wenig darin, dann schob sie ihn behutsam in die Verpackung zurück. »Vielen Dank. Den schaue ich mir gleich zu Hause in Ruhe an.«

Sie gaben ihre Bestellungen auf.

»Sind Sie am Donnerstag noch gut nach Hause gekommen?«, fragte Julian.

»Das ›Sie‹ lassen wir ab jetzt weg. Einfach nur Sabrina.«

Julian hatte nicht damit gerechnet, dass sie ihm so schnell das Du anbieten würde. »Gerne. Ich heiße Julian.«

»Und um deine Frage zu beantworten: Ja, ich bin gut nach Hause gekommen. Aber ich habe auch gemerkt, dass ich kürzertreten muss. Neuer Wahlkreis, sehr viel Parteiarbeit, die ganzen Talkshows. Und dann noch meine Dissertation. Das zerrt ganz schön an den Kräften.«

»Das glaube ich. Du brauchst Urlaub.«

»Schön wär‹s. Eine Woche nur Sonne. Und Handy aus.«

»Und? Geht nicht?«

»Nicht wirklich.«

»Aber wenn du zusammenklappst, holt sich dein Körper automatisch die Ruhe, die er braucht.«

»Das stimmt auch wieder.« Sie überlegte. Ihren Terminkalender hatte sie weitestgehend im Kopf. »Ende Mai, Anfang Juni, so um den Dreh, könnte ich mir eine Woche erlauben.«

»Dann flieg doch nach Israel. Für mich eindeutig das schönste Land der Welt. Und Mai, Juni ist genau die richtige Jahreszeit.«

Sie lächelte. »Ehrlich gesagt, würde ich das sogar. Aber ich glaube nicht, dass die mich so einfach einreisen lassen.«

»Wieso?«

»Naja«, sie zögerte mit der Antwort, »ich habe mich in der Vergangenheit einige Male deutlich israelkritisch geäußert. Als Normalbürger wäre das vielleicht nicht so schlimm, aber als Politikerin?«

»Käme auf einen Versuch an.«

Die Bedienung brachte das Frühstück.

»Guten Appetit!«, wünschte sie.

»Danke, gleichfalls!«

»Und was machst du so den ganzen Tag?«, fragte sie. »Neue Idee? Neues Buch?«

»Ich habe viele neue Ideen, aber die sind alle noch etwas unausgegoren.«

»Also voller Inspiration.«

Julian lachte. »Es gibt da ein kluges Wort von Baudelaire: *Die Inspiration kommt immer, wenn der Mensch es will, aber sie geht nicht immer, wenn er es will.*«

Sie lachte. »Ja, so ist es wohl.«

Sie plauderten noch eine halbe Stunde weiter, bis sie plötzlich sagte: »So, ich muss leider wieder an die Arbeit. Das Stündchen Zerstreuung hat mir aber gut getan.« Dann winkte sie die Bedienung herbei. »Die Rechnung übernehme ich diesmal.«

»Wie du möchtest. Vielen Dank für die Einladung.«

»Wir können das aber gerne fortsetzen. Ich unterhalte mich gerne mit dir.«

»Das Vergnügen ist ganz meinerseits.«

»Wie wär‹s mit morgen Nachmittag? Morgen ist das Wetter auf jeden Fall besser als heute. Wir könnten zum Beispiel im Rheinpark spazieren gehen oder nach Oberkassel rüberfahren.«

»Kein Problem. Morgen hätte ich Zeit.«

»Okay. Wir telefonieren aber vorher, falls was dazwischen kommen sollte. Hast du dein Handy dabei?«

»Ja.«

»Dann gib mir bitte deine Nummer. Du kannst meine dann auch sofort einspeichern.«

Er nannte ihr seine Nummer. Sie speicherte sie ein und wählte sie sofort. Julians Mobiltelefon summte.

»So, jetzt hast du meine auch.« Sie erhob sich. »Julian, ich muss los. Die Arbeit ruft.«

»Moment, ich komme mit.« Julian stand ebenfalls auf. Er ging zur Garderobe und half ihr noch in den Mantel. Dann verließen sie das Lokal gemeinsam.

Während Sabrina zu Fuß zu ihrer Wohnung eilte, ging Julian in die entgegengesetzte Richtung zum nächsten Taxistand. Das Wetter war kalt und regnerisch. Er wollte nur in seine komfortable Wohnung zurück.

Kaum war die Haustür hinter ihm ins Schloss gefallen, zog er sein Handy aus der Tasche, um Daria eine Kurzmitteilung zu schicken: *Hallo Daria, ich habe mich sehr über deine Nachricht gefreut. Können wir telefonieren? LG, Julian.*

Ein paar Minuten vergingen, dann rief sie ihn an.

Ein Glücksgefühl durchfuhr ihn, als er ihre Stimme hörte. Wie viele Wochen waren vergangen, seit er sie zum letzten Mal gesehen hatte? Sie versuchte, ebenfalls erfreut zu klingen, aber Julian spürte sofort, dass etwas nicht stimmte. Es dauerte auch nicht lange, bis sie ihm schluchzend erzählte, was passiert war.

»Meine Eltern sind vor zwei Wochen tödlich verunglückt. Ein Geisterfahrer ist in ihren Wagen gekracht. Sie waren auf der Stelle tot.«

»Oh, mein Gott! Das ist ja furchtbar. Möchtest du, dass wir uns sehen?«

Sie überlegte eine Sekunde. »Ja. Aber nicht bei mir. Kann ich zu dir kommen?«

»Klar.«

»Hast du jetzt Zeit?«

»Ja.«

»Okay, ich komme. Bis gleich.«

Das Gespräch war gerade beendet, als er einen Anruf aus Tel Aviv erhielt.

»Shalom, Julian«, sagte Halon.

»Shalom, Yoram. Wie geht es Ihnen?«

»Danke der Nachfrage. Im Moment habe ich viel zu tun. Hatten Sie Ihr Treffen mit Frau Wallis?«

»Ja. Ist auch sehr gut gelaufen.«

»Inwiefern?«

»Sie hat mir das Du angeboten und mir Ihre Handynummer gegeben.«

»Sie sind wirklich unglaublich. Gratuliere.«

»Danke. Ich habe ihr einen Israel-Bildband geschenkt und sie gleich gefragt, ob sie nicht mal Lust hätte, für eine Woche in Israel Urlaub zu machen.«

»Und wie hat sie reagiert?«

»Auf jeden Fall nicht ablehnend. Sie hegt allerdings die Befürchtung, dass ihr die israelischen Behörden dann Schwierigkeiten machen würden, weil sie sich in der Vergangenheit verschiedene Male kritisch über Israel geäußert hätte.«

»Was für ein Quatsch. Sagen Sie ihr, dass das völliger Quatsch ist und dass sie nicht das Geringste zu befürchten hat.«

»Habe ich schon.«

»Außerdem ist Israel tausendmal sicherer als Deutschland.«

»Ich weiß.«

»Wie sind Sie mit ihr verblieben?«

»Falls morgen besseres Wetter ist, treffen wir uns am Nachmittag auf einen Spaziergang.«

»Hervorragend. Ich drücke Ihnen die Daumen. Und wenn Sie es dann noch hinbekommen, dass Frau Wallis mit Ihnen für eine Woche nach Israel fliegt, dann sind Sie wirklich der Größte, Julian, und dann enthülle ich Ihnen wie versprochen den ganzen Plan.«

»Okay. Ich halte Sie auf dem Laufenden.«

Eine halbe Stunde später traf Daria bei ihm ein. Er fand, dass sie noch schöner war, als er sie in Erinnerung hatte.

Sie fielen sich sofort um den Hals, knutschten wie zwei Verrückte und rissen sich dann gegenseitig die Kleider vom

Leib. Sie schafften es auch nicht mehr bis ins Bett, stattdessen vögelten sie gleich auf dem flauschigen Teppich.

»Egal, was du getan hast. Ich verzeihe dir. Ich liebe dich noch immer«, japste Daria nach der erste Runde.

»Wieso? Was habe ich denn getan?«

Sie legte ihm zwei Finger auf den Mund. »Sei still. Das Thema ist erledigt.«

Julian entschied, dass es besser wäre, sie später zu befragen, denn bis jetzt hatte er noch immer keinen blassen Schimmer, warum sie damals den Kontakt zu ihm abgebrochen hatte.

Zum Kuscheln gingen sie ins Schlafzimmer.

»Ich muss dir etwas anvertrauen«, begann Daria plötzlich. »Und ich möchte dich um etwas bitten.«

»Bitte.«

»Ich möchte meine *Aliya* machen, und ich möchte, dass du mich begleitest.«

»Das kommt aber überraschend.«

»Für uns Juden wird das Leben in Deutschland von Jahr zu Jahr gefährlicher. Viele in der Gemeinde denken inzwischen genauso wie ich. Sie wollen ebenfalls weg. Der Terroranschlag auf die Yitzhak-Rabin-Schule hat ihnen den Rest gegeben. Und da ich jetzt praktisch allein bin, würde mir dieser Schritt relativ leicht fallen. Ich frage dich deshalb ganz im Ernst: Würdest du mit mir nach Israel gehen?«

»Sofort.«

Daria riss die Augen auf. »Ist nicht wahr!«

»Doch!«

Sie fiel ihm um den Hals und drückte ihn so fest sie konnte. »Ich liebe dich, Julian.«

»Ich liebe dich auch, Daria.« Er strich ihr mit der Hand über ihr schwarzes Seidenhaar.

»Die erste Zeit dürfte nicht leicht werden, weil wir kein Hebräisch sprechen«, fuhr sie fort, »aber es gibt da viele Organisationen, die sich um Neueinwanderer kümmern. Außerdem werden wir keine finanziellen Schwierigkeiten haben. Du verdienst vermutlich sehr viel Geld durch deine Bücher, und ich habe auch etwas geerbt. Außerdem möchte ich das Haus so schnell wie möglich verkaufen.«

»Ich bin sofort dabei«, sagte Julian. »Ich habe auch noch die Kontaktdaten von Professor Yoram Katz, du erinnerst dich bestimmt an ihn, er arbeitet an der Universität Tel Aviv. Vielleicht kann er uns helfen?«

»Ja, das ist eine ausgezeichnete Idee.«

»Darauf müssen wir anstoßen.« Julian sprang nackt aus dem Bett und kam kurz darauf mit einer Flasche Champagner und zwei Gläsern zurück.

»Du hast dich übrigens stark verändert«, sagte Daria, während er die Flasche öffnete.

»Inwiefern?«, fragte er erstaunt.

»Du bist männlicher geworden. Deine Gesichtszüge sind härter geworden. Du hast auch viel mehr Ausstrahlung als früher.«

Julian grinste. »Danke.« Wenn sie wüsste, wie es tatsächlich in ihm aussah.

***

Istanbul – Sonntag, 29. April. Anat Lazaroff, das einzige weibliche Teammitglied, trug eine weiße Leinenhose, eine weiße Bluse, eine Sonnenbrille und als Schutz gegen die schon ziemlich hochstehende Sonne einen breitkrempigen Sonnenhut. In ihrer Umhängetasche befand sich eine Jericho 941PS mit fünfzehn Schuss Munition. Von dem kleinen Café aus, in dem sie saß, konnte sie den Atatürk Boulevard am besten beobachten.

Als der grüne VW Bus mit deutschem Kennzeichen an ihr vorbeifuhr, gab sie den anderen, die sich unauffällig im Hafen verteilt hatten, das vereinbarte Signal. David saß auf dem Beifahrersitz des weißen Peugeot 5008 und entsicherte seine .45 Barak SP-21 mit Schalldämpfer. Er sah auf die Uhr. 11 Uhr 22. In weniger als fünf Minuten würde der VW Bus den Parkplatz erreichen, dessen Überwachungskameras bereits vor fünf Stunden ausgefallen waren.

Da der Parkplatz unbewacht war, übernahm Noam die

Rolle des Parkwächters. Seine blaue Uniform strahlte Autorität aus, und als der VW Bus eintraf, gab er dessen Fahrer mit der Hand die entsprechenden Zeichen, wie er zu fahren hatte.

Der Fahrer wollte sich offenbar keine Schwierigkeiten einhandeln. Er folgte strikt den Anweisungen des Parkwächters und lenkte sein Fahrzeug in die vorgeschriebene Parkbox.

Zwei junge Araber in hellen Anzügen und mit Sonnenbrille sprangen aus dem Kleinbus und nahmen sofort eine Haltung ein, die auch einem Laien sofort verraten hätte, dass es sich um bewaffnete Personenschützer handelte.

Das *kidon*-Team hatte diese Situation exakt so vorausgesehen. Die Zielperson würde jeden Moment herauskommen.

Während der eine Personenschützer den Parkplatz konzentriert im Auge behielt, öffnete der andere die Schiebetür des Busses.

Die Zielperson kletterte langsam hinaus. Sie war geschminkt und hatte sich als Muslima verkleidet.

In diesem Moment verließ auch der Fahrer des VW Busses das Fahrzeug.

David stieg nun ebenfalls aus und ging direkt auf die Zielperson zu.

Die beiden Personenschützer zogen sofort ihre Waffen, wurden aber in derselben Sekunde von Noam und Daniel mit zwei gezielten Schüssen in den Hinterkopf getötet. Eine weitere Kugel traf den Fahrer.

David baute sich direkt vor der Zielperson auf und stellte seine Frage auf Arabisch: »Sind Sie Idris Abu Salim?«

»Bitte nicht«, kam die Antwort auf Arabisch.

David zog seine Barak im Bruchteil einer Sekunde und feuerte fünf lautlose Kugeln in den Brustkorb der Zielperson.

Idris brach tot zusammen. Als er auf dem Boden lag, kniete sich David neben ihn und gab ihm sicherheitshalber noch einen sechsten Schuss in die Schläfe. Dann zog er ihm den Hidschab vom Kopf und machte mit seinem Mobiltelefon zwei Fotos vom Gesicht des Toten. Diese Fotos würden in wenigen Sekunden auf dem Bildschirm eines Technikers am King Saul Boulevard erscheinen, sofort verifiziert werden und anschließend auf dem Schreibtisch von Aryeh Ben-Zvi landen.

Daniel startete den Motor des weißen Peugeot. David und Noam sprangen hinein. Als sie eine halbe Stunde später das sichere Haus erreichten, erwartete Anat sie bereits mit einigen eisgekühlten Heineken.

***

Düsseldorf – Sie hatten sich für 15 Uhr vor dem *Radisson Blu* verabredet und sich dann in Richtung Rheinpark, der ganz in der Nähe lag, auf den Weg gemacht.

Wie die meisten Frauen, so war auch Sabrina im Hinblick auf Julians privates Umfeld ziemlich neugierig. Aber während sie ihm gegenüber weitestgehend offen und ehrlich war – das meiste war ja ohnehin im Internet nachzulesen –, musste Julian notgedrungen lügen. So erzählte er ihr zum Beispiel, dass er keine feste Beziehung hätte, obwohl es mit Daria geradewegs auf eine solche hinauslief. Sabrina hingegen erzählte ihm, dass sie schon seit längerer Zeit solo war und wegen des Übermaßes an Arbeit ohnehin keine Zeit für eine feste Beziehung hätte. Aber gegen ein bisschen Sex zwischendurch, wenn man sich sympathisch war, hatte auch sie nichts einzuwenden – zumindest glaubte er, das so herauszuhören.

Plötzlich landeten sie beim Thema Kunst.

»Meine Mutter hat nicht nur mit Kunst gehandelt, sie hat auch selbst gemalt«, sagte sie.

»Und du? Malst du auch?«

»Man sagt, ich habe ein gewisses Talent, aber ich ziehe das Schreiben dem Malen vor.«

»Ist doch egal. Der eine schreibt, der andere malt.«

»Das ist nicht egal. Ein Schriftsteller, dessen Werk viel tausendfach vervielfältigt wird, leidet nicht so sehr wie ein Maler, der ein Einzelstück weggeben muss.«

»Darüber habe ich noch nie nachgedacht.«

»Die Frage ist, ob der Maler versucht, sein Bild wiederzusehen. Oder ob er es vergessen kann. Oder setzt er es aus wie eine Flasche im Meer? Es ist doch etwas anderes, ob ich mit zwei Schritten vor meinem Bücherregal stehe und in meinen alten Veröffentlichungen blättern kann, oder ob ich ein Bild verkaufe und es danach möglicherweise nie mehr wieder sehe.«

»Das ist wohl wahr. Wie bist du überhaupt zur Literatur gekommen?«

»Über Goethe. Und über Goethe, der mich von der ersten Minute an fasziniert hat und den ich immer noch heiß und innig liebe, bin ich zur deutschen Philosophie und von dort zu Marx gekommen. Aber in meinen melancholischen Augenblicken ziehe ich die Sprache generell in Zweifel. Dann denke ich, dass ihre Hauptfunktion nur darin besteht, den Bankiers das Zocken mit Derivaten zu gestatten und den Offizieren, ihren Soldaten den Angriffsbefehl zu erteilen.«

»Nun, wenn die Wörter den Krieg machen, dann wäre es für die Gesellschaft wohl besser, wenn sich die Menschen nur durch glucksende Laute verständigen würden.«

Sie fiel ihm lachend um den Hals.

»Komm, wir fahren zu mir«, sagte sie.

***

Sie stand nackt vor dem Badezimmerspiegel und kämmte ihr Haar in langen Bewegungen. Dann kehrte sie ins Schlafzimmer zurück, wo er im Doppelbett auf sie wartete.

Sie stieg zu ihm ins Bett, lächelte und umarmte ihn.

Dann griff sie nach dem dicken schwarzen Filzstift, der auf dem Nachttisch lag. Sie zog die Verschlusskappe ab und sagte: »Dreh dich mal um!«

Er legte sich auf den Bauch. Dann schrieb sie auf seinen Rücken: *Gehört Sabrina.*

***

Tel Aviv – Am King Saul Boulevard wurde die Liquidierung von Idris Abu Salim gebührend gefeiert. Im großen Besprechungsraum stießen der *memuneh* und einige hohe Offiziere im Beisein des Nationalen Sicherheitsberaters, der extra aus Jerusalem angereist war, auf diesen Erfolg an. Während sich Ron Dahan und der Nationale Sicherheitsberater nach einigen Minuten zu einem Vier-Augen-Gespräch zurückzogen, weil sich am Horizont bereits neue Bedrohungen abzeichneten, schaute Avi Halon auf sein vibrierendes Handy.

Er entschuldigte sich für einen Augenblick, trat auf den Flur hinaus und nahm den Anruf entgegen. »Shalom, Julian. Wie geht's?«

»Shalom, Yoram. Alles bestens. Ich wollte Ihnen nur mitteilen, dass Frau Wallis und ich noch im Mai für eine Woche in Israel Urlaub machen wollen.«

»Großartig.«

»Und jetzt enthüllen Sie mir bitte den ganzen Plan.«

***

Mai

Düsseldorf – Sabrina Wallis ertrank in Arbeit. Sie entschuldigte sich bei Julian sogar dafür und vertröstete ihn auf die gemeinsame Urlaubswoche in Israel. Dieser war jedoch froh, dass ihre Zusammenkünfte so selten ausfielen, denn dadurch konnte er sich öfter mit Daria treffen und Zukunftspläne mit ihr schmieden. Er hatte Daria bereits gesagt, dass er am 25. Mai für eine Woche nach Tel Aviv fliegen würde, um sich mit Professor Katz zu treffen und mit ihm über Arbeitsmöglichkeiten in Israel zu sprechen.

Daria hatte sich einverstanden gezeigt. »Ja, mach das«, hatte sie gesagt. »Während deiner Abwesenheit kann ich mich verstärkt um den Hausverkauf kümmern.«

Julian fand schnell heraus, dass Sabrina eine Frau war, die von Heiterkeit durchdrungen war. Sie konnte jeden Tag fast bis zur Erschöpfung kämpfen, und die meisten Menschen hielten sie deshalb für eine harte Frau. Doch er kannte auch ihre andere Seite, die hochsensible und hochgebildete Künstlerin, jene andere Seite, die nur ihm vorbehalten war.

An den wenigen abendlichen Treffen in ihrer Wohnung trug sie das sonst so streng zusammengesteckte Haar offen. Dann gefiel sie ihm am besten. Und in ihr wuchs die Überzeugung, eine verwandte Seele gefunden zu haben.

Am Freitag, den 25. Mai trafen sie sich frühmorgens am Düsseldorfer Flughafen – drei Stunden vor Abflug –, um die äußerst langwierigen Sicherheitschecks über sich ergehen zu lassen. Sieben Stunden später landeten sie auf dem Flughafen Ben-Gurion in Lod, etwa zwanzig Kilometer östlich von Tel Aviv. Zum ersten Mal in ihrem Leben setzte Sabrina einen Fuß auf israelischen Boden.

***

Tel Aviv – Als sie kurze Zeit später ihre Suite im *Sheraton* Hotel bezogen und Sabrina als erstes das großzügige Badezimmer aufsuchte, um sich frisch zu machen, sagte Julian:

»Ich muss jetzt mal kurz meinen alten Freund anrufen, von dem ich dir erzählt hatte. Du weißt schon, wegen Arbeitsmöglichkeiten in Israel.«

»Den Professor?«, rief sie aus dem Badezimmer.

»Genau den.«

Julian verließ die Suite, fuhr mit dem Fahrstuhl hinunter in die Lobby und rief als erstes Daria an, um ihr mitzuteilen, dass er sicher in Israel angekommen sei und sie bereits vermisse. Sie sagte ihm, dass sie ihn ebenfalls vermisse und wünschte ihm viel Erfolg für sein Treffen mit Professor Katz. Sein zweiter Anruf galt jenem.

»Shalom, Yoram.«

»Shalom, Julian. Sind Sie sicher gelandet?«

»Ja, wir sind im *Sheraton*. Sie ist auf dem Zimmer, und ich bin jetzt unten in der Lobby.«

»Okay. Jetzt beginnt die wichtigste und schwierigste Phase der Operation. Ich schlage vor, wir treffen uns morgen zum Mittagessen im Hotelrestaurant. Die Gesprächsführung überlassen Sie mir.«

»Ja, können wir machen. Sagen wir, so gegen 13 Uhr. Ich muss jetzt wieder hoch zu ihr. Bis morgen.«

»Bis morgen.«

Als Julian wieder in den Fahrstuhl stieg, dachte er: Soviel Aufwand nur für eine Begegnung Sabrinas mit ihrem Vater, den sie nie zuvor gesehen hat, der aber höchst wahrscheinlich ein Multimilliardär war. *»Wenn sie ihn auch nie kennengelernt hat, so weiß sie doch, dass ihr Vater Iraner ist.«* Unfassbar! Welcher Mann, außer ein Multimilliardär, verfügte über Mittel, einen Mann wie Professor Katz zu rekrutieren, der sich wochenlang die Zeit nimmt, um einen durchschnittlichen Schriftsteller wie ihn zum Bestsellerautor aufsteigen zu lassen, ihm zwei angenehme Wochen mit zwei attraktiven Girls in einem der besten Tel Aviver Hotels beschert, ihn in einer der wichtigsten deutschen Talkshows platziert, sicherstellt, dass Schriftsteller und Politikerin anschließend zwei nebeneinanderliegende Zimmer im selben Hotel beziehen und dann auch noch dafür sorgt, dass die beiden am nächsten Morgen in derselben Maschine zwei nebeneinanderliegende Sitzplätze erhalten? Wer, um Himmels Willen, hat so viel Macht?

Ja, Yoram war am Schluss ehrlich zu ihm gewesen. Er hatte ihm gestanden, dass das Ganze von Anfang an genauso geplant war, wie es schließlich auch abgelaufen war. Jetzt war ihm auch klar, weshalb Yoram bis zum Schluss mit der Enthüllung des *ganzen* Plans gewartet hatte. Wahrscheinlich hätte er es ihm sowieso nicht geglaubt. Wahrscheinlich hätte er Yoram für verrückt erklärt und wäre vorher ausgestiegen.

Aber nun war ja im Prinzip alles vorbei.

War es das wirklich? Konnte er Yoram wirklich vertrauen? Wer war Yoram Katz wirklich? Ein Professor für Zeitgeschichte an der Universität von Tel Aviv war er jedenfalls nicht. Vielleicht war er ein Privatdetektiv, den Sabrinas Vater für viel Geld engagiert hatte. Und was war *wirklich* geplant? Hatte Yoram ihm wirklich den *ganzen* Plan enthüllt, oder würde da noch mehr kommen? Vielleicht etwas ganz anderes? Yoram hatte ihm nur erzählt, dass es in den nächsten Tagen zu einer Gegenüberstellung zwischen Sabrina und ihrem Vater, den sie angeblich nie kennengelernt hatte, kommen sollte. Aber wie würde es Sabrina aufnehmen, wenn sie es morgen beim Mittagessen erführe? Würde sie tatsächlich einwilligen, oder würde sie es erbost ablehnen? Würde er selbst dabei sein, oder würde es Yoram so arrangieren, dass die Gegenüberstellung unter vier Augen erfolgte?

Und wie würde es danach weitergehen?

Er war noch ganz in Gedanken, als er die Tür zu ihrer Suite öffnete.

Sabrina lag schon nackt im Bett. »Und? Hast du ihn erreicht?«, fragte sie ihn.

»Ja, wir treffen uns morgen zum Mittagessen mit ihm.«

»*Wir?* Willst du mich unbedingt dabeihaben?«

»Natürlich. Professor Katz ist ein sehr gebildeter, ein sehr interessanter Mensch.«

»Okay, bin dabei. Und jetzt mach dich schnell frisch.«

***

Der 26. Mai, ein Sabbat, bescherte Tel Aviv einen wolkenlosen Himmel und allerbestes Badewetter. Der legendäre Gordon Beach mit seinem stets sauberen gelbweißen Sand füllte sich zunehmend mit Sonnenanbetern.

Julian und Sabrina saßen unter einem großen Sonnenschirm und genossen in vollkommener Anonymität ihren zweiten Daiquiri. Sabrina trug einen schwarzen Badeanzug und eine verspiegelte Sonnenbrille. Ihr hochgestecktes Haar verschwand größtenteils unter einem schwarzen Käppi.

»Möchtest du noch einen?«, fragte Julian.

»Bloß nicht«, antwortete sie. »Ich bin jetzt schon angeheitert. Wie spät ist es?«

Julian schaute auf sein Handy. »Halb eins.«

»Na, dann los. Ich muss mich noch fertigmachen. Sonst kommen wir zu spät zum Mittagessen.« Sie erhob sich und schnappte sich die große Strandtasche.

Sie gingen zurück ins Hotel, duschten und kleideten sich fürs Mittagessen an. Eine halbe Stunde später fuhren sie mit dem Fahrstuhl hinunter in die Lounge, wo Avi Halon – innerlich bereits auf schauspielerische Höchstleistung programmiert – auf sie wartete. Als er Julian und Sabrina aus dem Fahrstuhl treten sah, erhob er sich und ging lächelnd auf sie zu.

»Shalom und willkommen in Israel«, begrüßte er sie.

»Shalom«, kam es zurück.

Julian machte die beiden miteinander bekannt und erwähnte dabei natürlich Sabrinas vollständigen Namen.

Halon machte ein ungläubiges Gesicht. »Sabrina Wallis? Sie sind es wirklich?«

Sabrina warf einen leicht verunsicherten Blick in Richtung Julian. »Ja.«

»Entschuldigen Sie bitte meine Verblüffung, gnädige Frau. Aber was macht eine der bedeutendsten deutschen Politikerinnen in Tel Aviv, wenn ich fragen darf?«

»Urlaub, Herr Professor.«

»Haben Sie beide sich hier im Hotel kennengelernt?«

»Nein, wir kennen uns schon etwas länger«, sagte Julian. »Wir sind gestern gemeinsam angereist.«

Halon spielte den leicht Beleidigten. »Warum haben Sie mir um Himmels willen gestern nicht gesagt, dass wir unser Mittagessen heute in der Gegenwart dieser außergewöhnlichen Frau einnehmen, Julian? Dann hätte ich mich extra in Schale geworfen.«

Sabrina lachte. »Wollen wir uns nicht erst einmal einen schönen Tisch suchen?«

»Okay«, sagte Halon. »Gehen wir.«

Er steuerte direkt in den Restaurantbereich und wählte dann einen weißgedeckten Tisch an der langen Fensterfront, die einem einen herrlichen Blick aufs Meer gewährte.

Nachdem sie Platz genommen hatten, wandte er sich mit der Unschuld eines Engels an Sabrina: »Sie sind wahrscheinlich nach Israel gekommen, um Ihren Vater zu besuchen, nicht wahr?«

»Wie?« Sabrina machte große Augen, weil sie glaubte, sich verhört zu haben.«

»Meinen alten Freund Moshe. Ein großartiger Mensch. Wir kennen uns schon seit vielen Jahren. Leider geht es ihm seit einiger Zeit nicht gut.«

»Ich verstehe nicht«, reagierte Sabrina irritiert.

Halon schluckte. »Entschuldigen Sie bitte, wenn ich da etwas voreilig war, aber ich dachte wirklich ...«

»Nein, erzählen Sie. Was ist mit meinem Vater?«

Halon strahlte jetzt echte Betroffenheit aus. »Nein, ich dachte nur, weil er doch immer so viel von Ihnen erzählt hat. Er hat oft von Ihnen erzählt.«

»Das muss eine Verwechslung sein. Ich habe meinen Vater nie kennengelernt. Außerdem war er Iraner, kein Israeli.«

»Das weiß ich doch, Frau Wallis. Deshalb dachte ich, Sie wären extra wegen ihm nach Tel Aviv ...«

Sabrina war innerlich aufgewühlt, bemühte sich aber, sich das nicht anmerken zu lassen. »Nein, ich bin hier, um Urlaub zu machen«, sagte sie. »Nichtsdestotrotz bin ich neugierig darauf zu erfahren, was Ihnen dieser Mann über mich erzählt hat.«

»Nun, viel ist es nicht. Ich weiß nur, dass er einer sehr angesehenen jüdisch-iranischen Familie entstammt. Er wurde in Teheran geboren, studierte dort einige Semester Ingenieurwissenschaften und ging dann später nach West-Berlin, um dort zu promovieren. 1976 lernte er in Ost-Berlin Ihre Mutter kennen und lieben, und 1977 wurden Sie geboren. Im Laufe des Jahres 1978 wurden die Verhältnisse im Iran dermaßen bedrohlich, dass jederzeit mit dem Sturz des Schahs gerechnet werden musste. Sie müssen wissen, dass die iranischen Juden unter dem Schah nichts zu befürchten hatten. Im Gegenteil: Es ging ihnen sehr gut. Aber im Jahre 1978 wurden die Demonstrationen gegen den Schah von Monat zu Monat heftiger, so dass mit dem Schlimmsten gerechnet werden musste. Moshes Familie entschied sich deshalb für die Auswanderung nach Israel, solange das noch problemlos möglich war. Ja, und das war wirklich im allerletzten Augenblick, denn im Januar 1979 stürzte die Monarchie.«

Über die weitere Karriere Moshe Motamedis verlor Avi Halon selbstverständlich kein Wort: 1979 bis 1982 Wehrdienst, 1982 Rekrutierung durch den Mossad und Ausbildung zum Führungsoffizier, zuerst unter Yitzhak Hofi, später unter Nahum Admoni.

»Und warum hat er mich dann in Deutschland nie besucht?«

»Er hatte es vor, zumindest hatte er es mir mal gesagt, aber dann wurde er schwerkrank. Er kann nicht mehr fliegen.«

»Er hätte mich doch auch auf andere Weise kontaktieren können.«

»Natürlich, und ich dachte, das hätte er auch getan, und deshalb wären Sie jetzt nach Israel gekommen. Um ihn hier zu besuchen.«

»Sie sagten, dass er krank ist?«

»Ja, er ist schwerkrank und ans Bett gefesselt. Als ich ihn vor ungefähr vier Wochen das letzte Mal besucht habe, lag er auf der Rehabilitationsstation des *Chaim Sheba Medical Center*.« Halon machte ein trauriges Gesicht.

In diesem Moment kam die Bedienung an ihren Tisch und brachte die Speisekarten. Sabrina kam diese Ablenkung sehr gelegen. So gewann sie Zeit, um ihre Gefühle wieder in den Griff zu bekommen.

Halon konnte sich gut in sie hineinversetzen. Er konnte

sich genau vorstellen, welche widersprüchlichen Emotionen jetzt in ihr walteten. Aber er wusste auch, dass sie eine professionelle Politikerin und sehr geübt darin war, jedwedes Gefühlschaos schnell wieder in den Griff zu kriegen. »Dieser Weißwein hier ist sehr gut«, sagte er und nannte ihnen die Marke. »Den kann ich Ihnen wärmstens empfehlen.«

»Dann bestellen wir ihn doch einfach«, meinte Julian.

»Einverstanden?«, fragte Halon mit Blick auf Sabrina.

»Einverstanden!«

Halon wusste, dass er das Thema Vater jetzt nicht erneut anschneiden konnte, ohne dass sie misstrauisch geworden wäre. Er musste warten, bis *sie* davon anfangen würde.

Sabrina blätterte in der Speisekarte. Halon sah, dass ihre Finger leicht zitterten. Als sie schließlich eine Wahl getroffen hatte, legte sie die Karte an die Seite und sagte: »Als Kind habe ich meinen Vater sehr vermisst. Ich habe damals sehr viel persische Musik gehört und sogar angefangen persisch zu lernen.« Und mit einem Blick zu Julian ergänzte sie: »Das war lange bevor ich mich der deutschen Klassik zuwandte.« Sie hatte sich offensichtlich wieder gefasst. Plötzlich sagte sie: »Herr Professor Katz, ich habe eine Bitte: Würden Sie für mich bitte das Krankenhaus kontaktieren und fragen, ob mein Vater noch dort ist? Ich möchte ihn gern besuchen.«

»Kein Problem, Frau Wallis.« Halon ergriff sein Handy und wählte die Nummer des *Sheba Medical Center.*«

Das in hebräischer Sprache geführte Telefonat dauerte mehrere Minuten, weil er offensichtlich zu mehreren Personen durchgestellt wurde.

»Ja«, begann Halon nach Beendigung des Telefonats, »der Arzt sagte mir, dass Ihr Vater noch immer auf der Rehabilitationsstation liegt. Wenn Sie möchten, könnten Sie ihn morgen früh um zehn Uhr besuchen.«

»Danke. Und wie wird das dann mit der Verständigung laufen? Spricht er denn noch etwas Deutsch?«

»Ja, Ihr Vater spricht noch ein ziemlich gutes Deutsch.«

»Würden Sie mich denn ins Krankenhaus begleiten?«

»Selbstverständlich. Moshe liegt in Tel HaShomer, ungefähr zwölf Kilometer östlich von hier. Morgen ist allerdings Sonntag. Das ist hier in Israel ein ganz normaler Arbeitstag. Das heißt, auf den Straßen wird viel Verkehr sein. Ich schlage vor, ich hole Sie schon um Viertel nach neun ab.«

»Abgemacht. Und vielen Dank für Ihre Hilfsbereitschaft.«

Nach dem Essen sagte Sabrina zu Julian: »Ich lasse euch zwei jetzt allein und leg mich etwas hin. Ihr habt ja wahrscheinlich noch einiges zu besprechen.« Und zu Halon: »Und vielen Dank noch mal, Herr Professor Katz. Bis morgen früh.«

»Bis morgen früh.«

***

Ramat Gan – Sonntag, 27. Mai. Sabrina hatte Julian klargemacht, dass sie allein mit Professor Katz zum Krankenhaus fahren wollte. Julian war das nur recht, denn auf diese Weise konnte er ungestört mit Daria telefonieren.

Professor Katz hatte recht gehabt, dachte Sabrina. Der Straßenverkehr war so dicht, dass sie wirklich fast fünfundvierzig Minuten für die wenigen Kilometer bis zum Stadtteil Tel HaShomer brauchten, wo das *Sheba Medical Center* lag.

»Auf dem Gratisparkplatz ist fast nie was frei«, sagte Halon, nachdem sie ihr Ziel erreicht hatten. »Ich fahre deshalb gleich ins Parkhaus.«

»Tun Sie das.«

Halon fuhr ins Parkhaus. Er zog ein Ticket aus dem Automaten und hielt Ausschau nach einem freien Parkplatz.

»Da wird einer frei!«, rief Sabrina und zeigte auf den weißen Honda, der gerade zurücksetzte.

»Vielen Dank. Die jungen Leute haben einfach die besseren Augen.« Er steuerte sein Fahrzeug sicher in die gerade freigewordene Parklücke. »Und? Aufgeregt?«, fragte er, während er den Zündschlüssel abzog.

»Ein wenig.«

Sie stiegen aus und liefen durch einen langen Gang direkt zum Empfang.

Während Halon ihre Visite anmeldete, bewunderte Sabrina die Eingangshalle, die eine architektonische Meisterleistung war. »Sehr beeindruckend.« Noch nie hatte sie ein so schönes und modernes Krankenhaus gesehen.

»Ja, das *Sheba* gehört zu den zehn besten Krankenhäusern der Welt. Auch unser früherer Ministerpräsident Ariel Sharon verbrachte hier einige Jahre.«

»Ich erinnere mich, dass er viele Jahre im Wachkoma lag. Aber dass er hier untergebracht war, wusste ich nicht.«

»Wir müssen jetzt auf den Chefarzt warten. Er wird uns zu Ihrem Vater führen.«

»Jetzt bin ich doch etwas aufgeregt.«

»Das ist normal.«

Professor Dr. Dr. Yitzhak Verter, ein hochgewachsener Mittfünfziger mit Halbglatze, randloser Brille und blütenweißem Arztkittel kam lächelnd auf sie zu. Er begrüßte sie freundlich und wechselte dann einige Worte mit Halon.

Halon übersetzte für Sabrina: »Professor Verter sagte mir gerade, dass Ihr Vater über Ihren Besuch in Kenntnis gesetzt wurde. Er freut sich sehr. Er möchte aber allein mit Ihnen sprechen.«

Sabrina nickte.

»Ich warte hier auf Sie«, sagte Halon.

Professor Verter führte Sabrina zum Rehabilitationszentrum.

Nach fünf Minuten erreichten sie es.

Der Arzt öffnete die Tür zu einem von hellem Tageslicht durchfluteten Raum mit gläsernen Wänden. Moshe Motamedi saß in der Mitte des Raums in einem Rollstuhl. Er hatte seinen besten Anzug angezogen.

Professor Verter sprach mit dem Patienten leise ein paar Worte Hebräisch. Dann zog er sich diskret zurück und schloss die Tür wieder leise hinter sich zu.

Sabrina war allein mit ihrem Vater.

Kein Zweifel. In seinem Gesicht erkannte sie ihre Augen.

Er streckte seine Arme nach ihr aus.

Sie zögerte eine Sekunde. Dann ging sie auf ihn zu. Er nahm sie in den Arm und drückte sie fest an sich.

»Shalom, Sabrina. Schön, dass du gekommen bist. Kann ich dir etwas anbieten?«, fragte er.

»Shalom. Nur einen Stuhl«, erwiderte sie und entzog sich gleich wieder seiner Umarmung.

Sie rückte einen Stuhl heran und setzte sich. Jetzt sah sie, dass ihr Vater ein Foto in der Hand hielt.

Der Todkranke bemerkte es, lächelte und überreichte ihr die vierzig Jahre alte und schon stark vergilbte Fotografie. Sabrina betrachtete das Foto eingehend und ließ es lange auf sich wirken. Es zeigte sie als Einjährige zusammen mit ihren Eltern. Halb verschüttete Erinnerungen wurden geweckt. »Darf ich das Foto behalten?«, fragte sie.

»Natürlich, ich habe es extra für dich aufbewahrt.«

Sie blieb eine halbe Stunde bei ihm.

Als sie sich von ihm verabschiedete, war ihr Gesicht tränenverschmiert.

Draußen auf dem Flur suchte sie zuerst das Bad auf, um sich wieder etwas zurechtzumachen. Dann ließ sie sich von Professor Verter zurück in die Empfangshalle geleiten, wo Halon geduldig auf sie gewartet hatte.

***

Tel Aviv – In den nächsten Tagen erwähnte Sabrina ihren Vater kein einziges Mal. Dies war aber keineswegs als Ablehnung zu deuten. Julian spürte an ihrer veränderten Ausstrahlung, dass sie mit sich im Reinen war und dass sich der ganze Aufwand gelohnt hatte. Sie strahlte eine tiefe innere Ruhe aus, die er niemals zuvor an ihr wahrgenommen hatte. Wahrscheinlich würde er auch nie erfahren, worüber sie sich mit ihrem Vater ausgetauscht hatte. Aber das konnte ihm egal sein. Wichtig für seinen weiteren Lebensweg waren jetzt nur zwei Menschen: Daria Cohn und Yoram Katz.

Am Abend vor ihrem Rückflug nach Deutschland nahmen sie ihr Abendessen auf der großen Terrasse des Restaurants *The White Pergola* unten im alten Hafen ein. Die Luft war warm, und Avi Halon war ihr Gast. Sabrinas Haar floss in langen schwarzen Wellen über ihre Schultern. Sie trug einen knallroten Lippenstift und das rote Minikleid, das sie sich gestern in Tel Aviv gekauft hatte.

Als sie sich für einen Moment entschuldigen ließ, sagte Halon zu Julian: »Haben Sie gemerkt, dass sie ein ganz neuer Mensch geworden ist? Irgendetwas ist da in ihrem Inneren repariert worden.«

»Ich weiß. Ihr Plan ist hundertprozentig aufgegangen.«

»Haben Sie sich in sie verliebt?«

»Sabrina ist mir mehr als nur sympathisch, aber mein Herz gehört Daria.«

»Das ist gut. Und Ihre Entscheidung, gemeinsam mit Daria nach Israel auszuwandern, ist noch besser. Preiswerter Wohnraum ist hier natürlich Mangelware. Aber auch da gibt es Möglichkeiten. Wenn Sie hier arbeiten wollen, müssen wir uns an das Gesetz halten. Aufenthaltsgenehmigungen werden immer nur für neunzig Tage ausgestellt, aber da werden Sie das so machen wie alle anderen auch. Wenn die neunzig Tage rum sind, fliegen sie am Freitag nach Zypern und am Sonntag wieder zurück nach Israel. Wir bleiben auf jeden Fall in Kontakt, und ich werde Sie so gut es geht beraten. Aber Hebräisch lernen müssen Sie, das ist ihnen doch klar, oder?«

»Das ist mir sonnenklar.«

Sabrina kehrte an ihren Tisch zurück. »Noch ein Fläschchen Weißwein vom Golan, meine Herren?«

»Aber sicher doch«, sagte Julian.

***

Danksagung

Zu großem Dank verpflichtet bin ich jenen drei Menschen, deren Fachwissen und analytische Kompetenz mich schon seit Jahren schwer beeindrucken und deren zum Teil faszinierende Publikationen ich fast alle gelesen habe. Ihre völlig unterschiedlichen Lebensläufe sowie ihre völlig unterschiedliche Sichtweise der politischen und ökonomischen Realität waren es, die mich zu diesem Buch inspiriert haben:

Dr. Sahra Wagenknecht (Politikerin, Volkswirtin und Publizistin), Dr. Markus Krall (Volkswirt, Unternehmensberater und Autor), Daniel Silva (US-amerikanischer Autor).

Bei allen drei Autoren habe ich die eine oder andere Anleihe gemacht, was diese mir nachsehen mögen.

»Davids Schleuder« ist ein reines Produkt schriftstellerischer Fantasie und hat weder etwas mit realen Ereignissen noch mit lebenden Personen zu tun.

Yossi Diskin im Mai 2020